LA PRESCRIPTION DU DOCTEUR MAGICIEN

HEIDI CULLINAN

LA PRESCRIPTION DU DOCTEUR MAGICIEN

HEIDI CULLINAN

Publié par
DREAMSPINNER PRESS

5032 Capital Circle SW, Suite 2, PMB# 279, Tallahassee, FL 32305-7886 USA
www.dreamspinnerpress.com

La prescription du docteur Magicien
Copyright de l'édition française © 2022 Dreamspinner Press.
Titre original : The Doctor's Orders
© 2019 Heidi Cullinan.
Première édition : août 2019
Traduit de l'anglais par Manda Lorient.

Illustration de la couverture :
© 2019 Kanaxa.
Conception graphique :
© 2022 L.C. Chase.
http://www.lcchase.com
Les éléments de la couverture ne sont utilisés qu'à des fins d'illustration et toute personne qui y est représentée est un modèle

Édition e-book en français : 978-1-64108-463-5
Édition imprimée en français : 978-1-64108-464-2
Première édition française : août 2022
v 1.0

Édité aux États-Unis d'Amérique.

Ce roman est dédié à mes fidèles dont la patience a été remarquable durant la longue année que j'ai presque exclusivement consacrée à écrire cette trilogie.

À tous et à toutes, merci de votre soutien.

Rosie Moewe
Anu Harvey
DeAnna Ferguson
Carole Lake
Lauren Adams
Michele Crissinger
Raybo Sparkles
Kaija K
Heather Nelson
Susan Freedman
Katherine DuGarm
Carlamia Sciberras
Kim Heath
Dana Fine
Mandy Anne
Susan Romito
Leslie Juhlke
Hils
Aerielle Kaiser
Laura Ryder
Olivia Ventura
Sandy C
Jennifer Harvey
Aurora Willow
Kenyon
Maureen Murray
Sueann Snow
Ninna Debel-Hansen
Karen Mathre
Erin Sharpe
Lisa Strimple
Terri Hawkins
Joellen Shendy
MtSnow
Liliane Menard
Amanda Briggs

Juli-Anna Dobson
Kirsten Madden
Emilie
Olivia Orndorff
Amanda Hobson
Lois Bradbeer
John Brandt
Kyl James
Chris Klaene
Christine Weingart
Elaine Corvidae
Karen Ray
Maggie White
Trista Dunaway
Jess Severe
Theodore Loucks
Brian B.
H Lie
Carin Bockleman
Kathryn Martino
Melissa
Melanie Köhler
Jessica Lynn
Kimberly M. Lowe
Brook Savage
Tracy A Faul
Marti
Liz Cowan
Ruth Staunton
Krista Holtz
Mary Dolphin
Melissa Walton
Harrison Hicks
Wanda Gibney
Cindy Kennedy
ABL

Shannon Curry
Erika Fawcett
Melissa Valentine
Jennifer Rice
Nikki Cheah
Attenbrough
Sharis Ingram
Hattie
Lauren Weidner
Gitte
Nichole Lacy
Savannah J. Frierson
Laura
Deandra Ellerbe
Daith Garlington
Annika Bührmann
Kate Ferguson
Libby Mills
Marsha
Michelle Thorla
Margaret Mills
Geraldine Austin
Leahjberg
Emilia Agrafojo
Liberty Vasquez
Kimberly Curington
Tina Marie
Nanette Kerrison
Janet Linton
Brittney Musick
Katy
Caryn
Jessica O'Rourke
Linda Hansson
MHH
Kim D

Kari Blackmoore
Sarah Evans
Delfina Kardas-Kotlicka
AllAskewe
Jennifer Richards
Janet Ann Black
Shawn Griffin
Becky Gotthardt
Molly Lathrop
Amelia
Nina L
Bethãnia
lae raal
Geri Olson
Suzanne Bibeault
Kaitlin Bryant
Maria Lima
Rachael Waring
Sarah
Tish Lopez
AnnMarie Fasano
Leanne Carroll
Kathleen Harry
Kira Delaney
Emily Johnson
Mink Rose
Heather C
Eileen Haggerty
Stephanie Steinberg
Mary Eagan
Kathy Wallace
Giselle
Alicia Ramos
Jo Morris
Antonia Aquilante
Victoria Golar

Victoria Poulter
Michelle Coleman
Elizabeth Andrews
Tanzi Melton
Lara Adair
Peter Cornes
Kim Williams
Jennifer Drummond
Evelyn Maire
Emily Seelye
Dawn Duhon
Amanda Kelsey
Colette
Renee Spalding
Rachel Maybury
Kelly M. Gonzalez
Linda
Galexis
Liza Q Wirtz
Christina Maria Rose
Heather Cat
Eugenia M
Jess Lane
Joanne Vukman
Stephani M Rozier
Kathleen Koskie
Lea
Tamara Gal-On
Laura DeMay
Nicola Jennings
China Bower
Lesha Porche
Jordan
blkshp
CurlyQ
Leta Blake

Kezia Shugrue
Cheri Nauman
Jane Coulter
Mari Kane
Amanda McLeod
Amy Irwin
Hamykia
Josephine Myles
Raven
Barbara Armstrong
Mary Balkon
Liz Madrox
Silvia Park
Jules Lovesbooks
Sherry Lynn Burke
Carl Lindström
Jewel Cardwell
Saskia
Bert Jones
Layla Lawlor
Rebecca Cartee
Ann Bryant
Anne Jost
Carolyn Hill
Anu
Jenny Scott
Sarah Moore
Felix Kimmel
Sara Lake
Monica N.
Lin Z Bee
Brandon Witt
Samantha Pilon
Lori MacNabb
Emptycicada

REMERCIEMENTS

MERCI À Sonali Dev pour son aide avec les prénoms des Amin, à Eliza David et LaQuette pour la relecture. Je n'aurais pas pu finir ce roman sans vous et j'espère que vous le trouverez digne de vos généreux conseils. Merci à Lilie pour l'indispensable histoire de la bible et son beta-reading, à Sasha pour son soutien durant cette année difficile et à Dreamspinner Press qui m'a permis de convier mon équipe à cette trilogie.

I

DANS SA jeunesse, Nicolas Beckert n'éprouvait pas de difficulté à assister à un mariage.

Les réunions de ce genre étaient fréquentes chez ses cousins de Copper Point, sa parentèle de Milwaukee ou les amis de la famille. Pendant plusieurs années, Nick eut l'impression que quasiment tous les week-ends, sa grand-mère et sa mère allaient acheter un cadeau de mariage – en espérant de lui une participation financière – et se concertaient sur les termes du mot qui l'accompagnerait afin d'adresser des vœux de bonheur et de prospérité au jeune couple. Nick assistait aux festivités avec constance. Sans qu'on ait eu à le lui expliquer, il savait que son rôle était de remplacer son père avec bonne grâce et élégance. Nick avait accompli son devoir avec fierté, sans jamais regretter l'argent versé pour le cadeau ou le temps que lui prenaient tous ces samedis après-midi passés à festoyer.

Récemment, cependant, tous ces mariages lui donnaient un pincement au cœur. Malgré la présence physique de Nick, le lourd secret qu'il ne pouvait se permettre de laisser fuiter le séparait de la foule des invités, famille et amis, il en avait de plus en plus conscience.

S'il se sentait particulièrement mal à l'aise en assistant au mariage d'un cousin éloigné à l'église baptiste de la Renaissance de Copper Point, ce n'était pas seulement à cause du temps. En ce premier samedi du mois de juin, la température était anormalement chaude, l'air devenait lourd et suffocant. Comme toujours, la foule bavardait et, au grand dam de Nick, toutes les conversations portaient sur le même sujet.

— Vous êtes au courant ? Le chirurgien et son infirmier ont fini par fixer la date de leur mariage ! Le premier week-end d'octobre. Dans pas longtemps !

La commère, vaguement apparentée à Nick, agita les sourcils d'un air égrillard. Elle s'éventait aussi avec une assiette en carton en faisant la queue pour avoir accès au buffet.

— Il y aura une grande fête, vous savez ! ajouta-t-elle. Toute la famille du Dr Wu doit venir de Taïwan !

1

Nick était attablé avec une partie de sa parentèle. Augusta, sa grand-tante, fit claquer sa langue.

— Je ne parviens pas à me faire aux mœurs d'aujourd'hui ! De mon temps, on n'aurait jamais accepté des choses pareilles !

Les invités agglutinés autour des deux femmes émirent des petits bruits de bouche désapprobateurs.

Tante Augusta avait délibérément haussé la voix pour se faire entendre du Dr Lambert-Diaz, cousine germaine de la mariée. Kathryn était accompagnée de sa femme, Rebecca, épousée quelques années plus tôt au cours d'une cérémonie intime. Sa famille avait l'esprit ouvert et, à l'époque, Kathryn finissait son internat en gynécologie obstétrique à l'Université de l'Iowa. Inquiet, Nick jeta au couple un coup d'œil, mais les deux femmes, faisant comme si de rien n'était, continuèrent à converser avec les parents de Kathryn. Aucune d'elles ne tenait une assiette à la main, en fait, Kathryn et Rebecca s'apprêtaient à partir.

— *Les autres* n'ont pas encore fixé de date, insista tante Augusta, mais ils seront certainement les prochains.

Les autres ? Vu son ton dédaigneux, elle parlait de toute évidence du Dr Owen Gagnon, anesthésiste à Ste Anne, et d'Erin Andreas, le DRH récemment appointé vice-président.

— Jamais je n'aurais cru assister un jour à une union pareille !

Oncle Billy se pencha pour s'adresser à Nick, assez proche de lui malheureusement pour être entraîné dans la conversation.

— Eux aussi travaillent à l'hôpital, Nick. Serais-tu incapable de surveiller tes employés ?

Sa femme lui donna un coup d'éventail.

— Laisse-le tranquille, Billy. N'a-t-il pas assez de travail à gérer les retombées du détournement de fonds [1] ? Il n'a pas besoin en plus que tu l'asticotes.

Arrivant derrière Nick, le pasteur Robert posa une main sur son épaule.

— J'ai confiance, déclara-t-il. Nick a fait de l'excellent travail à l'hôpital. À mon avis, c'est le meilleur directeur que nous ayons jamais eu. C'est aussi le premier homme de couleur à ce poste, à mes yeux, c'est une bénédiction.

---

1 Voir le tome 2 de la série Copper Point, *Les enchères du docteur Ogre*, même auteur, même éditeur.

Il fit à Nick un clin d'œil et toute la table se mit à rire. Nick inclina la tête avec un sourire crispé.

Anxieux d'échapper au débat, il se leva en disant :

— Je vais aller voir si grand-mère et maman ont besoin de moi.

— Mais oui, mais oui, vas-y, mon grand, répondit sa tante.

Alors qu'il s'éloignait d'un pas rapide, Nick les entendit parler de lui dans son dos. Poussé par un instinct pervers, il s'arrêta derrière un palmier en pot pour écouter.

— Il faut marier ce garçon !

— Oui, avec une femme et deux enfants, il sera bien établi et Copper Point aura ses Obama !

— Il travaille trop, il ne sort jamais, comment voulez-vous qu'il trouve une femme sérieuse ?

— Pourquoi met-il aussi longtemps à se décider ?

— Eh bien, avec tous ces scandales il a été occupé.

— C'est du passé. Un homme dans la force de l'âge a des besoins physiques. On ne le voit jamais avec une femme, ça n'est pas normal.

L'estomac révulsé, Nick pressa la main sur sa bouche, comme pour retenir une nausée.

— Tu ne penses tout de même pas que notre Nick…

Nick s'enfuit pour ne pas entendre la fin de la phrase.

Quelques pas plus loin, cependant, il se heurta au directeur de la chorale. James Grant l'accueillit avec son grand sourire habituel.

— Nick, mon frère, tu es superbe ! Hé ?

Il perdit son sourire, ayant sans doute noté l'air hagard que Nick n'avait pas réussi à maîtriser.

— Ça va ? ajouta-t-il sur un autre ton. Y aurait-il un problème ?

Nick esquissa un rictus peu convaincant.

— Non, c'est juste… j'ai beaucoup de travail en ce moment.

James haussa un sourcil.

— Je croyais que la situation s'était calmée à l'hôpital. Ce n'est pas le cas ?

— Si, si, mais après une telle affaire, il faut du temps pour que tous les remous s'apaisent.

Nick savait à peine ce qu'il disait. Les mots tournaient dans sa tête : « *Tu ne penses tout de même pas que notre Nick…* »

James lui posa une main sur l'épaule.

— Hé ! Tu sembles secoué. Veux-tu t'asseoir un moment et parler ?

3

Oh, non ! Parler n'était pas du tout ce dont Nick avait envie dans son état actuel. Il aimait bien James, mais il ne pouvait se confier à lui. En plus, s'isoler ostensiblement avec un homme ne ferait qu'attiser les soupçons concernant son orientation sexuelle.

Il leva les mains et s'écarta de James.

— C'est sympa, merci, mais tout va bien, je t'assure. Juste un peu de surmenage après des semaines agitées. Au fait, bravo pour ton travail ! La chorale a été superbe ! Je dois aller voir ma grand-mère. À plus.

James pencha la tête, l'air attristé.

— D'accord. Passe me voir si tu as un moment, j'aimerais vraiment.

Pour se donner un répit, Nick se cacha derrière la haie. Il devait contrôler son émotion avant d'affronter sa famille.

Quand il émergea enfin, il trouva sa grand-mère attablée avec Aniyah et Emmanuela, la mère et la sœur de Nick, en compagnie des proches du marié. Royale à son habitude, grand-mère Emerson trônait au centre du petit groupe auquel elle adressait un discours.

Voyant son frère arriver, Emmanuela interrompit sa grand-mère pour crier :

— Salut, frangin ! Tu es venu m'inviter à danser ?

Nick secoua la tête.

— Désolé, je ne peux pas. Je dois m'en aller à présent, je suis attendu chez le Dr Amin.

Elle soupira.

— Oh oui, c'est vrai ! J'avais oublié que tu étais invité à une autre réception cet après-midi.

— Erin y est déjà, ce qui me permet d'arriver un peu en retard.

Il tira sur sa cravate et fouilla dans sa poche, il en sortit son mouchoir et en tamponna son cou moite.

— Quelle chaleur ! se plaignait-il. Je vais devoir passer chez moi me rafraîchir. Je dois être impeccable avant d'aller au country club.

Emmanuela plissa le nez.

— Et alors, quelle importance ? Comment peux-tu supporter de fréquenter ces snobinards !

— Ils donnent de grosses sommes à Ste Anne, alors, je me fiche qu'ils soient si vieux et si guindés. C'est grâce à eux au final que nous avons notre salle de cardiologie. J'étais censé venir accompagné, Manu, j'aurais aimé t'avoir à mon bras.

Elle le frappa de sa serviette.

— Arrête de compter sur moi, il est grand temps que tu aies à ton bras une autre femme que ta sœur !

Nick biaisa :

— J'aurais aimé te présenter le Dr Amin. C'est une femme remarquable, elle te plairait.

— Je la verrai dans un autre contexte, je déteste ces grandes réceptions. La cérémonie d'inauguration m'a suffi, merci bien !

— Comme tu le sais, le Dr Amin n'a pas pu assister à l'inauguration de l'aile cardiaque. En revanche, elle m'a bien précisé qu'elle tenait à rencontrer ma famille.

— Invite-la à dîner avec son mari, alors. Maman et grand-mère seraient ravies.

Elle se pencha et chuchota à l'oreille de Nick :

— Dis, j'ai bien compris ? Il y aura les Ryan ce soir ?

Jeremiah Ryan avait été un ami de leur père, parfois même, ils faisaient affaire ensemble. Veuf de longue date, il avait une fille, Cynthia. Au fil des années, Ryan s'était fait un nom dans le milieu hospitalier, il dirigeait actuellement une boîte qui centralisait la gestion administrative de plusieurs hôpitaux répartis dans tout le Midwest [2].

Nick acquiesça tout en jetant un coup d'œil soupçonneux à leur mère, assise à l'autre bout de la table.

— C'est maman qui te l'a dit ?

Emmanuela ricana.

— Oui. Elle ne t'a pas encore sauté dessus pour te l'annoncer ? Voilà qui m'étonne ! Elle espère toujours que Cynthia Ryan devienne sa bru.

Oh oui, Nick le savait. Malheureusement ! Sans répondre à sa sœur, il s'essuya la bouche et laissa son regard errer à travers la foule. Quelques tables plus loin, les jeunes mariés, main dans la main, saluaient leurs invités.

Comme ils avaient l'air heureux !

Nick en reçut un choc en plein cœur.

Au même moment, sa mère le vit. D'un signe impérieux, elle lui intima de venir la rejoindre.

— Bébé, viens t'asseoir et mange. Je t'ai préparé une assiette, elle va refroidir.

---

2 Région comprenant les États de la côte des Grands Lacs et la majeure partie de la *Corn Belt* (« ceinture de maïs »), qui débouche vers l'ouest sur les Grandes Plaines.

Bien que Nick n'ait absolument pas faim, il afficha son plus beau sourire et prit la chaise à côté de sa mère.

— Désolé, maman, j'ai été retenu ici et là.

Il tendit la main à travers la table pour saluer la famille du marié.

— C'était une très belle cérémonie, bravo ! Je vous remercie de nous y avoir conviés.

Rayonnante, Mme Hill pressa la main contre sa poitrine.

— Oh, Nick, c'est à nous de vous remercier d'être venu. Votre maman me disait que vous avez une autre invitation ?

— Oui, au country club, il s'agit d'une réception pour accueillir notre nouveau cardiologue.

M. Hill se gonfla d'importance à l'idée que Nick ait donné la priorité au mariage de son fils sur le country club.

— Nick, ton père serait rudement fier de toi ! s'exclama-t-il. Tu as fait du beau travail à l'hôpital. D'abord, tu en es devenu le directeur, mais surtout, tu as réparé les erreurs commises par tous ces pompeux imbéciles durant tant d'années.

Nick inclina la tête.

— Merci, M. Hill.

Sa femme ajouta avec un clin d'œil amusé :

— Le prochain mariage sera le vôtre, Nick. Nous allons vous aider à trouver une gentille petite épouse !

Sans répondre, Nick baissa les yeux sur son assiette et joua avec sa salade de pommes de terre et ses fèves au lard. Il avait du plomb dans l'estomac.

Par chance, il put rester plongé dans ses pensées, car la conversation autour de la table redevint générale. La tête détournée, Nick examina une fois encore les invités : pris dans les festivités, ils riaient et semblaient heureux. La fête était assez simple, avec des décorations faites main et un buffet garni par les offrandes de chacun, y compris les membres de la paroisse, au lieu d'avoir été commandé à grands frais chez un traiteur. En vérité, il s'agissait plus d'un pique-nique que d'un repas de mariage, mais tout le monde était sur son trente-et-un et les dames avaient sorti leur plus beau chapeau. Nick sourit en voyant les enfants endimanchés : fillettes en robe à froufrous et garçonnets en costume-cravate se poursuivaient sur la pelouse en criant et riant sous l'œil attentif de leurs mères et autres parentes – lesquelles haussaient parfois la voix pour tenter de ramener le calme dans la petite troupe animée.

Une assemblée détendue, une ambiance chaleureuse, un mariage merveilleux et parfait.

Les mariés rayonnaient en savourant ce jour pour eux si spécial. C'étaient de braves gens. Nick leur souhaitait beaucoup de bonheur et de nombreux enfants.

Pourtant, il souffrait d'assister à cette belle union. À chaque rire attendri de la foule, à chaque sourire complice entre les nouveaux mariés, sa peine empirait, aussi Nick finit-il par se lever et errer d'une table à l'autre.

Il fut presque soulagé quand il fut enfin l'heure de prendre congé afin de se rendre au country club. Il revint vers sa famille leur annoncer son départ.

Sa grand-mère posa la main sur son bras.

— J'ai laissé un petit cadeau pour les Ryan sur la table de la cuisine. Donne-le-leur de ma part quand tu les verras cet après-midi, veux-tu ? Et n'oublie pas de saluer Cynthia. Demande-lui de venir à la maison à son prochain passage à Copper Point.

— Bien sûr.

Nick se pencha pour embrasser sa grand-mère, puis il s'esquiva.

En arrivant chez lui, il trouva à l'endroit indiqué le cadeau destiné aux Ryan : un joli cabas bleu vif avec du café torréfié localement et le fameux gâteau à la banane de grand-mère Emerson emballé dans un torchon coloré. Alléché par l'odeur, Nick s'attarda un moment à la humer. Puis il posa ses clés de voiture sur le cabas – afin d'être sûr de penser à l'emporter – et monta prendre une douche. Il ne lui restait que peu de temps pour se préparer.

Une fois sous le jet d'eau fraîche, Nick ferma les yeux et évoqua une fois encore les visages souriants des jeunes mariés. Tellement heureux ! Tellement fêtés et félicités ! Tellement protégés ! Ils avaient la vie devant eux et toute la communauté veillerait à aplanir les éventuels obstacles qu'ils rencontreraient en cours de route.

Quel effet cela faisait-il de vivre ainsi ? se demanda Nick.

Il sortit de la douche et retourna dans sa chambre s'habiller. Pour compléter sa tenue, il ajusta un nœud papillon en soie entre les pointes du col de sa chemise et examina son reflet dans la glace. Il se sentait plus engoncé dans ce smoking que dans le costume en lin beige et la cravate rayée qu'il avait portés au mariage. Planté devant sa glace, il essaya plusieurs expressions pour tester celle qui le ferait paraître le plus à son avantage, à la fois digne et impassible.

Une fois satisfait de son apparence, Nick quitta sa chambre, il dévala l'escalier, repassa chercher ses clés et le sac dans la cuisine, puis quitta la maison et remonta en voiture. Pour tenter de booster son moral malgré la perspective d'affronter le country club, il mit sa stéréo à fond. Il chanta à haute voix avec The Weekend le long de la route qui montait vers les falaises, tout en admirant la vue sur la baie.

Le country club trônait au sommet d'une colline au panorama somptueux. En s'approchant des grilles qui protégeaient la propriété, Nick coupa la radio, il afficha une mine sévère et ouvrit sa fenêtre pour tendre au gardien sa carte de membre.

Quand il se gara devant le bâtiment, la fête battait son plein. Un voiturier s'approcha. Nick descendit et lui remit ses clés. Il monta les marches et affronta la cohue. Les hommes étaient en costume ou en smoking, les femmes portaient des robes élégantes, sauf Rebecca Lambert-Diaz. Elle et Kathryn étaient déjà arrivées. Comme lui, les deux femmes s'étaient changées en quittant le mariage. Kathryn portait un fourreau noir simple et seyant, et Rebecca un fringant tailleur pantalon noir avec une bordure de strass au col et aux poignets. Les deux femmes semblaient nettement plus à l'aise : elles riaient et se mêlaient aux invités.

Nick tint son rôle et passa d'un groupe à l'autre, un sourire de façade aux lèvres. Il serra les mains qu'on lui tendait, veillant à ce que chacun se sente bien accueilli. Il nota, bien entendu, qu'il était reçu très différemment dans cette assemblée que dans la précédente. Au country club, l'élite de Copper Point regardait d'un œil circonspect le jeune parvenu qui avait bouleversé la vie bien ordonnée de Ste Anne Medical Center.

En vérité, les notables considéraient que Nick Beckert avait enfreint leur code. Au départ, il était censé n'être qu'un simple pion. Oh, personne ne le lui avait ouvertement annoncé, bien entendu, mais Nick n'étant pas idiot, il avait tout compris au premier coup d'œil. Sinon, pourquoi engager à un poste aussi élevé un homme aussi jeune et inexpérimenté que lui ? Une fois en exercice, ses soupçons avaient vite été confirmés : il n'avait aucun vrai pouvoir, ses décisions n'étaient pas suivies d'effet. Il était resté malgré tout. D'abord, il savait que l'expérience ferait bien sur son CV, ensuite, il appréciait de travailler à Copper Point, près de sa famille. Il s'était dit qu'il allait supporter cette mascarade le temps de trouver un poste plus intéressant.

Par la suite, il avait été incapable de résister à son envie d'arracher le masque de ces gens bouffis d'orgueil pour exposer leurs sinistres magouilles. Il avait fini par démanteler le système qui avait brisé son père et bien failli ruiner les siens. Des années plus tôt, Collin Beckert avait été admis au conseil d'administration de l'hôpital. Très vite, il avait repéré ceux qui tenaient les rênes et compris que la gestion financière de Ste Anne Medical Center était loin d'être saine. Il s'était ainsi créé de solides inimitiés. Même après avoir obtenu son renvoi du conseil, ses ennemis, par vindicte et rancune, s'étaient acharnés à provoquer la faillite son entreprise, ce qui lui avait presque coûté sa maison. Ces ennuis ayant accentué ses problèmes de santé, Collin était mort d'une crise cardiaque.

Nick avait rêvé de le venger, bien entendu, mais sans vraiment espérer qu'il en aurait un jour le pouvoir. Pourtant, avec l'aide d'Erin Andreas, son DRH, et de quelques autres, c'était exactement ce qu'il avait fait. Un nouveau conseil d'administration avait été nommé, l'équilibre des pouvoirs était mieux balancé et Ste Anne pouvait dorénavant envisager un bel avenir. Rien de tout cela ne comptait pour « la vieille garde », dont bien des représentaient étaient présents ce soir. À leurs yeux, Nick restait le perturbateur, celui par qui le scandale était arrivé. Oubliant que les membres de l'ancien conseil avaient dérobé aux caisses de l'hôpital des sommes faramineuses, ils ne voyaient qu'une chose : leurs amis étaient en prison. Et qui les y avait envoyés ? Nicolas Beckert. Donc, ils ne l'aimaient pas.

Et ils appréciaient encore moins que le nouveau conseil, loin d'être exclusivement composé de membres des « grandes » familles de Copper Point, représentait dorénavant la diversité de sa population – Nick y avait veillé. Les mécontents grognaient dans les coulisses et évoquaient « le bon vieux temps » avec nostalgie.

Nick arrêta un serveur qui circulait avec un plateau et s'empara d'une flûte de champagne. *Eh bien*, pensa-t-il en la sirotant, *s'ils préfèrent les escrocs et les fripouilles, qu'ils aillent se faire foutre* !

Jeremiah Ryan l'aperçut alors et lui adressa un sourire rayonnant. De loin, il agita la main. Sa fille fit la même chose, l'expression ouverte et accueillante. En les voyant tous les deux, si détendus et chaleureux à son égard, Nick évoqua les invités du mariage qu'il venait de quitter.

Il lut autre chose aussi dans leur attitude, une sorte… d'espoir.

Un sourire aux lèvres, Nick s'apprêta à rejoindre Ryan, un ami de sa famille doublé d'un généreux mécène de Ste Anne. Mieux que quiconque, Jeremiah comprenait sa position difficile. Quant à Cynthia, Nick la considérait comme une femme intelligente et une amie.

En chemin, il se heurta à un autre invité, un homme blond et grand, bien que Nick le soit davantage. Dès que Nick le reconnut, sa façade si bien agencée se lézarda et s'effondra.

— Excusez-moi, je ne vous… Oh !

Jared Kumpel se retourna et perdit son sourire dès que son regard croisa celui de Nick.

C'est toi.

Oui.

Ils se dévisagèrent une brève seconde en silence, le masque arraché. Nick était conscient que son cœur tambourinait et qu'un désir si intense le traversait de part en part que c'était presque une torture. Comme toujours quand il était à proximité du Dr Kumpel.

Jared était superbe dans son smoking parfaitement coupé dont le tissu sombre mettait en valeur ses cheveux blonds et sa peau claire.

Il était si beau que Nick en eut le souffle coupé et le cerveau court-circuité. C'était l'effet que Jared lui faisait depuis toujours, ou du moins depuis le moment où Nick, adolescent, avait fini par comprendre pourquoi il réagissait si différemment des autres garçons de son âge.

Se reprenant le premier, Jared déclara d'une voix contrainte :

— Alors, ce mariage ? Tout s'est bien passé ?

Il fallut une seconde à Nick pour enregistrer ces paroles et une autre pour se souvenir qu'en public, il ne devait pas fixer avec une telle avidité cette bouche aux lèvres si délicieusement renflées.

— Oui, oui, très b-bien. Dommage qu'il ait fait s-si chaud !

Il bredouillait ? Gêné, il se racla la gorge.

— Oui, c'est difficile à supporter, convint Jared.

La conversation semblait à court de banalités. Sur ce sujet en tout cas. Nick tirailla sur les poignets de sa chemise et détourna la tête.

— Je vais devoir te laisser. J'ai des amis à voir.

— Bien sûr. Je serais vraiment désolé de te retarder.

Jared parlait d'une voix atone. *Avait-il hâte de fuir, lui aussi ?*

Ils se séparèrent sans un mot de plus.

Jared s'éloigna vers le bar, Nick fila vers les Ryan tout en essayant de se coller au visage l'expression qu'il avait pratiquée devant son miroir. À chaque pas, il sentait s'alourdir la gangue de plomb qui lui enserrait le cœur.

JARED KUMPEL aurait voulu s'enfermer dans un placard à balais, se cacher la tête dans un seau et hurler de frustration.

La soirée était censée être une fête. Ses confrères médecins, les membres du conseil d'administration et les mécènes de Ste Anne s'étaient réunis au country club de Copper Point pour accueillir le Dr Uma Amin, qui prendrait dans la semaine son poste de cardiologue à l'hôpital.

Le scandale du détournement de fonds, qui avait perduré des années, retombait à peine et le conseil d'administration de Ste Anne avait été entièrement restructuré.

Tout allait bien.

C'était la perfection.

Sauf quand Nick Beckert souriait à tout un chacun – sauf à lui, Jared.

En évoquant la vitesse avec laquelle le charismatique directeur de Ste Anne avait perdu son éclatant sourire en le toisant, Jared fonça vers le bar. Il lui fallait un verre. Et même deux, décida-t-il, car Nick avait presque couru pour le fuir au plus vite, comme s'il cherchait à échapper à la peste ou au choléra.

Accoudé au comptoir, Jared sirota son verre et se tortura en regardant Nick dispenser son charme à tout le monde. *Bon sang !*

Pourquoi cette jalousie ? Après tout, Jared n'avait aucun droit sur Nick, même si cette idée ne faisait que l'agacer davantage. Nick n'était ni son compagnon, ni son amant, ni son partenaire. Était-il même son ami ? Autrefois, oui. À l'adolescence, les deux garçons avaient été très proches, presque intimes. Jared aurait reconnu Nick dans le noir rien qu'à son souffle. Depuis quatre ans, Nick dirigeait Ste Anne, l'hôpital où travaillait Jared. Donc, c'était son employeur. Dans un sens seulement, car la relation contractuelle entre le corps médical et Ste Anne restait compliquée. Pendant des mois, sinon des années, Nick et Jared avaient tous les deux tenu leur rôle respectif et prétendu que le passé n'existait pas, une stratégie efficace, bien que frustrante, mais dans le contexte, c'était mieux.

Ces derniers temps, le contact avait été renoué, bien qu'encore fragile. Ils recommençaient à se parler librement, ils avaient même joué au squash ensemble. Et à condition d'être entourés d'amis, ils prenaient même un verre ensemble à l'occasion.

À la déception qu'il éprouvait ce soir, Jared comprit que ces récentes interactions avaient ranimé en lui de faux espoirs. En tout cas, il ne s'était pas attendu à ce que Nick le rejette publiquement avec une telle violence.

Avant la crise des détournements de fonds, Nick s'était concentré sur son travail et Copper Point avait semblé disposé à le laisser à sa solitude de moine. Maintenant, le calme était revenu, l'ancien conseil était dissous et la salle de cardiologie, si longtemps attendue, avait été dédiée à la mémoire de

Collin Beckert. De ce fait, Nicolas Beckert était devenu l'homme le plus en vue de Copper Point et tout le monde voulait s'afficher avec lui.

Pire encore, les femmes le poursuivaient sans vergogne.

Jared se crispa et fronça les sourcils en voyant une main aux ongles manucurés s'accrocher à la manche du smoking de Nick. Puis il chercha à prétendre que c'était sans importance. *Il refusera éternellement d'admettre son homosexualité, alors, qui se soucie que ces damnées femmes flirtent avec lui ?*

Moi, merde !

Amer, Jared se détourna de cet affligeant spectacle et vida son verre. Ensuite, il déambula à droite à gauche, mais n'ayant aucune envie d'engager la conversation, il finit par s'asseoir à une table isolée, aussi loin que possible de Nick, avec la ferme intention de jouer avec son téléphone.

Avant même qu'il ait le temps de sortir son appareil de sa poche, un homme le rejoignit. C'était Owen Gagnon, anesthésiste de l'hôpital Ste Anne et l'un de ses meilleurs amis.

Il posa un verre devant Jared et s'assit à ses côtés

— Ça va, Jared ? Tu tires une sale tronche.

Jared accepta le verre, il en sirota une gorgée et agita la main.

— Je m'emmerde, jeta-t-il. Sinon, ça baigne !

Owen grogna, il écarta les pans de sa veste de smoking et s'étala dans son siège.

— Je ne suis pas plus fan que toi de ce genre de festivités, avoua-t-il. Au fait, Jack doit être vert : il n'a pas eu droit à une petite fête quand il est arrivé à Ste Anne.

« Jack » était le surnom de leur ami taïwanais, Dr Hong-Wei Wu, le chirurgien de Ste Anne.

— J'en doute, rétorqua Jared. Tu connais Jack, il se fiche des mondanités. Par politesse, il n'aurait pas protesté si nous avions organisé une fête pour lui, mais il l'aurait endurée, c'est tout, il ne s'y serait pas amusé. D'un autre côté, tu as peut-être raison : peut-être est-il offensé de cette différence de réception. Et il n'est pas du genre à exprimer ses émotions.

Owen ricana.

— Oh, Jack tient beaucoup au décorum et à la bienséance. Je te parie que ça l'a vexé que nous ne fassions aucun effort pour lui souhaiter la bienvenue. En plus, il aurait sacrément mérité un meilleur accueil.

En oubliant un peu Nick, Jared se sentait déjà mieux. Il tenta donc de prolonger la conversation.

— Au fait, le quintet a très bien joué. Et j'ai particulièrement apprécié ton solo.

À son habitude, Owen ignora le compliment et fronça le nez.

— À chaque concert, je dois jouer *Le joueur de Flûte*, se plaignit-il. C'est d'un lourd ! Pourquoi suis-je obligé de me déguiser en pingouin comme tous les autres médecins ?

— Si ton fiancé t'entend, tu vas dormir dans le garage ce soir.

— Aucune importance, au manoir, le garage est chauffé.

Owen jeta un coup d'œil autour de lui avant d'ajouter :

— Je préférerais cependant que tu évites de cafter.

Cette fois, Jared eut un vrai sourire.

— As-tu vu Jack et Simon ?

— Jack discute avec le Dr Amin, je ne sais pas où est Simon.

— Probablement avec son fiancé, puisqu'il n'est pas avec nous. N'étant pas médecin, il se sent toujours mal à l'aise à ce genre de soirée. Avant d'être avec Jack, il n'y venait jamais.

— Oh, ce soir, il a été officiellement convié en tant que membre du conseil et représentant des infirmiers de l'hôpital. Sa place est désormais parmi nous. Il faut qu'il s'y fasse !

Owen se pencha, les yeux pétillants de malice, pour ajouter :

— Alors, quels nouveaux potins Radio-Jared a-t-elle à nous révéler ? Comment la vieille garde de Copper Point va-t-elle accueillir un autre médecin qui n'est ni homme, ni blanc, ni chrétien évangélique ?

Jared roula des yeux. Il engloutit une grande gorgée de son verre et se rapprocha d'Owen pour que sa réponse ne soit pas surprise par d'autres invités.

— Par où commencer ? La femme de l'ancien président de l'université, actuellement à la retraite, a écrit sur son blog privé : *c'est une honte que la nouvelle cardiologue vienne d'Inde et qu'en plus, elle soit musulmane !* Quelqu'un ayant fait la remarque que ce post était politiquement incorrect, il y a eu une rixe dans les vestiaires du country club et la nature du différend a bien entendu fuité. Sur *Vivre à Copper Point*, un autre quidam, qui ne fait pas partie de l'élite, mais qui approuve les slogans de Trump – « *l'Amérique aux Américains* » – proteste que Ste Anne fait de la discrimination anti-blancs en embauchant ses médecins.

Owen enfouit son visage dans ses mains.

— Ce groupe Facebook devient de pis en pis !

— Attends la suite ! insista Jared. Les gens ont échangé des insultes pendant deux jours, ensuite, alors que le calme revenait, un « médiateur » est intervenu pour dire : *au moins, elle est hétéro, pas homo.*

Owen s'adossa dans son siège, les yeux fixés – sans les voir – sur les décorations au centre de leur table.

— Je me demande souvent pourquoi nous restons à Copper Point !

— Parce qu'en sortant de la fac, notre diplôme en poche, nous cherchions où nous installer en restant ensemble et que Simon ne tenait pas à s'éloigner de sa famille. Je te rappelle aussi que tu vas bientôt épouser le dernier rejeton d'une des familles fondatrices. Nous sommes coincés, c'est sûr, et Copper Point est peuplée de tarés, mais la meilleure façon de nous venger des esprits étroits, c'est d'être heureux. Si tu veux mon avis, Erin et toi devriez adopter une horde d'enfants et les élever dans le wiccanisme [3]. C'est le seul moyen de guérir.

Owen se frotta la mâchoire.

— Je doute d'être assez organisé pour être wiccan. N'y a-t-il pas beaucoup de réunions et de rituels ? Je préférerais être païen et décontracté.

Jared haussa un sourcil.

— Je pense que cela dépend du type de wiccanisme. Tu n'as pas tiqué sur les enfants, Owen. Aurais-tu changé d'avis sur la paternité ?

— Peut-être. Je n'en suis pas encore à envisager une *horde*, mais j'en ai parlé avec Erin, et grâce à lui, l'idée de devenir père me semble moins folle. Oh ! Quand on parle du loup !

Il se redressa et agita la main, le visage transformé par un sourire niais qui le faisait paraître incroyablement jeune.

Il se leva et regarda Jared en disant :

— Je dois rejoindre Erin. Ça va aller ?

Jared comprit le sous-entendu : *je peux te laisser seul ?* Il esquissa un sourire factice.

— Oui, bien sûr, je suis très bien ici. Va retrouver ton homme.

Après le départ d'Owen, Jared vida son verre et regarda les invités qui encombraient la grande salle, passant d'un groupe à l'autre. Il chercha

---

3 Mouvement religieux fondé sur d'anciennes religions païennes : croyances chamaniques et druidiques, et mythologies gréco-romaine, slave, celtique et nordique.

14

à se convaincre que tout allait bien. Puis il ne put se retenir plus longtemps et chercha Nick des yeux.

Le DJ venait de mettre un slow et une Afro-Américaine s'accrochait à Nick, l'entraînant sur la piste. Il se laissait faire avec un sourire.

Qui était cette femme ? se demanda Jared. Ah, oui, Cynthia Ryan, la fille d'un mécène de Ste Anne, un entrepreneur du Milwaukee.

Le couple était magnifiquement assorti, les cheveux noirs de Cynthia étaient relevés en chignon, sa peau sombre mise en valeur par la soie dorée de sa tenue. Si Nick la présentait à grand-mère Emerson, il recevrait sa bénédiction en un clin d'œil.

Jared serra les dents et vida son verre, puis il se leva et retourna au bar en réclamer un autre.

Au comptoir, Matthew Engleton récupérait la monnaie pour sa vodka orange. Il vit Jared approcher et lui sourit.

— Bonsoir, Dr Kumpel. Je suis ravi de vous voir.

Le ton était presque enthousiaste, ce dont Jared s'étonna. Il connaissait Matt, bien entendu, ou plutôt sa famille, parce que tous les hommes de Copper Point étaient entrés au moins une fois dans le magasin de vêtements Engleton. Comme Matt faisait désormais partie du conseil d'administration de l'hôpital, Jared avait eu l'occasion de le rencontrer davantage au cours des derniers mois.

Poliment, il rendit son sourire au jeune homme.

— Moi aussi. Vous passez une bonne soirée ?

Matt s'accouda au bar et désigna la foule des invités, les médecins, les administrateurs de Ste Anne et l'élite des riches familles de Copper Point.

— Oui, autant que c'est possible lors d'une occasion de ce genre. Et vous ? Vous n'êtes pas entouré de vos amis, comme de coutume.

— Les diligentes abeilles cherchent à récolter du miel, répondit Jared, sarcastique. Tous les médecins sont censés parler aux mécènes et autres donneurs potentiels, donc, nous serions très mal vus si nous buvions en catimini dans notre coin.

Matt se mit à rire.

— Oui, maintenant que le Dr Gagnon est fiancé au vice-président de Ste Anne, il serait encore plus repérable, je présume. Laissez-moi vous offrir un verre, Jared, vous pourrez me parler affaires.

Sans attendre la réponse de Jared, Matt leva la main pour attirer l'attention du barman

— Mais vous êtes membre du conseil, Matt, s'étonna Jared.

— Et alors ? Je fais aussi partie des donateurs potentiels. Papa versait toujours une somme généreuse à l'hôpital, mais il se prétend désormais trop âgé pour assister à ces soirées. Il m'a chargé de le représenter. Vous pouvez donc user de votre séduction sur moi, docteur.

Oh, mon Dieu ! Matt le… le draguait-il ?

Dès que Jared croisa le regard attentif du jeune homme, il comprit que c'était le cas. Diable, voilà qui était totalement inattendu.

Jared avait toujours cru que Matt cachait son orientation sexuelle pour ne pas nuire aux affaires de sa famille. Apparemment, il s'était trompé. Ou peut-être faisait-il une exception pour les pédiatres.

Voulait-il être dragué ? Jusqu'ici, Jared n'avait vu en Matthew Engleton qu'un jeune vendeur, poli et souriant, rien de plus.

En y regardant de plus près, le jeune homme était plutôt attirant.

— Je vous sers quoi ? demanda le barman.

— Un Old fashioned [4], répondit Jared.

Un rire féminin familier retentit derrière lui, provoquant le long de ses épaules un frisson.

— Ai-je bien entendu *Old Fashioned* ? Oh, alors, ce doit être pour le Dr Kumpel.

Quand Jared se retourna, Rebecca Lambert-Diaz lui donna une petite tape sur la joue. Il s'écarta avec un sourire.

— Bonsoir, Rébecca. Où est votre femme ?

— Cachée derrière une tenture, je présume, elle déteste ces soirées. Et cet après-midi, nous avons aussi dû endurer un mariage de famille.

Rebecca se tourna ensuite vers Matt avec un sourire.

— Bonsoir, Matthew. Comment vont les affaires du magasin ?

Jared n'aurait pu le jurer, mais il lui sembla que Matt s'était rembruni.

— Très bien, merci. Nous attendons cependant que notre avocate préférée nous fasse l'honneur de regarder notre collection d'été.

— Ah, Matt, vous avez la vente dans le sang ! En fait, vous avez raison, il est temps que je remplume ma garde-robe. Je passerai un de ces jours, c'est promis !

Elle sortit un billet de vingt dollars de son sac et l'agita pour attirer l'attention du barman.

— Un verre de cabernet, s'il vous plaît !

---

4 Cocktail populaire dans les années 60, composé d'un sucre imbibé de *bitter* auquel on ajoute du whisky.

16

Ensuite, elle déclara :

— Venez, Matt, trouvons une table pour que vous me parliez de vos collections. J'ai besoin d'un nouveau costume. Jared, venez avec nous !

Peu après, le trio s'installait à la table que Jared avait précédemment occupée. Rebecca, placée entre les deux hommes, entama une conversation avec Matt tandis que Jared sirotait son cocktail et scrutait la salle, cherchant ses amis.

Jack discutait toujours avec le Dr Amin et le pauvre Simon paraissait perdu, comme Owen l'avait annoncé. Owen était avec Erin, tous deux s'entretenaient avec Ram Rao, officiellement responsable musical à Bayview Université et directeur du quintet à cordes de Copper Point pendant ses loisirs.

Où était Nick ?

Jared faillit pousser un grognement de dépit quand il le repéra enfin, toujours accompagné de Cynthia Ryan. *Quel adorable petit couple, vraiment !* Fulminant dans sa barbe, Jared avala une grande gorgée d'alcool, la brûlure de sa gorge ne fit qu'alimenter sa colère.

— N'est-ce pas votre avis, Jared ?

La question de Rebecca l'arracha à ses ruminations.

— Pardon ?

Elle agita la main devant elle pour attirer l'attention sur sa personne.

— Je préfère les costumes croisés, mais je pense que les vestes à pans simples me siéent davantage. Elles ont moins de plis, voyez-vous.

Agacé de ne plus pouvoir épier Nick, Jared fronça les sourcils.

— Oui, c'est plus flatteur, mais pourquoi ne pas changer de style de temps à autre ?

Matt battit les mains.

— *Merci*, Jared ! C'est ce que je m'évertue à répéter depuis des mois.

Rebecca eut un geste dédaigneux.

— Très bien, très bien, si vous vous liguez contre moi, je m'incline. Je suivrai donc vos conseils vestimentaires.

Jared ricana, le nez dans son Old Fashioned.

— J'en doute fort, Rebecca, ça n'est pas votre genre de céder aussi facilement.

Matt posa la main sur le bras de Jared et s'y attarda un peu plus longtemps que nécessaire.

— Jared, c'est vous que j'aimerais voir entrer dans le magasin. Il y a longtemps que vous n'avez pas passé de commande. J'espère que vous ne nous êtes pas infidèle, quand même ?

Rébecca éclata d'un rire moqueur.

— Jared, quitter Copper Point pour faire du shopping ? Sûrement pas !

Matt fit la moue. Cette fois, Jared comprit pourquoi : le jeune homme essayait de flirter et une lesbienne lui cassait la baraque.

Jared hésita. Matt était bien gentil, mais l'attention de Jared se portait ailleurs. Il jeta un coup d'œil de l'autre côté de la salle. Quand il vit Cynthia Ryan se permettre de caresser le bras de Nick, il serra les dents.

— Un autre cocktail, Jared ? proposa Matt.

À son grand étonnement, Jared découvrit que son verre était déjà vide.

— Euh…

— Vous préféreriez peut-être prendre l'air ? insista Matt.

— Oui.

Jared ne pouvait pas détourner le regard de Nick, bien qu'il sache que c'était une erreur de sa part. Alors qu'il se levait, une main se posa sur son bras. Cette fois, c'était Rebecca, le regard attentif et inquiet.

— Vous semblez absent ce soir, Jared. Et pour être franche, vous n'êtes plus vous-même ces derniers temps. Vous avez des soucis ?

Comment dire la vérité ? Comme vis-à-vis de ses amis, Jared se devait de garder son secret.

Il se pencha pour poser un baiser sur la joue de l'avocate.

— Non, tout va bien, mais merci de vous inquiéter pour moi.

Elle secoua la tête et lui chuchota à l'oreille.

— Vous mentez bien, Jared, mais je ne vous crois pas. Qui va vous raccompagner chez vous ce soir ?

Oh, Seigneur ! Rebecca comptait-elle le materner ?

Jared soupira et lui tapota l'épaule.

— C'est mon problème, ne vous en souciez pas. Tout va très bien !

Matt l'examinait en fronçant les sourcils.

Jared redressa les épaules. Il allait bien. Il allait même *très bien*. Il n'avait pas besoin de baby-sitter. Merde quoi !

Et s'il entamait une liaison avec Matt Engleton ? Le gentil petit Matt allait peut-être le surprendre et bientôt, comme ses amis, Jared serait en couple à envisager un avenir à deux.

Pauvre Matt, si simple, si ennuyeux.

— Ça va, Jared ? demanda Matt.

Merde, tout le monde s'était-il donné le mot pour lui poser la même question ? Après Owen, Rebecca et Matt ? C'était absurde ! Et Jared craignant que son visage se fendille s'il continuait à se forcer à sourire.

— Très bien, mentit-il.

Peu après, Matt et lui contournèrent un groupe de vieillards pris d'un rire sénile et soudain, Jared revit Nick.

La musique changea. C'était Prince – *merde !* – et surtout sa chanson : *Kiss.*

Attirés comme des aimants l'un vers l'autre, les regards de Nick et Jared se croisèrent et se verrouillèrent.

Toi, tu n'es pas ennuyeux, bébé. Pas ennuyeux du tout.

Je n'ai rien oublié.

Deux autres femmes apparurent à côté de Nick, elles s'accrochèrent à lui en gloussant et l'entraînèrent. En voyant Nick détourner les yeux et se laisser entraîner, Jared décida qu'il n'en pouvait plus.

Ses mains tremblaient. Il passa les doigts dans ses cheveux pour tenter de les cacher.

— Vous m'accompagnez sur la terrasse ? proposa Matt.

— Oui, excellente idée !

Matt rayonna.

— Super !

Oui, sortons d'ici.

Pourtant, d'expérience, Jared savait que cela n'arrangerait pas son problème : aussi loin qu'il fuie, il gardait Nick dans la peau.

II

NICK AVAIT perdu de vue Jared deux minutes et voilà que Matt Engleton lui avait déjà sauté dessus.

Chaque fois qu'il se trouvait à proximité de Jared, Nick gardait une étonnante conscience de sa présence, mais en général, cela se passait à l'hôpital. Jared était toujours superbe dans sa blouse blanche, sa chemise et sa cravate, ou dans sa tenue stérile s'il faisait ses visites aux urgences. Ce soir, cependant, Jared portait un smoking et Nick avait un mal fou à le quitter des yeux. Il avait fait de gros efforts pour s'en tenir aux codes de la bienséance, et quelle était sa récompense ?

Matthew Engleton. Ce toutou !

Bon sang, il n'arrêtait pas de toucher Jared, s'aventurant parfois dangereusement près de son cul. Il n'en était pas question. Surtout alors que Prince chantait *Kiss*.

Leur chanson ! Rien de moins.

En voyant Rebecca s'en aller, Nick fut tenté de traverser la piste de danse afin d'arracher Jared aux griffes de Matt.

Mais c'était impossible, il le savait.

Oui, *absolument* impossible. Sauf que…

— Un problème ?

La voix de Cynthia Ryan, pleine d'inquiétude, ramena Nick à la réalité. Il détourna son attention de Jared et la reporta sur elle.

— Non, pas du tout. Excuse-moi, tu disais ?

Avec un petit rire, Jeremiah donna une tape dans le dos de Nick.

— C'est moi qui parlais, mon garçon. J'aurais aimé que tu t'asseyes avec moi pour que nous revoyions ensemble les termes de ce marché.

Nick fit de son mieux pour cacher sa frustration.

— M. Ryan, passer du temps avec vous est toujours un plaisir, mais vous savez comme moi que je ne prendrai pas de décision sans consulter le conseil de l'hôpital.

D'une main désinvolte, Ryan repoussa cette objection.

— Je sais, je sais. Mais le conseil d'administration t'écoute, fils, il suivra tes directives. En plus, ça me plaît d'avoir une bonne raison de m'attabler et de boire un verre avec un brave jeune homme.

Il fit un clin d'œil à Nick et lui envoya un coup de coude.

— Attention, ajouta-t-il. Je vais charger Cynthia de te convaincre !

— Papa…

Cynthia souriait, bien que sa voix contienne un avertissement. Toujours avenante et affable, elle se tourna vers Nick.

— Nous comprenons, bien sûr, tu ne peux rien décider sans l'accord du conseil. Nous aimerions juste revoir avec toi nos projets afin que tu sois de notre côté. Notre but n'est pas de contrôler Ste Anne, tu le sais bien, nous voulons juste t'aider, Nick. Pour nous, tu fais partie de la famille.

Elle est douée, pensa Nick, *une vraie négociatrice*. Il trouvait difficile de lui refuser quoi que ce soit. Il ouvrit la bouche pour tenter d'éluder le problème, mais avant qu'il ait pu trouver ses mots, il aperçut Engleton, au bar, la main posée sur l'épaule de Jared. Les deux hommes étaient si proches que leurs hanches se touchaient sans doute.

Et merde !

Inconscient du conflit intérieur qui agitait Nick, Ryan agita un doigt vers lui.

— Laisse-nous investir à Ste Anne, mon garçon, ce sera une bonne façon de t'assurer que tes efforts produiront des fruits.

Cynthia s'approcha et baissa la voix pour dire :

— Sans compter que grâce à nous, tu échapperais aux vautours qui te guettent de près.

Ni le père ni la fille n'accorda un regard au groupe de notables agglutinés non loin de là, occupés à rire bruyamment. C'était inutile, en vérité, car Nick avait compris de qui ils parlaient.

Ryan haussa légèrement un sourcil.

— Tu as fait du bon travail, Nick, tu as particulièrement bien géré ce détournement de fonds l'an dernier. Grâce aux compétences du Dr Wu en chirurgie et à ses connexions, tu tentes de maintenir à flot un hôpital lourdement endetté. Mais tu sais comme moi qu'après des décennies de gestion désastreuse, assainir la compatibilité ne sera pas tâche facile.

Cynthia marqua son approbation d'un hochement de tête.

— C'est vrai, équilibrer le budget doit être délicat. Je me demande même comment tu as réussi à financer ta nouvelle unité cardiaque ! Tu as cependant admis avoir des dettes par-dessus la tête.

C'était vrai, Nick ne pouvait le nier. Le nouveau conseil d'administration avait établi un bon plan de redressement pour tenter d'éponger les dettes, mais pour qu'il soit réalisable, il ne fallait pas qu'une mauvaise surprise mette leurs efforts à mal. La survie de Ste Anne dépendait toujours de ses mécènes et autres généreux donateurs.

Forcé de le reconnaître, Nick pinça les lèvres.

— Laisse-nous t'aider, insista Ryan. Tu as besoin d'argent, alors, c'est soit le nôtre, soit celui de Jordan Peterson. Je suis certain que ce requin a des visées sur toi !

Dans un geste défensif, Nick leva les mains.

— Ne craignez rien ! Jamais Ste Anne ne retombera dans les griffes de Peterson et de sa clique !

Pendant que Ryan réfléchissait à un autre angle d'attaque, Nick vérifia ce que devenait Jared.

Oh, mon Dieu !

Matt devenait encore plus audacieux : il laissait carrément reposer sa main sur la taille de Jared !

Nick comprit que le temps n'était plus aux atermoiements et aux politesses mondaines.

— Excusez-moi, jeta-t-il précipitamment, avant de planter là les Ryan.

Nick avait les dents si serrées que sa mâchoire était douloureuse. Il voyait rouge ! Comment Matt osait-il toucher *le creux des reins* de Jared comme si c'était son droit ? Et pourquoi Jared le laissait-il faire ? Pourquoi ne s'écartait-il pas ? Appréciait-il ce contact ?

Ces derniers temps, Nick avait pensé que sa relation avec Jared faisait des progrès, l'intimité d'autrefois revenant peu à peu. Il avait même espéré…

Quoi, que ça te mènerait quelque part ? Que sous prétexte que tu lui adressais la parole, il ne regarderait jamais un autre homme ?

Ou espérais-tu reprendre les choses là où tu les as laissées ? Tu sais très bien que c'est impossible. Aujourd'hui et à jamais.

Anéanti par cette idée, Nick s'arrêta net.

— Nicolas !

Cette voix !

Repris par la réalité, Nick cligna des yeux. Il se haïssait, décida-t-il, tout comme il haïssait ses hésitations.

Il se tourna vers l'intrus – Peterson ! – sans même prendre la peine de simuler un sourire. Sauf que Peterson était entouré de sa clique de notables. Nick ne pouvait se permettre d'être incorrect en public.

— M. Peterson. Auriez-vous besoin de moi ?

Peterson agita la main d'un geste impérieux, comme s'il convoquait un domestique.

— Oui, venez ici ! Je racontais justement une histoire amusante à mes amis, je suis certain qu'elle va vous plaire.

Oh, vraiment ? Eh bien, Nick était certain du contraire.

Néanmoins, il tint son rôle et approcha de ces odieux personnages comme si leur proximité ne lui hérissait pas le poil.

Dès qu'il fut à portée d'oreille, Peterson reprit avec un sourire fat :

— C'est à propos de cet hôpital de l'Iowa que nous avons racheté la semaine dernière. Une vraie catastrophe ! Il est situé au milieu de nulle part dans un patelin minable peuplé de miséreux qui vivent essentiellement des aides de l'État.

Il leva la main – comme bouclier, c'était totalement inefficace ! – et ajouta à haute et intelligible voix :

— *Dans une réserve indienne !*

Les notables qui l'entouraient – tous des blancs – émirent un rire gras et méprisant. Nick afficha son expression la plus neutre et fit appel à ce qui restait de patience.

Manifestement ravi de son succès auprès de son auditoire, Peterson poursuivit :

— Cela fait des années qu'ils refusent de bouger. Bien que le centre soit dramatiquement mal géré, les locaux se sont opposés à toute ingérence avant d'avoir le bec sous l'eau. Ah, ils ont bien frôlé la faillite ! Ils ont de la chance que nous soyons intervenus à temps ! Nous leur avons permis de sauver la baraque ! Ha, ha, ha !

Nick envisagea de ne rien dire. Il aurait préféré cette solution, car de toute évidence, Peterson cherchait la provocation. Un an plus tôt, Nick aurait hésité à mettre le pied sur un terrain aussi miné. Cependant, la situation avait changé.

Désormais, les riches et potentiels donateurs entourant Peterson le prenaient au sérieux, Nick le savait. À bout de patience, il brandit mentalement son épée – un rôle auquel il commençait à s'habituer d'ailleurs.

Les mains dans le dos, il toisa Peterson d'un regard hautain.

— Et cette histoire est censée me plaire ? Je comprends mal comment vous avez pu le penser. De plus, je connais l'hôpital dont vous parlez. L'Iowa a privatisé son système Medicaid [5], ce qui cause des problèmes sans fin aux hôpitaux ruraux et aux petites villes dont la population vieillit. L'Iowa se dépeuple et la situation préoccupe beaucoup les jeunes générations. Quant à cette mauvaise gestion dont vous vous gaussez, je vous signale que le principal responsable, c'est l'État. En parlant de « chance » et de « sauvetage », vous vous flattez parce que Smithstown avait déjà fait tout ce qui était en son pouvoir. Ils ont tenu à garder ouverts le plus de départements possible, sachant très bien que leur petite communauté si isolée avait réellement besoin de soins médicaux de proximité. Et sous votre égide, que s'est-il passé ? Vous avez aussitôt renvoyé les médecins et fermé les services. Cela n'arrivera jamais à Copper Point, conclut-il.

L'entourage de Peterson ne riait plus. Manifestement, ce nouvel éclairage les effrayait plutôt.

Écarlate de fureur, Peterson bafouilla :

— Vous cherchez délibérément à noircir la situation, Beckert. Écoutez-moi bien : que ça vous plaise ou non, vous *aurez* besoin de nous et bien plus tôt que vous le pensez !

— Tant que je dirigerai Ste Anne, cela n'arrivera pas. Excusez-moi.

Jugeant avoir assez perdu de temps avec ces pompeux imbéciles, Nick s'éloignait déjà, d'autant plus que Matt entraînait Jared vers la terrasse du country club.

Nick traversa la pièce d'un pas rapide et déterminé, et intercepta Jared à la porte.

— Dr Kumpel !

Il préféra ignorer Engleton, conscient que s'il croisait son regard, il risquait de trop se dévoiler.

— Hmm ? grommela Jared, l'œil vitreux.

— J'espère que vous n'aviez pas l'intention de filer sans présenter vos respects à votre nouvelle consœur ?

Furibard, Jared le foudroya d'un regard noir.

— Je comptais juste sortir un moment m'aérer. On étouffe ici avec tous ces magouillages !

Pourquoi cette attitude cinglante ?

---

5 Programme créé aux États-Unis pour fournir une assurance maladie aux faibles revenus.

— Tu commences à ressembler à Owen, jeta Nick, un peu interloqué.

Jared esquissa un sourire.

— Il faut bien que l'un de nous ait le courage de parler franc, non ? Owen s'est notablement calmé depuis qu'il est amoureux d'Erin.

— Et je n'ai nullement besoin que son rôle soit repris, insista Nick.

Il salua Matt d'un signe de tête distant et ajouta :

— Désolé, Matthew, je vais devoir réquisitionner Jared un moment.

— Bien sûr, grogna Engleton.

Il paraissait mécontent et frustré.

Bien fait.

Malheureusement, Jared était tout aussi contrarié, ce qu'il ne cacha pas à Nick tout en le suivant à travers la salle.

— À quoi tu joues ? J'ai déjà rencontré le Dr Amin, tu le sais bien.

— Tu ne l'as pas accueillie *officiellement* et tu ne lui as pas parlé ce soir.

— Hein ? Merde !

— Arrête de jurer.

L'hôte d'honneur, le Dr Amin, était au centre d'un groupe. Elle s'entretenait avec Jack et Simon, mais son sourire s'élargit quand elle vit Nick s'approcher avec Jared.

— M. Becker, Dr Kumpel. Bonsoir et encore merci pour cette belle fête ! Je ne suis pas sûre de la mériter.

Nick inclina la tête.

— Nous avons beaucoup de chance de vous avoir, docteur. Avez-vous commencé à vous installer dans notre petite communauté ?

Elle glissa une mèche derrière son oreille avant de répondre.

— Oui, oui ! Les enfants rêvent de nager dans le lac. Nous les avons prévenus que l'eau était encore froide, mais sans les décourager !

— Eh bien, l'eau est supportable, surtout s'ils ne font qu'y mettre les pieds. En revanche, le lac comporte des dangers, surtout pour les nouveaux arrivants. Si vous êtes d'accord, nous pourrions organiser un pique-nique en petit comité. Laissez-moi en parler au Dr Gagnon…

Il désignait Owen, qui papotait non loin de là.

Haussant la voix, il demanda :

— Gagnon ? Avez-vous enfin appris à manœuvrer votre bateau ?

Le Dr Amin écarquilla les yeux.

— Un bateau ? Oh, les enfants seraient tellement ravis !

Au début, tout se passa bien. Owen les rejoignit, suivi d'Erin, et ensemble, ils organisèrent une sortie : le clan des six plus les Amin. Puis l'épaule de Nick frôla celle de son voisin – un peu par accident, un peu délibérément – et Jared s'écarta comme s'il avait été électrocuté.

Ah, pensa Nick, ulcéré. Jared avait été bien plus laxiste avec Matt !

Pire encore, Jared s'excusa :

— Je vais devoir vous laisser, j'ai quelqu'un à voir.

Il fila à toutes jambes, sans se soucier des regards qui le suivaient avec perplexité. Nick hésita. Puis il constata que Jared cherchait à rejoindre Engleton.

Quoi ? Non, pas question.

S'excusant à son tour, Nick rattrapa Jared et l'écarta de la porte.

Jared apprécia peu son intervention.

— Encore toi ? Qu'est-ce qui te prend ?

Nick reçut son haleine en pleine figure.

— Oh, mon Dieu ! Tu as bu !

Jared leva les bras.

— Oui, et alors ? Que voulais-tu que je fasse d'autre en voyant mes amis jouer les colombes enamourées ?

Tu faisais la même chose avec Engleton.

Évidemment, Nick ne pouvait le dire à haute voix. Bien entendu, il avait remarqué que Jack, Simon, Owen et Erin n'étaient pas restés avec Jared de toute la soirée, mais c'était normal, non ? Lors d'un événement officiel à Ste Anne, les médecins et administrateurs étaient censés se séparer et concentrer leur attention sur d'éventuels donateurs.

D'un autre côté, si cela poussait Jared à finir avec Matt…

La bouche de Nick se serra.

— Tu ne t'entendrais pas avec lui ! jeta-t-il. C'est encore un bébé.

Jared le repoussa.

— Qu'est-ce que ça peut te faire ?

— Chut, protesta Nick.

Il jeta un coup d'œil alentour. Certes, Jared et lui étaient un peu à l'écart de la foule des invités, mais autant ne pas alimenter d'éventuelles rumeurs.

— J'aime bien Matt, déclara Jared d'une voix pâteuse. Il est gentil, attentionné, mignon. Qu'est-ce qui m'empêche de flirter avec lui, hein ?

Il était ivre, ça se voyait. Sans doute avait-il englouti un trop grand nombre de ces damnés Old Fashioned qu'il appréciait tant.

Nick le prit par le coude.

— Ste Anne a besoin de fonds. Tu es médecin, tu as un rôle à jouer ce soir. Nous ne sommes pas venus pour nous amuser !

Jared roula des yeux.

— D'accord.

Et merde !

— Mais d'abord, il faut que tu dessaoules, insista Nick. Bois un peu d'eau et va prendre l'air.

— C'est ce que je m'apprêtais à faire quand tu m'as arrêté !

Tu parles ! Matt devait l'attendre dehors.

Eh bien, Nick aurait peut-être dû laisser Jared tranquille. De quoi se mêlait-il au fond ? Personne ne lui avait demandé d'intervenir !

Décidé à fournir à Jared une bouteille d'eau, Nick avança jusqu'au bar, il s'appuya au comptoir et chercha à attirer l'attention du barman. L'homme ne le regardait pas, occupé à gérer une cliente qui cherchait à le draguer pour obtenir un verre gratuitement.

Nick hésita, se demandant quoi faire. Puis Kathryn se glissa sur le tabouret à côté de lui.

— Le service est déplorable, annonça-t-elle.

Elle leva un sourcil en voyant que Jared tentait de s'échapper.

— Allez-y tous les deux, ajouta-t-elle. Dès que je peux passer commande, je prendrai aussi un verre pour vous.

— Non, ça ira, prétendit Jared. Je n'ai besoin de rien.

Sans l'écouter, Nick sortit dix dollars de son portefeuille.

— Merci, Kathryn. Prenez-nous deux bouteilles d'eau minérale, voulez-vous ? Et prévenez-moi par texto dès que vous les aurez.

— Non, je vous les apporterai. Cela me donnera une excuse pour échapper à la cohue. Ne le dites pas à mon patron, ajouta-t-elle avec un clin d'œil.

De la porte, Jared lança un regard noir à Nick.

— Tu viens ou quoi ?

— Allez-y, insista Kathryn avec un sourire.

Nick lui toucha le coude avec reconnaissance.

— Merci.

Il rejoignit Jared et sortit avec lui. Il n'y avait pas grand monde sur la terrasse. La température avait fraîchi et les insectes s'activaient autour des lampadaires extérieurs. Les moucherons, en particulier, étaient vraiment gênants, aussi la plupart des invités préféraient-ils admirer la baie à travers une vitre.

Étant enfant, Jared se fichait complètement des moucherons. Nick évoqua les virées qu'ils faisaient ensemble au bord du lac pour étudier les insectes, leurs larves et la façon dont les poissons les gobaient. Ils s'étaient aussi entraînés à la pêche au lancer. En été, Copper Point était tellement envahi d'insectes que les éclairages publics étaient éteints la nuit, afin de ne pas attirer les essaims à proximité des habitations.

En grandissant, Nick et Jared avaient apprécié cette coutume : l'obscurité leur permettait de se livrer à des activités qu'ils tenaient tous les deux à garder secrètes.

Le soleil se couchait. Nick scruta le profil de Jared caressé par les derniers rayons. La brise venue de la baie soulevait les cheveux blonds et chaque mèche brillait comme une toile d'araignée arachnéenne. Jared avait quelques poils sur le menton, un petit bouc qu'il laissait souvent pousser en hiver. C'était presque l'été, pourquoi ne l'avait-il pas encore rasé ? se demanda Nick. Il fut tenté d'y toucher afin de vérifier sa texture… douce ou rêche ?

Il ne voulait pas que Matt Engleton le fasse.

Jared s'appuya sur la balustrade et regarda l'eau.

— Alors, comptes-tu aller jusqu'au bout et t'afficher avec une de tes admiratrices ?

Surpris par cette attaque inattendue, Nick cligna des yeux. Pourquoi cette étrange question ? D'un coup d'œil, il s'assura une fois encore que Jared et lui étaient seuls.

Une précaution qui parut agacer Jared.

— Il n'y a sur la terrasse avec nous que M. et Mme Larson et tous deux sont durs d'oreille, il faudrait hurler pour qu'ils nous entendent. Alors, réponds, tu vas choisir qui ?

— De M. et Mme Larson ?

— Oh, ne fais pas le mariole !

— Eh bien, je ne sais pas de quoi tu parles. Qui suis-je censé choisir ?

Toi.

Tu es le seul avec qui j'aimerais sortir.

Cela non plus, Nick ne pouvait le dire à voix haute. Si Jared se doutait de ses pensées secrètes, il…

En vérité, Nick ignorait la réaction de Jared… Et c'était bien là son problème.

D'un geste ample, Jared désigna le bâtiment derrière eux.

— Je parle de ton satané harem !

Nick ouvrit de grands yeux.

— Quel harem ?

À bout de patience, Jared se tourna vers lui.

— Tu me crois aveugle ? Ces femmes qui ont passé la soirée à se jeter sur toi !

Ces femmes… ? Quelles femmes ?

Nick fronça les sourcils.

— Tu as trop bu.

Jared éclata d'un rire sans joie.

— Sans blague ? Tu es tellement gay que tu ne remarques même pas quand une meute de femmes te drague ? Moi, je les ai vues ! Elles pensaient toutes à te grimper comme un bel arbre, ou à te croquer comme un Big Mac.

Oh. Il parlait de ces personnes qui avaient accueilli Nick ce soir à son arrivée au country club, l'accablant de compliments sur son travail, ses résultats, ses projets. Chacune avait aussi tenté de promouvoir les intérêts d'une entreprise familiale. Parmi ces personnes, il y avait eu des femmes, oui, sans doute. Cynthia Ryan, par exemple.

Et elle n'était pas du genre à apprécier les Big Mac.

Alors, pourquoi Jared avait-il ces étranges idées ? Était-il possible qu'il dise vrai et que Nick n'ait rien deviné ? Si c'était le cas, qu'est-ce que cela voulait dire ?

Bien que secrètement satisfait d'apprendre que Jared l'avait surveillé de près, Nick ne supporta pas d'entendre les mots « tu es gay » prononcés en public, même si apparemment, personne ne les écoutait.

— Tais-toi ! Parle plus bas !

— Hmph !

Jared se détourna pour regarder la baie.

Quand Nick s'appuya lui aussi contre la rambarde, il osa s'approcher suffisamment de Jared pour que leurs coudes et le haut de leurs bras se touchent.

— Aucune de ces femmes ne s'intéressait à moi, chuchota-t-il, seulement aux avantages que ma position est susceptible d'offrir à leur famille. En ce moment, Ste Anne est devenu l'établissement le plus en vue de Copper Point après des décennies passées à frôler la faillite suite aux tristes magouilles de l'ancien conseil. Depuis la purge, tout le monde espère une période de prospérité et chacun aimerait en profiter. Personnellement, je cherche à gérer les diverses propositions que je reçois afin de remettre l'hôpital à flot.

— En clair, tu n'as pensé qu'à ton boulot sans même regarder tes groupies, c'est ça ? Et moi, je me suis rongé les sangs dans mon coin comme un parfait idiot. J'étais jaloux.

À cet aveu, Nick sentit son cœur s'emballer. Il ferma les yeux et se concentra sur sa respiration. Un moucheron lui tomba sur la tête, s'emmêlant les pattes dans ses cheveux crépus. Un autre bourdonna à son oreille, il n'y prêta pas attention. Au contraire, ces sons le ramenaient à sa jeunesse, au temps où il était si souvent avec Jared, aussi proche de lui physiquement que ce soir, le touchant de plus en plus jusqu'au jour… jusqu'au jour où…

Cette fois, peut-être pourrai-je tout arranger.

Cette fois, peut-être que ça va marcher.

Son fantasme se brisa net quand Jared s'écarta. Nick ouvrit les yeux pour le regarder.

Jared fixait la baie, les sourcils froncés. Il déclara d'une voix implacable :

— Le mieux pour moi serait de t'oublier une bonne fois pour toutes. Avec Matt peut-être, ou n'importe qui d'autre !

Nick en perdit le souffle.

— Tu voudrais… m'oublier ?

Il agrippa le rail métallique alors que les pensées s'enchevêtraient dans sa tête. Ainsi, Jared pensait encore à lui ? Après tout ce temps ?

Ils n'avaient vécu ensemble qu'une brève aventure, une liaison juvénile, une erreur que Nick se reprochait encore aujourd'hui.

C'était aussi la seule fois où il avait commis ce genre de folie.

Je n'ai jamais pu t'oublier, Jared. Et j'ignorais que tu pensais encore à moi…

Nick en eut comme un vertige.

Jared enchaîna :

— Ce serait beaucoup plus facile si je n'avais pas à te voir tous les jours. Et si tu ne ressemblais pas à Idris Elba.

— Moi, je ressemble à Elba ?

Jared eut un geste impatient de la main.

— Tu es magnifique, tu le sais très bien, alors, ne va pas à la pêche aux compliments !

Au contraire, Nick était prêt à sortir un filet pour les ramasser tous. Et Jared en prime.

Après tout ce temps… tu penses encore à moi ?

Il leva la main, essaya de parler.

Aucun mot ne lui vint.

Puis la porte s'ouvrit et Kathryn apparut, un sourire aux lèvres et deux bouteilles d'eau à la main.

Quand Jared s'écarta de la balustrade, il paraissait las et triste.

— Je vais rentrer avec Kathryn. S'il te plaît, laisse-moi tranquille. Je ne veux plus te voir de toute la soirée.

Le laisser partir n'était pas du tout ce que Nick voulait. Il aurait préféré le prendre dans ses bras et tout lui dire… ses sentiments d'aujourd'hui, les mêmes que ceux de jadis. Mais que se passerait-il une fois sa confession faite ? Il n'en savait rien.

Je ne peux pas changer le statu quo. Surtout pas maintenant.

Il regarda Jared s'éloigner, le cœur serré.

Je ne peux pas, mais comme je le regrette !

FAIRE UNE sortie à peu près digne demanda à Jared un gros effort, aussi n'était-il pas en état de donner des explications à Kathryn en quittant la terrasse. De plus, étant donné la façon dont Rebecca l'avait suivi ce soir, sans doute elle et sa femme avaient-elles deviné ses sentiments envers Nick.

Ses soupçons furent confirmés quand Rebecca le piégea à son tour. Pris entre les deux femmes, Jared fut entraîné dans un coin isolé de la salle et jeté dans un siège.

Kathryn lui tendit la bouteille d'eau. Elle paraissait inquiète.

— Jared, que se passe-t-il ? Pourquoi cette querelle avec Nick ?

— Une *querelle* ? railla Rebecca. Je dirais plutôt des préliminaires.

Sans répondre à cette provocation, Jared vida la moitié de sa bouteille d'une longue gorgée. Dieu, que cela faisait du bien ! Il n'avait pas réalisé à quel point il était déshydraté.

Il s'essuya la bouche du revers de la main.

— À votre avis, est-il l'heure de filer de façon décente ? J'en ai ma claque de ces mondanités !

Rebecca haussa un sourcil.

— Expliquez-moi ce qui se passe avec Nick, ensuite, nous partirons.

Jared esquissa un sourire acerbe.

— Ce qui se passe ? Oh, c'est une question facile, la réponse l'est tout autant : *RIEN DU TOUT*. On s'en va maintenant ?

Les sourcils froncés, Kathryn consulta sa femme.

31

— Nick semblait s'inquiéter concernant Jared, répondit Rebecca. Il m'a demandé de lui apporter une bouteille d'eau.

— Oh, tu aurais vu sa tête quand il a vu Matt draguer Jared !

Sidérée, Kathryn posa la main sur sa bouche.

— Sans blague ? Matt a *vraiment* dragué Jared ?

Oh oui, et Jared comptait bien céder à ces avances. Sauf qu'il ne pouvait le faire ce soir. Il était trop fatigué. Il était même carrément épuisé.

— Je dois trouver Owen et lui demander de me ramener à la maison.

— Nous pouvons le faire, proposa Kathryn.

Jared leva les mains et vacilla, déséquilibré par son geste.

— Non, ne vous dérangez pas pour moi. J'irai avec Owen.

Au moins, Owen ne lui poserait pas de question. Ces derniers temps, il ne pensait qu'à Erin.

Malgré l'insistance des deux femmes, Jared campa sur sa position et finit par obtenir gain de cause. Elles s'éclipsèrent enfin.

Une fois tranquille, Jared déambula en sirotant son eau, souriant aux gens qu'il croisait comme s'il n'avait aucun souci au monde – un masque qu'il avait l'habitude de porter. Ce soir, pourtant, garder une mine affable lui demandait plus d'effort qu'à l'accoutumée.

Nick avait raison, admit Jared, il avait trop bu. Peu importait d'ailleurs, après une bonne nuit de sommeil, il serait sur pied.

Je vais rentrer chez moi, seul, et demain, je me réveillerai, seul.

D'un geste brusque, il termina son eau.

Il trouva Owen où il l'avait laissé : avec le Dr Amin qu'il écoutait évoquer des souvenirs, entouré d'Erin, de Jack et de Simon. En voyant Jared approcher, ils l'accueillirent d'un signe de la main.

— D'après ce que j'ai cru comprendre, Dr Kumpel, c'est vous qui avez eu l'idée de proposer une excursion sur *notre* bateau.

La voix du vice-président de Ste Anne était à la fois détachée et légèrement réprobatrice.

— Vous ne comptiez tout de même pas le laisser éternellement dans son hangar ! répondit Jared, désinvolte. Je vous ai rendu service, Erin.

Puis se tournant vers le Dr Amin :

— Désolé de vous avoir abandonnée en pleine conversation.

— Ne vous inquiétez pas pour cela, répondit-elle avec un sourire.

— Nous avons hâte de vous voir à Ste Anne, Dr Amin, déclara Jack.

Simon sourit béatement à Jared.

— Elle a trouvé une maison toute proche de la tienne et de notre appartement, Jared. Le reste de leurs affaires arriveront le week-end prochain et nous avons promis de les aider à emménager. Pouvons-nous aussi compter sur toi?

— Bien sûr, si je ne suis pas d'astreinte ce jour-là.

— Je veillerai à ce que ce ne soit pas le cas, promit Erin.

Jared comprit qu'il n'avait aucune chance de rentrer de sitôt. Il prit donc son mal en patience et fit semblant de s'intéresser à la conversation. Peu à peu, il dégrisa et son sourire factice devint un rictus. Jared était tellement épuisé qu'il était prêt à s'écrouler sur place.

Respectant sa demande, Nick ne l'approcha pas. De temps à autre, Jared le voyait parmi la foule, mais jamais Nick ne tourna la tête de son côté.

Jared s'en irrita énormément.

Il tenta de cacher sa frustration, mais bien entendu, Owen remarqua que quelque chose n'allait pas.

Quand ils sortirent ensemble chercher la voiture, Owen déclara :

— Qu'est-ce que tu as? Tu tires une de ces têtes!

Jared se frotta la nuque.

— Mal au crâne. Trop bu, longue journée. J'ai sommeil.

Owen grimaça.

— Merde. J'ai promis à Erin de passer par l'hôpital avant de rentrer. Si tu veux, je te dépose d'abord.

Jared secoua la tête.

— Non, en fait, ça me va très bien, j'ai un truc à faire.

— Tu sens le bourbon à plein nez! Tu ne comptes quand même pas passer voir tes patients?

— Tu es fou? Tu me prends pour qui? Je suis pédiatre, merde! Non, j'ai juste oublié la boîte avec mon déjeuner d'hier et si j'attends jusqu'à lundi, cela risque d'être avarié.

— Si tu veux, je me charge de la récupérer.

— Non, ça va aller.

Owen gloussa.

— Je vois, Radio-Jared tient à récolter de nouveaux potins, c'est ça?

Jared releva le menton.

— Cesse de rigoler. Le renseignement, c'est un sujet important.

Owen sourit et lui passa le bras autour des épaules.

— Ça te dit de passer la soirée avec nous? Tu pourrais dormir au manoir. Tu me manques.

Jared hésita à accepter. S'il rentrait seul chez lui, ne risquait-il pas de sombrer dans l'auto-apitoiement ? Il détestait être la troisième roue du carrosse, mais pour être franc, aucun de ses amis ne lui faisait jamais sentir qu'il dérangeait. C'était lui qui y pensait tout le temps, parce qu'il n'était pas avec Nick.

Jared soupira.

— Oui, d'accord. Merci.

— Je sens très bien que tu ne tournes pas rond, Jared, insista Owen. Tu ne me dis plus rien et ça commence à sacrément m'énerver !

Jared lui donna un petit coup de coude.

— Qui sait ? Je vais peut-être vider mon sac ce soir.

Owen n'insista pas. Ils arrivaient à la voiture, d'ailleurs, et Owen, toujours galant, tint la portière pour Jared.

Puis Erin les rejoignit et Owen apaisa son fiancé éreinté, qui s'inquiétait de savoir si la soirée s'était bien passée. Erin portait le violon d'Owen, qu'il serra contre lui pendant tout le trajet. En apprenant que Jared passerait la nuit chez eux, il se retourna, le visage éclairé d'un sourire rayonnant.

— Oh super ! Ce sera comme au bon vieux temps ! Tu me manques au petit déjeuner le matin, tu sais !

Vous me manquez aussi, les gars. Je suis tout seul, ça me déprime.

Gardant cet aveu pour lui, Jared sourit.

— Eh bien, je serai là demain matin.

À leur arrivée, l'hôpital était calme, aucune surprise ne les attendait aux urgences. Tant mieux ! pensa Jared. Il s'attarda au bureau des infirmières pour leur faire un compte-rendu de la soirée et s'informer de ses patients, mais aussi pour écouter divers scandales et potins locaux n'ayant rien à voir avec l'hôpital.

Avec une certaine surprise, il apprit que Ste Anne avait de nouveaux employés. Étaient-ils du coin ou pas ? Pourquoi Erin n'avait-il rien dit ?

— Agents de sécurité ou pas, déclara Trish, l'infirmière de garde, je trouve ces gens-là bien bizarres

Comme Jared ne les avait pas encore vus, il réservait son jugement.

— Bizarres, c'est-à-dire ?

L'infirmière fit la grimace. Ce qui fit glousser Don, un ambulancier qui traînait dans le couloir.

— Oh, Trish ! Tu leur en veux de t'avoir interdit de stationner en double file.

Trish fronça le nez.

— Il s'est montré extrêmement *grossier* !

Jared aurait voulu en savoir plus sur ces gardes. Il ne put satisfaire sa curiosité, car Owen et Erin avaient bien précisé ne pas en avoir pour longtemps.

Jared prit donc l'ascenseur pour aller récupérer son déjeuner. Les portes de la cabine se refermèrent de façon saccadée. Étonné, Jared fronça les sourcils. Dans le couloir qui menait au salon des médecins, il croisa Kevin, le gardien de nuit, et lui signala le problème.

Kevin se frotta la tête avec une grimace.

— Oh, oui, je sais. C'est un court-circuit d'après ce que j'ai compris. L'ascenseur B est hors service et l'ascenseur A fonctionne par à-coups. L'entreprise de maintenance vient demain les réparer.

Jared haussa les sourcils.

— Dieu merci, nous n'avons pas d'inspection cette semaine. Mais franchement ? Pourquoi attendre si longtemps pour réviser les ascenseurs ? Et s'il y a un problème électrique, pourquoi laisser les gens continuer à les utiliser ?

— Ils ont effectué un test à distance et assuré que c'était sans risque. À mon avis, ils n'ont pas voulu venir de Madison un samedi soir. Ils ont déjà assez râlé de devoir bouger un dimanche.

— Ça ne risque rien, vous êtes sûr ?

— Moi, j'en sais rien, se récusa Kevin, mais d'après le type, ça risque juste de bloquer les portes à l'occasion.

— J'espère qu'il dit vrai, je ne voudrais pas être à sa place si son incompétence provoque un accident !

Kevin sourit.

— Oh, oui, il finirait au tribunal, c'est sûr. Quelle chance d'avoir le barracuda de notre côté !

Une fois entré dans le salon, Jared ouvrit le frigidaire et récupéra son déjeuner. Il pensait toujours aux derniers mots de Kevin. Ce n'était pas la première fois qu'un membre du personnel de Ste Anne affirmait ainsi faire confiance au conseil d'administration, même si les nouveaux membres, souvent des jeunots, ne connaissaient rien aux questions hospitalières. Jared y siégeait lui aussi, avec Jack et Owen, il représentait les médecins de Ste Anne à la demande expresse de Nick, à qui le nouveau conseil avait donné les pleins pouvoirs. Simon, lui, représentait le corps infirmier. Le personnel appréciait d'être ainsi représenté.

Nicolas Beckert était un excellent directeur, fiable et consciencieux. Self-made-man enfin libéré de la lourde tutelle de l'ancien conseil, il avait enfin la liberté d'exprimer son potentiel. Tout le monde l'admirait et reconnaissait ses vertus.

Je devrais cesser de fantasmer à son sujet et ne plus voir en lui qu'un patron, un bon patron. Ce serait plus sain.

Malgré l'assurance de Kevin, Jared préféra ne pas prendre l'ascenseur pour monter jusqu'au bureau d'Erin, à l'étage de l'administration. Il s'engagea dans l'escalier, son sac repas à la main, et avança jusqu'au bout du couloir.

Il entra sans frapper.

— Désolé d'avoir mis aussi longtemps, les gars. Je bavardais avec…

Il s'interrompit en voyant que la pièce était vide. Puis une autre porte s'ouvrit et Nick sortit du bureau d'à côté. Il referma à clé derrière lui et jeta un coup d'œil à Jared.

— Tu cherches Erin et Owen ? Ils sont déjà descendus. Ils m'ont chargé de te prévenir qu'ils t'attendaient au parking.

Jared croisa les bras sur sa poitrine.

— Pourquoi ne m'ont-ils pas envoyé un texto ?

— Ils l'ont fait, si j'ai bien compris, mais tu n'as pas répondu. Owen s'est alors dit que tu avais dû laisser ton téléphone dans la voiture.

— Quoi ?

Vexé, Jared tapota ses poches. N'y trouvant rien, il rougit et admit :

— Oui, c'est vrai. Bon, je vais les rejoindre. Merci, Nick. Bonne nuit.

Il passa la main dans ses cheveux et tourna les talons.

Dans son dos, la voix de Nick le rattrapa :

— Attends-moi, je descends aussi.

Jared regretta de ne plus avoir l'excuse d'être ivre, voilà qui aurait pu justifier que ses joues soient aussi écarlates. Les mains dans les poches, il fixa le tapis, le mur, et le plafond, n'importe quoi pour ne pas regarder l'homme qui marchait à côté de lui à longues enjambées. Il ne put cependant échapper au parfum de Nick, senteur enivrante qui lui fit tourner la tête bien plus que l'alcool.

Puis Nick l'attrapa par le coude et l'immobilisa.

Surpris, Jared croisa son regard.

— Quoi ?

— Tu as meilleure mine.

Jared s'agrippa à la sangle de son sac.

— Désolé, j'ai trop bu ce soir, c'est vrai. Je devais avoir une tête de déterré.

— Je n'ai pas dit ça. Tu semblais surtout… bouleversé. Et je m'en excuse, car j'ai la sensation que c'était en partie de ma faute.

Nick le lâcha et passa une main sur son visage.

Sans répondre, Jared se rua vers l'ascenseur et pressa nerveusement le bouton. *Ce foutu appareil a intérêt à fonctionner !* pensa-t-il. Il n'était pas d'humeur à supporter un contretemps, pas ce soir !

Que Dieu l'assiste ! Il ne tenait pas à s'effondrer en larmes sous prétexte que Nick le réconfortait. C'était trop idiot !

Jared était au moins certain d'une chose : si Nick cherchait encore à le prendre dans ses bras, cette fois, il se laisserait faire. Et c'était de la folie, il en était conscient.

D'un autre côté, il aimerait bien voir Nick perdre la tête pour une fois. Lui, Jared, serait alors en position de le consoler.

Comme autrefois.

L'ascenseur arriva, les portes s'ouvrirent en douceur. Nick entra dans la cabine et s'écarta pour faire de la place à Jared. Il appuya sur le numéro du rez-de-chaussée et attendit que les portes se referment et que l'ascenseur commence à descendre. Il était proche de Nick, mais pas trop. Et le trajet serait bref.

D'accord, l'ascenseur était ancien, il descendait doucement, mais quand même il n'y avait que trois niveaux pour arriver au parking.

— Jared… commença Nick.

Au son de cette voix si familière, Jared se raidit. C'était le ton que prenait un directeur s'apprêtant à réprimander un de ses employés, ou celui d'un amant juste avant la rupture, quand il prévoyait d'annoncer : « il faut en finir une bonne fois pour toutes ».

En finir ? pensa Jared, le cœur en berne. *Nous n'avons encore rien commencé.* Il serra les dents pour se préparer à recevoir des paroles susceptibles de l'exaspérer.

Nick n'eut pas l'occasion de proférer un mot, car soudain, l'ascenseur tressauta.

Déséquilibré, Nick se retint contre le mur du fond et d'instinct, il stabilisa aussi Jared.

— Que se passe-t-il ?

Et merde ! Même dans des circonstances aussi triviales, Nick s'arrangeait pour être irrésistible !

— J'ai croisé le gardien de nuit tout à l'heure, répondit Jared, il a parlé d'un problème électrique. En principe, ce n'est pas trop grave et l'ascenseur fonctionne encore…

Il s'étrangla quand une autre embardée fut suivie d'un grincement horrible et d'un claquement métallique.

Avec un hurlement terrifiant, la cabine échappa à ses câbles et Jared perdit l'équilibre. Nick le serra dans ses bras tandis que tous deux étaient précipités au sol.

III

PENDANT UN terrible moment, Nick craignit que la cabine chute jusqu'au fond du puits d'ascenseur. Il sentit les parois frémir, il entendit les claquements des câbles, les gémissements du métal, et pensa vraiment qu'il allait mourir.

Avec Jared dans les bras.

Le cœur serré, il l'étreignit, décidé à lui fournir un bouclier humain.

Le cauchemar cessa aussi brusquement qu'il avait commencé. Une autre secousse et la cabine s'arrêta, inclinée sur le côté, ce qui fit glisser Nick et Jared jusque dans le coin. Les lumières du plafonnier clignotèrent, puis s'éteignirent. Même la veilleuse de secours était en court-circuit, ce qui les laissa dans une obscurité totale.

Dans le berceau de ses bras, Jared se raidit, puis il fut agité de tremblements.

Nous sommes vivants. Nick poussa un soupir de soulagement. Lui aussi tremblait.

Il sentit les mains fraîches de Jared sur son visage.

— Ça va? Tu n'es pas blessé?

Les doigts du praticien l'auscultaient avec douceur et tendresse, mais de façon attentive.

— Tu as supporté la majeure partie du choc pendant notre chute, insista Jared. Tu as mal quelque part? Une entorse peut-être? Tu saignes?

— Non, non, rien de grave, répondit Nick, juste des bleus et des contusions. J'ai connu pire récemment, en trébuchant de nuit sur des trucs que ma sœur avait laissés traîner dans le couloir menant à la salle de bain.

Il posa la main sur le cou de Jared, mais pas pour vérifier son pouls.

— Et toi, Jared? Ça va?

— Oui, tout va bien. Tu… tu…

Prenant la joue de Jared en coupe dans sa main, Nick se pencha en avant. Il entendit alors son téléphone bourdonner dans la poche de sa veste. Sans lâcher Jared, il gesticula dans le noir pour le récupérer de sa main libre et vérifia l'écran pour savoir qui l'appelait.

C'était Erin.

— Allo ?

— Nick, nous n'arrivons pas à retrouver Jared, serait-il avec toi ?

Il paraissait très inquiet.

— Oui, il est avec moi.

Nick glissa les doigts dans les cheveux de Jared. Il avait la sensation de flotter, pris dans un rêve étrange où se mêlaient le choc de l'accident et l'effet troublant d'être dans le noir. Ce qui lui restait de sa maîtrise s'effritait.

La voix d'Erin à son oreille le tira de sa transe.

— Où êtes-vous tous les deux ? Avez-vous entendu ce fracas ? L'ascenseur a eu un problème, je crois, la cabine a dû s'écraser ou…

— Oui, c'est le cas, coupa Nick. Jared et moi sommes coincés dedans.

— Oh, mon Dieu !

— Nous ne sommes pas blessés.

Nick devait se concentrer, c'était important. Il devait discuter lucidement de la situation avec Erin, mais la chute semblait l'avoir dépouillé de son sang-froid et de sa cohérence. Étaient-ils éparpillés quelque part dans la cabine ? En tout cas, Nick ne les avait pas encore récupérés. Ou alors il était en état de choc… C'était peut-être une réaction à l'accident. Ou au stress accumulé ces derniers temps.

Nick ne savait qu'une chose : c'était bon d'avoir Jared dans les bras, si bon que c'en était douloureux. De sa main libre, il traça le contour du corps abandonné contre lui. Comment Jared pouvait-il penser encore à lui, éprouver pour lui les mêmes sentiments qu'autrefois, au temps de leur adolescence ? Physiquement, ils avaient tellement changé tous les deux, ils avaient bien des années de plus. Pourtant, le contact de Jared était familier, si familier que Nick en tremblait des pieds à la tête. Dans le noir, il agissait d'instinct. Il reconnaissait les méplats du visage, la texture des cheveux, de la peau, même si elle était un peu moins ferme, même si Jared avait des poils au menton.

Il avait la réponse à la question qu'il s'était posée pendant la soirée : la barbe de Jared était plus rêche que soyeuse.

Il reconnaissait aussi les sons que produisait Jared dans le noir, mélange de soupirs et de gémissements inarticulés. Et être capable de les lui arracher donnait à Nick la sensation d'être un géant !

Revenant à sa conversation téléphonique, il laissa échapper un soupir.

— Tout va bien, insista-t-il.

Qui cherchait-il à rassurer, Erin ou lui-même ?

— La lumière est coupée, ajouta-t-il, y compris celle de secours. La cabine est inclinée sur le côté et d'après le bruit que nous avons entendu, les câbles ont lâché. Pas tous, sinon, nous serions tombés.

— Oui, j'ai bien cru que nous allions nous écraser.

C'était Jared qui parlait. Collé à Nick, sans doute entendait-il la voix d'Erin.

— Je préviens les pompiers, déclara Erin. Nous vous sortirons bientôt de là.

Il était plus calme désormais, mais toujours intense.

Jared se redressa et s'assit.

— Mets-le sur haut-parleur, Nick.

Nick obtempéra et brandit le téléphone entre eux deux. La lueur pâle de son écran lui permit enfin de voir Jared, le visage grave, l'expression sévère. Les lèvres pincées, il s'adressa au vice-président de Ste Anne.

— Erin, reste calme.

— Comment peux-tu dire cela alors que vous avez failli vous tuer dans cet ascenseur qui…

— Non, coupa Jared, n'y pensons pas, nous sommes vivants. La cabine paraît stable et je ne pense pas qu'elle risque de tomber. Appelle les pompiers, oui, mais garde ton sang-froid, parce qu'à l'heure actuelle, c'est toi qui représentes Ste Anne. D'ici peu, les pires rumeurs vont se répandre dans Copper Point et si nous n'y prenons pas garde, l'hôpital ne s'en relèvera pas. Les gens vont se demander comment un tel accident a pu arriver, pourquoi les ascenseurs n'ont pas été révisés en temps et en heure, etc. Il faudrait que tu voies Kevin, le gardien de nuit, il t'expliquera la nature du problème et les assertions fantaisistes qu'il a reçues du responsable de la société de maintenance que nous employons.

Les sourcils froncés, Nick demanda à Jared :

— De quoi parles-tu ? Quel est ce problème de maintenance ?

Ignorant les questions, Jared continua à s'adresser à Erin :

— Kevin te répétera ce qu'il m'a dit tout à l'heure. Avec ces explications, tu seras peut-être à même de couper court aux rumeurs avant qu'elles nous échappent complètement. Il ne faut pas laisser de faux bruits anéantir tout le travail que Nick et toi avez accompli à Ste Anne ces derniers mois. Et surtout, n'ajoute pas à l'hystérie générale en t'inquiétant pour nous, d'accord ? Reste calme et concentré !

Il parle en dirigeant. C'est mon rôle, non ? Dans d'autres circonstances, Nick aurait mal pris que Jared piétine ses plates-bandes, mais en situation de crise, tout était différent. Nick n'était toujours pas redevenu lui-même après la secousse qu'il venait de recevoir, tant sur le plan physique qu'émotionnel.

J'ai besoin d'une minute pour me ressaisir. Comment serait-ce possible avec Jared dans les bras ? Il n'en avait aucune idée.

À l'autre bout du fil, Owen intervint :

— Jared, comment bloquer les rumeurs ? Tu es plus au courant que moi de la façon dont ça se passe.

S'il participait à la conversation, sans doute Erin avait-il également mis son téléphone sur haut-parleur.

Jared soupira. D'un geste distrait, il posa la main sur celle de Nick qui s'attardait sur son cou.

— Va voir les infirmières, Owen. Il est déjà trop tard, bien entendu, tout le monde est certainement au courant, mais explique-leur bien qu'il est vital pour tout le monde de ne pas raconter n'importe quoi à n'importe qui. Dès que la nouvelle de l'accident se répandra, les pires spéculations s'ensuivront. Tiens, au fait, j'ai appris ce soir que Ste Anne avait des nouveaux gardes de sécurité. Je ne les connais pas encore, il faudrait leur parler également afin qu'ils suivent le mouvement.

Erin reprit la parole :

— Oh, tu parles de Tim Shephard et d'Allen Adamson ? Oui, nous les avons engagés il y a quelques jours. Il leur fallait quelques trimestres en plus pour compléter leur retraite suite aux dernières mesures gouvernementales. C'est moi qui leur ai fait passer leur entretien d'embauche. Tu parais méfiant, Jared. Pourquoi ? Il y a un problème ?

— Non, je ne pense pas, mais comme je le disais, je ne les connais pas, aussi j'ignore comment ils réagiront en situation de crise. Je comptais passer les voir ce soir après avoir parlé à Kevin, mais quand j'ai réalisé qu'Owen et toi aviez disparu, je suis parti à votre recherche. Et je suis tombé sur Nick.

Nick sentit ses idées s'éclaircir.

— Attends un peu, Kevin savait que l'ascenseur avait un problème ? Pourquoi ne m'a-t-il pas tenu au courant ?

— Je n'en savais rien non plus, admit Erin, la voix penaude. Si j'ai bien compris, les incidents électriques ont commencé dans l'après-midi, pendant que nous étions tous à la réception du Dr Amin. Sur le papier, les employés ont suivi la procédure et contacté la société de maintenance, mais si j'avais su plus tôt que l'ascenseur ne fonctionnait pas *normalement*, je…

Jared secoua la tête.

— Oublions ces détails, Erin, les gens se fichent que la direction ait de bonnes excuses, ils ne verront que les faits bruts : l'ascenseur est tombé en panne. Il faut que tu fasses face.

— D'accord, je m'en occupe dès que les pompiers seront prévenus. Je les appelle sans plus attendre. Et je vous tiens au courant, promit Erin.

Il raccrocha. L'écran du téléphone de Nick resta allumé quelques secondes, puis ce fut à nouveau l'obscurité.

Jared esquissa le geste de quitter les bras de Nick, puis il changea d'avis et s'appuya contre lui. Nick en fut heureux, il ne voulait pas se priver de ce contact physique. Était-ce à cause du choc, de la panique ou… d'autre chose ? Il ne savait pas.

Eh bien, vu qu'il n'avait rien d'autre à faire pour le moment, pourquoi ne pas chercher la réponse à cette question ?

Pour commencer, il ferait mieux de cesser de tripoter Jared. Il retira sa main qui jouait avec les cheveux blonds.

Mais Jared l'empêcha d'aller loin quand il cala la main de Nick dans son cou.

— Non, ne me lâche pas. S'il te plaît !

Il s'accrochait à l'épaule de Nick. Son souffle lui chatouillait le visage.

— Dis, tu es sûr que ça va ? s'enquit Nick, soudain anxieux. Tu m'as ausculté, mais tu n'as pas parlé de toi. Serais-tu blessé ?

— Non, je… je vais très bien.

Il mentait, sa voix tremblait.

Nick comprit alors la vérité : bien que très secoué par leur mésaventure, Jared, par fierté, ne voulait pas en parler. *Aucun problème*, pensa Nick. Il voulait juste savoir jusqu'où il pouvait aller.

— Veux-tu t'appuyer sur moi ou…

— Je me sentais mieux quand tu me caressais les cheveux.

Était-ce mal de sa part de ressentir un tel accès de désir au beau milieu d'une crise qui menaçait de mettre Ste Anne à mal ? Oui, sans doute. Mais bien que directeur, Nick ne pouvait pas faire grand-chose de sa cage d'ascenseur. C'était à Erin, son second, de maintenir le navire à flot.

Il ne restait à Nick qu'une tâche : bien s'occuper de celui qu'il avait dans les bras.

Et nous sommes seuls. Ici au moins, je peux baisser ma garde.

Du pouce, Nick caressa le long muscle de la gorge, appréciant qu'à son contact, le souffle de Jared devienne erratique. Il sentit son sang s'échauffer dans ses veines, sans doute Jared éprouvait-il la même chose. Tous deux étaient pris dans une bulle, un cocon loin du monde.

— Tu sais, je ne suis pas surpris que le gardien de nuit te confie les problèmes de notre ascenseur. En revanche, je comprends mal pourquoi tu nous as laissés y monter.

— J'avais la tête ailleurs, admit Jared. J'étais pressé et Kevin m'avait assuré que si le réparateur n'était pas venu sur-le-champ, c'était parce que d'après lui, l'ascenseur restait fonctionnel et sans danger.

— Son incompétence va lui coûter cher ! gronda Nick. Je vais mettre Rebecca sur le dossier et lui réclamer une fortune en dommages et intérêts.

Jared eut un petit rire

— C'est drôle, Kevin a lui aussi mentionné Rebecca.

Après un silence, il demanda dans le noir :

— Je t'ai demandé de le faire, je sais bien, mais je voudrais savoir… pourquoi me touches-tu de cette façon ?

Parce que j'ai cru que j'allais mourir, j'ai vu ma vie défiler… et quand j'ai compris que ce ne serait pas pour cette fois, tu étais dans mes bras. C'est comme une seconde chance.

Nick n'était pas prêt à le dire à haute voix. Donc, il n'avait pas à s'octroyer de telles privautés avec Jared.

Et pourtant, il voulait continuer, la tentation était trop forte. Comme quand il se rendait à une convention, loin des siens, et qu'après un verre de trop, il tombait un homme disponible. Ou comme à l'université, quand il n'en pouvait plus de lutter et qu'il allait dans un bar gay – en se traitant de tous les noms. Oui, c'était le même déchirement, le même dilemme entre désir et devoir, mais en plus fort, plus intense. Parce que c'était Jared qui l'avait révélé à lui-même, c'était Jared qui lui avait fait découvrir sa véritable orientation.

Après toutes ces années de séparation, Jared était redevenu son ami. Et ce soir, il avait même avoué n'avoir jamais cessé de penser à Nick.

Oui, être avec Jared changeait la donne.

Nick savait ce que cela signifiait pour lui. Mais qu'en était-il pour Jared ? Qu'attendait-il ? Comment agir envers lui de façon la plus juste possible ? Bon sang, Nick aurait aimé voir Jared !

Il se figea.

— Veux-tu que j'arrête ?

— Cela dépend du motif qui te pousse à le faire, Nick. Nous nous disputions tout à l'heure au country club et maintenant…

Avec un soupir, Nick laissa retomber sa main. Non, il n'avait pas le droit de continuer alors que ses attentions les mèneraient au même point tragique qu'autrefois, il le savait très bien.

Pour se changer les idées, il demanda :

— À ton avis, quelles sont nos chances de sortir d'ici facilement ?

— Aucune, répondit aussitôt Jared. Je te rappelle que les câbles ont lâché et que la cabine est tout de travers. Pour la bouger, il va leur falloir un équipement spécial.

— Ne serait-il pas possible de la soulever par le haut avec un équipement hydraulique type désincarcération de voiture ?

— Non. Ces machins-là sont utilisés pour les accidents de la route, mais ce n'est quand même pas un simple ouvre-boîte et un ascenseur est moins accessible qu'une voiture. À mon avis, ils vont devoir stabiliser la cabine et vérifier si le système de treuillage n'a pas trop souffert. Ce devrait être du ressort de nos pompiers, nous avons le plus vaste groupe de professionnels de la région. Si c'est trop compliqué, ils appelleront des renforts.

— Comment diable sais-tu tout cela ?

— Je suis sorti avec un pompier quand j'étais à l'université.

Et merde ! Voilà une information dont Nick se serait volontiers passé. Son imagination se déchaîna aussitôt, lui présentant Jared s'attabler avec un pompier anonyme, puis l'embrasser. Ensuite, le bel inconnu, un homme fort et musclé, se jetait sur Jared, l'épinglait au lit et…

Non, Beckert, arrête tes conneries. Pourquoi te torturer ainsi ?

Bon sang, il détestait imaginer Jared avec un autre homme !

Le silence dura un peu trop longtemps. Machinalement, Nick jeta un coup d'œil à Jared – qu'il ne voyait pas dans le noir. *Parle d'autre chose. N'importe quel sujet fera l'affaire.*

— J'ai envie de pisser ! C'est con, j'ai failli le faire avant de quitter mon bureau.

Il grimaça à peine les mots échappés de sa bouche.

Ah, bravo, Beckert ! Très classe !

Jared étant médecin, il ne tiqua même pas.

— Nous demanderons aux pompiers un urinoir portable, ils nous le feront passer pendant qu'ils analyseront notre situation.

— Il n'en est pas question ! protesta Nick. J'aurai l'air malin si le bruit se répand de ma requête prioritaire.

45

Jared gloussa, un son intime et sensuel que Nick reçut comme une caresse physique.

Est-ce que tu riais de cette façon avec ton pompier ?

Nick s'éclaircit la gorge.

— Tu es donc sorti avec un pompier. As-tu exploré d'autres corps de métiers : infirmiers ou médecins ?

Il avait espéré une réponse hautaine du genre : « Et alors ? Tu espérais que je t'attendrais en vivant comme un moine ? », mais une fois encore, Jared lui refusa cette échappatoire.

Il rétorqua d'un ton sérieux :

— Pourquoi ces questions ? Qu'est-ce que ça peut te faire ?

En temps *normal*, Nick aurait vite rétropédalé, mais ce soir, la normalité était très loin. D'ailleurs, dans un autre contexte, la question ne se serait pas posée. Les ténèbres leur offraient une étrange et très forte sensation de sécurité.

— Quand j'ai compris que l'ascenseur tombait, avoua Nick, je me suis reproché d'avoir raté l'occasion de te dire la vérité.

— Et cette vérité exige que tu passes les mains dans mes cheveux et le long de mes bras ?

— Oui.

Le cœur battant, Nick attendit la réponse de Jared, mais alors son téléphone sonna. C'était un numéro inconnu. Il y répondit sans cacher son énervement d'être dérangé.

— Beckert.

Le capitaine des pompiers appelait pour lui signaler que ses hommes et lui étaient en route pour Ste Anne.

— Une équipe de secouristes sera aussi sur place pour évaluer le site. En fait, ils devraient arriver avant nous. Ne vous inquiétez pas si vous entendez des coups et des grattements au-dessus de vous. Notre priorité sera de rétablir la lumière et de renforcer les câbles. Malheureusement, vous êtes bloqués au pire endroit, en dessous du palier du second, et l'accès à la porte est bloqué par le câble qui a cédé. J'ignore qui est le sinistre imbécile responsable d'un montage aussi absurde, mais j'aimerais lui donner mon avis quant à la qualité de son travail. Désolé, mais nous n'allons pas pouvoir vous passer de sitôt du ravitaillement et des torches. Vous êtes encore assez haut, aussi est-il important de nous assurer que la cabine ne se décroche pas. Côté bonne nouvelle, le second ascenseur n'a pas été endommagé, aussi allons-nous tenter de vous rejoindre en passant par là. Cela prendra du temps. Pouvez-vous me confirmer que vous et le Dr Kumpel n'êtes pas blessés ?

Dès les premiers mots du capitaine, Nick avait mis son téléphone sur haut-parleur, aussi ce fut Jared qui répondit :

— Oui, nous sommes tous les deux sains et saufs. Enfin, M. Beckert le prétend et vu les circonstances, je n'ai pas pu l'ausculter. Je n'ai aucune lumière.

— Je vais bien, insista Nick, un peu agacé.

— Bien, s'il n'y a pas de blessé, c'est un souci en moins. De plus, j'apprécie d'avoir un médecin sur place. Désolé de ces heures sup, Dr Kumpel.

— N'en fais pas trop, Tim, persifla Jared.

Le capitaine éclata de rire.

— On va te sortir de là, Jared, ensuite, nous irons prendre un verre et je te raconterai mes sauvetages les plus extravagants.

— D'accord, je compte sur toi.

Tim raccrocha en promettant de les tenir au courant dès qu'il aurait plus d'informations. Nick rangeait son téléphone quand le travail des secouristes commença au-dessus d'eux, scandé par des voix masculines qui s'interpellaient.

— S'ils n'ont pas accès à la porte, c'est de mauvais augure pour mon urinoir, constata Nick.

— C'est vrai.

Les claquements devenant plus forts, Jared se raidit.

— J'espère qu'Owen a éloigné les infirmières, déclara-t-il, soucieux. Si elles entendent un fracas pareil, Dieu seul sait quelles histoires elles vont inventer. De toutes les façons, le mal est sûrement déjà fait et la nouvelle de cet accident sera annoncée sur *Vivre à Copper Point* avant même que Tim arrive à Ste Anne.

Nick grogna, il détestait ce groupe Facebook.

— Tant pis, nous gérerons plus tard les retombées, quelles qu'elles soient. Ou plutôt, je le ferai. Tu n'as pas à t'impliquer, tu sais.

— Quoi ? Si tu penses que je te laisserai… Oh !

Le halètement terrifié de Jared coupa l'air comme un coup de couteau. Sans autre avertissement préalable qu'un claquement sec, l'ascenseur tangua et tomba avec un sinistre grincement métallique. Une terrible seconde durant, les deux hommes furent soulevés du sol avant de s'écraser l'un contre l'autre.

Jared s'agrippa à Nick quand la cabine fut projetée contre la paroi du puits bien plus fort que la première fois. Au cri de Jared, Nick comprit qu'il était blessé. Lui-même ne s'en était pas tiré indemne cette fois, une violente douleur lui martelait l'épaule droite.

Nick serra les dents, puis, poussé par un instinct dont il ne remit pas la nature en cause, il chercha Jared à tâtons et prit son visage en coupe. Jared ne protesta pas, il ne demanda pas davantage à connaître ses raisons, non, il s'abandonna simplement contre lui, le corps agité de frissons.

Quand Nick posa son front contre le sien, un sanglot échappa à Jared.

— Oh, Nick, murmura-t-il.

Jared.

Nick ferma les yeux et céda à la pulsion qui le tourmentait depuis deux décennies : il embrassa Jared Kumpel.

BIEN QUE coincé dans un ascenseur et en danger de mort, Jared ne pensait qu'à la bouche posée sur la sienne. Les lèvres étaient encore plus douces et tentantes que dans son souvenir – et Dieu sait qu'il n'avait rien oublié des baisers de Nick !

Quand l'ascenseur s'était décroché pour la seconde fois, Jared avait bel et bien cru sa fin venue. La cabine se trouvait approximativement à niveau du second étage de l'hôpital, mais elle descendait jusqu'à un sous-sol toujours fermé à clé. En clair, la chute serait de trois niveaux, une distance largement suffisante pour tuer les deux hommes bloqués à l'intérieur.

Pendant cette seconde d'éternité où son sort se jouait dans la balance du destin, Jared avait pensé : *est-ce donc la fin ?*

Et aussi : *vais-je mourir sans avoir embrassé Nick une dernière fois ?*

Peut-être Nick s'était-il dit la même chose… S'ils mouraient cette nuit, au moins n'auraient-ils plus ce regret.

Nick bougea alors, il attira Jared sur ses genoux afin d'approfondir le baiser. Une de ses mains était sur le cou de Jared, l'autre au creux de son dos, contre sa veste de smoking. Enivré, Jared renversa la tête et ouvrit la bouche. L'odeur de Nick, son goût lui montaient à la tête, lui donnant le vertige. Il était ivre encore, mais cette fois ce n'était pas à cause d'un Old fashioned, c'était un cocktail bien plus détonnant où se mélangeaient désir et d'émotion.

Mon Dieu, il m'a tellement manqué !

Des cris retentissaient au-dessus d'eux, suivis de grattements et de frottements, mais aucun des deux hommes n'y prêta attention. Ils restèrent accrochés l'un à l'autre à s'embrasser éperdument.

Ce qui finit par rompre leur baiser, ce fut le bourdonnement du téléphone de Nick. Il le sortit de sa poche et le mit en haut-parleur, mais avant de prendre l'appel, il pressa la tête de Jared contre son épaule.

La première question de Tim fut pour demander s'ils n'étaient pas blessés. Ensuite, il expliqua ce qui s'était passé : l'un des deux derniers câbles supportant la cabine avait lâché, il n'en restait plus qu'un.

Pire encore, la cabine s'était endommagée durant sa chute, elle était désormais coincée dans le puits.

— Surtout, insista le capitaine, ne faites aucun mouvement brusque. Et ne changez pas de place pour ne pas provoquer un basculement.

Sans faire de bruit, Nick déposa un baiser sur le front de Jared.

— Nous ne bougerons pas, assura-t-il.

Tim expliqua aussi que le cas dépassait leurs compétences. Il avait appelé à la rescousse des pompiers de Duluth. En attendant leur arrivée, lui et ses hommes tentaient de sécuriser la cabine en glissant dessous des poutres de support temporaires.

— Et votre batterie de téléphone, M. Beckert, elle en est où ? demanda Tim.

— La moitié environ.

— Il ne faut pas la gaspiller. À partir de maintenant, je ne vous contacterai qu'en cas d'urgence. De votre côté, n'hésitez pas si vous avez à me parler.

Après que Nick avait raccroché, Jared lui donna un coup de coude.

— Il faut que tu appelles ta famille.

— Tu crois ? Tim vient de me conseiller d'économiser ma batterie.

Il protestait pour la forme, Jared l'entendit dans sa voix.

— Tu iras vite, insista-t-il. Dis-leur simplement que tu n'es pas blessé et que tu as un médecin pour veiller sur toi. Dis-leur aussi que les secours s'organisent déjà. On va s'en sortir !

— Ça, tu n'en sais rien.

Sans relever cette remarque pessimiste, Jared ajouta :

— Si ta mère et ta grand-mère veulent plus de nouvelles, conseille-leur de s'adresser à Erin. Je doute fort que Tim pense à les tenir au courant, mais Erin, lui, le fera. Vas-y, qu'est-ce que tu risques ? Ce sera une conversation très brève.

Nick soupira.

— Connaissant ma grand-mère, elle va me reprocher de gaspiller ma batterie.

— Peut-être, mais elle sera contente que tu la contactes.

— Et toi ? Tu veux aussi appeler tes parents ?

— Non. Je n'ai rien à leur dire.

— Oh, tu es toujours en froid avec eux ?

Jared se demanda si c'était l'endroit adéquat pour une conversation aussi déprimante.

— Je ne compte ni faire semblant ni afficher des croyances pour complaire à la communauté. Ils refusent de le comprendre, alors, autant que nous nous fréquentions le moins possible, cela évite les frictions.

Nick ne répondit pas. Il reprit son téléphone et appela sa mère. Il ne mit pas son appareil en haut-parleur, mais comme Jared était collé à lui, il entendit sans peine la conversation. Et comme chaque fois, il en ressentit un pincement de jalousie. Simon avait également avec sa famille une relation ouverte et chaleureuse, pourquoi pas lui ?

Oh, la situation d'Owen était bien pire, Jared le reconnaissait.

Jared saluait ses parents lorsqu'il les croisait en ville, il passait de temps à autre leur dire bonjour, mais ces rapports étaient superficiels et sans réelle affection. Il s'entendait un peu mieux avec sa sœur et quelques-uns de ses cousins, mais en général, il se sentait exclu du cercle familial.

Tout au contraire, Nick était très proche de sa famille, mais aussi de ses cousins de Copper Point ou de Milwaukee. Chez les Beckert, même les amis de la famille étaient considérés comme des tantes et des oncles d'adoption. Étant enfant, Jared s'y perdait parfois. Un jour, il avait demandé à Nick : « Combien de sœurs et de frères tes parents ont-ils donc ? » Nick avait ri et expliqué que c'était une tradition culturelle des Afro-Américains, ce qu'un petit blanc ne pouvait pas comprendre.

Oh, combien Jared avait aimé aller chez Nick ! Ces rires constants, cette chaleur, cette convivialité, c'étaient pour lui des concepts inconnus. Chez lui, il n'y avait que des règles rigides, des contraintes, des réprimandes. Grâce aux Beckert, Jared avait découvert que l'éducation d'un enfant pouvait être stricte – et elle l'était ! – tout en restant bienveillante. Au départ, il avait été accueilli avec une certaine réserve, il s'était senti observé, mais au fil du temps, les Beckert l'avaient admis dans leur cercle d'intimes. À partir de là, Jared s'était fait engueuler autant que Nick, et il avait adoré ça !

Un jour, tout avait changé. Il avait perdu Nick et le clan Beckert était redevenu distant vis-à-vis de lui, courtois, mais froid. Nick n'avait rien révélé de leur secret, Jared en était certain, aussi s'était-il souvent demandé comment la famille Beckert avait compris ce qui s'était passé.

Puis Nick raccrocha. Arraché à ses réminiscences, Jared posa la main sur sa poitrine, espérant le réconforter.

— Ça va ?

— Oui.

Nick enroula ses bras autour de Jared.

Pendant un moment, ils gardèrent le silence, enlacés dans l'obscurité.

Quand les coups résonnèrent en dessous d'eux, Jared sursauta et Nick resserra son étreinte. Sans plus se soucier de garder la face, Jared enfouit son visage dans le cou de Nick.

— Je ne veux plus que nous tombions.

— Je te tiens. Si nous tombons, tu seras dans mes bras.

— Oui, mais je ne veux pas non plus que tu te fasses mal.

Avec précaution, Jared effleura l'épaule de Nick. Quand il entendit un cri étouffé, il serra les lèvres.

— Bon sang, tu es blessé ! Laisse-moi regarder.

— Non. Que pourrais-tu faire de plus ? On ne voit rien et tu n'as pas de matériel.

— Chut.

Jared s'assit lentement et fit jouer l'articulation de Nick.

— Bon, tu as raison, sans lumière, mon diagnostic est moins sûr. Je pense qu'il s'agit d'un problème de tendon. Ou peut-être d'une luxation, mais si c'est le cas, elle est légère. Si tu ne bouges pas trop, ça ne devrait pas s'aggraver.

— Merci, docteur.

Jared reprit sa place contre Nick et se mit à jouer avec la soie de son nœud papillon.

— L'ascenseur va rester en panne pendant des semaines, c'est ça ?

Nick soupira.

— Oui, probablement, ce qui va nous causer des tas d'ennuis avec les inspecteurs de l'État. Il nous reste bien l'ascenseur dédié à la chirurgie, mais il a un rôle précis. Ça va être un problème majeur ! Comment gérer les patients, le personnel et les visiteurs avec un seul ascenseur ? En plus, tu parlais de « semaines », je crains qu'il nous faille compter en mois. Tout serait tellement plus simple si Ste Anne était de plain-pied ! Quelle idée en pleine cambrousse de bâtir un hôpital avec deux étages !

— Le bâtiment d'origine est incroyablement ancien, déclara Jared. Je parle de la tour avec les bureaux, elle a été construite en 1930. Les autres parties de l'hôpital datent de 1950. Ils auraient pu – ou dû – raser la tour et reconstruire à neuf, mais ils ont opté pour la préservation du patrimoine et nous en payons les conséquences.

— On croirait un article de *Vivre à Copper Point* !

— Eh bien, si tu envisageais de construire un nouveau bâtiment, cet incident va te donner de bons arguments pour lancer le débat, non ? Parce que tu n'imagines pas ce que les réparations vont te coûter !

— Oh, si, j'imagine très bien. Charmante perspective ! De quoi aggraver mon ulcère. Je suis bon pour me bourrer d'antiacides pendant une semaine !

— Nous t'aiderons à trouver une solution, Nick. Par « nous », je parle du conseil. Tu n'es plus tout seul à gérer les problèmes de Ste Anne.

Jared sourit dans le noir quand les bras de Nick se resserrèrent sur lui.

— Je suis content que tu sois là. Et j'apprécie ton aide.

L'obscurité, la proximité de Nick, son odeur envoûtante de santal et de cannelle, tout cela fit que Jared perdit la tête : il parla sans réfléchir et révéla ce qu'il avait dans le cœur.

— Je ferais n'importe quoi pour toi !

— D'accord. Dans ce cas, ne sors pas avec Matt.

Comme si Jared y pensait encore après cet incident ! Même si Nick redevenait glacial à son égard une fois sorti de l'ascenseur, Jared ne serait pas capable de regarder un autre homme de sitôt. Pas après ces étreintes, ce baiser.

Rien qu'en y pensant, il commençait à s'inquiéter. Cela faisait des années qu'il rêvait de Nick et où cet amour unilatéral l'avait-il conduit ?

À rien.

Tous les soirs, il retrouvait sa maison vide, le cœur en berne.

Bien qu'il fasse noir, Jared se força à sourire et à prendre un ton léger :

— De quel droit exiges-tu cela de moi, hmm ?

— De ce droit-là, répondit Nick.

Une fois encore, il embrassa Jared.

C'était la faute des ténèbres, décida Jared. L'obscurité les dépouillait de leurs réticences, de leurs doutes, de leurs différends. Il hésita brièvement à s'écarter de Nick pour exiger de lui des réponses – *qu'est-ce que lui voulait Nick au juste ? Ses baisers étaient-ils une promesse, un engagement ?* –, mais très vite, il y renonça, préférant savourer le moment et la douce brûlure du désir.

Comment aurait-il pu *ne pas* répondre aux lèvres de Nick ?

Ils vibraient du même désir, c'était évident. Jared ignorait où et comment Nick était devenu un tel expert en baiser – et pour être franc, il préférait ne pas savoir –, mais soit Nick avait eu un bon mentor, soit il était un élève assidu. Son baiser était intense et savant. De la pointe de la langue, Nick dessina le contour des lèvres de Jared avant de plonger dans sa bouche, cherchant sa langue et la caressant sensuellement.

Et Jared en oublia presque qu'ils n'étaient pas à l'abri dans une chambre, mais coincés dans un ascenseur à l'équilibre instable.

Du bout des doigts, Nick traça la mâchoire de Jared, brisant le baiser le temps de sourire dans le noir.

— Quand je t'embrasse, ta barbe me chatouille. C'est une sensation toute nouvelle.

Pourquoi Jared trouvait-il si difficile de respirer ?

— Je vais la raser.

— Non. J'aime bien !

Riant toujours, Nick lui mordilla le menton, puis le dessous de la mâchoire. C'était surréaliste. Jared tenta de se perdre dans ses sensations, mais il ne le put, car le bruit en dessous d'eux devenait trop violent.

Inquiet, il se redressa, tout raidi. L'ascenseur bougea encore. Affolé, Jared cria et serra les poings sur la chemise de Nick.

— Chut, chut, ça va aller, marmonna Nick.

Il le berça contre lui, lui caressa les cheveux.

Le visage niché dans son cou, Jared chuchota :

— Je devrais être au lit, chez moi, à l'abri. Je me sentais seul, alors quand Owen m'a invité au manoir, j'ai accepté. Je suis monté dans la voiture d'Owen, il avait promis à Erin de passer à Ste Anne, et voilà… C'est drôle, hein, la façon dont le destin se joue parfois de nous ?

Nick continuait ses caresses apaisantes.

— Je suis désolé que tu te sentes seul. Je n'ai jamais voulu cela.

C'est à cause de toi que je me sens seul depuis vingt ans.

Non, Jared ne devait pas se montrer injuste. Après tout, Nick ne lui avait jamais rien promis.

Et Jared allait payer très cher cet intermède dans l'ascenseur : comment oublier Nick maintenant, alors que même auparavant, il n'y était jamais parvenu ?

— Que va-t-il se passer quand nous sortirons ? demanda-t-il d'une voix éteinte. Comptes-tu prétendre qu'il ne s'est rien produit ?

— Non.

Le cœur battant plus vite, Jared ouvrit les yeux, mais il faisait toujours aussi noir, il ne vit rien. Il sentit, cependant. L'odeur de Nick l'enivrait, mélange d'eau de toilette et de son musc personnel. Jared en était imprégné. Il aurait voulu garder cette fragrance éternellement sur sa peau.

Mais plus encore, il voulait des réponses.

Ça veut dire quoi au juste ? Que va-t-il se passer entre nous ?

À la recherche d'une position plus confortable, Nick bougea, ce qui lui arracha un cri. Il avait dû malmener son épaule douloureuse.

— Je ne sais pas encore, admit-il. Mais nous chercherons ensemble une solution. Et je vais aussi lever des fonds pour reconstruire Ste Anne.

— C'est une excellente idée, mais je vois mal comment tu comptes t'y prendre vu tes difficultés budgétaires actuelles. Aurais-tu rencontré des investisseurs à la réception ce soir ? T'ont-ils fait des propositions fermes ?

— Pas vraiment, juste des allusions, et je ne suis pas certain d'y donner suite. J'ai reçu deux offres, la première de la société d'investissement de Jeremiah Ryan. C'est un brave homme, mais son but est de privatiser les petits hôpitaux pour les intégrer à son groupe et à mon avis, ce n'est pas ce qu'il faut à Copper Point. L'autre option, celle de Peterson, est nettement pire. Lui aussi veut nous intégrer, mais seul le rendement l'intéresse et tout ce que touche ce requin se transforme en cendres. Je ne laisserai jamais Ste Anne tomber entre ses mains !

— Quelles autres options as-tu ? Tu pourrais engager une entreprise indépendante, faire inspecter de fond en comble le bâtiment et déterminer ce qui ne va pas. Cet accident te donne une parfaite excuse pour lancer un audit de ce genre. Quel que soit le verdict, il tournera en ta faveur. Les derniers travaux de Ste Anne datent de 1980 et les bâtiments n'ont jamais été correctement entretenus.

— Je sais, mais en quoi cela nous aiderait-il ? Nous risquons de tomber sous la coupe de Peterson !

— Non, quand tu auras le rapport d'un spécialiste, tu t'en serviras pour établir un budget et t'adresser à *nos* investisseurs. Nous avons aussi des ressources. Le père d'Erin pourrait se montrer plus généreux, il tient beaucoup à rentrer dans les bonnes grâces de la communauté. Vois ce que Jack nous a obtenu : des tas de médecins spécialistes et finalement, le Dr Amin. Depuis deux ans qu'il est ici, il a déjà bien amélioré Ste Anne. Toi aussi. Et maintenant, Erin et toi avez créé un nouveau conseil, jeune, plein d'enthousiasme. C'est un puissant levier ! Réunis toutes les informations nécessaires et bats-toi avec les armes que tu t'es forgées. Nous sommes tous avec toi.

Nick pressa ses lèvres sur le front de Jared.

— Tu es sacrément intelligent, bébé. Tu m'impressionnes !

— Mmm.

D'accord, Jared s'habituerait volontiers à de tels compliments.

Cette fois, le baiser fut plus lent, plus langoureux. Ensuite, ils restèrent enlacés en silence. Plusieurs fois, Jared faillit s'endormir, mais les claquements et les cris qui résonnaient sous eux le maintenaient éveillé.

Quand il s'en plaignit, Nick proposa :

— Veux-tu que je chante pour toi ?

Jared sourit.

— Que vas-tu me chanter ? Une berceuse ?

En guise de réponse, Nick entonna une chanson de Prince.

Ah, Prince, c'était leur chanteur depuis toujours. À l'université, tous deux en avaient été fans. À l'époque, Nick prétendait mieux connaître l'artiste que Jared. C'était la vérité, il l'avait vite prouvé. Surpris et admiratif, Jared avait demandé à tout savoir lui aussi. Alors, pendant leur temps libre, ils avaient passé des heures dans la chambre de Nick, à écouter de la musique, à discuter, à rêver d'assister à un concert de Prince ou de faire un pèlerinage au parc Paisley [6].

Ils n'avaient pas réalisé leurs vœux au moment où ils s'étaient séparés. Ensuite, Jared n'avait pas été tenté de s'y rendre seul. En 2016, quand il apprit la mort de l'idole de la pop, il en fut effondré. D'abord, parce qu'il avait raté sa chance de voir l'artiste sur scène, ensuite, parce que son meilleur ami n'était pas là pour partager sa peine. Et quelque part, il lui sembla que leur rupture devenait encore plus définitive.

Pourtant, ce soir, il était avec Nick dans un ascenseur, moitié riant, moitié pleurant tandis qu'il écoutait une version lente de *Kiss*.

---

6 Studios d'enregistrement situés à Chanhassen, Minnesota, érigés par Prince en 1986.

Après *Kiss*, Nick chanta d'autres chansons de Prince : *Alphabet Street* et *Soudain, il neige en avril*.

Il y eut d'autres bruits en bas, la cabine bougea encore. Cette fois, elle était presque stabilisée.

Dix minutes plus tard, Nick reçut un autre appel. Jared ne chercha pas à écouter ce qui se passait, il restait pris dans le rêve heureux créé par la voix de Nick.

Après avoir raccroché, Nick expliqua :

— L'ascenseur est sécurisé, mais ils ne veulent plus rien tenter avant l'arrivée des gens de Duluth. Ils seront là dans une heure.

Il caressa le dos de Jared et ajouta :

— Erin m'a envoyé un texto. Tes parents sont en bas, dans le hall de Ste Anne. Ainsi que plusieurs journalistes qui représentent les médias dans trois villes des environs.

Jared s'assit brusquement.

— Oh, non !

— Si. Rebecca est là aussi, elle aide Erin à formuler sa déclaration de presse et encadre les avocats de l'hôpital afin de poursuivre en justice la société de maintenance. Jack nous examinera dès que nous sortirons. Ne proteste pas. Cela fait partie du protocole d'investigation.

— D'accord.

Quand Jared reposa la tête sur l'épaule de Nick, il sentit une main jouer avec ses cheveux.

Nick ajouta :

— Tous les patients ont été envoyés dans d'autres hôpitaux.

Jared tressaillit.

— Attends. Ils ont évacué Ste Anne ? Mais pourquoi ?

— Ils ne me l'ont pas dit. Par précaution, je suppose, pendant qu'ils consacrent leur énergie à nous atteindre. Je n'ai pas posé de questions pour ne pas leur faire perdre du temps.

Jared s'était cru fatigué ce soir en quittant la réception du Dr Amin. À présent, il était au bord de la catatonie. En congé ce week-end, il n'avait pas eu de patients officiels à Ste Anne, sauf un, mais il traitait plus ou moins tous les enfants de Copper Point de leur naissance à leurs dix-huit ans. L'idée qu'en cas de problème de santé, ces enfants seraient envoyés à des inconnus pendant que lui était coincé dans une cabine le consternait.

Nick lui frotta l'épaule.

— Hé, c'est presque fini. Détends-toi.

— As-tu dit à Erin de faire pression pour un nouveau bâtiment ?

— Non, mais il l'a compris tout seul.

— Ou bien Owen l'y a aidé. Simon, lui et moi parlons des avantages d'un hôpital de plain-pied depuis notre arrivée ici.

— L'essentiel, c'est que nous sommes en sécurité et nous sortirons bientôt. Dès que la cabine sera complètement stabilisée, ils ouvriront la trappe d'accès ou en découperont une nouvelle dans une des parois. Ils nous récupéreront un à la fois avec des filins. D'après Erin, Jack, Owen et Simon ont la ferme intention de nous ausculter, mais avant, il faudra que je m'adresse brièvement à la presse.

Jared sentait éclater leur bulle protectrice. *Je ne veux pas que cela se termine.* C'était une idée totalement ridicule. Il n'était pas question qu'il l'exprime à haute voix, mais…

— Vas-tu… rester avec moi ? Ce soir ?

Oh, c'était pire encore ! Il paraissait quémandeur et peureux. Il regrettait déjà d'avoir ouvert la bouche.

La main de Nick glissa dans son dos, le long de sa colonne vertébrale. Jared en eut la chair de poule.

Puis Nick soupira contre ses cheveux.

— Je ne peux pas, ma famille m'attendra à la maison.

Le cœur de Jared se serra. Tout serait donc fini une fois qu'ils sortiraient d'ici. Nick avait bien parlé de « trouver une solution », mais Jared le connaissait suffisamment pour deviner ce qui allait se passer.

Nicolas Beckert n'était pas du genre à faire un pas en avant sans s'être préalablement assuré que la route était sûre. Deux décennies plus tôt, Jared avait tenté de lui forcer la main et sa stratégie lui avait explosé au visage. Tous deux n'avaient que seize ans à l'époque, d'accord, mais d'après Jared, la réaction de Nick serait la même aujourd'hui.

Ce soir, dans le noir, il reçut une révélation sans équivoque : il aimait Nick, il l'avait toujours aimé, il ne cesserait jamais de l'aimer.

Dans ce cas, pourquoi se donner la peine de sortir avec Matt ou un autre ?

Nick berça Jared contre lui, serrant la tête blonde posée sur sa bonne épaule.

— Repose-toi pendant que c'est possible. Veux-tu que je chante encore ?

— Oui, s'il te plaît, murmura Jared.

Il eut un sourire douloureux quand Nick écarta les cheveux de son oreille et entonna *Sexy MF*.

Bercé par cette voix aimée, Jared sombra dans un sommeil agité.

UNE FOIS l'équipe de Duluth arrivée sur le site, la situation avança rapidement. Une partie des hommes se mit au travail sous la cabine pour s'assurer qu'elle ne tombe pas, les autres se concentrèrent sur la meilleure façon de récupérer Nick et Jared.

Nick les eut régulièrement au téléphone jusqu'à ce qu'ils réussissent à forcer la porte et à lui faire passer un talkie-walkie, une lampe portative, des bouteilles d'eau, des lingettes pour les mains, des barres-repas et, comme Jared l'avait annoncé, des urinoirs portatifs.

Au début, Nick refusa de l'utiliser, mais il changea d'avis quand Jared lui fit remarquer qu'une fois sortis, ils seraient constamment sous le feu des projecteurs et que pisser tranquillement deviendrait un luxe.

Nick se sentit rougir en manipulant le récipient en plastique fermé d'un bouchon.

— C'est très embarrassant, murmura-t-il.

— Je suis médecin ! se récria Jared. Je me fiche complètement des fonctions corporelles, surtout dans une situation comme celle-ci.

Nick ne sut quoi penser de cette désinvolture. Bien entendu, il savait que Jared avait raison, mais il ne parvenait pas à dépasser sa gêne. Comme sa vessie en avait plus qu'assez de ses atermoiements, il finit par se retourner pour pisser dans son bocal.

Jared fit la même chose. Il fit ensuite un brin de toilette et se désaltéra.

Ensuite, il s'adressa à Nick d'un ton sérieux :

— Nous allons bientôt sortir et tu vas affronter les journalistes. Ne les laisse pas te mettre en porte-à-faux. Rappelle-toi que tu reviens de loin et que tu as le vent en poupe.

Il redressa le col de la chemise de Nick et lissa les pans de sa veste.

— Tu me parles comme si j'étais un novice ! se défendit Nick. Je connais mon boulot !

— Je sais, tu es très doué. Je t'ai beaucoup admiré l'an passé quand tu as affronté – et vaincu – le père d'Erin et tous ces escrocs de l'ancien conseil. Ta prestation a été parfaite, elle m'a donné des frissons.

— Oui, sauf que ces escrocs avaient des amis qui n'attendent qu'une chose : me voir tomber de mon piédestal ! Prends Peterson, par exemple, je ne plaisantais pas, ce type est un requin. Il est parfaitement capable de boulotter Ste Anne et tous ceux qui y travaillent, et moi aussi, puisque je suis sur son chemin.

— J'ai foi en toi, tu es de taille à gérer Peterson.

Nick sentait poindre une migraine.

— Possible, admit-il. Mais je suis sacrément fatigué.

Bien qu'il n'ait pas eu l'intention de le dire à voix haute, il ne regrettait pas son aveu. En général, il ne se détendait que chez lui, entouré des siens. Avec Jared aussi, il se sentait en confiance. Autrefois, ils avaient été si proches...

Mon Dieu, je veux retrouver ça.

Jared lui caressa le cou.

— C'est bien normal, tu travailles tellement ! Et je ne minimise pas tes efforts, je suis sincèrement ébloui par tout ce que tu as accompli à Ste Anne en particulier et dans ta vie en général. Si tu te sens frustré, défoule-toi sur moi, ça ne me dérange pas. Je saurai t'écouter.

Nick lui effleura la joue.

— Merci.

— Et ne te sens surtout pas coupable : tu n'aurais rien pu faire de plus concernant cette panne.

— Peu importe, cela va me retomber dessus. Je ne comprends toujours pas que le gardien de nuit ne m'ait pas informé immédiatement qu'il y avait un problème.

— Dans ce cas, suis mon conseil : parle de revoir le protocole, parle aussi de cet audit que tu vas demander pour évaluer les risques potentiels de la tour, parle des améliorations que tu comptes apporter, de tes projets de bâtir un nouvel établissement si c'est l'avis que tu reçois de ton consultant. Et tu sais comme moi que c'est ce qu'il te dira.

Nick inclina la tête contre le mur.

— Copper Point va aussitôt penser à une hausse d'impôts. Les gens ne seront pas contents.

— Les entreprises de construction seront aux anges. Tu peux aussi parler de la création de nouveaux emplois. Vois cela avec Erin.

— Trouver les fonds nécessaires à ces grands projets ne sera pas si simple, une taxe ou deux ne suffira pas. Copper Point n'est pas très riche, Ste Anne se remet à peine à flot après des décennies de gestion désastreuse. Nous avons eu des difficultés pour équilibrer notre budget et financer cette nouvelle salle de cardiologie. Sur le long terme, cet investissement sera extrêmement rentable, mais le Dr Amin n'est pas encore entré en fonction. Comment financer un nouvel hôpital ? Putain, que ça tombe mal !

— Nous allons y réfléchir tous ensemble. Tu n'es pas tout seul, Nick.

Nick lui caressa les épaules. Il appréciait de pouvoir le voir.

— J'accepte volontiers ton aide, docteur Kumpel. Tu as de très bonnes idées !

Jared effleura sa mâchoire râpeuse.

— Tu fais bien de me rappeler mon titre, M. Beckert. En tant que praticien, je recommande à mon patient du repos. Que puis-je te prescrire d'autre pour évacuer ton stress ?

— Mmm. Je ne sais pas, c'est toi le médecin. Le sexe n'est-il pas réputé comme étant le meilleur des anti-stress ? Fais-tu des visites à domicile, docteur ?

Jared sourit.

— En principe, non, mais je peux faire une exception pour toi.

Nick remarqua alors que Jared paraissait un peu triste.

Même si se voir enfin était un soulagement, la lampe envoyée par les hommes de Duluth avait changé l'ambiance dans la cabine. Nick n'était que trop conscient de la fin imminente de leur intermède.

Oh, c'était tellement cliché ! Même une série romantique n'aurait pas osé un scénario aussi extravagant : deux anciens amants piégés dans un ascenseur, qui en ressortaient transformés, à nouveau amoureux.

Sauf que Jared et lui ne rentraient pas vraiment dans ces rôles. À l'école secondaire, Nick avait cherché à se convaincre que leur relation n'était qu'une amourette, une brève aventure, un feu de paille. Une erreur de jugement, une folie de jeunesse…

Une fois adulte, il avait vite réalisé que ses sentiments pour Jared ne s'atténuaient pas. En acceptant un poste à Copper Point, il s'était retrouvé à travailler avec son ex, dans le même hôpital. Et même avant leur rapprochement durant l'enquête sur le détournement de fonds, Nick avait été forcé d'admettre que son amour d'antan ne s'était jamais éteint. Il suffisait d'une étincelle pour en ranimer les braises.

Le problème n'avait jamais été la passion, les sentiments. Non, ce qui leur fallait aménager, c'était la logistique d'être ensemble.

Dans l'obscurité, Nick s'était dit que Jared et lui pourraient le gérer à deux. La lumière, même aussi mauvaise que celle d'une lampe de chantier, ranimait ses doutes.

Leur intimité disparut lorsque l'équipe de Duluth utilisa une machine à désincarcération pour arracher le haut de la cabine, puis forcer la porte. Coincée, elle s'ouvrait à peine à moitié.

Pour fuir les raclements du métal martyrisé et les débris de toutes sortes dont ils étaient criblés, Nick et Jared se levèrent et se réfugièrent dans le coin le plus éloigné de la cabine, proches l'un de l'autre, mais bien plus discrets que durant ces heures enlacés dans le noir.

Nick ne savait plus trop ce que l'avenir leur réservait. Il avait espéré un dernier baiser, une dernière étreinte. C'était ridicule, non ? Le plus important était de sortir de là en vie tous les deux.

Suivant les instructions des sauveteurs, Nick souleva Jared vers les bras qui se tendaient pour le récupérer. Son geste ranima sa douleur à l'épaule, aussi grogna-t-il entre ses dents tandis que Jared disparaissait de sa vue. L'intermède avait pris fin.

Quand Nick arriva à son tour dans le couloir, il vit Owen entraîner Jared.

C'est fini. Il est parti.

Puis Nick fut assailli : les journalistes se jetèrent sur lui en brandissant leurs micros. Erin apparut alors et lui posa la main sur le coude. Il sourit à la presse et chuchota à Nick :

— Remercie-les de leur présence, de leur soutien. Promets-leur une déclaration dès que tu auras été ausculté par un médecin, laisse ensuite Jack t'escorter à l'écart.

Effectivement, le Dr Wu était à proximité, le visage grave et ému.

D'un discret signe de tête, Nick indiqua à Erin qu'il avait compris les instructions.

Pourtant, Erin ne s'écarta pas.

— Nick, ça va, tu es sûr ? Tu es blême !

Jack intervint :

— Je n'aime pas l'aspect de cette épaule, je veux qu'il passe un scanner sans plus attendre ! Faites ce que vous avez à faire, mais faites-le vite.

Dans un état second, Nick s'adressa aux médias, il parvint à sourire en débitant des banalités. Quand ce fut terminé, il accepta sans se faire prier de s'installer dans le fauteuil roulant qu'une infirmière avançait pour lui « selon les instructions du Dr Wu ».

Il garda la tête haute tant qu'il fut dans le couloir.

Une fois la porte refermée sur lui, une odeur familière lui monta aux narines : le parfum de sa mère, la pâtisserie de sa grand-mère et les larmes de sa sœur. Il se détendit enfin.

Jack sourit en voyant les trois femmes envelopper Nick de leurs bras.

Emmanuela recula enfin pour regarder son frère.

— Nous étions malades d'inquiétude !

Sans mot dire, les yeux débordant de larmes, sa mère lui caressa le visage. Grand-mère Emerson s'assit à son côté et lui frotta le dos, comme autrefois, quand elle cherchait à le consoler d'une chute de vélo.

Nick ne put profiter longtemps de ce moment de tendresse, car Jack intervint. Il s'excusa poliment et déclara qu'il devait emmener son patient au scanner.

Les journalistes avaient disparu. Jack en profita pour interroger Nick concernant sa blessure. Il s'arrêta même pour lui demander quelques mouvements précis.

Ensuite, il se remit à pousser le fauteuil roulant.

— En principe, rien de sérieux, conclut-il, mais Rebecca tient à toute une batterie de tests pour étoffer son dossier de dommages et intérêts. Au fait, désolé, Nick, mais vous vous souvenez de l'endroit où se trouve le scanner, n'est-ce pas ?

Nick se tendit.

— Oh, merde !

— Oui. Nous allons devoir emprunter l'ascenseur pour descendre au rez-de-chaussée. Faites-moi confiance, il a été scrupuleusement inspecté par trois équipes différentes. Il fonctionne ! Même si la probabilité que vous soyez coincé une seconde fois cette nuit est quasi nulle, je comprends très bien votre appréhension.

Nick hésita à proposer de prendre l'escalier, mais sa fatigue l'en empêcha. Il se contenta de fermer les yeux et se répéta en boucle que tout irait bien. Il entra dans la cabine. L'ascenseur se mit en marche avec une légère secousse, Nick ne put retenir un tressaillement.

Jack posa la main sur son épaule.

— Celui-ci secoue davantage que l'autre. Dommage pour nous qui allons devoir nous en contenter pendant des mois. Les dégâts sont terribles, les réparations vont durer longtemps.

— Jared est d'avis que plutôt que réparer cet ascenseur, je ferais mieux de réfléchir à un nouveau bâtiment pour Ste Anne.

Nick espérait que s'il continuait à parler, sa panique se calmerait.

— Il a sans doute raison, admit Jack, cette tour est vétuste, son matériel est totalement désuet. Pourquoi le réparer à grand prix ? Un nouveau bâtiment est très tentant, mais en avons-nous les moyens ? Le timing me semble mal choisi.

Nick serrait les dents. Cet ascenseur était plus lent qu'un escargot !

— Où est Jared ? demanda-t-il. Est-il grièvement blessé ? Il a prétendu que non, mais il s'est fait mal, je le sais.

— Owen est avec lui. Je n'ai pas encore de nouvelles, mais vos chambres sont à l'étage, côte à côte. Je veillerai à ce que Jared passe vous voir avant de rentrer chez lui. En vérité, je préférais vous garder tous les deux cette nuit pour observation. Ce sera couvert par l'assurance, bien entendu.

Chez lui ? Non, Jared irait sans doute dormir au manoir, chez Owen et Erin. Il avait également invité Nick à venir. Peut-être aurait-il dû accepter. Il avait été tenté de le faire. Mais c'était impossible, *totalement* impossible.

Alors voilà, c'était fini ? Ils avaient eu droit à un long tête-à-tête dans l'ascenseur, rien d'autre ?

Non, j'en veux davantage.

Seigneur, qu'il était fatigué. Et il avait mal partout !

Il tenta de bouger son épaule raidie, mais son geste fit naître une douleur sourde qui le traversa tout entier.

— Nick ?

Qui l'appelait ? Était-ce Jack ? Ou Jared ?

Clignant des yeux, Nick se frotta l'épaule et regarda autour de lui.

Il pleuvait.

Dans l'ascenseur ?

Non. Il n'était pas dans l'ascenseur. Il était sous les gradins avec Jared, debout devant lui. Oh, c'était déroutant ! Jared n'était pas un adulte, mais un adolescent mince et dégingandé. Ah, non, Nick s'était trompé. Il voyait à présent le Dr Kumpel avec une blouse blanche et une barbe élégante. Et les deux Jared parlaient en même temps, de la même voix aux tessitures différentes… *Je veux que nous soyons ensemble au grand jour. Je veux t'entendre reconnaître ce qui existe entre nous, non que tu me regardes comme une horrible erreur. Est-ce trop demander ?*

Non, sans doute pas, mais pour Nick, c'était le cas. À l'époque, avouer son homosexualité lui était impossible. Aujourd'hui, c'était toujours vrai. Sauf qu'à trente-six ans, il souffrait *plus encore* qu'à seize ans de devoir repousser Jared.

— Je ne veux plus que tu partes.

— Nick ?

Une main le secouait doucement.

Nick ouvrit les yeux et constata que Jack Wu le regardait d'un air inquiet.

— Nick, insista le chirurgien, reste avec moi. Les portes de l'ascenseur vont s'ouvrir et tu seras bientôt en salle d'examen.

Trop tard. Jared avait disparu. Alors, pourquoi Nick ferait-il l'effort de rester ?

— Dis-lui que je l'aime, murmura-t-il. Je l'ai toujours aimé.

Avant de perdre conscience, il entendit des cris, il vit un éclat de lumière vive – les portes s'étaient ouvertes. Puis il céda à l'épuisement et s'affala dans son siège.

IV

QUAND JARED apprit que Nick s'était évanoui avant d'arriver au scanner, il voulut se lever et aller le voir.

Owen l'en empêcha et le repoussa dans le lit. Il vérifia l'intraveineuse que Jared portait au bras et indiqua :

— En ce moment, tu es patient, pas médecin. Jack s'occupe de Nick et Simon est avec lui. C'est moi qui le lui ai envoyé. Tu es rassuré ?

Jared l'était, oui, un peu, même s'il aurait préféré veiller personnellement sur Nick.

— Pourquoi a-t-il perdu conscience ? demanda-t-il, anxieux. Est-ce à cause de son épaule ? J'avais estimé que ce n'était pas si grave.

Owen lui lança un regard entendu.

— Nick et toi êtes restés enfermés cinq heures dans le noir dans une cabine susceptible de tomber d'un moment à l'autre. C'est déjà traumatisant. Et comme Nick, le malheureux, était en fauteuil roulant, il a été obligé de remonter dans un foutu ascenseur pour descendre au scanner.

Oh, non.

— Le directeur de Ste Anne ne peut se permettre une crise de panique chaque fois qu'il met le pied dans un ascenseur ! s'écria Jared, consterné. Ce serait une catastrophe !

Quand son cerveau fatigué interpréta enfin ce qu'Owen venait de dire, Jared sursauta violemment.

— Attends, ajouta-t-il, nous sommes restés coincés *cinq heures* ? Et tu dis que Nick est traumatisé ? Je veux le voir, *tout de suite*. Je dois vérifier qu'il n'a rien.

— *Calme-toi* ! insista Owen avec force. Nick va s'en sortir. Tout le monde va s'en sortir ! Tout ira bien, très bien même, et avant même que tu le réalises, l'hôpital sera parsemé de fleurs et d'arcs-en-ciel.

Jared passa une main sur son visage.

— Quand comptes-tu me laisser sortir, Owen ? J'aimerais dormir dans un lit.

— Tu es un petit comique, toi! Regarde bien, tu es déjà dans un lit, Jared. Dors si ça te chante, dors aussi longtemps que tu voudras. Veux-tu que je te prescrive de quoi t'aider à te détendre?

Horrifié, Jared retira sa main et jeta à Owen un regard noir.

— Enfoiré! Tu m'as *hospitalisé*?

— Tu sais comme moi que les médecins sont les pires patients. Tu es déshydraté et épuisé. Tu trembles d'énervement et de tension. Plus important encore, tu es un des médecins de cet hôpital et ta bonne santé mentale et physique est essentielle à la communauté. Oui, je t'ai hospitalisé. Les papiers devraient arriver d'une minute à l'autre. Et si tu t'avises de ne pas les signer, je t'envoie Erin.

Jared soupira et retomba sur son oreiller.

— D'accord, d'accord, mais une seule nuit, compris? Demain matin, je rentre chez moi.

Il fronça les sourcils en calculant que la nuit était bien avancée. Techniquement, c'était déjà le matin, même s'il était encore très tôt.

Assis sur un tabouret au chevet du lit, Owen se concentrait sur l'ordinateur portable réservé aux médecins de Ste Anne : il leur donnait accès aux dossiers électroniques des patients.

— Nous en discuterons quand tu auras dormi, répondit-il sans lever les yeux de son écran. Au fait, puisque tu es déjà de mauvais poil, je peux aussi bien t'annoncer que tes parents sont dans le couloir, ils veulent te voir.

— Et merde!

Pour tenter de se calmer, Jared fixa le plafond.

Owen haussa un sourcil.

— Je veux les virer si tu préfères. Je leur dirai que tu n'es pas en état de recevoir des visites.

Jared fit la grimace.

— Non, c'est bon. Enfin, je me comprends. Laisse-les entrer. Les recevoir sera sans doute moins fatigant que les ignorer.

Owen se frotta la mâchoire.

— Dans ce cas, décida-t-il, je vais rester. Dès que tu en as assez, fais-moi signe, je les ferai sortir. Tu sais, ils m'ont paru très secoués. Nous avons tous eu très peur que cet incident finisse en catastrophe. Puisque tu es désormais sain et sauf, je peux révéler maintenant qu'avant l'arrivée des gens de Duluth, les pompiers craignaient un incendie.

Un incendie? Alors que Nick et lui étaient bloqués dans l'ascenseur? Tétanisé d'horreur, Jared s'accrocha à la barrière métallique de son lit.

— Ainsi, voilà pourquoi Ste Anne a été évacué ?

La mine sombre, Owen hocha la tête.

— Oui, et c'est aussi ce qui a attiré tous ces journalistes. Erin a tenté d'empêcher que la nouvelle s'ébruite, mais cela n'a pas été possible. Si le feu avait pris pendant que vous étiez dans cette cabine, personne n'aurait pu vous faire sortir à temps.

Jared était au bord de la syncope.

— Ce n'est pas une blague ? C'était à ce point ?

Les yeux brillants de larmes, Owen tourna la tête vers lui et posa la main sur la sienne.

— Oui. Même si tu es grincheux et contrariant, je suis bien content de te voir dans ce lit, pas tout calciné à la morgue. Alors, tu comprendras que nous tenions tous à veiller sur vous deux cette nuit, d'accord ?

Jared découvrit alors qu'il avait du mal à respirer. Du pouce, il caressa le poignet d'Owen.

— D'accord, docteur. À la réflexion, je ne serais pas contre le fait que tu ajoutes un peu de Lorazépam dans mon intraveineuse ?

— Je m'en charge avant de laisser entrer tes parents. J'ai de l'Ativan sur moi.

— Parfait.

Owen se leva et se pencha sur le lit pour déposer un baiser sur son front. Jared l'attrapa par l'épaule, savourant le contact de son ami.

Ensuite, Owen contourna le lit et injecta l'anxiolytique dans la perfusion. Jared en ressentit immédiatement l'effet calmant. Sa psyché en avait bien besoin après ces nouvelles traumatisantes. Quelle merveilleuse invention, les anxiolytiques !

Sous l'effet de la drogue, Jared se sentait raisonnablement prêt à recevoir ses parents. Quand la porte s'ouvrit, il les accueillit d'un petit sourire et d'un signe de la main.

Sa mère avança la première, son sac à main serré dans ses bras, son père entra derrière elle, la main sur l'épaule de son épouse. Tous deux paraissaient bouleversés. Jared pensa vaguement qu'ils auraient eux aussi bien besoin d'une petite dose d'Ativan.

Pour tenter de leur remonter le moral, il força son sourire.

— Bonsoir.

Ils se précipitèrent vers lui, sa mère lui caressant le visage, son père lui ébouriffant maladroitement les cheveux. Très agités, ils tentèrent de lui dire combien ils s'étaient inquiétés, combien ils avaient eu peur de le perdre. Ce fut un émouvant moment de solidarité familiale.

L'esprit embrumé, Jared eut une pensée ridicule : peut-être devrait-il risquer sa vie plus souvent pour mieux s'entendre avec ses parents.

Malheureusement, le répit ne dura que cinq minutes avant que le naturel revienne au galop.

— Comment as-tu pu monter dans un ascenseur avec *lui*, murmura sa mère d'un ton pincé. Je n'arrive pas à y croire !

Owen, qui faisait semblant de travailler sur son ordinateur, se figea.

Le cœur serré, Jared arracha sa main à celle de sa mère. Et voilà ! Tout recommençait. Quel idiot il était de croire qu'une simple frayeur suffirait à surmonter leurs incompatibilités.

Son père tapota l'épaule de sa femme.

— Allons, allons, Maggie, pas maintenant. Jared est vivant, c'est tout ce qui compte.

Non, décida Jared. *Je vais crever l'abcès une bonne fois pour toutes. J'en ai assez des mensonges et des faux-semblants. En plus, je sais très bien comment tout cela va finir.*

— Heureusement que Nick était avec moi dans l'ascenseur ! s'écria-t-il avec feu. Il a été génial, c'est grâce à lui que je m'en sors sans une commotion cérébrale. Il m'a protégé, les deux fois que la cabine est tombée et que nous avons été si violemment secoués. Du coup, il a été plus grièvement blessé que moi.

Il fixa sa mère dans les yeux, la défiant de faire un commentaire désobligeant.

Elle serra les lèvres avec une grimace, comme si elle venait de croquer dans un citron.

Son père, lui, paraissait mal à l'aise, il garda le silence.

Ce fut Owen qui réagit, il se tourna vers Jared, les sourcils froncés.

— Tu ne me l'avais pas dit. Pas étonnant qu'il ait perdu conscience. Je vais envoyer un message à Jack pour le tenir au courant. Ils ont dû terminer le scan, Nick doit déjà être dans la chambre voisine de la tienne, j'ai entendu du bruit et vous êtes les deux seuls patients de Ste Anne cette nuit. Cela ne durera certainement pas, d'ici une heure, nous recevrons les premiers accidentés de la nuit. C'est la pleine lune.

Une fois encore, Jared fixa le plafond. Il ne voulait pas évoquer l'ascenseur, mais il le devait.

— Oui, déclara-t-il à contrecœur, nous étions déjà en situation de déséquilibre, assis dans un coin, quand la cabine s'est décrochée la seconde fois. Il n'y a eu aucun avertissement, l'obscurité était totale, je me souviens que nous avons été projetés en l'air… c'est en retombant que Nick s'est déboîté l'épaule.

Il ferma les yeux et ajouta tout frémissant de terreur rétrospective :

— S'il n'avait pas été avec moi… j'aurais pu me blesser gravement. Et rester tout seul, dans le noir, pendant des heures…

Une nausée remonta dans sa gorge.

Owen s'approcha du lit et prit ses doigts tremblants dans les siens.

— Je vais te garder sous Ativan, Jared. Et je resterai à ton chevet cette nuit, tout comme Simon et Jack, nous avons tous les trois rempilé. Au fait, ton jeune patient – celui que nous avons dû envoyer dans un autre hôpital – demande de tes nouvelles. Il te croit mort, il est terrifié. Dès que possible, tu le contacteras via vidéo-conférence.

— Oh, oui ! Nick m'a dit dans l'ascenseur que Ste Anne avait été vidé. Dès que je remettrai la main sur mon téléphone, celui que j'ai oublié dans ta voiture, j'appellerai ce pauvre gosse…

Owen secoua la tête.

— Ça n'est pas urgent, il dort à l'heure actuelle. Jamais une infirmière n'acceptera de le réveiller après le traumatisme qu'il a subi. De plus, ton médecin traitant – *c'est moi !* – t'ordonne du repos avant de penser à téléphoner. Tu le contacteras à ton réveil. Quant à ton mobile, le voilà. Je te laisse regarder tes messages.

Owen jeta le téléphone sur le lit de Jared avant d'ajouter :

— Je l'ai éteint parce qu'il sonnait sans arrêt et que c'était stressant, surtout quand nous ne savions pas trop comment cette histoire finirait. Quelle idée d'oublier constamment son portable !

— Jared…

Avec un tressaillement de surprise, Jared tourna la tête vers sa mère. Il avait complètement oublié sa présence.

— Maman, papa, merci d'être venus, mais je ne veux plus rien entendre, sinon, je vais devoir vous demander de sortir.

Sa mère lui jeta un regard blessé.

— Comment oses-tu me parler sur ce ton ? Ne comprends-tu pas ce que j'ai éprouvé en pensant que mon fils allait mourir ?

— Oui, eh bien, de mon point de vue, c'était aussi très éprouvant. Je suis fatigué et pas du tout en état de supporter tes réflexions désagréables concernant Nick. Si tu n'es pas capable de le comprendre, mieux vaut que tu me laisses.

Pendant plusieurs secondes, ils se regardèrent en silence, aussi buté l'un que l'autre. Même Brandon, le père de Jared, si prompt d'ordinaire à sortir des platitudes pour tenter de calmer les tensions conflictuelles entre la mère et le fils, restait coi.

Finalement, Maggie Kumpel recula, les doigts crispés sur son sac à main. Elle leva le menton haut et déclara d'un ton guindé :

— Tu dois te reposer, Jared. Nous viendrons demain, quand tu auras repris tes esprits.

— Ce n'est pas pour autant que j'accepterai tes remarques fielleuses ! déclara fermement Jared en regardant ses parents sortir à la queue leu leu, comme ils étaient entrés.

Une fois la porte fermée, Owen se tourna vers lui.

— C'est quoi ce cirque ?

Jared réfléchit à ses options. Il pouvait esquiver et prétendre la fatigue, Owen n'insisterait certainement pas pour obtenir des réponses.

Mais était-ce bien ce que Jared voulait ? Non, probablement pas. Allait-il parler ce soir… ou plus tard, quand il serait redevenu lui-même ? Il hésita.

Owen reprit :

— Je savais déjà que tu n'étais pas très proche de tes parents, ils ont toujours été plutôt étroits d'esprit et deviennent de plus en plus bigots avec l'âge, mais pourquoi ta mère a-t-elle un tel antagonisme envers Nick ? Parce qu'il est noir ? Sont-ils aussi racistes qu'homophobes ? Merde, on se croirait dans un épisode de mauvaise série mélo !

Oui. Jared allait parler à Owen.

Et *tout* lui dire.

— Ma mère n'a jamais accepté mon amitié avec Nick, déclara-t-il à mi-voix. Quand j'étais enfant, je ne comprenais pas trop ce qu'elle lui reprochait. À seize ans, j'ai compris que sa réprobation portait sur *toute* la famille Beckert. Oui, elle est raciste et j'ai eu cette triste révélation le jour où elle nous a surpris, Nick et moi, occupés à faire l'amour dans ma chambre.

Il avait les yeux au plafond. C'était tellement bizarre, après toutes ces années, de pouvoir enfin se confier à son meilleur ami.

Owen se releva d'un bond et referma l'ordinateur portable avec un claquement sec.

— QUOI ? Tu déconnes ?

Jared tourna la tête et haussa un sourcil.

— Tu sembles étonné, Owen. Pourquoi ? Parce que ma mère est encore plus horrible que tu le pensais ou parce que Nick et moi étions ensemble ?

— Tu as couché avec Nick ?

Jared écoutait les bruits blancs de l'hôpital tout en réfléchissant à la meilleure façon de commencer à raconter son histoire.

— Oui, sauf qu'il s'est toujours refusé à prononcer ces mots-là. Tu n'imagines pas les locutions alambiquées qu'il employait à l'époque : *batifoler, déconner, décompresser, se défouler*. Dieu que ça m'agaçait ! Oui, nous couchions ensemble et cela a même fini par devenir sérieux entre nous. Notre relation a mis des années à se mettre en place, ensuite, elle a duré plusieurs mois.

— Je l'ignorais, reconnut Owen. Merde, quoi ! Je n'ai rien vu ! Je te savais vaguement ami avec lui à l'école, rien de plus.

— Nous avons gardé le secret sur notre amitié – *et le reste*. Nick y tenait beaucoup. Tu sais comment il était à l'époque ? Distant, un peu coincé.

— Oui, pas du genre à traîner avec les autres après l'école. Je l'ai vu parfois avec des noirs de son âge, mais c'était rare. Il était très solitaire.

— Non, pas vraiment puisque nous étions très proches, même si nous ne nous affichions pas ensemble. Il en savait beaucoup sur nous trois. En fait, il parlait constamment de vous deux, Simon et toi.

Surpris, Owen cligna des yeux.

— Ah bon ?

Jared soupira et passa sa main libre dans ses cheveux – son autre bras était immobilisé par l'intraveineuse.

— Oui. Il s'inquiétait pour toi à cause de ton père. Je ne lui ai jamais rien dit, bien entendu, je savais bien que tu n'aurais pas apprécié, mais il est très observateur. Et loyal. Nick et moi nous sommes connus enfants quand ma mère a adhéré à un club de lecture. Les réunions se passaient souvent chez la mère de Nick, elle avait une grande maison, beaucoup de place. Quand maman allait chez les Beckert, elle m'emmenait avec elle parce qu'elle n'aimait pas me laisser seul à la maison. C'est comme ça que j'ai commencé à jouer avec Nick. Plus tard, j'ai continué, j'aimais beaucoup l'ambiance chaleureuse de la maison Beckert. Parfois, Aniyah me gardait à dormir.

— Oh, je vois. Et un soir, alors que vous partagiez le même lit, vous vous êtes embrassés ? Quel stéréotype !

Plongé dans ses réminiscences, Jared sourit.

— Pas du tout. À quinze ans, j'ai commencé à comprendre que j'avais des sentiments pour Nick. Lui, je ne sais pas, nous n'en avons jamais parlé. En primaire, il nous arrivait de jouer ensemble à la récréation. Au secondaire, il se montrait plus distant, sans doute parce que j'avais fait mon coming out. Cela m'a rendu triste, mais comme je tenais à notre amitié, j'ai accepté qu'elle reste un secret. Tout allait bien quand nous étions seuls enfermés dans une chambre ou occupés à marcher dans le parc. Un après-midi, alors que nous étions chez lui à écouter Prince, je me suis mis à danser et à chanter *Kiss*, sans rien lui cacher de ce que j'éprouvais.

Owen eut un rire entendu.

— Je vois, quel allumeur ! Comment a-t-il réagi ? Il t'a sauté dessus et t'a jeté sur le lit avant de te baiser ?

— Oui, plus ou moins, mais nous n'étions encore que des ados plutôt maladroits. Il m'a sauté dessus pour me serrer dans ses bras, nous nous sommes regardés un très long moment, aussi choqués l'un que l'autre, il fixait aussi mes lèvres… Il ne bougeait pas, alors, j'ai pris l'initiative et je l'ai embrassé. Un baiser très chaste, parce qu'allumeur ou pas, j'étais encore puceau. Et j'avais une peur bleue de m'y prendre comme un manche !

— Qu'a-t-il fait ensuite ?

— Ce que tu as dit : il m'a poussé sur le lit et m'a montré ce qu'était un vrai baiser. Toujours en version ado, bien sûr.

Owen sifflota et s'éventa.

— Ben dit donc ! C'est chaud !

— À partir de là, enchaîna Jared, notre relation a progressé par à-coups. Il était d'accord pour m'embrasser, mais il refusait d'en parler. Il prétendait constamment qu'il n'était pas gay, alors que tout prouvait le contraire. Ce déni me gênait, mais je tenais tellement à lui que… et puis, il était doué avec ses mains. J'espérais qu'un jour, il finirait par reconnaître la vérité et que nous pourrions nous afficher ensemble.

— Que s'est-il passé ? Votre rupture vient-elle du fait que ta mère vous ait surpris ?

— En partie, oui. Parce qu'après cet incident, j'ai davantage insisté pour que Nick soit honnête, je voulais prouver à maman qu'entre nous deux, c'était du sérieux. Elle savait que j'étais gay et je pensais qu'elle l'avait accepté, alors dans ma tête, elle allait aussi accepter Nick. De plus, j'avais peur que la famille Beckert ait des soupçons. La vérité serait découverte un jour ou l'autre, c'était évident. Je voulais que Nick leur parle le premier.

— Logique. Je suppose qu'il a refusé ?

— Oh, oui, bien sûr ! Pire encore, je ne l'avais jamais vu aussi en colère. Il m'a seriné qu'il n'était pas gay. Il était furieux. Je me suis énervé à mon tour, je lui ai dit que tant qu'il niait ce qu'il était vraiment, nous ne pourrions pas avancer. Je voulais le forcer à faire son coming out, c'était idiot de ma part, je le sais à présent, mais j'étais jeune, blessé, désespéré… J'ai commis une terrible erreur en lui lançant un ultimatum : soit il parlait à ses parents, soit nous rompions.

Owen tressaillit et s'affaissa sur sa chaise.

— Oh, Jared ! Tu as fait ça ?

— Oui. Tu veux rire ? J'étais sûr qu'il m'aimait et que pour me garder, il allait céder.

— C'était nul de ta part. Si j'avais su, je t'aurais collé un gnon.

Jared soupira tristement.

— Mais tu ne savais rien, personne ne savait rien. Une fois encore, je n'avais que seize ans, je ne connaissais pas grand-chose à l'ego et à la psychologie. Plus tard, quand j'ai mesuré mon erreur, Nick et moi étions à l'université. J'avais espéré lui parler pendant les vacances, mais je ne savais pas quoi dire. J'avais des excuses à lui présenter, bien évidemment, mais… eh bien, mon orgueil m'a retenu. Malgré tout, je n'ai jamais pu l'oublier. Et plus le temps passait, plus je m'en voulais d'avoir provoqué notre rupture. Voilà pourquoi je n'ai jamais aimé un autre homme, pourquoi je n'ai même pas eu envie de chercher à entamer une vraie relation. Quand il a été engagé pour diriger Ste Anne, j'ai espéré que nous pourrions au moins renouer des liens d'amitié. Mais non, il était complètement fermé, il s'adressait à moi en tant que « Dr Kumpel ». Et c'était exaspérant, surtout quand je voyais comment le traitaient tous ces enfoirés du conseil ! Je ne pouvais rien dire, Dieu sait pourtant que j'en crevais d'envie ! L'année dernière, quand tu as lancé l'idée d'un tournoi de squash, j'ai sauté sur l'occasion de prendre Nick comme partenaire. Il a accepté, ce qui m'a laissé sur le cul. J'ai alors espéré redevenir son ami, j'ai cru que cela me suffirait. Je me suis trompé, parce que très vite, j'ai recommencé à me languir. Hier soir, pendant la réception au country club, j'ai failli péter un câble en le voyant assailli par toutes ces femmes qui gloussaient et flirtaient avec lui. Je me suis dit : *merde, il est capable de se marier juste pour prouver qu'il n'est pas gay !*

— Jared, tu es un vrai crétin !

— Oui, je sais. D'après la mère de Simon, les pensées négatives abattent souvent ceux qui s'en repaissent. Eh bien, elle a raison. Mais j'étais déprimé que Simon et toi ayez trouvé le parfait compagnon et que moi, comme un con, je reste bloqué avec un béguin d'adolescent. Je me sentais pathétique.

Le regard d'Owen changea, perdant sa colère pour se charger d'empathie. Quand Owen fit un pas vers le lit, Jared leva la main.

— Attends, ajouta-t-il, ce n'est pas fini. Je dirais même que j'arrive au moment le plus intéressant.

Owen hocha la tête.

— Oui, l'ascenseur ! Te trouver coincé dans le noir avec lui a dû être une expérience assez intense.

Conscient de rougir comme une rosière, Jared rapprocha les genoux de sa poitrine.

— C'est exact, reconnut-il. Surtout quand il s'est mis à m'embrasser comme si sa vie en dépendait. Il m'a pris par surprise. Je ne savais pas quoi penser. Son geste était probablement dû au fait que, comme moi, Nick a bien cru que nous allions mourir. Mais nous nous en sommes sortis indemnes et d'après moi, rien ne va changer. Et cela me déprime. Après ce qui s'est passé entre nous cette nuit, je ne pense pas me contenter de son amitié. Non, je ne peux pas.

Sans se soucier de son intraveineuse, il cacha son visage dans ses mains pour avouer :

— Ces baisers ont enflammé mon imagination, Owen. Maintenant, je veux baiser avec l'adulte que Nick est devenu. Oh, il a été si tendre quand nous sommes tombés, si protecteur ! Je devrais l'engueuler de s'être déboîté l'épaule, mais il l'a fait en me protégeant, il a agi comme un vrai héros de film d'action !

Après cet aveu, Jared risqua un regard entre ses doigts. Il vit Owen lui sourire gentiment.

— Il n'est donc pas indifférent à ton égard.

Jared s'enflamma aussitôt.

— C'est vrai, mais il a tant à perdre si notre relation éclatait au grand jour ! Il va être encore plus déterminé qu'auparavant à ne pas se trahir. Jamais je ne ferai deux fois la même erreur, mais comment diable puis-je espérer garder secrète une liaison avec le directeur de mon hôpital dans un patelin comme Copper Point ?

— Pose la question à Jack et à Simon, puisqu'ils ont tenté le coup avant que Ste Anne ne révise ce foutu règlement interdisant les relations d'ordre privé entre les membres du personnel [7].

Une voix amusée les interrompit :

— Vous parlez de moi et de ma vie sexuelle ?

C'était Simon. Il ouvrit la porte et entra dans la pièce en poussant son chariot d'infirmier.

— Dr Gagnon, enchaîna-t-il, je te croyais au repos ce week-end ? Pourquoi empêches-tu mon patient de dormir ?

— Je travaille pro bono, alors, laisse-moi tranquille. Et quand Jack a demandé une chambre pour Nick et Jared, il n'était pas question que je rentre chez moi. Tu n'imagines pas l'histoire juteuse que Jared vient de me raconter !

Jared soupira et ferma les yeux.

— Je te laisse le soin de tout lui dire, Owen. Moi, je suis trop fatigué.

— Pas de problème. Tu es bien d'accord pour que je partage tes confidences avec Simon ?

Jared hocha la tête, Simon était son ami autant qu'Owen.

— D'accord, mais tiens-t'en aux faits, hein ? Pas de circonvolutions !

— Tu me connais !

— Justement !

Pour être franc, Owen s'efforça de relater l'histoire telle qu'il l'avait entendue. Pourquoi en rajouter ? C'était déjà suffisamment salace.

Simon, sidéré, dut s'y prendre à deux fois pour enregistrer la tension artérielle de Jared. Owen finit par intervenir.

— Waouh ! fit enfin Simon. Je ne me suis jamais douté que… enfin, j'avais bien senti des tensions entre Nick et toi, mais je pensais…

Owen fronça les sourcils.

— Dis, Jared, que s'est-il passé quand ta mère vous a surpris ? Tu n'en as pas parlé. Est-ce à cause de sa réaction que tu voies à peine tes parents ?

Jared secoua son épuisement, heureux d'être entouré de ses meilleurs amis et d'avoir pu enfin se confier à eux après toutes ces années.

— Quand j'étais enfant, je ne l'avais pas consciemment remarqué, mais au fond de moi, je crois avoir toujours su que ma mère n'approuvait

---

7 Voir *Les Secrets du Dr Wu*, premier tome de la série Copper Point, même auteur, même éditeur.

pas les Beckert. À dire vrai, elle n'aime personne. Quand Nick venait à la maison, elle n'était pas gentille avec lui. Je le lui ai reproché un jour, elle s'est fâchée, mais ensuite, elle a fait des efforts... jusqu'au jour où elle nous a surpris ensemble. Là, elle s'est lâchée. Elle l'a jeté dehors et elle s'est retournée vers moi pour crier : *avoir un fils gay est déjà assez dur à supporter, mais s'il faut en plus le voir avec un noir, ce n'est plus possible !* Comment ai-je pu mettre aussi longtemps à comprendre qu'elle était raciste ?

Owen et Simon gardèrent un silence consterné.

Jared continua, le cœur en berne :

— Je suis resté longtemps à la fixer, sans en croire mes oreilles. J'avais tellement honte ! Je me disais : *non, ma mère ne peut pas être raciste, elle va à l'*église... J'espérais qu'elle allait s'excuser, dire que ses paroles avaient dépassé sa pensée, mais non, elle est restée butée sur ses positions.

Le visage d'Owen était dur et figé. Quant à Simon, à son habitude, il ne cachait rien de son émotion.

— Oh, Jared, je suis tellement désolé !

— De quoi ? De ma stupidité ? Je me suis enfui pour lécher mes plaies. À mon retour, ma mère a fait comme si de rien n'était. Elle escomptait sans doute que je rentre dans le rang. Tout au contraire, je me suis mis à l'observer, à la dépouiller de son masque, à la juger. À compter de ce jour, j'ai écouté plus attentivement ce qui se passait autour de moi, à la maison d'abord, mais aussi à Copper Point. J'ai noté les ragots immondes, les critiques sur « les quartiers si mal habités », ou « les immigrants hispaniques trop pauvres ». Ma mère, elle, en voulait tout particulièrement à « ces gens-là ». Les racistes et les intégristes, quand on leur signale leurs écarts de langage, ils se défendent, le verbe haut, ils expliquent ne pas avoir voulu sous-entendre que les blancs sont une race supérieure, jamais ils n'admettent leur vision étriquée. Pourtant, ils mentent et chaque jour, ils distillent leur venin de façon si subtile et subversive que cela devient ancré dans notre culture. C'est même diffusé au journal du soir ! Je n'avais pas encore les termes pour analyser la situation, mais ces commentaires odieux m'ont ouvert les yeux et j'ai compris ce qu'était réellement la discrimination, qu'elle soit basée sur la couleur de la peau, le langage parlé, la culture ou l'orientation sexuelle. J'ai pris l'habitude de noter ce que j'entendais, la façon dont ces gens envisageaient la politique, leur soutien aux partis les plus conservateurs. Peu à peu, j'ai réalisé qu'ils étaient contre moi, contre nous tous.

Jared se frotta les yeux avant de continuer :

— À dix-huit ans, preuves à l'appui, j'ai confronté mes parents. Ils l'ont pris de haut, affirmant que je déformais leurs propos, ce qui était gonflé de leur part, puisque je les leur répétais mot pour mot. Alors, ils ont prétendu que je les sortais du contexte. J'ai fini par abandonner, je leur ai simplement dit qu'entre eux et moi, c'était terminé et que je comptais réussir ma vie sans eux. Après les avoir reniés, je me suis débrouillé seul à l'université pour financer mes études. Je m'étais donné pour objectif de devenir un médecin à la fois proche de ses patients et ouvertement gay. Le plus drôle, c'est qu'à l'époque, je ne pensais pas du tout à travailler à Copper Point, juste sous le nez de mes parents ! Ils n'ont pas dû apprécier que leur fils gay devienne pédiatre à l'hôpital de la ville, ou que je sois d'un libéralisme aussi militant. Leur seule consolation jusqu'à ce jour, c'était que je ne m'affiche pas ouvertement avec un homme.

Les sourcils froncés, Owen croisa les bras.

— Je comprends mieux pourquoi ta mère te reprochait d'avoir été dans un ascenseur avec Nick !

— Oui, elle n'a pas changé : elle reste raciste, bornée et intolérante.

Si Simon paraissait attristé, Owen fulminait d'une colère rentrée. Jared comprenait ces réactions, car Simon avait la chance d'avoir de bons parents compréhensifs alors qu'Owen détestait les siens au point de refuser de se trouver dans la même pièce qu'eux.

— Qu'allons-nous faire à présent ? demanda Simon.

Jared tira sur sa couverture.

— Je ne sais pas. J'aurais voulu parler à Nick, mais je pense qu'il a surtout besoin de récupérer entouré de sa famille.

D'un signe de tête, Simon désigna la porte.

— Il est à côté. Emmanuela passe la nuit à son chevet, mais une fois rassurée que tout irait bien, Aniyah a raccompagné grand-mère Emerson à la maison. Veux-tu que j'aille chercher un fauteuil roulant et que je te conduise dans sa chambre, Jared ?

Non. Cette fois, je ne lui forcerai pas la main.

— Non, demande-lui d'abord s'il veut me voir.

Simon sourit, il pressa les doigts de Jared et se leva.

— J'y vais de ce pas.

NICK NE se souvenait pas d'avoir été aussi fatigué sur le plan physique et mental.

Après sa perte de conscience à l'ouverture des portes de l'ascenseur, il s'était réveillé aux urgences. Pour le réhydrater, on lui avait injecté Dieu seul savait quoi – un mélange de glucose et de calmants, sans doute – avant de le ramener au scanner. Jack parlait de stress post-traumatique, très compréhensible après cette sinistre expérience suivie du contrôle dont Nick avait fait preuve pour répondre aux journalistes.

Nick s'inquiétait aussi de la sudation excessive éprouvée en pénétrant dans la cabine : allait-il développer une phobie des ascenseurs ?

C'était très troublant, mais il n'avait pas eu le temps de s'y attarder, car il s'était senti tenu de rassurer sa mère, sa grand-mère et sa sœur. Toutes ensemble, elles l'avaient serré dans leurs bras, lui demandant s'il allait bien. Il aurait voulu rentrer chez lui et dormir dans son lit, mais il ne protesta pas quand Jack lui indiqua qu'il resterait cette nuit à Ste Anne en observation. Il était si las qu'il parvint à peine à signer son dossier électronique.

Assise à côté de lui, sa mère lui caressait les cheveux.

— Mon petit, nous n'allons pas nous attarder parce que tu dois te reposer. Emmanuela restera cette nuit. Maman et moi reviendrons demain matin à la première heure.

Appuyée sur sa canne, grand-mère Emerson était au pied de son lit.

— Je t'apporterai un gâteau à l'ananas, déclara-t-elle.

C'était le gâteau préféré de Nick, celui qu'elle faisait toujours pour fêter son anniversaire ou durant l'été, pour une réunion familiale. Quand Nick était petit, il s'asseyait sur le comptoir, les pieds dans le vide, afin de déguster son gâteau. Il fermait les yeux de plaisir pour mieux apprécier le goût du caramel, de l'ananas confit, de la noix de coco. *C'est le goût d'Hawaï, grand-mère !*

« Comment le sais-tu, répliquait-elle en riant. Tu n'y es jamais allé. » Alors, Nick répondait qu'un jour, il irait et qu'il l'emmènerait pour découvrir ensemble cette île, berceau de leur famille. Il n'avait pas tenu sa promesse, mais elle lui faisait toujours ce gâteau quand elle voulait le réconforter ou simplement lui faire plaisir.

Il lui sourit, le cœur dans la gorge.

— Je le mangerai tout entier !

Elle lui tapota la jambe.

— Non, non, tu le partageras avec ceux qui prennent si bien soin de toi. Et tu en donneras aussi à ce pauvre docteur qui était avec toi dans l'ascenseur. N'est-ce pas celui qui était ton ami autrefois ?

Le cœur de Nick tressauta, mais pour une autre raison.

— Si, c'est lui.

Sa mère posa sur son visage une main qui tremblait.

— Oh, chéri! J'ai eu si peur de te perdre! Je suis tellement heureuse que tout se soit bien fini!

Nick s'en voulut de l'avoir tant inquiétée. Il prit sa main et la serra.

— Je vais faire appel à une société spécialisée pour passer en revue la sécurité de l'hôpital, maman. Il n'y aura plus d'autre accident. Si la vieille tour est trop chère à réparer, nous construirons un nouveau bâtiment.

Les larmes aux yeux, elle lui tapota la joue.

— Ah, mon garçon! Comme tu ressembles à ton père! À peine sorti d'affaires, ton principal souci est de protéger les autres.

La poitrine gonflée de fierté, Nick éprouvait aussi un pincement de douleur douce-amère.

Postée de l'autre côté du lit, Emmanuela agita les mains pour chasser sa mère.

— Maman, laisse-le! Si tu continues, il ne se reposera jamais. Tu as entendu Simon et le Dr Wu? Nick doit dormir à présent. Rentre à la maison avec grand-mère, je me charge de lui.

Aniyah embrassa Nick sur les deux joues et sur le front.

— D'accord. Dors bien, tu m'entends?

Nick sourit.

— Ne t'inquiète pas pour moi. Ils me donneront sûrement des médicaments si j'ai du mal à dormir. À demain.

Sa grand-mère l'étreignit ensuite, avec à la fois plus de douceur et de force que d'ordinaire. Il ferma les yeux et huma son parfum si réconfortant.

Puis grand-mère Emerson pointa le doigt vers sa petite-fille.

— Veille bien sur lui et appelle-nous s'il a besoin de quelque chose.

Emmanuela leva les mains.

— Bien sûr, c'est promis. Rentrez maintenant.

Une fois seul avec sa sœur, Nick laissa sa tête retomber sur son oreiller avec un soupir fatigué.

Emmanuela s'affala dans un fauteuil, la main sur le lit.

— Comment te sens-tu? Tu as besoin de quelque chose? Ou veux-tu juste avoir la paix?

Les yeux fermés, Nick écoutait les bruits blancs qui l'entouraient, un « *bip-bip* », un bourdonnement, ses points de repère pour garder contact avec la réalité.

— Je ne sais pas, je ne sais plus. J'ai du mal à me remettre d'avoir failli mourir brûlé vif dans une foutue cage d'ascenseur.

— Oui, je suis contente qu'ils ne te l'aient pas dit plus tôt.

Moi aussi.

De sa main valide, il se frotta l'épaule. Grâce aux analgésiques, il n'avait presque plus mal. Pourtant, la douleur était aussi un lien avec la réalité.

— Comment va Jared ? demanda-t-il. As-tu des nouvelles de lui ?

— Il va bien, je crois. Il est dans la chambre d'à côté.

Elle hésita, le visage sérieux, comme si elle cherchait ses mots. Au final, elle se contenta de chuchoter :

— Veux-tu aller le voir ?

Le cœur de Nick rata un battement. Oui, il le voulait, mais….

— Je n'ai pas la force de bouger, avoua-t-il. Je suis trop fatigué.

— Veux-tu que je te laisse dormir ?

— Non, je préfère parler. D'accord ?

— Oui, bien sûr, répondit sa sœur. De quoi veux-tu parler ?

De Jared. De ce que je ressens pour lui. Du fait que j'aimerais être avec lui, mais que je ne sais pas comment m'y prendre.

Ce n'était pas la première fois qu'il avait envie de se confier à Emmanuela. Il n'y avait jamais pensé à l'école ou à l'université. Mais à vingt-cinq ans, après sa troisième tentative et son troisième refus de coucher avec une femme – comment accepter en sachant que c'était une tromperie ? –, il avait envisagé de parler à sa meilleure alliée, sa sœur.

Par peur, il ne l'avait pas fait, et pendant très, très longtemps il avait réussi à tout oublier grâce à son travail.

Ce soir, il aurait pu mourir, mourir sans partager son secret. Sans même s'autoriser à le vivre pleinement.

Mais s'il était trop épuisé pour quitter sa chambre, il ne pouvait pas davantage tout avouer à Emmanuela.

Bientôt, se promit-il. Il lui dirait la vérité bientôt.

— Peu importe, répondit-il. Ce que tu veux.

— Préfères-tu une conversation légère ou discuter de ce que tu as vécu ce soir ?

Seigneur, comme il aurait aimé se livrer ! En ce moment, cela ne lui paraissait pas si terrifiant. Sans doute était-ce dû aux drogues dont il était imbibé. Pourquoi ne pas en profiter ? Était-ce sage ? Il ne parvenait pas à se décider.

Puis on frappa à la porte et Simon Lane entra, un sourire aux lèvres.

— Bonsoir, j'espère que je ne vous dérange pas ?

— Non.

Cette fois, Nick avait réussi à répondre.

Il fronça les sourcils et ajouta :

— Ne me dites pas que Jack et Owen veulent me faire subir d'autres tests ?

— Non, non, ne vous inquiétez pas. Je suis là comme messager : Jared tient beaucoup à vérifier par lui-même que vous allez bien, mais il craint aussi de vous fatiguer. Qu'en pensez-vous, M. Beckert ? Vous sentez-vous en état de recevoir sa visite ?

Jared.

Le souffle coupé, Nick se sentit soudain bien meilleur moral.

— Oui. J'en serai ravi.

Et plus encore ! C'est une idée géniale, fantastique même !

Le sourire de Simon s'élargit.

— Dans ce cas, je vous l'amène. Laissez-moi cinq minutes, le temps de le mettre dans un fauteuil roulant et de transférer son intraveineuse. Il ne la gardera pas trop longtemps, le Dr Wu compte la lui enlever sous peu.

Emmanuela attendit que la porte se referme pour hausser un sourcil.

— Tiens, je te croyais trop fatigué pour bouger ?

— C'est le cas, souffla Nick, c'est lui qui vient.

Un frisson le traversa tout entier. N'était-il pas en train de se dévoiler ? Avait-il trop exposé sa joie à l'idée de revoir Jared ?

Et alors ? Il y a deux secondes à peine, tu souhaitais tout raconter à ta sœur ! Où est parti ton élan, mec ?

Il n'en savait rien, mais il ne se sentait plus aussi convaincu que c'était une chose idée. Il était à nouveau terrifié. Pourquoi ? Par habitude ? Ou était-ce un signe qu'il n'était pas encore tout à fait prêt ?

Il ferma les yeux.

Elle se pencha et lui ébouriffa les cheveux.

— D'accord. Mais ne le garde pas trop longtemps, compris ?

— Oui.

Quand la porte de la chambre s'ouvrit, Nick s'assit dans son lit, l'esprit vide, totalement déconnecté, comme c'était le cas depuis son sauvetage. Cette fois, c'était parce que Jared entrait dans sa chambre accompagné de Simon, qui poussait son fauteuil, et d'Owen qui leur tenait la porte à tous les deux.

C'était presque étrange de pouvoir regarder Jared. Pendant des heures, ils avaient été dans une obscurité totale, à se toucher, à se parler, mais sans rien voir sauf quand le téléphone de Nick était allumé. Et à la fin, ils avaient eu cette mauvaise lampe que leur avaient fait passer les pompiers. Oh, Nick connaissait par cœur les traits de Jared. La veille au soir, au country club, il n'avait cessé de surveiller leur expression. Mais le voir dans ce fauteuil, vêtu d'une chemise d'hôpital, une intraveineuse dans le bras – comme lui –, le teint blafard et les yeux creux, cela faisait partie du rêve. Jared paraissait aussi épuisé que Nick, mais il était vivant et sa vue était pour Nick le meilleur tonique qui soit.

Nick se demanda comment Jared le trouvait.

Jared esquissa un sourire à la fois las et timide.

— Hé, Nick. Comment tu te sens ?

*Effrayé. Épuisé. Confus. Solitaire. Affolé d'*être remonté dans un ascenseur. Tu me manques.

— À peu près bien ? Et toi ?

— Pareil.

Emmanuela se leva.

— Je vais vous laisser cinq minutes, le temps d'aller me chercher un café au distributeur du couloir.

Owen s'éclaircit la voix.

— Non, il est dégueulasse. Venez avec moi jusqu'à la salle de repos des médecins, nous avons une machine Keurig. Le café est bien meilleur, et en plus, il sera gratuit.

Ils sortirent ensemble, Simon les suivit après avoir approché le fauteuil de Jared du lit de Nick.

— J'ai à faire au comptoir des infirmières, annonça-t-il. Je repasserai tout à l'heure, mais n'hésitez pas à m'envoyer un SMS si vous avez besoin de moi.

Quand la porte se referma sur lui, Jared parla le premier.

— Dis-moi la vérité, Nick, comment vas-tu ? Et pour ton épaule, que t'ont-ils dit au scanner ?

D'instinct, Nick posa la main sur son articulation douloureuse.

— J'ai encore un peu mal, mais c'est supportable. Il n'y a pas de fracture, juste une élongation des tendons. Jack m'a donné des analgésiques.

Il pinça les lèvres, puis ajouta :

— Mon vrai problème, c'est la crise de panique que j'ai failli faire en prenant l'ascenseur pour descendre au scanner. J'avais le vertige, j'ai cru que j'allais vomir.

Jared le fixa, le teint verdâtre.

— Quelle horreur ! Je ne sais comment j'aurais réagi à ta place, mais je t'assure que je compte désormais emprunter l'escalier chaque fois que ce sera possible ! Je vais commencer dès demain en sortant d'ici et je me fous de ce que dira Owen.

C'était si bon de papoter ainsi, tranquillement, en confiance. Nick hésita : devait-il aborder ce qu'il s'était passé dans l'ascenseur ? Il en avait très envie, mais c'était difficile.

— C'est agréable, non ? De pouvoir parler avec de la lumière et sur un sol stable, sans se dire que nous allons bientôt basculer vers une mort certaine.

À peine les mots échappés de sa bouche, il regretta d'avoir plombé l'ambiance par ce rappel morbide.

Jared, à son habitude, répondit avec candeur :

— Oui, mais je dois avouer que je me souviens surtout de tes bras autour de moi. Tu vas me trouver idiot.

Nick ne put retenir un sourire. *Si franc, si naturel.* Oui, sur ce plan-là, Jared restait le même.

Nick tendit la main vers lui, la paume vers le haut, une invitation. Jared n'hésita pas, il mit sa main dans la sienne. Son geste fit bouger son intraveineuse, comme pour leur rappeler que cette nuit, ils étaient tous les deux des patients.

Nick bredouilla les premiers mots qui lui traversèrent l'esprit :

— Rien qu'à penser au travail qui m'attend à cause de cette histoire, je suis déjà épuisé.

Jared resserra son étreinte.

— Tu veux mon avis ?

Le cocktail d'audace et d'hésitation qui vibrait dans sa voix rendit Nick tout chose de l'intérieur.

— Oui, bien sûr.

— En tant que médecin, m'est d'avis que ta priorité est de faire baisser ton stress.

Nick étouffa un rire en se souvenant que, dans l'ascenseur, Jared lui avait recommandé le sexe comme anxiolytique. Il haussa un sourcil.

— En clair, c'est une prescription ?

Jared rougit. Nick comprit alors qu'il ne cherchait pas à le draguer, juste à lui remonter le moral.

Puis Jared le regarda droit dans les yeux.

— Je suis ton ami, Nick. Je pense sincèrement qu'il est temps que tu penses à toi, que tu te montres un peu égoïste.

Ainsi, tu ne veux pas t'exprimer plus clairement ?

Nick plissa les yeux.

— Hmm. Comment le faire au juste ?

Jared prit alors cette expression qu'il avait déjà autrefois, mélange d'obstination, de provocation et d'insouciance, des qualités qui exaspéraient Nick – tout en lui paraissant irrésistibles.

— Il te faudrait un endroit où tu te sentes libre de lâcher prise et d'être toi-même. Avec quelqu'un qui te comprenne et t'accepte tel que tu es.

Jared leva le menton avant d'ajouter :

— Bien entendu, je pense à moi en disant cela. J'aimerais reprendre la relation qui existait autrefois entre nous. Et cette fois, je serai moins con.

Nick reçut ces paroles comme des coups en pleine poitrine, il en perdit le souffle. Cessant de provoquer Jared, il le fixa, bouche bée, attendant la suite.

Jared jeta un coup d'œil à leurs doigts noués ensemble, puis il releva la tête et son regard hanté affronta celui de Nick.

— Je te demande pardon de mon attitude envers toi autrefois. J'avais seize ans, mais ce n'est pas une excuse. C'est moi qui ai causé notre rupture et je regrette d'avoir mis si longtemps à te présenter des excuses. J'avais tort à tous points de vue. Je croyais t'aider en te poussant à être toi-même, à affronter le monde, mais je m'y suis pris comme un manche. Ensuite, quand j'ai compris que j'avais tout gâché, je m'en suis terriblement voulu et je me suis noyé dans mes regrets, ma honte et mon amertume. Je pensais que plus rien ne pourrait nous rapprocher jusqu'à ce que tu me serres dans tes bras dans l'ascenseur. Oh, Nick, tu m'as protégé au péril de ta vie, je ne le méritais pas !

— L'amour n'a rien à voir avec le mérite.

Sidéré, Jared ouvrit la bouche. Rien n'en sortit.

Nick s'en amusa un moment, heureux d'avoir enfin admis la vérité à haute voix. Il leva un sourcil et sourit.

— Quoi, ça t'étonne ? persifla-t-il.

Il reçut un choc en retour en voyant Jared baisser la tête et s'essuyer les yeux. Quand le pédiatre reprit la parole, sa voix tremblait.

— Bien sûr que ça m'étonne, Nick. Comment aurais-je pu m'attendre à un tel aveu après tout ce temps, surtout après la façon dont je me suis comporté ? Je n'arrive pas à croire que tu aies dit ça !

Il s'empara d'un mouchoir dans une boîte posée sur la table de nuit de Nick et se moucha avec énergie.

— En fait, reprit-il. Tu n'as pas changé.

— Toi non plus, souffla Nick, éperdu.

Jared jeta son mouchoir dans la poubelle, il prit ensuite la main de Nick et la porta à ses lèvres.

— Nick, je veux être avec toi. Et plus jamais je ne tenterai de te forcer la main ! Peu importe comment cela se passera entre nous, j'accepterai toutes tes conditions. Je vois mal comment nous réussirons à nous cacher avec les vies que nous menons, mais nous trouverons un moyen.

C'était ce que Nick avait espéré, non ? Être avec Jared. En plus, Jared s'était excusé et il avait promis de laisser Nick libre de choisir le moment de son coming out.

Alors, pourquoi Nick était-il aussi nerveux ?

Repoussant ce sentiment étrange, il attira Jared vers lui et se pencha autant que le lui permettait son épaule pour un baiser bref, mais tendre.

Ensuite, il le regarda bien en face.

— Oui, nous trouverons un moyen, promit-il. Et nous le trouverons ensemble.

V

JARED S'ENDORMIT aux petites heures du matin, sonné.

Je sors avec Nick.

En quelque sorte.

Ces mots-là n'avaient pas été prononcés, mais Nick et lui avaient convenu de se voir, et à peine Jared était-il retourné dans sa chambre que Nick et lui s'étaient mis à échanger des SMS jusqu'au moment où ils s'étaient endormis. Et ils avaient recommencé à peine réveillés. Agir ainsi d'une chambre à l'autre de l'hôpital, en cachette, était un peu étrange. Jared se sentait à nouveau adolescent.

Non, pas vraiment, parce que le baiser vorace échangé juste avant de quitter Nick avait été totalement adulte.

Ce matin, la famille de Nick l'attendait. Quant à Jared, Owen et Simon étaient là pour l'emmener. Aussi Nick avait-il écrit pour réclamer un dernier tête-à-tête. Une fois dans la chambre, il avait plaqué Jared contre la porte pour l'embrasser à en perdre le souffle. Un baiser plutôt court, au vu des circonstances, mais intense et plein de promesses.

Bien entendu, il avait eu lieu à l'abri des regards. Une fois de retour dans le couloir, le comportement de Nick avait changé, redevenant celui d'un simple ami.

Le hic, d'après Jared, c'était qu'Owen et Simon étaient désormais au courant de leur ancienne liaison et aussi de ce qui s'était réellement passé dans la cabine d'ascenseur. Faudrait-il aussi tout raconter à Erin et Jack ? Jared n'en savait rien.

Il aborda ce sujet brûlant dès qu'il monta dans la voiture d'Owen, une fois libéré de l'hôpital. Bien sûr, Owen détestait l'idée de mentir à son fiancé – fut-ce par omission –, mais Jared ne tenait pas à trahir Nick plus qu'il ne l'avait fait.

— Une trahison, pourquoi dis-tu cela ? s'étonna Owen. Tu as juste reconnu devant tes meilleurs amis avoir des sentiments pour lui.

— Oui, mais quand je suis allé le voir dans sa chambre cette nuit, je lui ai promis de garder notre relation secrète et cela me navrerait de rompre ma parole dès le premier jour. Je me reproche déjà suffisamment de vous en avoir parlé, à Simon et à toi, même si c'était avant de savoir que Nick voulait donner une seconde chance à notre relation.

À contrecœur, Owen accepta de ne rien dire jusqu'à ce que Jared puisse en parler à Nick. Ils referaient le point plus tard.

Une fois arrivé chez lui, Owen installa Jared au salon dans un fauteuil au dossier inclinable, une couverture sur les jambes, et prépara du café. En déposant une tasse brûlante sur la table basse qu'il tira près du fauteuil, il demanda, sceptique :

— Cela ne te gêne pas de garder le secret ? Voilà qui ne te ressemble guère. Je me demande comment tu comptes réussir à tenir ta langue.

Jared sirota son verre.

— Non, cela ne me gêne pas, répondit-il enfin. Ce qui me chiffonne, en revanche, c'est la logistique. Il ne peut pas venir chez moi, je vis seul et si sa voiture reste toute la nuit dans la rue devant chez moi, la rumeur se répandrait avant même que nous ayons éteint la lumière. Je ne peux pas non plus aller chez lui, puisqu'il vit avec sa famille.

— Pour être franc, c'est une question que je me suis souvent posée : pourquoi le directeur de Ste Anne reste-t-il chez sa mère, avec sa grand-mère et sa sœur ? Il gagne largement assez pour s'acheter un appartement ou une maison.

Jared se frotta le cou.

— Il ne m'en a jamais parlé, mais d'après ce que j'ai entendu, la situation financière des Beckert était catastrophique à la mort du père de Nick. Et c'est lui qui a dû rembourser la plus grosse partie des dettes. Souviens-toi que ces enfoirés du conseil se sont tous acharnés sur Collin Beckert ! Il avait eu le culot de deviner leurs magouilles, alors, ils ont voulu lui donner une leçon. À sa mort, sa veuve, Aniyah, s'est retrouvée dans la mouise. Encore à l'université, Nick ne cessait d'envoyer de l'argent chez lui, il a pris des tas de petits boulots pendant ses études et même après, il a continué d'aider sa famille. Erin en sait davantage, j'imagine, car Nick et lui étaient très proches à l'université.

— Comment sais-tu que Nick prenait des petits boulots ? s'étonna Owen. Je vous croyais séparés.

Jared agita la main.

— Oui, et alors ? Les gens parlent, moi, j'écoute.

Owen rit.

— Je vois.

— Bon, reprit Jared, je pense que la situation des Beckert est plus stable désormais, mais ils continuent à former un clan très soudé. Quand Nick est revenu à Copper Point, peut-être est-il resté chez sa mère le temps de se chercher un logement, ou peut-être avait-il besoin du réconfort des siens pendant qu'il travaillait comme un malade pour purger le conseil. Peu importe, la vraie question est : comment diable allons-nous nous voir sans que tout Copper Point en parle dès le lendemain ?

Owen eut un petit rire.

— Cela me rappelle l'époque où Jack sortait avec Simon et que nous le faisions entrer en douce à la maison !

— C'est bien pire ! soupira Jared. Quand Jack venait voir Simon, toi et moi étions là pour faire tampons, aussi les gens pouvaient-ils croire que le nouveau chirurgien de Ste Anne venait nous voir tous. Moi, je vis seul, une visite aurait une connotation bien plus intime. Même s'il ne se passait rien, je suis ouvertement gay, aussi tout Copper Point prétendrait-il que nous couchons ensemble.

Owen secoua la tête en prenant place dans son canapé.

— Et ce serait la vérité, j'espère ! C'est incroyable, mais une petite ville comme ici devient vite le décor parfait pour un roman de Georgette Heyer [8]. Je ne comprendrai jamais pourquoi !

Étonné, Jared leva un sourcil.

— Tu as lu Heyer ?

— Oh, bien sûr ! J'ai beaucoup lu pendant que je préparais médecine. Et les romans d'amour étaient une excellente façon d'oublier ce que j'avais vu dans la journée. Il m'arrive encore d'écouter des audio-books pendant que je fais de l'exercice. Et tu sais la meilleure ? Il y a actuellement des tas de romans gays ou lesbiens. J'aime bien. Kathryn me conseille ceux qu'elle a préférés.

Jared n'en croyait pas ses oreilles : il avait ignoré cet aspect de son ami.

— Tu es étonnant, Owen Gagnon !

Par chance, le «problème Erin» ne se posa pas, car Jared ne le croisa même pas. Nick étant en arrêt maladie, son bras droit, Erin Andreas, devenait directeur *de facto*. Il tenait ce rôle depuis la nuit de l'accident, en gérant les médias, les équipes de pompiers, l'évacuation des patients. Il avait encore du travail par-dessus la tête, aussi resta-t-il à Ste Anne toute la

---

8 Romancière anglaise spécialisée dans les romans policiers historiques (1902/1974).

journée du dimanche. Dans la soirée, Owen dut retourner à l'hôpital pour accuser réception d'une livraison. Simon et Jack vinrent tenir compagnie à Jared.

Ce dernier découvrit vite que Simon avait tout raconté à son fiancé. Ou plutôt, il avait confirmé les soupçons de Jack, les derniers propos de Nick avant de tomber dans les pommes ayant été très révélateurs.

Un peu contrarié au départ, Jared se dérida vite. Non, il n'en voulait pas à Simon. En vérité, c'était même un soulagement de pouvoir parler librement. Pendant que Jack préparait le dîner, Jared interrogea sans relâche le couple sur le modus operandi de leur relation à ses débuts, quand ils avaient dû se cacher à cause du règlement absurde de Ste Anne.

— C'était dur, admit Simon. Ne pas pouvoir s'afficher au grand jour, faire constamment attention à ne pas se trahir par un regard, un geste, une parole… Je me sentais minable.

Jack faisait sauter des pâtes asiatiques dans la poêle.

— Oui, moi aussi, ajouta-t-il, mais c'était encore plus difficile pour Simon. À l'époque, j'étais un nouvel arrivant et j'apprenais à connaître les gens. De plus, de nature, je suis plus réservé que lui. Il souffrait beaucoup de devoir mentir à ceux qu'il connaissait, à ceux qu'il aimait.

Simon donna à Jared un coup de coude.

— Donc, tu comptes *vraiment* sortir avec Nick et le faire en secret?

Pouvait-il le reconnaître? se demanda Jared. Oui, car ses amis étaient susceptibles de l'aider à garder secrète sa relation. Il lui faudrait juste en parler à Nick et s'excuser d'avoir déjà donné un coup de canif dans leur contrat.

— Oui. Oh, oui!

Simon en resta bouche bée, Jack se contenta d'un sourire.

— Bravo! s'exclama le chirurgien. D'après ce que j'ai cru comprendre, il vous a fallu longtemps, à tous les deux, pour résoudre votre différend.

Jared passa la main dans ses cheveux.

— Merci. Oui, c'est vrai. Cette histoire de secret m'inquiète beaucoup, mais je ferai tout ce qui est en mon pouvoir pour que ça marche, cette fois. Même si je ne sais pas encore comment nous allons… euh, procéder.

— As-tu eu des contacts avec lui aujourd'hui? demanda Jack.

— Oui. Il a beaucoup dormi et sa famille tient à passer du temps avec lui, c'est bien naturel. Je ne veux pas les déranger.

Ensuite, ils passèrent à table et dégustèrent le délicieux repas concocté par Jack. Une fois rassasiés, ils regardèrent sur Netflix un épisode d'un mélodrame coréen que Simon adorait. Et à son habitude, Simon se plaignit pendant dix bonnes minutes que DramaFever ait cessé ses programmations sans avertissement. Très émotif, il avait pleuré en réalisant qu'il ne connaîtrait jamais la fin de certaines de ces séries qui comptaient tant pour lui. Il restait contrarié, mais il allait un peu mieux.

À la fin de l'épisode, Jared se sentait somnolent, aussi ses deux amis lui conseillèrent-ils d'aller se coucher. Eux resteraient encore un moment.

— Nous attendrons le retour d'Owen ou d'Erin, déclara Simon.

— Les gars, je suis parfaitement remis, déclara Jared.

— Tant mieux pour toi, répondit Jack. Nous pas. Va dormir !

Il le poussa vers l'escalier.

Une fois au lit, Jared envoya un texto à Nick.

Jared : Je suis couché. J'espère que tu as passé une bonne journée.

Il se mordait la lèvre, s'inquiétant d'avoir été idiot, quand la réponse arriva.

Nick : Oui. J'ai été choyé par les trois femmes de ma vie. Et toi ?

Jared : Choyé aussi. Mes amis ne veulent pas que je reste seul.

Nick : Ici, c'est pareil.

Une minute après, Nick écrivit encore :

Nick : tu comptes aller travailler demain ?

Jared : Non, je ne retournerai à Ste Anne que mardi. Tu restes aussi tranquillement chez toi, je présume ?

Nick : Mmm.

Horrifié, Jared se mit à taper furieusement.

Jared : Tu es fou ? Tu n'es pas en état de retourner travailler !

Nick : J'ai travaillé toute la journée, sauf quand ma mère a confisqué mon téléphone et mon ordinateur. Je resterai chez moi demain, mais je pense être opérationnel mardi.

Jared hésita. Il commença plusieurs phrases, les effaça, puis se décida pour :

Jared : Préviens-moi quand tu retourneras à Ste Anne. J'irai aussi, si je peux. Je tiens à te faire un petit coucou.

Nick : J'espère plus qu'un simple coucou !

Jared sourit et s'enfouit dans sa couette.

Nick tapa à nouveau.

Nick : Je passerai peut-être te voir avant. Qui sait ?

Cela faisait longtemps que Jared n'avait pas souri avec une joie aussi délirante.

Jared : *Excellente idée !*

COMME PROMIS, grand-mère Emerson avait apporté à Ste Anne son gâteau à l'ananas. Elle le déposa au comptoir des infirmières avant même que Nick quitte l'hôpital et tout le monde, médecins et urgentistes compris, vint y goûter. Le gâteau était encore chaud, ce qui, pour les Beckert, était la meilleure façon de le déguster. La délicieuse odeur du caramel et des épices attira foule, ce qui contraria Nick : il n'eut droit qu'à une mince tranche que sa grand-mère lui apporta dans sa chambre. Faisant contre mauvaise fortune bon cœur, il se résigna à ce que son gâteau ait été partagé.

Le soir même, alors qu'il rangeait son téléphone après avoir lu le dernier texto de Jared, sa grand-mère sortit du four un deuxième gâteau.

— Celui-là est rien que pour toi, déclara-t-elle, avec un sourire.

En vérité, Nick avait été gâté toute la journée, sa famille agissant comme s'il était en vacances, ou comme si tout devait être centré sur lui. Sa mère avait mis de la musique sur la chaîne stéréo, soit Aretha Franklin soit Etta James (la chanteuse préférée de grand-mère Emerson et la sienne), et la maisonnée avait fredonné et dansé tout en vaquant à ses occupations domestiques : lessive, cuisine et autres. Sa mère et sa grand-mère s'étaient occupées aussi de Nick, installé au salon pour parcourir les dossiers qu'Erin lui avait envoyés par mail.

À vingt et une heures, Erin quitta Ste Anne et passa voir Nick afin de le tenir au courant de ce qu'il s'était passé pendant la journée. Les trois femmes les laissèrent seuls pour discuter affaires, mais avant de quitter le salon, Aniyah jeta à son fils un regard qui disait : *ne te couche pas trop tard !*

Erin sourit en s'attablant en face de Nick.

— Elles sont très protectrices envers toi.

Nick se frotta l'arrière de la tête tout en désignant la paperasserie qu'Erin venait de poser sur la table.

— Oui. Alors, où en est-on ?

Erin commença à faire le tri dans ses dossiers. Il remit ensuite à Nick une liasse agrafée.

— Je t'ai déjà envoyé le récapitulatif des problèmes de routine. Ce soir, je tenais surtout à revoir avec toi les détails plus délicats, vérifier ce que nous pouvons garder sous le coude pour en parler avec le conseil et ce qui nécessite une réponse immédiate.

Il tapota son crayon sur la table, puis ajouta :

— J'ai déjà rencontré les experts envoyés par la compagnie d'assurance, ils tiennent à vous parler, à Jared et à toi, afin d'enregistrer vos déclarations. Et Rebecca insiste pour que l'avocat de l'hôpital assiste à ces entretiens. Elle sera également présente, d'une part en tant que membre du conseil d'administration, de l'autre en tant qu'avocat de Jared. Elle propose aussi de te représenter, à moins que tu aies déjà quelqu'un.

— Oui, effectivement, mais mon avocat fait partie du même cabinet, aussi Rebecca peut-elle la remplacer.

— Concernant l'audit dont tu as parlé, il va nous falloir l'aval du conseil pour engager cette dépense. Je te propose donc de le réunir au plus tôt. De plus, j'ai déjà établi une liste avec les noms de divers cabinets spécialisés. Cet audit est une très bonne idée ! Les experts vont certainement conclure qu'il nous faut un nouveau bâtiment pour remplacer la vieille tour. Une suggestion qui n'a rien d'une surprise, il y a des années que la question est sur le tapis, mais l'ancien conseil la refusait en prétendant ne pas avoir les fonds nécessaires.

— Ah ! s'exclama Nick.

Erin pinça les lèvres.

— Oui, c'est plutôt ironique quand on sait qu'ils pillaient les caisses de Ste Anne. Mon père sera prêt à nous aider, j'en suis certain, mais il a déjà versé toutes ses liquidités pour financer l'unité cardiaque et la bourse d'études au nom de Collin Backer. Il a certainement gardé le contact avec les industriels locaux, mais je préférerais ne pas y faire appel. Je m'efforce de garder un minimum de relation avec mon père, mais je ne peux oublier ce qu'il a fait. Et Copper Point doit être dans le même état d'esprit.

Nick se frotta le visage en réfléchissant.

— Je suis d'accord, dit-il enfin. Il n'est pas question que nous ayons d'autres problèmes de sécurité interne comme cette chute d'ascenseur. Que nous soyons prêts ou non, il nous faut agir vite. La situation ne doit pas échapper à notre contrôle.

Erin fit la grimace.

— La réparation de l'ascenseur va prendre beaucoup de temps et coûtera terriblement cher. D'après mes estimations, un nouveau bâtiment ne demanderait que vingt mille dollars en plus, mais cela n'empêchera pas nos détracteurs de trouver que nous jetons l'argent par les fenêtres. Donc, dans tous les cas, nous serons critiqués. Cerise sur le gâteau, je…

Il s'interrompit et jeta un coup d'œil sur le comptoir.

— Quoi ? s'étonna Nick.

— En parlant de gâteau, je vois que ta grand-mère en a fait un autre. Figure-toi que ce matin, je n'ai pas eu l'occasion de goûter à celui qu'elle a apporté à l'hôpital. Quand j'en ai entendu parler, il n'en restait plus une miette.

Nick se redressa avec un sourire.

— Celui-là est tout chaud, grand-mère comptait justement m'en resservir une tranche quand tu es arrivé. Tu en veux ?

— Volontiers.

Ravi comme un enfant, Erin regarda Nick aller chercher deux assiettes. Puis grand-mère Emerson revint et se chargea de couper le gâteau.

— Ce gâteau sent délicieusement bon ! s'écria Erin.

Elle agita un torchon avec un sourire.

— Flatteur ! Veux-tu du café avec ton gâteau, Erin ?

— Non, merci, j'ai peur que cela m'empêche de dormir, je vais rester à l'eau.

Elle lui apporta un verre et le surveilla d'un regard inquiet.

— Tu parais fatigué, Erin. Ne t'endors pas au volant en rentrant chez toi.

Quand Nick vit la taille de la part que sa grand-mère lui avait servie, il leva les mains.

— C'est trop ! Je vais éclater !

— Mange ! Sinon, je ne t'en ferai plus jamais.

Résigné, Nick leva sa fourchette. Sa grand-mère l'observa un moment avant de quitter la pièce.

— Après une telle overdose de sucre, chuchota Nick, les yeux sur la porte qui venait de se refermer, je vais devoir passer une semaine à la salle de gym !

Erin ne répondit pas, trop pris par sa dégustation. Il ferma les yeux et gémit de plaisir.

— C'est tellement bon que c'est sûrement un péché ! J'adore ce gâteau !

— Moi aussi, reconnut Nick. Quand j'étais petit, grand-mère le faisait souvent aux fêtes de la paroisse. Et moi, j'en vantais les mérites à tous ceux qui passaient devant le buffet.

— C'est bien altruiste de ta part ! grommela Erin, la bouche pleine. Je crois que j'aurais tout mangé en douce.

Il termina son morceau et lécha les miettes qui restaient sur sa fourchette. Ensuite, il consulta sa montre et se leva.

— Je dois y aller. Owen a dû retourner à Ste Anne faire une péridurale à une parturiente, Jared est à la maison, Jack et Simon sont avec lui – il est épuisé, nous avons décidé qu'il ne devait pas rester seul –, mais je ne veux pas les faire veiller trop tard. Moi aussi, j'ai besoin de sommeil, je me lève tôt demain.

Nick repensa à son échange de textos avec Jared.

— Je suis heureux que Jared soit chez toi.

— Oh, cela ne durera pas, il insistera sûrement pour rentrer chez lui. Il ne supportera pas longtemps ce qu'il appelle « notre baby-sitting ».

Grand-mère Emerson revint et hocha la tête en voyant les deux assiettes vides.

— Bonsoir, les garçons, je vais me coucher. Nick, je te laisse le soin de remplir le lave-vaisselle et le mettre en marche, d'accord ?

— Oui, grand-mère.

— Merci, Mme Emerson, dit Erin. Bonne nuit.

Nick raccompagna Erin. Une fois dans le vestibule, Erin hésita, il vérifia d'un coup d'œil qu'il n'y avait plus personne, puis souffla :

— Tu es très secret, Nick, et je ne veux pas me mêler de ta vie privée, mais si ta relation avec Jared évolue dans le sens que je prévois, tu peux compter sur mon soutien.

Figé de stupeur, Nick le regarda, bouche bée.

— Comment…

Erin lui lança un regard entendu.

— Nick, voyons ! J'ai toujours su pour toi. Je te rappelle qu'à l'université, nous avons pris des cuites ensemble.

Nick écarquilla les yeux.

— Et alors ? croassa-t-il. Que s'est-il passé ?

— Chaque fois que tu avais un coup dans le nez, tu me parlais de Jared Kumpel.

Les genoux tremblants, Nick recula pour s'adosser au mur.

Erin leva la main.

— Holà, du calme ! Si je me souviens bien, tu exprimais surtout ta frustration concernant son comportement, tu disais aussi que son amitié te manquait. Du coup, je me suis toujours demandé s'il n'y avait pas eu davantage entre vous. L'an passé, quand je vous ai vu ensemble au squash, j'ai su que mes soupçons étaient fondés.

Nick ouvrit la bouche pour affirmer que c'était faux, qu'Erin s'était laissé emporter par son imagination, mais il était tellement sous le choc qu'il ne savait plus par où commencer.

Erin ajouta :

— J'ai vu aussi la façon dont tu le regardais en sortant de l'ascenseur.

Voyant Nick se raidir, il enchaîna très vite :

— Personne n'a rien remarqué, j'en suis sûr. Sauf Owen, puisque Jared est son ami. Si j'ai dépassé les bornes en te disant tout cela, je te prie de m'excuser.

Oui, Nick avait là une parfaite porte de sortie, mais il ne put se résoudre à la prendre. Le front moite, la gorge serrée, il chuchota d'une voix à peine audible :

— Non, non. C'est juste que je... je n'ai jamais fait mon coming out. Pas même dans ma famille.

En vérité, j'ai encore du mal à l'admettre.

Erin répondit sur le même ton :

— Je sais. C'est la raison pour laquelle j'ai tenu à te parler ce soir et à t'offrir mon soutien. Ou mon aide, si tu en as besoin.

Qu'était-il censé dire ? se demanda Nick. Bien que tenté de répondre que la seule aide qu'il voulait, c'était qu'Erin oublie tout ce qu'il venait de dire, il ne put se résoudre à le formuler.

Il avait la nausée, le gâteau qu'il venait d'avaler lui pesait sur l'estomac. Et son dîner ne passait pas davantage.

Erin fit un pas et posa la main sur la porte.

— Excuse-moi, Nick, j'aurais dû me taire, je vois bien que tu es mal à l'aise. N'en parlons plus. Mais si tu as besoin de moi, je suis là. Tout comme Owen, Jack et Simon.

Il ouvrit la porte et sortit sur le perron.

Dans son dos, Nick lança d'une voix étranglée :

— Merci.

Merci de quoi au juste ? Il n'en était pas sûr. *Merci d'*être passé ce soir discuter de Ste Anne ? *Merci de me remplacer pendant que je suis absent ?*

Ou merci d'accepter mon homosexualité ?

Les trois à la fois peut-être.

Erin se retourna avec un sourire.

— De rien. À demain.

Nick reprit le couloir d'une démarche peu assurée. Il avait comme un vertige, la tête vide et l'épaule douloureuse. Se souvenant de sa promesse à sa grand-mère, il voulut récupérer les assiettes et les verres qui traînaient sur la table et les apporter dans la cuisine.

En arrivant dans la salle à manger, il découvrit la table déjà débarrassée. Dans la cuisine adjacente, le lave-vaisselle tournait. Nick en frémit d'horreur. Oh, mon Dieu, qui était encore debout ? Sa mère ? Grand-mère Emerson ?

Non, c'était Emmanuela. Elle sursauta quand Nick apparut à l'embrasure de la porte et étouffa un cri.

— Oh, tu m'as fait peur !

Puis elle examina son frère de plus près et se précipita.

— Nick ? Ça va ? Assieds-toi, tu es blême. Tu veux un verre d'eau ?

— Non, non.

Elle l'attira vers un des hauts tabourets du comptoir.

— Assieds-toi, répéta-t-elle. Sinon, maman me reprochera d'avoir mal veillé sur toi !

Nick se laissa faire, une migraine aux tempes. Depuis combien de temps Emmanuela était-elle dans la cuisine ? Les avait-elle entendu parler, Erin et lui ? Ou le bruit de la machine avait-il suffi à couvrir leur échange à voix basse ? Que devait faire Nick ? Dire quelque chose ou agir comme si de rien n'était ?

Il avait bien envisagé de se confier à elle dans sa chambre d'hôpital, mais…

Dieu, il ne savait plus quoi faire !

Emmanuela continua à ranger la cuisine. Quand elle eut fini, elle s'essuya les mains et se tourna vers lui.

— Au lit, maintenant. Maman et grand-mère sont déjà couchées et si j'ai bien compris, tu comptes travailler demain. Viens, appuie-toi sur moi, je vais t'accompagner jusque dans ta chambre.

En temps normal, Nick aurait protesté qu'il était apte à marcher seul, mais ce soir, il n'en était pas si sûr. Il laissa sa sœur lui prendre le bras et l'entraîner dans l'escalier, puis dans le couloir. Il ne dit rien non plus quand elle entra dans sa chambre avec lui, referma la porte et le fit asseoir sur son lit.

Elle prit place à son côté, sa main dans les siennes.

— Nous sommes seuls ici, chuchota-t-elle. Dis-moi ce qui se passe, Nick. Que t'a dit Erin pour te mettre dans un état pareil ? T'a-t-il parlé de Jared ? Il est au courant ?

Une fois encore, Nick perdit le souffle.

— C-comment…

Emmanuela leva le menton et lui jeta un regard hautain. Le silence retomba, lourd et oppressant.

Nick était tiraillé. D'un côté, il voulait tout lui avouer – comme il en rêvait depuis des années –, de l'autre, il était paralysé à l'idée d'être découvert. Comme chaque fois, ce fut la peur qui l'emporta. Ce n'était pas le bon moment pour parler de Jared, décida-t-il. Mieux valait esquiver.

Oui, mais comment ? Elle avait l'air si déterminée.

Je dirige un hôpital. J'ai réussi à vaincre l'ancien conseil, cette meute de nantis véreux. Je devrais être capable de gérer la curiosité de ma petite sœur.

Mais quand il ouvrit la bouche, les mots qui lui échappèrent n'étaient pas ceux qu'il avait prévus.

— Pourquoi parles-tu de Jared ? Et de quoi Erin serait-il au courant ? Qu'est-ce que tu racontes ?

— Ce que je raconte ? Eh bien, tu étais raide dingue de lui à l'école secondaire, non ? Alors, que s'est-il passé au juste pendant cinq heures dans cet ascenseur, hein ? Quand vous êtes sortis, vous m'avez fait penser à Jack et Rose émergeant de la soute du Titanic.

Nick se sentit blêmir, son visage devint insensible, son torse se glaça.

Sa sœur lâcha sa main et secoua la tête.

— Tu vois ? Tu te trahis encore une fois. Tu es gay, Nick, je le sais, je l'ai toujours su. Cela fait vingt ans que j'attends que tu m'en parles. Tu n'es jamais sorti avec une fille, tu n'en as jamais ramené une à la maison et tu as cru que personne n'allait se poser de questions ?

Incapable de la regarder, Nick baissa la tête. Son pire cauchemar se réalisait. Emmanuela ne paraissait ni choquée ni révulsée, loin de là, mais Nick n'en tirait aucun réconfort. Il ne pensait qu'à une chose : son monde s'effondrait autour de lui. Et la peur montait en lui, emportant dans son sillage son bon sens et sa rationalité.

Inconsciente de sa panique, Emmanuela continua :

— Ne crois-tu pas qu'il est temps de faire ton coming out ? Pourquoi t'obstiner à cacher ce que tu es alors que cela te ronge de l'intérieur ?

Nick craignit de vomir.

— Qui d'autre est au courant ? coassa-t-il. Maman ? Grand-mère ?

— Au courant *de quoi* ? De tes sentiments pour Jared ou de ton homosexualité ?

Il avait mal partout, jusqu'à la moelle de ses os. Et sa nausée ne faisait qu'empirer. Il se voûta, la tête dans les mains.

Elle posa la main sur son dos et le frotta gentiment.

— Nick, je ne comprends pas ta réaction. N'es-tu pas heureux que je sois de ton côté?

Il eut un rire rauque.

— J'aurais préféré que personne ne sache…

Elle le frappa à l'épaule – du côté où il n'était pas blessé.

— Quoi? Comment peux-tu dire une connerie pareille?

— Je n'ai jamais envisagé un coming out, surtout pas devant toi, maman et grand-mère!

— Mais pourquoi?

Il releva la tête. Il avait un tel étau autour de la poitrine qu'il pouvait à peine respirer, sa vision était brouillée par des larmes retenues, ses mains étaient crispées en poings sur ses cuisses.

— Parce que si toi, maman ou grand-mère m'aviez rejeté, je… je n'aurais pas pu le supporter.

Elle le serra dans ses bras, la tête sur son épaule.

— Je ne te rejetterai jamais, quoi que tu fasses. Et certainement pas pour une orientation dont tu n'es pas responsable!

Nick se détendit un peu. Pendant un moment, le frère et la sœur restèrent assis côte à côte, enlacés. Nick réalisa alors qu'il pleurait, ses larmes mouillaient le chemisier d'Emmanuela.

Elle se remit à lui caresser le dos.

— Je ne saurais dire si maman et grand-mère sont au courant, ajouta-t-elle. Elles ont des soupçons, je pense, comme tout le monde, parce qu'on ne te voit jamais avec une fille. Au début, je me suis dit que tu ne nous présentais peut-être pas tes éventuelles maîtresses – tout en me demandant comment tu trouvais le temps d'avoir une vie sexuelle : tu travailles tellement! Et en sortant du bureau, tu rentres tout droit à la maison, pour travailler ici après les repas.

— Je n'ai pas de vie sexuelle, grogna Nick.

Elle recula et le regarda, l'air stupéfaite.

— Tu plaisantes?

Il secoua la tête.

— Non. À vingt ans, oui, j'ai tenté le coup, mais je n'ai jamais pu aller jusqu'au bout. Sur ce plan-là, les femmes ne m'intéressaient pas. Du coup, j'ai consacré toute mon énergie au travail.

— Tu es puceau ?

Il grimaça.

— Non, j'ai eu quelques aventures à l'université. Je fais plus attention depuis mon retour à Copper Point. Je n'ai eu que deux… distractions, les rares fois où j'ai pu quitter la ville.

Elle secoua la tête.

— Ce n'est pas sain du tout ! Que va-t-il se passer à présent ?

— Je ne sais pas. J'en ai assez de vivre dans le déni, je tiens à explorer ma relation avec Jared, mais je ne sais pas où cela va nous mener. D'abord, il n'est pas très patient envers ceux qui sont dans le placard, ensuite, je m'inquiète que nous soyons découverts.

Il se frotta le crâne de sa main valide.

— Tu as les cheveux trop longs, décida sa sœur. Viens, je m'en occupe.

Elle se leva et lui fit signe de la suivre.

— Avec ton épaule, enchaîna-t-elle, tu ne t'en tireras pas tout seul. Il faut que tu sois tout beau demain, aussi bien pour séduire ton copain toubib que pour affronter les enquêteurs de l'assurance.

Il ne protesta pas, conscient qu'elle disait vrai : il avait besoin d'aide dans son état. Il s'assit en face d'elle pendant qu'elle brossait et graissait ses cheveux. Ces soins capillaires étant fort agréables, il sombra dans une sorte de transe hypnotique. Depuis quand ne s'était-il pas laissé coiffer par Emmanuela ou sa mère ? Des années.

Détendu, il se mit à parler :

— Je ne savais pas comment tu l'accepterais. Et puis, un coming out ne comptait pas tellement pour moi, garder notre famille unie me préoccupait davantage, ou faire honneur à la mémoire de papa. Pour garder mon secret, je crois que… j'avais renoncé à me marier.

Elle lui donna une petite tape sur l'oreille.

— Tu as créé tout seul la prison dans laquelle tu t'es enfermé ! Comment peux-tu croire que grand-mère, maman ou moi souhaitions que tu sacrifies ton bonheur ? On peut très bien rester unis sans avoir les mêmes idées !

— Je crains que maman et grand-mère aient bien plus de mal que toi à accepter la vérité.

Elle réfléchit un moment.

— Possible, oui. Mais elles finiront par l'accepter.

— Et si ce n'est pas le cas ?

— Voyons, Nick, elles t'adorent, tout finira par s'arranger.

— L'amour ne résout pas tout, sinon, les gens ne passeraient pas leur temps à se séparer. Je ne supporterai pas d'être rejeté !

Emmanuela secoua la tête.

— Non, non, cela n'arrivera pas. Elles s'y feront, je te le garantis.

— C'est un risque que je ne me sens pas le cœur de prendre. Grand-mère et maman nous ont déjà tant donnés !

— Elles t'aiment ! Elles ne voudraient pas que tu vives dans le déni.

— Je préfère continuer à mener la vie que j'ai connue ces dernières années plutôt que voir les personnes que j'aime le plus au monde me traiter en étranger et me repousser avec mépris.

— Tu serais prêt à renoncer à Jared ?

Le cœur en berne, Nick ferma les yeux.

— Oui, haleta-t-il.

Elle lui donna un coup de brosse.

— C'est très con, Nick.

— C'est ce que je ressens. En plus, jamais Copper Point n'accepterait un directeur gay à Ste Anne. Surtout s'il s'affiche avec le pédiatre qui soigne tous les enfants de la ville.

— Foutaises ! L'hôpital a déjà un chirurgien gay, un infirmier gay, un vice-président gay et un pédiatre qui a fait son coming out il y a des années. Ah, j'oubliais le couple lesbien : la gynécologue et l'avocate ! J'ai parfois l'impression qu'il y a plus de couples homos que d'hétéros à Ste Anne !

— Les gens seraient moins tolérants envers *moi !* s'entêta Nick.

— N'importe quoi !

Il soupira.

— D'accord, d'accord, je cherche peut-être des excuses... Je ne suis pas prêt, point barre. Sur le papier, oui, j'aimerais être accepté pour qui je suis vraiment, mais dans la pratique, j'ignore comment mon coming out serait reçu, alors, je préfère rester dans le placard. J'ai trop peur de tout gâcher, de perdre maman et grand-mère. Elles n'auront pas la même réaction que toi, je le sais, je le sens. Même si elles s'y font au bout d'un certain temps, notre relation ne serait plus la même et... non. Je ne le supporterais pas.

Elle termina ses soins avec un soupir résigné.

— Tu fais comme tu veux, bien sûr, mais je n'aime pas ça. Ce n'est pas sain. Tu mérites d'être heureux.

Elle lui passa les bras autour du cou. Il tourna la tête avec un sourire.

— Merci, Manu, merci pour tout.

Elle se redressa.

— Tu es mon frère, je te défendrai envers et contre tous, même contre toi-même ! Cela me tue de te voir porter un tel fardeau sur les épaules ! Je suis là si tu as envie de parler, de te défouler.

Nick pensa à Jared, à l'adolescent si en colère le jour de son funeste ultimatum et à l'adulte, plus compréhensif, si tendre et abandonné.

— D'accord, promit-il.

VI

Jared retourna à Ste Anne Medical Center le mardi à dix heures, trois heures plus tard que son horaire habituel, puisqu'il était censé «y aller mollo» selon les ordres d'Owen. Il regretta très vite ces trois heures passées à glandouiller, car le bordel qui l'attendait dépassait de beaucoup ce qu'il trouvait d'ordinaire en arrivant. La salle d'attente était bondée, les enfants hurlaient, les parents, excédés, ne tentaient même plus de les canaliser, les infirmières avaient tellement surbooké son emploi du temps qu'il avait deux, sinon trois patients à voir en même temps. Certains rendez-vous étaient des urgences, Jared le reconnut. D'autres… moins. Les curieux avaient usé du premier prétexte à leur portée pour vérifier comment se portait Jared. Ah, les insatiables commérages!

À Copper Point, Jared n'était pas le seul à collecter les informations.

Conscient de ce qui l'attendait, il salua sa patientèle, prit le temps de parler – et de calmer – les enfants les plus agités, puis s'entretint avec son assistante pour tenter de trier les urgences et voir tout le monde sans précipitation.

Une fois lancé, il trouva son rythme et travailla avec patience et efficacité, passant d'un cabinet à l'autre dans un ballet bien orchestré. Entre deux patients, il se lavait les mains et échangeait quelques mots avec les aide-soignantes et les infirmières. Certains de ses confrères passèrent le voir, lui offrant sourires et marques de sympathie quant à l'épreuve qu'il avait récemment supportée.

Bon pédiatre, Jared savait apaiser ses jeunes patients, les faire sourire, sinon rire quand il s'en donnait la peine pour leur faire oublier une inquiétude ou une douleur. Il veillait à mettre dans ses salles d'examen des bacs remplis d'objets à explorer, de jouets éducatifs, de livres. Pour les parents, il avait des présentoirs avec des flyers, des magazines de santé, des infos sur groupes de soutien et d'entraide.

Le vrai problème était que Jared n'avait que vingt-quatre heures dans la journée, le nombre de patients qu'il pouvait voir en était donc limité. Il apportait à Ste Anne de solides honoraires, mais jamais il ne cherchait à bousculer ses patients. Quand une famille avait besoin de parler, Jared écoutait. Aussi ses salles d'attente étaient-elles toujours pleines et l'attente… fort longue. Les gens étaient habitués, ils l'acceptaient.

Il était treize heures trente quand il reçut ses patients de midi, une jeune femme dégingandée accompagnée de deux enfants, un bébé grincheux qu'elle tenait sur sa hanche et un garçonnet de six ans, la mine fiévreuse, qui restait collé à elle.

— Je suis ravie de voir que vous allez bien, docteur !

Jared tendit au petit garçon un seau rempli de jouets en plastique, ce qui permit à la jeune mère de sortir un sac à langer et de s'occuper du bébé. Une fois son jeune patient occupé à jouer, Jared put l'ausculter.

— Tu as choisi la licorne, bravo ! C'est un signe que tu seras bientôt guéri.

L'enfant lui adressa un grand sourire édenté.

Une fois le bébé changé, la mère revint vers eux.

Jared s'adressa à elle :

— Ne vous inquiétez pas, Mme Perez. Alberto n'a rien de grave.

— Vous avez un don pour calmer les enfants, Dr Kumpel. Je m'étonne que vous n'en ayez pas déjà une tripotée !

Baissé pour ranger le seau, Jared s'efforça de cacher son étonnement. La plupart des parents évitaient avec tact le sujet de sa vie privée, bien que certains, parfois, fassent une allusion pour indiquer « qu'ils savaient, mais qu'ils avaient l'esprit ouvert. » Le plus souvent, ils devenaient vite lourds.

Une fois redressé, Jared sourit.

— Le jour où j'aurai des enfants, Mme Perez, c'est que j'aurai trouvé la bonne personne avec laquelle les élever. En attendant, je ne suis pas en manque, vu que je soigne tous les enfants de la région. Figurez-vous que certains de mes premiers patients, devenus de jeunes parents, me confient leur progéniture ! Grâce à eux, je me sens presque grand-père !

Elle haussa les sourcils.

— Vous n'avez peut-être pas le temps de chercher « la bonne personne », docteur, mais…

Holà ! Jared se méfiait des marieuses !

— Je travaille beaucoup, c'est exact, coupa-t-il précipitamment. Pour en revenir à Alberto, j'aimerais le revoir dans dix jours. En attendant, appelez-moi si vous avez d'autres questions.

Il raccompagna la petite famille jusqu'à la porte.

Il se lavait les mains quand une des réceptionnistes arriva, l'air à la fois excitée et nerveuse.

— Dr Kumpel ?

— Oui, Helen, que puis-je pour vous ? s'enquit-il avec affabilité.

Elle se pencha et chuchota :

— Vous avez un visiteur, il est dans votre bureau.

Bien que surpris, Jared resta impassible.

— Qui est-ce ?

Elle rougit, tout en lui jetant un regard en dessous.

— M. Beckert.

Pour se donner le temps de cacher sa réaction, Jared se sécha les mains un peu plus longtemps que nécessaire.

— Oh, dit-il d'un ton désinvolte, sans doute a-t-il rencontré les experts de l'assurance. Il va me falloir aussi leur donner ma déclaration. Je n'ai pas pu le faire ce matin, j'étais trop occupé.

Helen se redressa.

— M. Beckert a un sac avec lui, un sac-déjeuner du Café Cuore. Il a envoyé une des stagiaires chercher sa commande – sa commande *pour deux* !

Jared se figea, les doigts crispés sur son essuie-tout. Ainsi, Nick venait le voir et, loin de rester professionnel et détaché, il apportait *un déjeuner* ? N'était-il pas censé être dans le placard ? N'avait-il aucune subtilité ? Ne comprenait-il pas sa position et celle de ceux qui l'entouraient ?

Sachant qu'Helen était l'une des pires pipelettes de Copper Point, Jared décida de se montrer très prudent.

Il jeta la serviette en papier dans le panier et se tourna vers elle.

— Je vois. Si le directeur de Ste Anne prend la précaution de m'amadouer, soit il va m'annoncer une mauvaise nouvelle concernant ce fichu ascenseur, soit il s'apprête à me coller du travail supplémentaire au conseil.

Il se tapota la joue, puis demanda :

— Dites-moi, Helen, sauriez-vous ce qu'il y a dans ce sac ?

Elle hocha la tête.

— Oh, oui, des petits pains à l'ail !

Une vraie fouineuse. Très observatrice, donc dangereuse.

Jared exagéra sa grimace.

— Cette fois, c'est sur : c'est une mauvaise nouvelle !

Elle hésita.

— Mais…

— Mais quoi, Helen ?

— M. Beckert n'a jamais déjeuné avec les autres membres du conseil !

Sans blague ?

Jared se pencha, un sourire complice aux lèvres, la mine conspiratrice.

— Helen, je vais vous confier un secret, mais gardez-le pour vous, hein ? Voilà, M. Beckert et moi… nous ne nous entendons pas très bien.

Elle haleta.

— Oh. Vraiment ?

Voilà un potin qui se répandrait avant même que Jared retourne à son bureau. Bon. Peut-être cela éviterait-il à Copper Point d'assumer en les voyant déjeuner ensemble qu'ils étaient amants.

Il lui tapota le bras.

— Oui, mais en étant coincés pendant des heures dans cet ascenseur, nous avons dû prendre notre mal en patience, ce qui nous a un peu permis de faire la paix. Maintenant, je vais aller déguster ces petits pains avant qu'ils refroidissent.

— Ne lui dites pas que j'ai dévoilé sa surprise ! cria-t-elle dans son dos.

— Non, bien sûr. Comptez sur moi.

En arrivant dans son bureau, Jared frissonna, tout heureux de voir Nick debout à la fenêtre. Il était superbe ! Il portait un costume – comme toujours à Ste Anne – et ses cheveux étaient soigneusement huilés et coiffés.

Une fois remis de son choc, Jared referma la porte et croisa les bras sur sa poitrine.

— Qu'est-ce que tu fais là ?

Nick leva un sourcil et avança vers lui d'un pas souple et prédateur. Il ressemblait à une panthère noire prête à se jeter sur sa proie – lui, Jared – pour la consommer à même la porte.

— J'ai appris qu'un de mes médecins avait tant de travail qu'il s'était privé de déjeuner. Je suis venu réparer cette faute professionnelle.

Jared dut faire un gros effort pour garder ses mains en place alors qu'il était tenté de caresser la chemise impeccable de Nick, de s'accrocher à sa cravate et de l'embrasser. Les yeux bruns brûlaient d'espièglerie, de plaisir anticipé et d'intelligence. Un cocktail explosif !

Jared sentit son sang s'enflammer.

— J'ai le regret de t'informer que ta petite visite a déjà attiré l'attention des curieux. J'ai fait de mon mieux pour couper court aux potins, mais tu connais Copper Point : les gens adorent bavasser ! Je croyais que tu tenais à rester discret ! Aurais-tu changé d'avis ?

Il connaissait d'avance la réaction de Nick à ses paroles. Pourtant, ce recul et ce sursaut horrifié le blessèrent et le déçurent.

Nick ne paniquait pas complètement, d'accord, mais il avait perdu son sourire séducteur.

— Quels potins ? Je t'ai juste apporté à déjeuner !

Il est né à Copper Point, il y a grandi, il y travaille depuis quatre ans et il n'a toujours pas compris la règle du jeu ? Consternant !

— Tu as passé commande dans un restaurant chic, ce que tu ne fais jamais d'ordinaire. Pas plus que tu n'envoies une stagiaire chercher ta commande. Ensuite, tu viens me voir. Et tu t'étonnes que ça éveille l'attention ?

Nick ouvrit de grands yeux.

— Pourquoi ? Deux amis n'ont-ils pas le droit de déjeuner ensemble ?

— Si bien sûr, mais nous ne l'avons encore jamais fait. Et tu aurais pu te contenter de sandwichs pris à la cafétéria.

Nick soupira.

— J'aurais dû mieux cacher ce foutu sac !

— Si tu l'avais mis dans une glacière à organes, les gens auraient été convaincus que tu faisais de la contrebande.

Nick fit une grimace.

— C'est dégueulasse ! Qui peut envisager de transporter de la nourriture dans ces containers stériles ?

— Là n'est pas la question et je préfère que tu ne l'aies pas fait. Je voulais juste te signaler que dans ce patelin, les gens remarquent tout, surtout ce qui change de l'ordinaire. La réceptionniste était tout excitée que tu aies commandé un repas *pour deux* !

La mine penaude, Nick se laissa tomber dans un des fauteuils installés devant le bureau de Jared.

— Je voulais te voir, se justifia-t-il, et je me suis dit qu'un déjeuner était un motif anodin. Et j'ai voulu te faire une surprise agréable. Désolé.

— Tu n'as pas à t'excuser, ce n'est pas de moi que tu dois te cacher.

Le cœur battant, Jared s'installa sur les genoux de Nick. Son geste était-il trop audacieux ? se demanda-t-il.

Pour cacher sa nervosité, il caressa la joue de Nick et ajouta :

— Excuse-moi plutôt de t'avoir accueilli par des récriminations. Tout va bien, j'ai tenté de te couvrir. Puis-je avoir un baiser ?

La main sur la hanche de Jared, Nick jeta un coup d'œil à la porte.

— Euh…

Jared frotta son nez contre le sien.

— J'ai verrouillé la porte.

Nick s'agita.

— N'est-ce pas encore plus suspect ?

Pourtant, il haletait, à la fois excité et nerveux.

— Peut-être, admit Jared, mais je peux toujours prétendre que nous discutions d'un sujet confidentiel. Embrasse-moi, Nick, s'il te plaît.

Il était prêt à mendier s'il le fallait. En fait, il le faisait déjà.

Nick posa un bref baiser sur ses lèvres avant de s'écarter.

Déçu, Jared soupira. Il libéra Nick et prit le siège d'à côté, il se pencha ensuite et ouvrit le sac.

— Ça sent drôlement bon ! Allez, à table !

Nick s'apaisa enfin.

— Oui, ce serait dommage que laisser notre déjeuner refroidir. J'ai pris des pâtes au poulet et au parmesan et des petits pains à l'ail. Tu les aimais étant jeune.

— C'est toujours le cas.

Jared croqua dans un petit pain tout chaud et gémit de plaisir.

— C'est délicieux ! s'exclama-t-il, la bouche pleine. Café Cuore est le meilleur traiteur de Copper Point ! Et toi, tu ne manges pas ?

Il remarqua alors que Nick ne l'écoutait pas – parce qu'il surveillait la porte d'un air inquiet. Jared lui envoya un coup de pied.

— Arrête de stresser ! gronda-t-il. Personne n'entrera dans mon bureau sans frapper, *surtout* en te sachant avec moi.

Nick fronça les sourcils.

— Pourquoi *surtout* ?

Jared lui lança un petit pain avant de lever les yeux au ciel.

— Parce que tu es le grand patron de Ste Anne ! Et même moi, en tant que médecin, je suis aussi leur supérieur. Oh, je suis bien certain qu'en ce moment même, ils parlent tous de nous, les réceptionnistes, les infirmiers, les aide-soignants, ils se demandent ce que nous faisons, de quoi nous parlons. Il y aura même quelques allusions oiseuses – puisqu'ils me savent gay –, mais la majorité d'entre eux conseillera aux bavards de se taire, pour ne pas risquer la porte.

Nick grimaça.

— J'ai agi sans réfléchir !

— Oui, c'est vrai. Mais j'apprécie que tu aies eu envie de me voir.

Jared sortit du sac deux portions de pâtes au poulet et au parmesan, il en passa une à Nick, ainsi qu'un set de couverts en bambou.

— Merci.

— De rien, sourit Jared. Dis-moi un truc, Nick, quand Jack et Simon sortaient ensemble alors que le règlement de Ste Anne le leur interdisait, quand as-tu commencé à les soupçonner ?

Nick s'arrêta, la fourchette en l'air. Il réfléchit un moment avant de répondre :

— Hmm… si je me souviens bien, c'était la nuit où nous avons reçu M. Zhang en urgence. Je n'étais pas encore certain que Jack soit gay, mais cette nuit-là, j'ai remarqué son intimité avec Simon.

Jared se mit à rire.

— Waouh ! Ils ne sortaient pas encore ensemble à ce moment-là ! Quand je pense à tout le mal que nous nous sommes donné pour cacher les visites de Jack à la maison, je me sens très bête. Si tu étais au courant depuis le début, pourquoi n'as-tu rien dit ?

— Ce règlement absurde ne venait pas de moi, mais de l'ancien conseil. Personnellement, je considérais que leur vie privée ne me regardait pas à condition que leur travail n'en soit pas affecté. En fait, cela a eu l'effet contraire, ils paraissaient encore plus motivés.

Le silence retomba pendant un moment, puis Nick jeta à Jared un regard inquiet.

— Si je comprends bien, reprit-il d'un ton contraint, nous ne réussirons jamais à nous cacher ?

— Si, si, c'est possible, difficile, mais possible. Laisse-moi me charger de tout.

— Non, grogna Nick. Je n'aime pas rester passif !

Jared eut un ricanement entendu.

— Mmm ? D'après mes souvenirs, parfois, cela te plaisait bien.

En voyant Nick piquer un fard et avaler de travers, Jared déposa son repas sur le bureau et vint s'agenouiller à ses côtés pour mettre la main sur sa joue.

— Ne sois pas aussi coincé, Nick ! Je connais tes goûts, je doute qu'ils aient tellement changé en deux décennies. Tu peux être tout doux, tout gentil, surtout pour atteindre ton but, mais une fois au lit, tu préfères tout contrôler, tu aimes que je te supplie. Et parfois, tu aimes changer de rôle. Tu te souviens ?

Nick lui claqua violemment les fesses.

— Ce n'est pas le bon endroit pour jouer !

— D'accord, d'accord, à condition que tu comptes bientôt *jouer*, comme tu dis.

Même si Jared ne comptait pas le reconnaître à voix haute, il était heureux que Nick et lui aient retrouvé leurs échanges d'autrefois.

Il laissa retomber sa main et se redressa pour dire :

— Si tu préfères choisir l'endroit de nos rencontres, ça me va très bien. Je suis ouvert à tout.

Oh, comme il aimait ce regard affamé que Nick lui jeta. Et combien cette expression lui avait manqué !

Il se renfrogna vite en notant qu'après ce bref élan, Nick retombait dans la frustration et la défaite.

— Je ne sais pas *du tout* comment trouver un endroit pour nous deux, avoua Nick, ni même le temps de faire une escapade.

Jared n'avait pas d'idées non plus.

— Il y a deux ans, nous obligions Jack à s'allonger sur la banquette arrière de la voiture pour que personne ne le voie. Dieu, qu'il avait horreur de cela ! Il ne cessait de râler contre les gens de Copper Point et leurs foutus commérages. Pourtant, ça marchait, nous pourrions envisager de recommencer.

Nick se frotta le visage, la mine pensive.

— J'en doute, dit-il enfin. Ma famille…

— Oui, elle complique les choses, reconnut Jared avec un soupir. Si tu vivais seul… Non, cela ne te plairait pas. Moi-même, je le supporte mal, j'envisageais il y a peu de passer une annonce pour trouver un colocataire.

Nick tressaillit.

— Non ! Ne fais pas ça !

— Je vois mal en quoi ce que je fais te regarde, sauf si tu envisages de t'installer avec moi. J'aime avoir des gens autour de moi, plus il y en a, plus je suis heureux. Depuis que Simon et Owen sont partis, je trouve tous les soirs une maison vide. Je n'ai personne à qui parler. Je ne fais plus la cuisine, puisque personne n'est là pour partager le fruit de mes efforts.

Nick se renfrogna.

— Je n'aime pas non plus l'idée que tu cuisines pour d'autres.

Jared lui embrassa le nez.

— Alors, viens me voir et c'est pour toi que je ferai la cuisine.

Cet accès de jalousie lui faisait plutôt plaisir. Était-ce mal de sa part ? Peut-être. Mais ce tête-à-tête paraissait de plus en plus surréaliste. Se serait-il endormi dans l'ascenseur, était-il en train de rêver ? Ou était-il mort et au Paradis ?

Non. Sa vie avait juste pris un tournant inattendu. La recette était simple, finalement : mettre deux hommes fiers et butés dans un ascenseur, secouer un grand coup, et paf ! L'ardoise était effacée.

Jared avait une seconde chance avec Nick. Il ne comptait pas la gâcher.

Il arracha un morceau de son petit pain et le mit dans la bouche de Nick.

— Goûte, c'est délicieux !

— Humph.

Pris par surprise, Nick mâcha et avala, puis il effleura le visage de Jared.

— D'accord, je passerai chez toi, décida-t-il. Disons… le week-end prochain avant d'aider le Dr Amin à déménager. En attendant, ne prends pas de colocataire.

— C'est entendu. Pour l'instant, corrigea-t-il.

Quand Nick pinça les lèvres, Jared l'embrassa.

Puis il posa une main prudente sur l'épaule blessée de Nick.

— Tu as toujours mal ?

— Juste un peu.

Jared lui caressa le cou.

— Tu veux un bisou magique ?

— Oh, oui !

Jared l'embrassa encore… sur la bouche, pas sur l'épaule.

EN TEMPS normal, Nick ne manquait jamais de travail, mais ce fut cent fois pire la semaine qui suivit l'accident. En plus de sa routine, il recevait constamment des appels des agents d'assurance, des enquêteurs, des avocats. Pour compliquer la situation, Jeremiah Ryan et Jordan Peterson l'appelaient également plus souvent, chacun réitérant la proposition formulée lors de la réception du Dr Amin. Au moins, Ryan s'enquérait aussi de la santé de Nick et l'assurait de son amitié et de celle de Cynthia. Peterson, lui, réclamait une réunion extraordinaire du conseil.

— C'est une urgence, déclara-t-il, surtout après ce tragique accident.

Quand Nick refusa d'en discuter, Peterson s'énerva et le traita de parvenu avant de lui raccrocher au nez.

Nick soupira, les tempes étreintes d'une migraine persistante.

Il s'en plaignit à Erin le vendredi, tandis que tous deux travaillaient dans la salle de conférence sur les dossiers de la semaine en avalant un sandwich.

— Ce qui me rend fou, déclara-t-il, c'est que la semaine passée, l'intérêt des investisseurs pour Ste Anne était plutôt flatteur, nous avions le choix et nos comptes étaient équilibrés. Depuis l'accident, la situation semble différente. Serions-nous *obligés* d'accepter une aide extérieure ? Cela ne me plaît pas du tout.

Erin croqua dans son sandwich.

— Il est encore trop tôt pour prendre une décision. Les experts nommés par l'assurance en sont encore à évaluer les dégâts, nous devrions recevoir leur rapport en début de semaine prochaine. Avec un peu de chance, ils nous expliqueront aussi la cause du lâchage des câbles. De plus, j'aimerais avoir les résultats de l'audit pour chiffrer nos différentes options. Il nous faudrait donc sélectionner un cabinet le plus vite possible.

Nick lui aussi tenait à ces documents. Il préférait planifier une stratégie plutôt que s'inquiéter.

— Le conseil en décidera vendredi prochain. Tout le monde viendra ?

— Oui. Je les ai convoqués à sept heures trente pour que les médecins puissent ensuite vaquer à leur rendez-vous, surtout en salle d'opération.

Erin souleva une pile de dossiers qu'il remit à Nick.

— Voici à mon avis les meilleurs cabinets d'audit. Je les ai déjà contactés, ils m'ont tous adressé un courrier de motivation, j'ai rédigé un résumé de leurs points forts et faiblesses. À nous deux, Nick, nous devrions en sélectionner trois ou quatre que nous présenterons au conseil d'administration pour le choix final.

Nick parcourut les dossiers et le mémo d'Erin posé sur la table à côté de lui.

— Nous n'en garderons que trois, décida-t-il. C'est parfait, Erin, tu m'as mâché le travail. Je ne m'en tirerais pas sans toi.

Erin tapait sur son clavier d'ordinateur. Il leva les yeux avec un sourire.

— C'est pareil pour moi, répondit-il. Je peux te laisser choisir les trois noms à proposer au conseil ?

— Oui, pas de problème, ce sera facile, surtout avec les notes que tu as déjà prises. Tu as encore beaucoup à faire.

— C'est vrai. Au fait, il y a un autre point... voici la copie des déclarations que les agents de sécurité et le gardien de nuit ont données aux enquêteurs des assurances. J'ai trouvé utile d'en garder une trace dans notre dossier. J'en donnerai aussi un exemplaire aux cabinets que tu choisiras.

Étonné, Nick fronça les sourcils en feuilletant le dossier qu'Erin lui tendait.

— Pourquoi ? Je vois mal en quoi ces déclarations seront utiles à nos auditeurs.

— Je préfère qu'ils aient accès à tous les éléments en notre possession. On ne sait jamais.

— Erin, voyons, la panne de l'ascenseur n'a rien à voir avec le chiffrage des frais de reconstruction.

Erin pinça les lèvres.

— Je l'espère, grommela-t-il.

Nick passa du simple étonnement à la stupéfaction. Il se pencha en avant, les yeux écarquillés.

— Que veux-tu dire par là ?

— Eh bien, je suis peut-être devenu parano, mais après ce que nous avons découvert l'an passé, je me méfie davantage. Cet accident est louche, je n'arrête pas d'y penser. La société de maintenance avait affirmé qu'il n'y avait aucun danger. Le capitaine des pompiers a répété plusieurs fois qu'il ne comprenait pas que les câbles aient lâché. Un de ses cousins est ingénieur chez Madison, Tim savait donc que les ascenseurs ont des freins autonomes et beaucoup plus de procédures de sécurité qu'on pourrait le croire. Les ascenseurs de la vieille tour datent, je le reconnais, mais conformément aux lois fédérales, ils sont inspectés chaque année et rien dans les cinq derniers rapports n'indiquait un risque de défaillance majeure. Poussé par la curiosité, j'ai fait d'autres recherches et la conclusion est partout la même : cet accident n'est pas *normal*. Alors, que s'est-il réellement passé ?

Nick sentit une nausée lui tordre l'estomac.

— D'après toi, l'ascenseur aurait été… saboté ?

Erin agita la main.

— Je n'ai encore aucune preuve, c'est justement mon problème. Il nous faut plus d'informations. Nous aurons bientôt les estimations des entreprises de construction locales, le rapport d'un agent d'assurance, celui de la société de maintenance et enfin un audit venant de l'extérieur, quel que soit le cabinet choisi. Peut-être que tous auront la même version, dans ce cas, j'oublierai mes soupçons. Si ce n'est pas le cas… Je tiens cependant à ce que tous aient accès à toutes nos informations, y compris les déclarations des premiers intervenants sur le lieu de l'accident.

Nick leva les mains.

— D'accord, je n'ai plus aucune objection. J'espère que tu te trompes, Erin, je n'ai que trop donné dans le drame ces derniers mois !

Erin ferma son ordinateur portable et termina son déjeuner.

— Drame ou pas, reprit-il, tout est lancé à présent. Tu devrais cesser de stresser – même si je sais que tu ne m'écouteras pas. Pense à autre chose en attendant les résultats. Pense à ton petit copain, tu sais, celui que tu gâtes en lui apportant un repas venant du meilleur traiteur italien de Copper Point ?

Nick grimaça.

— Seigneur, j'aurais dû être plus discret !

— Oh, tout se sait ici. Un hôpital, c'est comme une boîte de Petri [9].

— J'espère que c'est juste une métaphore ! lança Nick, écœuré. Je ne veux pas d'une épidémie d'E. coli en plus du reste.

Erin esquissa un clin d'œil.

— Si cela te dit, je peux t'aider à inventer des raisons pour attirer Jared dans ton bureau. À Ste Anne, c'est l'endroit le plus sûr pour vous deux.

— Mais il n'a jamais le temps ! gémit Nick. Moi non plus d'ailleurs ! Pauvre Jared ! Il mange bien plus souvent debout et sur le pouce qu'assis à table.

— C'est exact, il s'en plaignait quand j'étais chez lui. Il arrive parfois à trouver cinq minutes entre deux patients pour croquer un morceau, sinon, il saute purement et simplement son déjeuner. Et c'est pareil pour Owen, même s'il a un peu plus de marge de manœuvre. Si nous engagions un second pédiatre, cela soulagerait Jared.

Ayant terminé son sandwich, Nick se débarrassa des miettes et s'essuya les mains.

— Pour le moment, notre priorité est de réparer l'ascenseur ou de dessiner les plans d'un nouveau bâtiment. Avant cela, il nous faut aider les Amin à vider leur camionnette. Tu seras là demain ?

Erin sirota son verre.

— Oui, mais, Nick, je te rappelle que tu es blessé, je doute que les toubibs présents chez les Amin t'autorisent à soulever quelque chose de lourd. Ensuite, j'espère que le bateau sera opérationnel, mais rien n'est encore sûr. Quel dommage que nous ne puissions inviter tout le monde à la maison pour un barbecue !

---

9 Boîte transparente utilisée en microbiologie pour la mise en culture de bactéries.

— Mmm, je vais en toucher deux mots à ma grand-mère. Elle tenait à accueillir les Amin. Maman et elle pourraient se charger du buffet pendant que nous vidons la camionnette. Il y a encore une balançoire à la maison. Chaque fois que je suggère de nous en débarrasser, maman et grand-mère poussent de grands cris en évoquant leurs futurs petits-enfants. Je vérifierai l'état des cordes, je mettrai un clou ou deux pour consolider les planches et du sable propre dans le bac à sable.

— Non, ménage ton épaule et demande à Jared de porter les sacs de sable et de manier le marteau.

Soudain, Erin marqua une pause et se frappa le front.

— En fait, non ! reprit-il. Adresse-toi plutôt à Owen. Jared n'est pas très doué avec un marteau. Je me souviens du jour où il a voulu réparer la boîte aux lettres… nous avons dû en acheter une neuve.

Nick soupira.

— Erin, je ne suis pas handicapé ! Mon épaule va bien. C'est à peine douloureux.

— Je te laisse gérer cela avec tes médecins.

Nick lui jeta un regard mi-exaspéré, mi-attendri. Même si Erin l'agaçait aujourd'hui à jouer les mères poules, Nick appréciait de s'asseoir avec lui une fois par semaine pour parler des affaires courantes, résoudre d'éventuels problèmes et planifier des sorties d'ordre privé. Avant la crise des détournements de fonds et le total renouvellement du conseil d'administration, il leur arrivait de réfléchir ensemble, mais l'ambiance était plus tendue, la situation plus grave. Maintenant, ils dirigeaient sans interférence et, pendant les mois précédant l'accident, tout s'était bien passé.

Nick serra les doigts sur sa bouteille d'eau.

— Nous étions si bien partis ! grogna-t-il. Je ne veux pas voir nos efforts réduits à néant !

Erin leva les yeux avec un sourire tranquille.

— Je sais. Cela n'arrivera pas. Tu feras ce qu'il faut et je serai à tes côtés.

Nick se détendit. Oui, ensemble, ils surmonteraient cet écueil et remettraient Ste Anne Medical Center sur la bonne voie.

VII

Jared adora la famille Amin au premier coup d'œil.

Uzma régnait sur les siens à tous les niveaux. En tant que cardiologue, elle avait le plus gros salaire, mais elle était aussi la tête pensante, le cœur – sans mauvais jeu de mots – de sa tribu composée de son mari, ses deux enfants et sa belle-famille. Irfan, le mari d'Uzma, était un homme calme et affable, du genre à toujours vouloir explorer ce qui se passait alentour… même s'il lui manquait l'organisation et l'efficacité de sa femme. Il était impatient de prendre son nouveau poste à l'université en tant qu'auxiliaire au département de musique. Farhan et Zaika, les parents d'Irfan, restèrent un peu distants au début, s'occupant des leurs plutôt que des nouveaux venus. Au fur et à mesure que la journée avançait, ils s'ouvrirent et Farhan évoqua le temps où il exerçait la médecine à New Delhi. Les enfants, Samira et Omar, avaient respectivement sept et cinq ans, ils étaient pleins de curiosité concernant leur nouvel habitat, si différent de Houston qu'ils venaient de quitter.

Les déménageurs professionnels se chargèrent de vider le camion et de distribuer meubles et cartons dans les différentes pièces de la maison tandis que Jared, Nick, Simon, Jack, Owen et Erin aidaient au déballage, à l'assemblage et aux diverses installations en suivant les instructions d'Uzma.

La glace était rompue quand Zaika servit des rafraîchissements avant que le petit groupe se rende chez Nick pour une collation.

Un verre à la main, Uzma plissa les yeux.

— Voyons si j'ai bien compris : vous deux…

Elle désignait Erin et Owen,

— … êtes ensemble et vous deux…

Cette fois, elle pointait Jack et Simon,

— … vous allez vous marier ?

La main sur celle de Simon, Jack sourit à son fiancé.

— Oui, nous avons fixé la date au mois d'octobre après pas mal d'hésitation pour s'accorder aux disponibilités des uns et des autres. La cérémonie aura lieu ici, à Copper Point. Ma sœur et mes parents viendront de Houston et quelques-uns de mes oncles, tantes et cousins feront le voyage depuis Taïwan.

Erin intervint :

— La maison est grande. Nous leur offrons de bon cœur nos chambres disponibles. Owen et moi ne sommes pas aussi avancés dans nos plans matrimoniaux.

— C'est de ta faute, déclara Owen d'un ton léger. Tu travailles tout le temps.

Nick soupira.

— C'est vrai, je le reconnais. Et après ce qui s'est passé la semaine dernière, je vois mal Erin plus libre durant les prochaines semaines. Désolé, Owen.

La conversation porta alors sur l'accident, chacun répétant quelle chance c'était que Nick et Jared s'en soient sortis sans dommages sérieux. Nick s'empressa de dire que la situation était sous contrôle : il avait engagé des professionnels et attendait leur rapport pour décider des suites à donner. Il avait également convoqué le conseil à une réunion extraordinaire.

Jared éprouva une bouffée de fierté. Nick se comportait de façon à la fois autoritaire et rassurante, un vrai directeur.

Jared aimait cet aspect de lui.

La nuit passée, il avait été appelé à Ste Anne pour remplacer aux urgences un confrère malade, aussi son dîner avec Nick avait-il été annulé. Jared le regrettait, il aurait adoré voir Nick perdre son self-control. En compensation, ils avaient organisé un autre rendez-vous le lendemain, dimanche.

Uzma se tourna alors vers Jared et Nick pour demander :

— Et vous deux ? Avez-vous quelqu'un ?

Nick répondit avant que Jared n'ait le temps d'ouvrir la bouche :

— Non, nous sommes d'irréductibles célibataires.

Jared baissa le nez dans sa limonade pour cacher sa frustration.

Ce fut bien pire en arrivant chez les Beckert. Chez Uzma, Nick avait traité Jared de façon naturelle et amicale, tout en restant réservé. Une fois chez lui, il n'adressa plus la parole à Jared.

Déçu, mais résigné, Jared s'efforça de mettre les Amin à l'aise. Il joua avec les enfants dans le jardin, les poussant sur la vieille balançoire. En son for intérieur, il évoqua ses visites d'autrefois dans cette même maison et qu'il profitait des compétences de menuisier de Collin Beckert.

Ensuite, Jared organisa une partie de cache-cache. Puis Samira, ayant annoncé que, plus tard, elle serait docteur, Jared alla chercher dans son coffre un stéthoscope et un tensiomètre, et apprit à la fillette à les utiliser. Omar se joignit bientôt à eux et les deux enfants s'élancèrent pour ausculter leurs grands-parents.

L'heure du repas approchant, Zaika accompagna les enfants à l'intérieur pour leur laver les mains. Jared rangea ses instruments médicaux dans son sac de secours.

Uzma lui sourit.

— Vous êtes formidable avec les enfants, remarqua-t-elle.

— Je suis pédiatre, c'est mon travail.

— Ce n'est pas ce que je voulais dire. Vous êtes certainement bon médecin, mais vous savez aussi écouter les enfants, leur parler, les cadrer. Vous serez un excellent père.

Encore ? Pourquoi tout le monde s'intéressait-il à sa future progéniture ? Jared serra les dents, tout en gardant un calme de façade.

— Avant de penser à avoir des enfants, il me faudrait d'abord trouver l'homme de ma vie.

Le mensonge lui brûla la gorge.

Sauf que… Et si c'était la vérité ? S'il n'y avait aucun avenir à sa relation avec Nick ? Jared allait-il encore une fois perdre un temps précieux ?

Uzma posa la main sur son bras.

— J'espère que vous le rencontrerez très bientôt.

Jared pesait encore ces mots quand il fit ses adieux aux deux couples, à la famille Amin, aux Beckert… Tous étaient en famille, lui s'en allait tout seul.

Nick était-il l'homme de sa vie ? Cette relation secrète était-elle viable sur le long terme ? Face à Nick, Jared avait répondu d'instinct, la décision lui avait paru facile, évidente. En y réfléchissant a posteriori, peut-être aussi avait-il voulu réparer son erreur d'autrefois et laisser à Nick tout le temps nécessaire pour faire son choix.

C'était bien plus dur quand Jared se sentait exclu du cercle familial, quand la seule connexion à sa portée, c'étaient les enfants d'Uzma. Allait-il éternellement devoir jouer la troisième roue du carrosse auprès de ses amis en couple ? Non.

Du coup, peu tenté par la sortie en bateau, il avait préféré prendre congé. Où aller à présent ? Il hésita. Il n'avait aucune envie de rentrer chez lui et d'affronter le silence, aussi s'arrêta-t-il faire des courses à la supérette.

Il erra dans les allées, remplissant son chariot de produits dont il n'avait pas réellement besoin. Il avait tant aimé jadis cuisiner pour ses amis! se souvint-il, attristé. Cela lui pesait de manger seul.

Merde, qu'est-ce qui te prend aujourd'hui à pleurnicher?

En passant devant le rayon yaourts, il s'arrêta devant ceux qu'Owen achetait pour Erin et ne put retenir une grimace douloureuse. Lui aussi aurait aimé faire des achats pour un amant, le gâter, le faire sourire.

— Jared?

Il tressaillit et se retourna. Matt Engleton lui souriait, un pack de lait dans la main.

Jared afficha un sourire factice.

— Salut, Matt. Comment ça va?

Matt s'appuya à son chariot.

— Très bien. Et toi? Je viens d'apprendre qu'avec tes amis, tu as aidé les Amin à emménager. Pourquoi ne pas m'avoir appelé? Je vous aurais volontiers donné un coup de main!

Oh! Oui, c'était dommage. Jared aurait apprécié la compagnie de Matt chez les Beckert! Avec un joyeux luron dans son genre, au moins n'aurait-il pas perdu son temps à se morfondre.

— Tu as raison. J'aurais dû te contacter.

Sentant sa sincérité, Matt s'éclaira et poussa son chariot plus près de celui de Jared.

— Dans ce cas, pourquoi ne pas sortir ensemble demain après-midi?

Bravo, Kumpel! Tu t'es fourré dans un joli guêpier.

— Euh… non, désolé. Je suis déjà pris.

— Un soir de la semaine prochaine, alors? Dis-moi quand et je passerai chez toi.

— Tu as de la suite dans les idées, reconnut Jared.

— Oui, c'est vrai. J'espère que tu ne me trouves pas lourdingue?

Il était si candide que Jard ne put retenir un sourire.

— Un peu, mais ton charme fait oublier ce petit défaut.

Matt sourit.

— Waouh! Alors, c'est oui? Je peux être charmant ailleurs qu'à la supérette, tu sais.

Comment sortir de cette impasse sans blesser Matt? Jared ne pouvait prétendre avoir déjà quelqu'un dans sa vie. Si Matt vérifiait, il penserait que Jared mentait – ou pire, il devinerait son secret.

Jared soupira et se pinça l'arête du nez.

— Je vois, c'est non ! déclara Matt, manifestement déçu. Et tu me trouves lourd.

— Non, c'est…

Il chercha une explication valide. N'en trouvant pas, il secoua la tête.

— … c'est compliqué, marmonna-t-il, fatigué. Je suis compliqué. Ça n'a rien à voir avec toi, je te trouve des tas de qualités.

Lâchant son chariot, Matt effleura les doigts de Jared, crispés sur la poignée de son chariot.

— Tu n'es pas compliqué, mon chou, tu es beau à tomber. C'est la vérité, tu n'as qu'à te regarder dans un miroir pour le vérifier. Bon, pour ne pas gâcher mes chances à l'avenir, je vais te laisser maintenant. Si tu as envie de me voir, téléphone-moi. Sinon, je continuerai à te rappeler à l'occasion que j'existe. Tu connais le proverbe : *Qui va lentement obtient ce qu'il désire.*

Jared piqua un fard, à son corps défendant.

Ravi de son effet, Matt lui adressa un clin d'œil langoureux avant de s'éloigner en se déhanchant.

Jared ne sut trop comment il quitta la supérette et régla ses achats, il ne cessait d'évoquer sa rencontre avec Matt, le cœur battant un peu plus fort qu'à l'ordinaire.

Son excitation retomba quand il ouvrit la porte de son garage. Il traversa le couloir et déposa ses sacs sur le comptoir de sa cuisine sombre et vide.

— Je suis rentré ! cria-t-il.

Le silence de la maison était assourdissant.

Le cœur en berne, Jared se mit à ranger ses achats dans les placards et le frigo.

Il n'avait pas faim.

DIMANCHE MATIN, en sortant de l'église, tous les Beckert s'entassèrent dans la voiture de Nick pour rentrer à la maison. Nick était arrêté à un feu quand Emmanuela cria de la banquette arrière :

— Au fait, vous connaissez la dernière ? Hier après-midi, le Dr Kumpel a été vu flirtant avec Matt Engleton à la supérette.

Une chance qu'elle ait fait cette annonce alors que la voiture était à l'arrêt, sinon Nick aurait risqué un accident. Un voile rouge passant devant ses yeux, il crispa les doigts sur le volant.

— Même enfant, il n'aimait pas rester seul, déclara calmement Aniyah. Maintenant que ses deux amis sont casés, c'est bien normal qu'il cherche aussi de la compagnie.

Elle parlait d'un ton détaché, comme si elle commentait la météo.

— Je suis surprise qu'il soit encore célibataire, intervint Emmanuela. Pourquoi personne ne lui a-t-il sauté dessus avant? À trente-cinq ans, il devrait être marié et entouré de gosses.

Son ton guilleret indiquait clairement qu'elle espérait asticoter son frère. Nick espéra qu'il était le seul à le remarquer.

Grand-mère Emerson ricana.

— Que peut-il donc trouver à Matthew? Ce n'est qu'un enfant!

— Jared s'ennuie peut-être, répondit Emmanuela. Il est donc prêt à accepter n'importe qui. Vous vous souvenez de lui, maman, grand-mère? Il venait tout le temps à la maison quand nous étions gamins. Vous l'aimiez bien, non?

Nick aurait voulu l'étrangler. Seigneur, que lui avait-il pris de se confier à elle? Il aurait mieux fait de la boucler.

Aniyah fit claquer sa langue avec réprobation.

— Qu'est-ce qui t'arrive, ma fille? Ne me dis pas tu as un faible pour ce garçon! Je te rappelle qu'il ne s'intéressera jamais à toi.

— Je sais et ne t'inquiète pas, je n'ai pas le béguin pour lui. Il est bien trop vieux! Je voulais juste savoir ce que tu pensais de lui.

Ce fut grand-mère Emerson qui répondit:

— C'est un bon médecin et un bon citoyen de Copper Point, voilà tout. Maintenant, tais-toi. J'ai la migraine.

Plus personne ne parla de Jared, ce que Nick apprécia. En fait, le silence régna un moment dans la voiture. Puis Emmanuela à mi-voix – pour ne pas déranger sa grand-mère – demanda à sa mère ce qu'il y avait au menu du déjeuner.

Une fois chez lui, Nick se mit à arpenter sa chambre. Il se frotta le crâne et sortit plusieurs fois son téléphone avec l'intention d'envoyer un texto à Jared. Il finit par abandonner.

C'était une conversation qu'il valait mieux avoir entre quatre yeux. Par chance, il devait rencontrer Jared le soir même. Ils avaient rendez-vous, merde! Et si Jared tenait tant à flirter, Nick était prêt.

Quelques heures plus tard, en arrivant chez Jared, il était très nerveux. Il avait tenté de se montrer raisonnable, de se convaincre qu'il devait y avoir une explication anodine à cette rencontre entre Matt et Jared. Ne savait-il pas qu'à Copper Point, il ne fallait pas croire à tous les potins ?

Mais rien qu'en imaginant Matt à proximité de Jared, Nick sentait son sang bouillir. Quand il leva la main pour sonner, il prit conscience que c'était son premier rendez-vous amoureux – puisque ceux qu'il avait eus à l'université avec des filles ne comptaient pas vraiment.

Et voilà qu'il arrivait les mains vides ! Préoccupé par les paroles de sa sœur, il n'avait même pas eu la présence d'esprit d'acheter une bouteille de vin, des chocolats ou des fleurs. Ou même un pain.

Qu'est-ce que Matt aurait apporté à ma place ? se demanda-t-il.

Il hésita un moment : devait-il filer acheter quelque chose ou frapper ? Avant qu'il se soit décidé, Jared ouvrit la porte.

Il souriait, bien qu'une rougeur marque ses joues et qu'une question se lise dans ses yeux.

Il a l'air content de me voir. Est-ce un signe qu'il n'a pas flirté avec Matt ?

— Pourquoi restes-tu planté là ? s'étonna Jared. J'ai entendu ta voiture, mais comme tu ne sonnais pas, j'ai cru m'être trompé. Entre.

— J'ai oublié de t'apporter un cadeau, avoua Nick, penaud.

Le sourire de Jared s'élargit, ce qui fit battre plus fort le cœur de Nick.

— Je m'en fiche. Tu es là, c'est tout ce qui compte.

Une fois la porte refermée, Jared passa les bras autour du cou de Nick et se frotta à lui.

— Embrasse-moi, chuchota-t-il, ça sera le plus chouette des cadeaux.

Non, Nick ne pouvait pas le faire, pas encore. *Pourquoi son cœur battait-il si fort ?*

Quand Jared s'inclina vers lui, Nick posa son front sur le sien et inspira lentement.

— J'ai entendu une rumeur… commença-t-il.

— Rien d'étonnant à Copper Point ! s'esclaffa Jared. Laquelle ?

— Tu aurais flirté avec Matt Engleton à la supérette.

Il ne savait trop à quoi s'attendre, mais certainement pas à voir Jared rouler des yeux et éclater de rire.

— Quels sales petits cafards fouineurs ! En plus, c'est faux et archifaux ! C'est lui qui m'a dragué !

Cette fois, Nick brûlait de jalousie.

— Et comment as-tu répondu à ses avances ?

Jared leva un sourcil.

— Avec diplomatie, bien entendu. La situation était un peu délicate, vois-tu. L'autre soir, au country club, il m'avait invité à sortir avec lui...

Nick s'étrangla d'indignation.

— Quoi?

— Oh, il avait été très clair quant à ses intentions, mais j'étais rond comme une queue de pelle et je ne suis pas certain que ma réponse ait été cohérente. À ce moment-là, d'ailleurs, tu es intervenu manu militari sous un prétexte fallacieux et tu nous as séparés. Bref, en me croisant au rayon yaourts de la supérette, Matt a retenté sa chance. J'aurais bien voulu pouvoir répondre : *non, merci, j'ai déjà quelqu'un*, mais dans le contexte, c'était impossible, alors, j'ai biaisé.

— Tu aurais pu refuser, point barre, gronda Nick.

— Pourquoi? Si tu ne t'étais pas interposé l'autre soir, je serai probablement parti avec lui.

Nick se figea, une masse de plomb pesant sur son estomac.

Il se rasséréna vite quand Jared lui sourit et effleura sa bouche d'un baiser, suivi d'un petit coup de dents. Un frisson traversa Nick tout entier jusqu'aux orteils.

Jared parla à même ses lèvres :

— Je ne ressens rien pour Matt, tu sais, je voulais juste profiter de l'occasion qu'il m'offrait... Je venais de décider qu'il me fallait tirer un trait définitif sur toi et sur le passé que nous avions partagé. En y réfléchissant, c'est plutôt étrange que tu m'aies intercepté à ce moment fatidique. Aurais-tu la faculté de lire dans mon esprit?

Nick fronça les sourcils, la lippe menaçante.

— Non, mais je n'aimais pas du tout la façon dont il te regardait. Depuis que je suis revenu à Copper Point, je ne t'avais jamais vu avec quelqu'un.

Incrédule, les sourcils froncés, Jared le toisa.

— Et alors? En quoi cela te regarde-t-il? Tu t'attendais à ce que je vive comme un moine alors que tu daignais à peine m'adresser la parole?

— Non je... Excuse-moi. Ma réaction a dépassé les bornes. Je n'ai aucun droit sur toi, j'en suis conscient.

Étourdi de soulagement, Nick ne savait plus trop ce qu'il disait. La rumeur avait menti, Jared était dans ses bras et il n'était pas question de gaspiller plus longtemps le peu de temps qu'ils avaient à passer ensemble.

Jared se remit à sourire. Il frotta son nez contre celui de Nick et se colla à lui.

— D'accord, laisse tomber. Je te donne tous les droits que tu veux. Je suis content que tu sois là. J'ai eu très peur qu'il y ait à nouveau un contretemps et que je doive manger tout seul.

Nick déposa une pluie de baisers sur la mâchoire de Jared et murmura contre sa peau :

— Je voudrais être là tous les soirs pour que tu ne sois plus jamais seul.

— Profitons du présent, répondit Jared. Tu es là...

D'une main douce, il caressait l'avant de la chemise de Nick.

Oui, pensa Nick, *je suis là.* Seul avec Jared dans ses bras, les rideaux étaient tirés et personne n'allait les interrompre. Le désir qui le titillait depuis son arrivée flamba soudain, l'étincelle devenant brasier. Nick se pencha et dévora la bouche de son amant. Il n'avait pas oublié les zones les plus érogènes de Jared.

Quand il releva la tête, il gronda :

— Oublions le dîner.

Jared secoua la tête et lui prit la main pour le tirer dans la cuisine.

— Certainement pas ! Je t'ai préparé un festin, tu es censé le déguster avant de passer aux choses sérieuses.

— Quelle exigence ! grogna Nick.

Mais il souriait.

Avec un clin d'œil, Jared lui claqua les fesses.

— Tu ne perds rien pour attendre, c'est promis.

Le ragoût aux épices que Jared avait concocté était délicieux. Nick se resservit trois fois. Il y avait aussi des petits pains maison, encore chauds, et du beurre fermier aux herbes. Même la salade était une réussite, fraîche, craquante, avec des croûtons et une vinaigrette à la moutarde.

Une fois son assiette léchée, Nick se tapota le ventre

— Tu disais vrai : c'était un festin ! Je me suis régalé !

Jared rayonnait quand il se leva pour débarrasser.

— Merci. Comme dessert, j'ai fait simple : un flan à la crème fouettée. Ça te va ?

— C'est parfait.

Quand Jared revint peu après pour déposer son flan au centre de la table, Nick lui prit la main et y déposa un baiser.

— Tu es un remarquable cuisinier !

Jared se mit à rire.

— Et toi un flatteur. Je te ressers du vin ?

Nick accepta et tendit son verre. Une fois le dessert savouré, ils emportèrent leur vin au salon et s'installèrent côte à côte sur le canapé. Ils discutèrent des Amin, de leur gentillesse, de la bonne éducation des enfants.

À trente-cinq ans, il devrait être marié et entouré de gosses. En repensant à la réflexion de sa sœur, Nick lança soudain :

— Jared, as-tu déjà pensé à avoir des enfants ?

Jared haussa les épaules.

— Oui.

Il n'en dit pas plus ? s'étonna Nick. *Sans doute est-ce un vrai désir, aussi préfère-t-il ne pas en parler...*

À un amant dans le placard.

Puis Jared sourit, il posa son verre et s'installa sur les genoux de Nick.

— Nous avons mangé tout ce que j'avais préparé, souffla-t-il. Si nous passions à la suite du programme ?

Pour illustrer ses paroles, il caressa les cheveux de Nick d'une main, son cou de l'autre. Son désir ranimé, Nick arracha les pans de la chemise de Jared de la ceinture de son pantalon et glissa les mains en dessous, cherchant la peau nue. Son souffle se fit erratique.

— Mmm, j'ai encore faim.

— D'accord. Que comptes-tu faire ?

Nick bandait si fort qu'il en souffrait. Pourtant, la situation était...

Il ne savait comment l'exprimer. Il se sentait écartelé entre le passé et le présent, pris par ses souvenirs tout en regardant vers l'avenir.

C'était grisant, terrifiant.

C'était merveilleux.

Jared frotta son nez contre le sien. Sa bouche glissa ensuite sur la joue de Nick, atteignit l'oreille et en mordilla le lobe.

— J'ai hâte de faire l'amour avec toi, Nick. Je me souviens de l'ado, je veux apprendre à connaître l'adulte.

Nick était tout aussi impatient. Il écarta les cuisses, empoigna Jared par le cul et le colla à lui.

— Que veux-tu faire ? Rester ici ou monter dans ta chambre ?

Jared lui donna une tape.

— Chut. Tu n'es pas censé programmer le moindre mouvement !

Oh ? Nick eut du mal à ne pas sourire.

— C'est qui le patron ? railla-t-il.

Sans même se donner la peine de répondre, Jared embrassa ses lèvres, la fossette de son menton, sa gorge. De la pointe de la langue, il joua avec sa barbe.

Nick frissonna et renversa la tête.

Manifestement ravi de sa réaction, Jared esquissa un sourire à la fois prédateur et tendre.

Le cœur percé d'une douleur teintée de mélancolie, Nick perdit le souffle le temps d'un battement de cœur.

Ainsi, rien n'avait changé?

Oh, si! Les années s'étaient écoulées, inexorablement, Jared et lui étaient devenus des hommes mûrs. Même dans sa tête, Nick avait changé. Il n'était plus consumé comme autrefois par la culpabilité et la terreur. Il avait encore un peu peur, oui, mais sans cette atroce sensation de se noyer.

Ils avaient reçu une seconde chance. Pas question de la gâcher!

Jared lui prit les mains et les posa sur sa poitrine.

— Déshabille-moi, s'il te plaît.

Nick s'exécuta sans dire un mot et son excitation monta d'un cran. Oh, c'était un jeu d'autrefois! Il n'en avait certainement pas besoin ce soir et Jared le savait très bien après l'impatience dont Nick avait fait preuve à peine la porte refermée. Même à l'école secondaire, aux derniers mois de leur liaison, ils auraient pu se passer de ce rituel. Ils l'avaient conservé parce que cela leur plaisait.

Entre eux, tout avait commencé par de simples baisers. Et si Jared n'avait pas pris les choses en main – au sens littéral! – sans doute ne seraient-ils jamais allés plus loin. Bien entendu, Nick savait très bien ce qu'il voulait obtenir de Jared, mais dès qu'il y pensait, il paniquait et perdait ses moyens. Alors, Jared s'était mis à ponctuer leurs ébats d'ordres brefs et directs : «embrasse-moi», «déshabille-moi». Enhardi par le succès de sa technique, il était allé plus loin : «caresse-moi».

Oui, tout avait commencé comme ça, et ces préliminaires rituels leur avaient servi pendant des mois, des années. Parfois, les rôles se mélangeaient un peu. Qui était le dominant? Jusqu'où allaient les concessions mutuelles? C'était un délicat équilibre qu'ils exerçaient ensemble, un concert qu'eux seuls savaient diriger. En conséquence, Nick ne se sentait pas coupable et cela devenait un jeu sacrément amusant.

Vingt ans plus tard, la magie allait-elle encore fonctionner?

Nick fit glisser la chemise déboutonnée, révélant des épaules musclées à la peau pâle, légèrement dorée, et des touffes de poils blonds aux aisselles.

Nick caressa avidement le torse de Jared, ses pectoraux solides, heureux de sentir son amant feuler et s'abandonner contre lui.

Oh, combien Jared lui avait manqué, ce contact, cette odeur, ces sons !

Nick se pencha pour presser un baiser fervent sur le sternum de Jared.

— C'est ce que tu voulais ?

— Oui. Tu es sur la bonne voie.

Un sourire aux lèvres, Nick lissa les flancs de Jared et s'agrippa à ses hanches.

— Et maintenant ?

— Mmm. Je trouve que nous sommes encore trop habillés.

Nick lui mordilla le nombril.

— C'est trop subtil. Tu vas devoir être plus précis.

Jared se durcit.

— D'accord, aboya-t-il. Enlève-moi mes vêtements, Nick. Tous ! Puis fais pareil pour toi.

Si quelqu'un d'autre que Jared s'avisait de lui parler sur ce ton, Nick le prendrait très mal, mais dans ce contexte, tout était différent.

Avec son amant, Nick pouvait se lâcher, se soumettre.

— Oui, bébé.

S'empressant d'obéir, il fit descendre la fermeture éclair du jean, puis glissa ses doigts sous la ceinture et dénuda Jared. Ensuite, il enleva sa propre chemise et son pantalon. Pendant qu'il cherchait à ôter ses chaussettes, Jared prit son visage en coupe et l'embrassa, ce qui ne lui facilita pas la tâche.

Une fois nu, Nick haletait, désespéré et impatient.

Je n'ai jamais cessé de l'aimer ! C'était la vérité, même s'il n'avait pas osé le reconnaître étant jeune, même s'il n'y avait plus pensé jusqu'à présent. *Serait-ce suffisant ?*

Jared brisa le baiser pour le regarder.

— Arrête de cogiter autant ! Tu auras le temps de stresser plus tard !

Il avait raison, Nick le savait. Mais…

— J'ai peur de tout gâcher.

Des bras fermes l'enveloppèrent, le serrèrent contre un corps nu.

— Tu ne le feras pas. Et moi non plus. Nous trouverons une solution ensemble. Ce qui compte pour moi, c'est d'être avec toi. D'accord ?

— D'accord.

— Il y a du lubrifiant dans le tiroir de la table basse. Penses-y tout à l'heure. Avant… avant, je te veux dans ma bouche.

Nick vacilla, comme frappé par un ouragan.

Oh mon Dieu! Allait-il...

Le regard que Jared posait sur lui était décidé. Nick frissonna, le feu au ventre.

— Attrape-moi, Nick, chuchota Jared. Oblige-moi.

Nick poussa un grognement et empoigna Jared aux cheveux tout en dirigeant fermement la tête blonde vers son bas-ventre.

— À ce que je vois, tu n'as rien oublié.

En guise de réponse, Jared posa la main sur ses couilles et engloutit sa queue.

Nick se souvint de leur première fois : Jared lui avait demandé de le prendre aux cheveux et de plaquer son visage à son aine. Affolé de désir, Nick avait obtempéré, un peu inquiet quand même. Puis il avait vu l'expression triomphante de Jared, la bouche pleine, et le regard brûlant qu'il levait sur lui.

Alors, Nick s'était abandonné à la jouissance de la pipe.

Ils étaient si jeunes, à la fois si terrifiés et si excités. L'opération avait été... un succès mitigé. Jared en était sorti avec la bouche si douloureuse qu'il avait eu du mal à parler pendant quelques minutes. Horrifié de sa brutalité, Nick s'était mille fois excusé, Jared n'avait fait que rire. « Ne t'inquiète pas, lui avait-il dit. Si ça me déplaisait, je n'hésiterais pas à te le dire. J'aime bien que tu te lâches complètement avec moi. C'est jouissif. »

Ce soir, Jared avait encore la bouche pleine, il fixait Nick d'un regard lourd, les paupières mi-closes, et son sourire disait la même chose : *lâche-toi complètement. C'est jouissif.*

Resserrant sa prise sur les cheveux de Jared, Nick laissa libre cours à sa passion et lui pilonna la gorge.

Jared ne se plaignit pas, il déboîta ses mâchoires, cacha ses dents derrière ses lèvres et suça Nick avec ardeur, sa salive dégouttant sur son menton. Ses gémissements rauques et sensuels étaient comme des caresses sur le sexe hypersensible de Nick. Et la vision que présentait Jared, tout concentré sur sa fellation, était un excitant de plus. Ses mains crispées sur les cuisses de Nick s'accrochaient, sans chercher à repousser. Rassuré que Jared soit bien partant dans l'expérience, Nick put s'abandonner à la sensation, il ferma les yeux et s'enfonça dans cette bouche à la chaleur humide et accueillante.

Il jouit plus vite qu'il ne l'aurait voulu, si violemment qu'il eut à peine le temps d'en prévenir son amant. Comme s'il était *vraiment* redevenu ado !

Tandis qu'il reprenait son souffle, Jared s'écarta et posa la joue sur sa cuisse. Il avait les lèvres enflées et les joues empourprées. Il semblait satisfait, mais pas rassasié.

Nick lui caressa les cheveux.

— Et maintenant, qu'est-ce que tu veux, bébé?

Jared ferma les yeux et flatta l'autre cuisse de Nick.

— Mets-moi sur le dos, tiens mes mains au-dessus de ma tête. Et pense au lubrifiant.

Éperonné, Nick se remit à bander. *Oh, oui!*

— Sur le canapé ou par terre?

— Mmm. Le canapé, décida Jared. Ce sera meilleur pour tes genoux. Tu n'as plus seize ans.

Le cœur battant très vite, Nick se pencha, il récupéra Jared et l'étendit sur le canapé, les bras au-dessus de la tête, les jambes écartées. Il ouvrit ensuite le tiroir de la table basse et en sortit un flacon de lubrifiant et un préservatif. Quand il s'agenouilla sur le canapé, Jared ordonna :

— Mets mes jambes sur tes épaules.

C'était nouveau. Nick eut un léger recul.

Jared dut le remarquer, car il ricana.

— J'ai appris quelques trucs en vingt ans.

Nick en éprouva une jalousie féroce… et se jugea ridicule. Lui non plus n'était pas resté chaste, après tout. Pourtant, il évoqua le pompier dont Jared lui avait parlé et eut une très désagréable image mentale d'un couple occupé à baiser, les jambes pâles de Jared sur les épaules d'un colosse musclé. *Merde.*

Jared secoua la tête.

— Non, non, ne cogite pas, Nick. Reste avec moi. Ce soir, je suis ici, avec toi. Je ne pense qu'à toi. Fais pareil.

Nick se reprit. Il hocha la tête et plaça, l'une après l'autre, les jambes de Jared sur ses épaules. Ensuite, il ouvrit de grands yeux. Le corps nu était plus exposé que jamais, l'anus pleinement visible entre les fesses écartées. Quelle vision magnifique!

Quand Nick rampa vers lui, Jared s'étira comme un chat.

— Je suis tout à toi, Nick. Fais de moi ce que tu veux.

Oh, putain! Nick en voulait beaucoup. Il caressa avidement les jambes de Jared.

— Tu comptes ne rien faire et te laisser baiser? demanda-t-il.

Jared éclata de rire.

— Ne rien faire ? Oh, j'en doute fort.

Nick rit aussi, d'un rire jeune et insouciant qui explosa de sa poitrine et dissipa ses dernières appréhensions. Il embrassa le genou de Jared.

— Tu m'as manqué.

De sa jambe, Jared le caressa.

— Toi aussi.

Nick l'embrassa à nouveau, sa langue tournant autour de la rotule tandis que ses doigts massaient le torse de Jared. Son pouce trouva un mamelon et le titilla, avant de le pincer.

Jared haleta et se cambra, manquant de renverser le lubrifiant.

Nick le rattrapa, il ouvrit le flacon et versa un peu de liquide transparent sur ses doigts. Il glissa ensuite sa main entre les jambes de Jared.

Jared couina en sentant un doigt oint perforer son anus. Nick en trembla de désir. Jared écarta davantage les jambes pour mieux s'offrir. Nick continua à jouer avec son mamelon, à titiller son anus, à verser du gel sur sa queue. Jared se tordait sur le canapé, les yeux fermés, sans baisser les bras. Il tremblait sous l'effort.

— S'il te plaît. S'il te plaît, Nick !

Ah, voilà ! Le déclic ! Jared lui rendait ses pouvoirs. Nick reprenait le contrôle. Putain, qu'il aimait ça !

— Dis-moi ce que tu veux.

— Prends-moi. S'il te plaît.

Nick effleura la chair frémissante.

— C'est là que tu réclames ma présence ?

— Ouiii !

— Avec quoi veux-tu être pénétré ?

— N'importe quoi. Ton doigt. Ta queue. S'il te plaît.

Nick enfonça son doigt d'une phalange.

— Comme ça ?

Jared gémit, essayant de s'empaler davantage.

— Oui, encore, plus loin.

Nick abandonna le mamelon et changea de position pour mieux voir ce qu'il faisait. Il réunit trois doigts et les enfonça lentement dans le cul de son amant. Jared tressauta et se souleva pour l'aider. Il gémissait.

Nick continua à le préparer, d'un geste délibérément lent, les yeux rivés sur cet anus qui s'écartelait petit à petit pour engloutir ses doigts.

De désespoir, Jared lui donnait des coups de talons dans le dos. C'était le même jeu, même si la chorégraphie était un peu différente. Nick retrouvait son ancienne entente avec Jared, ce confort étonnant, cette folle intimité.

Comme autrefois, Jared céda aux affres du désir et débita tout ce qui lui passait par la tête, sans filtre. C'était cochon, mais très excitant. Un vrai aphrodisiaque.

Nick se pencha et prit la queue de Jared dans sa bouche tout en continuant à le pilonner. Jared hurla et sa jouissance explosa dans la bouche de Nick.

— Oh, putain ! haleta-t-il.

Après une pause pour laisser Jared récupérer, Nick se redressa :

— On monte maintenant ?

— Oui.

Jared lui prit la main et le conduisit jusqu'à l'escalier, puis dans sa chambre. Les fenêtres étaient ouvertes, laissant entrer l'air du soir.

Les rideaux n'étaient pas tirés.

Nick leur jeta un regard inquiet. Le remarquant sans doute, Jared l'apaisa aussitôt :

— Mes voisins sont en vacances. Mais si tu veux, je peux fermer la fenêtre.

Il faut que je lui fasse confiance.

Nick secoua la tête.

— Non, ça va.

Pour se changer les idées, il examina la chambre de Jared : une pièce confortable et bien tenue, avec un grand lit couvert d'oreillers luxuriants.

— Zut ! déclara Nick, penaud. J'ai oublié le lubrifiant en bas !

Jared s'esclaffa.

— Oh, j'en ai un autre flacon dans ma table de chevet !

Renfrogné, Nick ne put se retenir de demander :

— Tu reçois souvent tes amants ici ?

Jared lui fit un clin d'œil.

— Non, juste toi.

Ils s'étendirent tous les deux sur le lit. Les draps de Jared portaient son odeur. Enivré, Nick évoqua les jours d'autrefois, les étés où ils passaient leur temps à faire l'amour, à s'explorer sous tous les angles. À l'époque, ils craignaient l'avenir, mais ils se faisaient confiance.

Devenu adulte, Nick craignait tout.

— Et maintenant ? demanda-t-il.

Sa voix se brisa.

Sa question portait sur la prochaine phase de leurs ébats, sur cette nuit, sur leur relation. *Qu'est-ce qu'on fait maintenant, Jared? Comment vais-je pouvoir suivre la voie que je me suis tracée sans te perdre une seconde fois?*

Jared l'embrassa sur la joue et remonta les couvertures sur eux deux.

— Allonge-toi avec moi et profite du moment.

Nick obéit, il posa la tête sur l'épaule de Jared, le serra contre lui et savoura ce contact peau à peau en pensant au plaisir à venir.

VIII

JARED SAVAIT qu'il allait souffrir quand Nick s'en irait le dimanche. Toute la soirée, il s'était efforcé d'apprécier le temps passé en sa compagnie au lieu de fantasmer sur l'avenir dont il rêvait ou qu'il pensait mériter. Au début, il y était parvenu. Il aimait parler avec Nick, plaisanter avec lui, faire l'amour avec lui. Il se sentait bien avec Nick, comme si être à ses côtés était sa place pour toute l'éternité.

Puis vint le moment de la séparation.

Une fois la porte fermée, Jared fut à nouveau seul.

Ai-je fait une erreur ?

Vais-je me poser cette même question à chacune de nos séparations ?

C'était le problème de vivre seul : il n'y avait personne pour l'empêcher de ressasser. Il n'avait pas l'option d'aider ses colocataires à gérer leurs soucis pour éviter de penser aux siens. Quand Owen et Simon vivaient encore avec lui, avant que tour à tour, ils tombent amoureux et décident de déménager, Jared n'avait jamais eu ce problème de se perdre dans ses pensées. Il s'entretenait avec Simon, souvent aux prises avec une crise relationnelle, ou avec Owen, souvent furieux de ce qu'il voyait à Ste Anne.

Une des infirmières de l'hôpital, partie depuis à la retraite, avait une fois fait la remarque que Jared était la figure parentale de leur trio. Ce n'était pas faux, en y réfléchissant. En tout cas, c'était un rôle que Jared avait volontiers accepté, et peu à peu, sans s'en rendre compte, il avait considéré leur petit groupe comme sa famille. Et il n'avait jamais pensé que sa vie changerait un jour. Il s'était même permis d'imaginer que tous trois vieilliraient ensemble, sans chercher ailleurs d'autres satisfactions.

Oh, il n'en voulait pas à ses deux amis d'avoir trouvé le bonheur, loin de là, mais maintenant qu'il était seul, eh bien, il ne savait plus quoi faire. Il n'avait jamais eu l'option de chercher l'âme sœur, pas après avoir perdu son cœur vingt ans plus tôt pour un garçon qui refusait de partager ses rêves d'un avenir à deux. Avant l'accident, Jared avait tenté de tourner la page une bonne fois pour toutes, persuadé que Nick était incapable d'éprouver des sentiments pour lui. Maintenant…

Oui, c'était la vraie question : que faire maintenant ?

Il avait promis de ne rien faire et d'accepter chaque jour tel qu'il venait. En fait, avec Nick, c'était sa seule option viable, même s'il la trouvait terriblement difficile. Il détestait ne pas avoir le contrôle de sa vie. Au lit, oui, il pouvait se soumettre, parce que c'était un jeu, mais le reste du temps, non.

Étant médecin, Jared avait l'habitude de donner les ordres, aussi bien à l'hôpital, aux urgences quand il était de garde, que chez lui, quand la maison était pleine. Jadis, il avait tenté de contrôler Nick – ailleurs qu'au lit – et cela les avait menés au désastre. Certes, il n'était alors qu'un ado, mais le problème n'était pas uniquement dû à son jeune âge, Jared le savait très bien. De plus, ces rituels sexuels retrouvés lui donnaient l'impression d'être à nouveau adolescent. Avec Nick, il éprouvait un désir, une passion qu'il n'avait jamais trouvés ailleurs pendant leur longue séparation. Nick avait réveillé en lui des émotions que Jared avait oubliées, sans doute étaient-elles restées enfouies tout au fond de lui deux décennies durant... dans la naphtaline.

Cette seconde chance dont il bénéficiait aujourd'hui, il ne comptait pas la gâcher en retombant dans ses anciens travers d'ado impétueux et autoritaire. Il devait apprendre à être patient et à gérer ses doutes et ses insécurités. S'il en était incapable, autant renoncer à Nick.

Résigné, Jared erra un moment dans la maison trop silencieuse. Puis, comme il en prenait de plus en plus l'habitude, il alluma la télévision pour avoir de la compagnie.

Du temps où ses amis habitaient avec lui, il ne regardait jamais la télévision à moins que Simon ne l'y oblige. Depuis qu'il était seul, il suivait plusieurs séries télévisées, dont celle mentionnée par Nick l'année précédente, pendant l'enquête sur les détournements de fonds à Ste Anne.

Jared sourit en évoquant l'incident : Owen les avait surnommés « le gang Scoubidou » en donnant à Nick le rôle de Fred. Mi-figue mi-raisin, Nick avait refusé le terme Scoubidou, préférant *Brooklyn Nine-Nine* comme métaphore. Alors, une nuit où Jared s'ennuyait, il avait cherché la série sur un service de streaming. Dès le premier épisode, il avait accroché, peut-être parce qu'un des principaux personnages, le capitaine du poste de police, était un Afro-Américain gay de nature stoïque et réservée. Comparé au capitaine

Ray Holt, Nicolas Beckert était un gai luron. Très vite, Jared était tombé d'accord avec Nick : Rebecca ressemblait tout à fait à Rosa Diaz [10].

Après avoir visionné tous les épisodes disponibles, Jared en avait cherché davantage. N'en trouvant pas, il avait regardé d'autres séries. S'il avait espéré – en se basant sur *Brooklyn Nine-Nine* – que les productions s'étaient améliorées au fil des années, il avait vite constaté s'être lourdement trompé. Ou alors il avait un don pour tomber sur des navets. Il avait envisagé de demander des conseils au bureau des infirmières, avant d'y renoncer, certain que leurs suggestions seraient atrocement mièvres. Et Simon le brancherait certainement sur les mélodrames asiatiques. Et c'était le seul point positif de son départ : Jared n'avait plus à endurer ces séries, sauf quand Simon passait le voir.

Il avait fini par faire des recherches en ligne, avec des résultats plus ou moins satisfaisants. Il préférait les comédies, ou les séries aux épisodes courts qu'il regardait d'un œil en se préparant à dîner ou en pliant son linge. Ses préférées étaient *Bob's Burgers* et *Jane the Virgin*. Récemment, il avait commencé *Philadelphia*, une série cynique qu'il consommait à petite dose parce que les cinq personnages principaux étaient trop odieux. Il regardait aussi *Bienvenue chez les Huang* et *Black-ish* parce qu'il avait entendu de bonnes critiques à leur sujet. De plus, il appréciait ces séries tournées dans d'autres cultures. Il avait mis des titres LGBT sur sa liste « à voir », comme *Au fil des jours*.

Il avait aussi regardé la totalité de *Luther* pour…

Eh bien. Idris Elba.

Dorénavant, cette série était pour Jared une sorte de rituel d'apaisement. Justement, après le départ de Nick, il revit un de ses épisodes préférés, quand Luther traquait une bande d'Afro-Américains devenus tueurs par plaisir. Jared le connaissait par cœur. Il avait commencé à regarder *Luther* parce qu'il avait longtemps eu un faible pour l'acteur principal – qui serait insensible à son charisme ? –, mais très vite, il s'était laissé prendre par la complexité du personnage.

Nick n'avait pas paru d'accord quand Jared avait annoncé qu'il ressemblait à Idris Elba, pourtant, c'était le cas. Les deux hommes avaient la même présence, la même autorité en cas de situation délicate. En revanche,

---

10 Personnage de fiction de la série *Brooklyn Nine-Nine*, dotée d'un mauvais caractère et d'un fort tempérament, elle est imprévisible, ce qui effraie parfois ses collègues.

Jared jugeait Luther trop impétueux, bien qu'il ait bon cœur, alors que Nick était réservé et sérieux. Il contrôlait tant ses émotions qu'il était parfois difficile de percevoir la passion qui l'animait.

Jared chercha à quel autre acteur comparer son amant, pas nécessairement dans un rôle précis mais en général.

Chris Evans ? *Non, trop lumineux.*

Marc Ruffalo ? *Non, trop Mark Ruffalo.*

Antonio Banderas ? *Non, trop expansif.*

Benedict Cumberbatch ? *Seigneur, non, quelle idée !*

Ricky Whittle. *Oui, pas mal.* C'était un homme sérieux, calme, patient. Avec une étincelle dans les yeux qui incitait à s'approcher.

Mon Dieu, voilà que Nick lui manquait encore plus !

Écoutant d'une oreille la voix sensuelle d'Elba, Jared se pelotonna dans son canapé, là où quelques heures plus tôt, il faisait l'amour à Nick. Il aurait voulu recommencer, puis dîner avec son amant, puis regarder *Luther* ensemble, puis aller se coucher avec Nick.

Il voulait tout faire avec Nick.

Seul devant la télévision, il dut admettre la vérité. Il avait pensé mener une vie parfaite avec Owen et Simon, mais même avec eux, il avait été très seul. Seulement, il ne s'en était pas rendu compte.

Ce désir qu'il portait en lui – vivre à deux – n'était pas nouveau. Si Jared avait refusé d'emménager avec Owen et Erin, qui le lui avaient tous les deux proposé, c'était pour une raison simple et aveuglante : ce n'était pas seulement de la compagnie qu'il voulait, mais un compagnon, un partenaire, un amant.

Il voulait Nick.

Et il n'était pas sûr de l'avoir, c'était bien son problème. Il doutait même que ce soit la bonne solution pour lui. D'un autre côté, maintenant qu'il avait renoué avec Nick, quelle autre option avait-il que de jouer sa main jusqu'au bout de la partie pour voir si son amant et lui avaient une chance de finir ensemble ?

Jared soupira en s'imaginant dans la même situation dans un an : seul devant la télé. Il espérait que cela n'arriverait pas. En attendant, il serra un coussin contre sa poitrine et chercha à se convaincre que la compagnie de Luther-Idris Elba lui suffisait.

VENDREDI MATIN, Nick assista à la réunion extraordinaire du conseil d'administration. Après une brève délibération, les membres choisirent le cabinet Gilbert de Madison [11] pour chiffrer leurs options : réparer la tour ou bâtir un nouveau complexe.

Après le vote, alors que les membres du conseil discutaient entre eux, Jack expliqua les motifs de son choix :

— Ils sont établis dans la région depuis longtemps et ils ont l'habitude de travailler avec les hôpitaux.

Assis à ses côtés, Gus Taylor sirotait un café. Il cacha (mal) sa grimace et ajouta :

— Moi, ce qui m'a poussé à voter pour eux, c'est qu'ils ont des tarifs raisonnables, la bonne moyenne je dirais, entre le bas de gamme et le scandaleux. Je pense qu'ils correspondent à ce qu'il nous faut.

Jacob Moore, le plus timoré du groupe, intervint à son tour en opinant du chef :

— Personnellement, j'ai suivi la recommandation de votre ami, M. Beckert. Oui, c'est une bonne décision, je pense, et tout finira par s'arranger.

— La vraie difficulté, déclara Amanda Rodriguez, ce sera d'affronter l'opinion publique. Les gens détestent nous voir dépenser de l'argent et certains diront que nous le gaspillons.

— Dans ce cas, ajouta Matt Engleton, nous devons prendre les devants et indiquer notre priorité : assurer la sécurité de l'hôpital et son avenir.

Owen grogna :

— Je suis impatient d'avoir le rapport de Gilbert.

— Moi aussi, approuva Jared.

À son habitude, Simon ne disait rien, mais Nick savait qu'il ferait un rapport consciencieux du conseil au personnel, aussi sa présence était-elle unanimement appréciée. C'était d'ailleurs ce qui avait poussé Nick à restructurer la composition du conseil d'administration après la dissolution de l'ancien – suite au scandale des détournements de fonds. Tous les membres précédents – à une exception près – avaient été limogés. Le nouveau conseil comprenait trois délégués des médecins et un des infirmiers, ce qui avait boosté le moral du personnel de l'hôpital. De plus, c'était efficace pour résoudre les problèmes de façon créative et collective.

Sans perdre de temps, Erin informa le cabinet Gilbert de la décision du conseil et Nick consacra le reste de son week-end à des réunions préparatoires par mail et Skype avec les auditeurs qui viendraient dès le

---

11 Capitale de l'État du Wisconsin.

lundi suivant commencer leur enquête. Erin et lui reçurent d'eux des tuyaux pour gérer les communiqués de presse, ce qui poussa Nick à rédiger un article qu'il comptait soumettre au journal local le dimanche soir pour parution dans la semaine.

Lundi matin, Jeremiah Ryan passa un coup de fil à Nick pour lui demander s'il pouvait lui être utile.

— J'ai bien compris que Ste Anne ne signera aucun accord pour le moment, fils, mais si tu as besoin de moi, je suis là. Les affaires sont les affaires, mais j'aimerais que tu me considères aussi comme un ami. Et il faut s'entraider entre amis !

Nick sourit.

— Oui, je sais. Papa disait la même chose.

Ryan gloussa.

— Je vois, d'accord, je ne vais pas t'embêter plus longtemps. Cynthia compte rester quelques semaines dans la région, j'espère que tu auras à cœur de passer un moment avec elle.

Nick se raidit.

— Oui. Bien sûr.

Ryan baissa la voix et changea de ton :

— J'ai encore un conseil à te donner, fils : méfie-toi de ce Peterson. Il te sait vulnérable, il ne va pas te rater.

Nick s'adossa dans son fauteuil et fixa machinalement la fenêtre de son bureau : on voyait le lac Supérieur [12] au loin.

— Oh, il ne me fait pas peur. J'ignore encore s'il compte me faire une autre proposition ou tenter de saper mon autorité. Le connaissant, je pencherai pour la seconde option.

— Tu as un bon instinct. Fais bien attention.

— Oui. Merci, M. Ryan.

Peterson ne mit pas longtemps à montrer son vrai visage.

Le mardi soir, quand Nick ouvrit le journal en rentrant chez lui, après sa journée à Ste Anne, il ne trouva pas l'article qu'il avait rédigé avec Erin. En revanche, la Une vilipendait la direction de l'hôpital, ouvertement accusée de dilapider les fonds publics. L'article pernicieux était suivi d'une interview de Peterson, qui se présentait comme un expert en la matière.

---

12 Le plus grand des Grands Lacs d'Amérique du Nord, à cheval entre les États-Unis et le Canada.

Grand-mère Emerson, qui écossait des haricots dans la salle à manger, lui jeta un coup d'œil par-dessus ses lunettes.

— Tu lis l'article de Peterson? Un chef-d'œuvre, non? Ce journal a toujours été un torchon. Quel dommage, vraiment! En période difficile, nous aurions besoin de vrais journalistes pour remonter le moral des troupes!

Nick était contrarié de ne pas avoir prévu ce coup bas. De ce fait, il n'avait pas préparé de contre-offensive. *Les gens détestent nous voir dépenser de l'argent*, avait dit Amanda. C'était la vérité. Et après cet article, ils seraient encore plus remontés. Quel idiot il avait été de penser qu'un simple communiqué de presse suffirait à calmer le jeu!

— J'aurais dû penser à me mettre le journal dans la poche, grommela-t-il. J'ai laissé le champ libre à Peterson.

— Ils feront bien ce qu'ils veulent, mais tu pourrais quand même les contacter, cela ne mange pas de pain. À mon avis, maintenant que le fumier est répandu, fais profil bas. Quand tu auras mis au point ta stratégie, tu iras les voir avec de vraies armes dans les mains. Inutile de t'abaisser dans la boue avec les imbéciles.

Elle avait raison, bien sûr. Elle avait *toujours* raison. Mais une fois de plus, Nick devait courber l'échine devant des gens qu'il méprisait en attendant le bon moment pour agir. Pendant des années, l'ancien conseil l'avait contraint à ce rôle. Maintenant que Nick avait enfin goûté à la liberté d'action, faire machine arrière lui coûtait.

Il s'y résolut malgré tout. Il passa voir chez lui le rédacteur en chef «du torchon» et se tint sur le perron à endurer fanfaronnades et jubilations déplacées. *C'est ça, rêve que tu as gagné!* pensa Nick, les dents serrées. Mentalement, il prenait des notes en espérant trouver un jour de quoi clouer le bec à ce misérable pantin.

Juste avant le dîner, Erin lui téléphona. Nick l'informa des propos de sa grand-mère et de la réaction de l'éditeur. Il ne fut pas surpris de recevoir peu après des textos de Jared. Il lui donna les mêmes réponses qu'à Erin, ce qui n'apaisa pas le juste courroux de son amant.

Jared : Ce journal raconte n'importe quoi! Cet article débile va créer une émeute dans la population! Mon Dieu, que c'est énervant! Que pouvons-nous faire en attendant? Et si je postais une réponse sur Vivre à Copper Point?

Nick étouffa un soupir.

Nick : NON! Inutile de verser de l'huile sur le feu.

Jared : Il faudrait que la réponse vienne de quelqu'un qui n'a aucun rapport avec nous. Mais qui ? Merde. Ça me tue de ne rien faire !

Rien qu'en lisant ce texto, Nick devina la frustration de Jared. Il imagina son amant tourner en rond dans son salon, les yeux rivés à l'écran de son téléphone, les doigts passant nerveusement dans ses cheveux blonds ébouriffés.

Cette vision lui tira son premier sourire de la soirée.

Toute la semaine, à Ste Anne, aux moments les plus étranges, Nick avait pensé à leur dimanche passé ensemble. Il le faisait aussi chaque fois que Jared lui envoyait un texto, ou sous la douche, ou la nuit quand il restait éveillé, les yeux au plafond.

Il avait passé une très bonne soirée avec Jared. Il voulait recommencer. Et déjeuner avec lui, marcher avec lui le long de la baie.

Il voulait le revoir, mais quand cela arriverait-il ? Il n'en savait rien.

En principe, rien n'interdisait au directeur de Ste Anne de déjeuner avec un de ses médecins… mais le premier essai avait été peu concluant. Oui, Jared affirmait même que Nick avait déjà éveillé les soupçons du personnel. De plus, Jared était rarement libre à l'hôpital, même s'il soufflait parfois entre ses visites et ses consultations. Et Nick était également très occupé. Le soir, alors ? Non, si Nick quittait la maison à l'improviste, ce qui ne lui était jamais arrivé jusqu'ici, sa mère et sa grand-mère auraient des soupçons. Surtout s'il prenait l'habitude d'aller systématiquement chez Jared.

Quand leur rendez-vous au squash jeudi soir avait été annulé et que Jared n'avait rien pu prévoir le week-end parce qu'il était d'astreinte, Nick en avait été frustré. Le week-end suivant, c'était cuit aussi : une sortie en bateau était prévue avec la famille Amin pour célébrer le 4 juillet.

Lundi, dans la salle de conférence, alors que Nick travaillait avec Erin sur le dossier Gilbert, il ressassait, l'humeur morose.

Soudain, Erin ferma son ordinateur portable et croisa les mains.

— Tu es distrait cet après-midi. Qu'est-ce qu'il y a ?

Nick faillit répondre « rien », puis il se reprit. Pourquoi mentir ? Erin était le seul à qui il pouvait parler librement. Il se frotta la tempe où pointait une migraine et baissa les yeux sur la table.

— Je me demande comment voir Jared sans m'exposer.

— Oh, tu as l'intention de sortir avec lui en restant dans le placard ?

Il ne critiquait pas, il s'étonnait juste.

Pourtant, Nick se sentait sur la défensive.

— Je pense parfois à ce foutu coming out, grinça-t-il. Je joue mentalement avec cette idée. Je ne suis pas contre. Je devrais le faire pour Jared, je le sais bien. C'est juste que… merde ! J'aurais dû le faire bien avant d'avoir tous les yeux fixés sur moi.

Erin soupira.

— Si tu veux mon avis, on ne fait pas son coming out pour quelqu'un, fut-ce un être aimé. On le fait pour soi, c'est une décision personnelle. Je veux penser que les gens de Copper Point finiraient par l'accepter.

Nick secoua la tête.

— Ce n'est pas aussi simple. Tu ne comprends pas.

Erin acquiesça.

— Tu as raison. Je ne comprends pas ce qui te retient. Si tu veux en parler, je t'écoute.

À sa grande surprise, Nick vida son sac. Ce n'était pas prévu. Il commença lentement, reprenant les points d'achoppement dont il avait déjà discuté avec Emmanuela, les attentes, l'inertie, le déni…

— Mon problème n'est pas seulement que j'ai attendu trop longtemps, j'ai… j'ai encore du mal à accepter d'être gay. A posteriori, j'étais déjà amoureux de Jared à l'école secondaire, je le sais maintenant, mais sur le moment, j'étais dans le déni, j'avais trop peur. Oui, la peur a toujours dominé ma vie.

Interloqué, Erin fronça les sourcils.

— Mais pourquoi ? Bon, d'accord, j'ai eu peur, moi aussi, à l'adolescence quand j'ai découvert mon orientation sexuelle, pas tellement d'être gay, plutôt d'être seul, mais il me semble que chez toi, la peur est plus vive en intensité et de nature plus compliquée.

— Ma famille est pratiquante, déclara Nick. Or, l'Église n'accepte pas l'homosexualité. Oh, il n'y a ni flagellation publique ni condamnation, l'opprobre est plus subtil. Plus jeune, j'étais certain que si la vérité était connue, je serais exclu de la communauté. Alors que Jared insistait pour que je fasse mon coming out et que je m'accepte tel que j'étais, moi, je rêvais de devenir hétéro par magie pour ne pas avoir à affronter mon pire cauchemar : choisir.

— Tu es sérieux ? Ton Église interdit à un gay de pratiquer ?

— Non, je pourrais encore aller à l'église, mais tout serait très différent. On ne m'accepterait jamais comme diacre, par exemple. Certains refuseraient de m'adresser la parole, d'autres écarteraient de moi leurs enfants.

En voyant Erin faire la grimace, Nick leva la main et ajouta :

— Oui, les gens sont sectaires. Ils ont tort, je sais, mais peu importe, je n'ai pas envie de devenir un paria parmi les miens. C'est l'Église qui nous a sauvés, ma famille et moi, quand nous avons failli perdre la maison après que mon père avait fait faillite. Quand il est mort, les gens de mon église m'ont permis de garder la tête haute alors que l'ancien conseil me riait au nez sans même s'en cacher. Alors, leur tourner le dos paraît peut-être facile sur le papier, mais dans la pratique, ce n'est pas le cas. Non, pas pour moi.

— Nick, ta famille te soutiendrait sûrement.

Nick tressaillit à l'impact de ces mots. Le souffle coupé, il se concentra sur sa respiration et profita de ce répit pour formuler sa réponse.

Une fois encore, les mots lui échappèrent, il parla sans l'avoir voulu, il parla de son père.

— Dans mes souvenirs, mon père ne dormait jamais. Il se levait à l'aube, soit pour réparer un truc dans la maison, soit pour se pencher sur des dossiers qu'il rapportait du bureau. La plupart du temps, il préparait aussi le petit déjeuner pour soulager ma mère. Quand je descendais, il était toujours là, un sourire aux lèvres, il nous exhortait à manger nos flocons d'avoine et à nous préparer pour l'école. Le soir de sa mort, il s'est assis avec moi pour m'aider à faire un devoir de maths. Il était blême, il ne cessait de se frotter la poitrine. Quand je me suis inquiété, il m'a répondu que tout allait bien, puis il m'a demandé de penser à mon algèbre. Bien plus tard, une fois devenu adulte, j'ai découvert combien il s'était battu, combien sa situation était devenue difficile depuis qu'il s'était opposé aux magouilles du conseil d'administration.

Erin était bouleversé.

— Oh ! Et mon père faisait partie du conseil ! Je suis tellement désolé !

Nick ne voulait pas ouvrir cette ancienne blessure.

— Je voulais juste dire que papa a travaillé jusqu'à son dernier souffle, il s'est sacrifié pour nous. Alors comment puis-je me plaindre et vouloir...

Il s'interrompit, cherchant ses mots.

Attendri, Erin se pencha en avant.

— ... être heureux ? Nick, je doute que ton père te le reprocherait.

Nick secoua la tête.

— Il n'aurait certainement pas approuvé le chemin que j'envisage de prendre pour trouver le bonheur. Il n'a jamais caché son opinion sur la question. Chaque fois qu'on en parlait aux informations, il reprenait les paroles de l'Église : *l'homosexualité est une abomination, un crime contre*

141

Dieu et contre le genre humain. Il aurait été le premier à me dire que c'était un péché, qu'il fallait que j'y renonce.

Erin grimaça.

— Je vois. Ce père que tu admirais tant avait une triste vision de ton orientation. Et comme ton Église pense la même chose, je comprends que cela te préoccupe. Mais, Nick, en ton âme et conscience, est-ce une raison suffisante pour que tu vives à moitié ? Chaque fois que je croisais ta grand-mère, elle me posait toujours la même question : *es-tu heureux ?* Donc, le bonheur est important pour elle. Et elle n'a pas émis de critique en me voyant avec Owen.

— Oui, mais tu ne vas pas à l'Église et tu n'es pas son petit-fils. Crois-moi, elle serait bien moins tolérante pour moi ! Maman et grand-mère n'ont jamais été aussi violentes que papa contre les homosexuels, mais elles apprécieraient peu que je sorte du placard, j'en suis certain. Elles se montrent courtoises envers toi parce que ta vie privée ne les regarde pas. Moi, en revanche, je suis de la famille, elles se sentent concernées. Si je faisais mon coming out, elles considéreraient cela comme une offense vis-à-vis de leurs croyances religieuses et du nom que je porte. Elles ont des idées très arrêtées sur le devoir : elles attendent de moi que je me marie et que je procrée.

— Tu pourrais faire les deux en tant que gay. Officiellement, tu ne vois personne en ce moment. Ta famille a-t-elle déjà cherché à te mettre une femme dans les bras ?

— Oui, quand j'étais plus jeune. Quand je suis revenu à Copper Point pour diriger Ste Anne, elles ont compris que pour moi, le travail passait avant tout. Sans doute ont-elles aussi jugé que j'étais assez stressé. Cette année, cependant, la situation étant plus calme à l'hôpital, elles ont recommencé à m'en parler.

Erin hésita avant de demander :

— À ton avis, sont-elles au courant de ton orientation ? Ont-elles au moins des soupçons ?

À cette idée, une vague glacée traversa Nick tout entier. Il avait fait de tels efforts pour ne pas se poser la question ! Et pourtant, cette inquiétude le rongeait constamment, même s'il le niait.

La gorge serrée, il mit un long moment à retrouver sa voix.

— C'est possible, reconnut-il enfin. Si c'est le cas, elles approuvent certainement que je ne fasse rien d'outrageant.

— En fait, tu ne sais rien, tu bases ta vie sur de simples conjectures. Je sais très bien ce que tu vas me dire : je ne connais pas ta famille aussi bien que toi. D'accord, c'est vrai. Mais quand même, je suis souvent allé chez toi et tu es le premier à reconnaître que j'ai une bonne perception des gens. Alors, voilà mon avis : tu as tellement peur d'être rejeté par ta famille et ta communauté que tu ne réfléchis même plus de façon cohérente. J'ignore ce qui se passerait si tu disais la vérité. Peut-être serait-ce ce que tu crains, mais peut-être que non. Et si tu n'essaies pas, comment connaîtras-tu un jour la réponse ?

Nick se tordit les mains.

— Comment veux-tu que je sache comment ma mère et ma grand-mère réagiront ?

Erin soupira.

— Je n'en sais rien. Personnellement, je n'ai jamais parlé à mon père de mon orientation, je n'ai pas fait de coming out, alors, je n'ai pas d'expérience à partager. Comme tout Copper Point, mon père a compris la vérité le soir de la vente aux enchères des célibataires [13], quand Owen m'a embrassé en public. Dans tous les cas, ma situation familiale n'avait rien à voir avec la tienne, tu es très proche de ta mère, de ta grand-mère et de ta sœur. Moi, même avant de découvrir que mon père s'était compromis avec l'ancien conseil, je n'éprouvais pour lui qu'un éloignement mêlé de terreur.

— Je veux bien prendre quelques risques, répliqua Nick, mais je ne suis pas encore prêt à plonger dans la fosse aux requins. La seule chose dont je suis sûr, c'est que je dois trouver le moyen de ne pas gâcher ma seconde chance avec Jared.

Il se renfrogna avant d'ajouter :

— Et j'ai intérêt à me dépêcher ! Il parle déjà de chercher un coloc. Je suis sûr que Matt Engleton sera le premier à postuler.

Erin tressaillit.

— QUOI ? Pourquoi Jared prendrait-il un colocataire ? A-t-il des difficultés à payer l'hypothèque de la maison ? Pourquoi n'en a-t-il rien dit ? Il a prétendu que l'offre de rachat que nous lui avions proposée pour la part d'Owen était amplement suffisante !

A posteriori, Nick regretta d'avoir parlé sans réfléchir. Jared aurait sans doute préféré garder cette information sous le coude. De toute façon, c'était trop tard, le mal était fait.

---

13 Voir le tome 2 de la série Copper Point, *Les enchères du Dr Ogre*, même auteur, même éditeur.

— Non, ce n'est pas une question d'argent. Il souffre de solitude.

Il ne fut pas surpris qu'Erin ouvre des grands yeux.

— Oh non ! Le pauvre ! Je ne m'en doutais pas. Mais je ne comprends pas, s'il s'ennuie tout seul, pourquoi n'a-t-il pas accepté d'emménager au manoir avec Owen et moi ? Nous avons largement la place et… Oh !

Erin secoua la tête avant d'enchaîner :

— Il a dû craindre de nous déranger. Du coup, bien entendu, il ne pouvait se plaindre devant nous d'être seul. Oh, comme je m'en veux de ne pas l'avoir compris plus tôt !

— S'il te plaît, garde cela pour toi, Erin. Je n'aurais pas dû t'en parler.

— Mais il faut que Jack, Simon et Owen soient au courant ! protesta Erin.

Nick grimaça.

— Non, Jared détesterait que vous le plaigniez !

— D'accord. Mais je trouverai des excuses pour passer le voir plus souvent – ou l'inviter à la maison.

— Cela ne suffira sans doute pas, rétorqua Nick. Jared déteste que la maison soit vide le matin quand il se lève, ou le soir quand il se couche. Il aimait aussi faire la cuisine pour votre petit groupe. Il a besoin de compagnie.

Une idée folle lui venant, il se figea soudain.

Et si je devenais le colocataire de Jared ?

Et au regard d'Erin, il comprit que tous deux pensaient la même chose. Très excité, Erin se mit à hocher frénétiquement la tête.

— Ce serait la solution idéale ! lança-t-il.

Nick reculait déjà, terrifié.

— Tu es fou ? Tout le monde se demandera pourquoi je quitte brutalement mon toit !

— Alors, trouve une raison valide.

— Je veux baiser mon amant sans avoir à me cacher, grogna Nick.

Erin s'étrangla.

— Non, il te faut une raison politiquement correcte. Pourquoi ne pas dire la vérité ? Jared et toi êtes restés ensemble cinq heures dans l'ascenseur, vous avez parlé, il t'a dit que la maison était devenue trop grande pour lui. Il cherchait un colocataire et tu t'es proposé. Voilà !

Nick secoua la tête.

— Pourquoi *moi* ? C'est la question que tout le monde se posera !

— Non, après des années avec ses deux meilleurs amis, Jared ne tient pas à cohabiter avec un parfait étranger. Vous étiez proches étant jeunes, qu'il accepte de t'héberger est tout à fait compréhensible. Cela marcherait très bien. Après tout, c'est la vérité !

Bon sang, il avait raison !

Nick hésitait encore.

— D'accord… mais que va penser ma famille, surtout si ma mère et ma grand-mère ont déjà des soupçons… depuis l'école secondaire ?

Erin le regarda, les yeux écarquillés.

— Et elles n'auraient rien dit pendant toutes ces années ? C'est plausible, d'après toi ?

Nick haletait, pris de vertige.

— Je ne sais pas. Je ne sais plus.

— Bon, admettons, que veux-tu qu'elles fassent ? Qu'elles te posent des questions ? Et alors ? Tu as peur ? Serait-ce la fin du monde ?

Pour Nick, oui, certainement. Ce n'était encore qu'une sensation. Un poids énorme, écrasant, tout à fait réel.

Oui, Nick avait peur, comme l'avait deviné Erin.

Il ferma les yeux.

— Je ne sais pas, répéta-t-il.

— Tout à l'heure, tu as dit : *je ne veux pas gâcher ma seconde chance.* Le pensais-tu vraiment ? Es-tu prêt à prendre ce risque pour te rapprocher de Jared ?

Nick jura dans sa barbe et s'affaissa dans son siège.

— Tu y vas fort, grommela-t-il.

Sans même parler, Erin croisa les bras et attendit patiemment.

Nick se frotta les cheveux et soupira.

— Pour répondre à ta question… oui, peut-être. C'est une solution viable pour Jared et moi. Pour le reste, il va falloir que je réfléchisse pour savoir quoi répondre à ma famille.

Emménager avec Jared ?

Le cœur de Nick battait si fort contre ses côtes que sa poitrine lui faisait mal. Il avait peur, mais en même temps, il était tout excité.

Et plein d'espoir en l'avenir, pour la première fois.

Erin parut comprendre l'émotion qui l'étreignait. Il eut un sourire très doux.

— Si tu veux mon avis, tu devrais inviter Jared à déjeuner.

Nick sourit.

— Oui. Bonne idée !

IX

LE DERNIER mardi de juin, Jared était occupé à peser un bébé de trois mois quand Helen passa la tête dans sa salle d'auscultation, les yeux écarquillés comme des soucoupes.

— Dr Kumpel? J'ai un message pour vous.

Il ne leva pas les yeux de la balance.

— Cela ne pouvait-il pas attendre que j'aie fini mon examen, Helen?

Elle fronça les sourcils.

— Eh bien... oui, peut-être, mais j'ai pensé que c'était urgent. Et pourquoi est-ce vous qui pesez ce bébé?

— Comme vous le savez certainement, Helen, mon assistante est absente ce matin et je n'ai pas voulu déranger les infirmières, elles ont déjà assez à faire! Et puis, j'adore les enfants! Pas vrai, petit ange?

Il sourit à la petite fille qui s'agitait et attrapa un petit pied brun. Quand le bébé émit un roucoulement, Jared fut tout ému.

— Dr Kumpel?

— Oui, Helen, qu'y a-t-il de tellement urgent, hmm?

— Wendy a téléphoné, docteur. M. Beckert veut vous voir.

Cette fois, Jared leva les yeux.

— Oh?

Le regard d'Helen brillait d'un éclat follement intéressé.

— M. Beckert a dit *le plus tôt possible*. Il préférerait vous voir pendant votre pause déjeuner, mais si vous êtes trop occupé, il attendra ce soir après vos consultations.

Nick, n'as-tu pas encore compris que ce genre d'attentions éveillait la curiosité des pipelettes?

— M. Beckert est certainement encore plus occupé que moi, lança Jared, gouailleur.

Pour cacher ses joues rouges et son émoi, il reporta son attention sur le bébé. En même temps, il réfléchissait fébrilement. *Que lui voulait Nick? Pourquoi n'avait-il pas simplement envoyé un SMS?* En fait, peut-être l'avait-il fait. Jared n'avait pas eu le temps de regarder son téléphone.

Tout en chatouillant le bébé, il déclara :

146

— Je ne pense pas avoir le temps de déjeuner.

— Oh, si, docteur ! Vous finissez à midi trente et vous avez une heure et demie de libre, sauf urgences ou retard.

Étonné, Jared leva les yeux.

— Pardon ? Quand j'ai regardé ce matin, mon planning était complet.

— Il y a eu deux annulations, Dr Kumpel. Et comme vous n'avez pas d'assistante, je n'ai pas pris d'autres rendez-vous. Vous avez lu le blog *Vivre à Copper Point* ? Les parents sont furieux, ils trouvent toute cette histoire très injuste.

Tout était normal, alors.

— Sans doute devrais-je jeûner pour aider l'hôpital, mais comment puis-je refuser une sommation de notre directeur ?

— Donc, je dis à M. Beckert que c'est bon pour midi trente ?

Jared sourit et se mit à rhabiller le bébé.

— Oui, Helen. Puis-je compter sur vous pour passer ma commande ? Cette fois-ci, c'est à moi d'apporter le repas.

— Bien sûr, docteur.

Elle hésita, comme si elle voulait en dire plus, puis elle secoua la tête et referma la porte.

Une fois seul, Jared serra la petite fille dans ses bras, puis il se pencha pour lui murmurer à l'oreille :

— Je vais déjeuner avec mon amoureux, Danielle.

Elle lui donna un coup de pied en réponse.

À midi quarante, Jared était dans l'escalier, presque arrivé au palier du second étage de l'hôpital. Il n'était pas *vraiment* essoufflé, mais il avait tout de même conscience que prendre l'escalier était plus physique que monter en ascenseur. Alors que Nick avait très vite vaincu sa phobie – après une première crise assez intense – et qu'il empruntait maintenant l'ascenseur sans difficulté lorsque la situation le demandait, Jared, lui, n'avait plus remis les pieds dans une cabine depuis l'accident. N'étant pas particulièrement fan du StairMaster [14], il comptait rapidement remédier à son petit problème.

Il traversa le couloir, le cœur battant, salua d'un signe de tête Wendy – l'assistante de Nick – et avança jusqu'au bureau du directeur de Ste Anne.

---

14 StairMaster est une société américaine spécialisée dans la conception et la production d'équipements de fitness pour un usage commercial, commercial léger et domestique.

La porte était ouverte. Jared frappa néanmoins et entra en brandissant un sac au logo d'India Palace.

À sa vue, Nick se leva avec un sourire et vint à sa rencontre.

— Je suis heureux de te voir, Jared. Regarde, nous mangerons ici.

Il désignait un coin-salon à l'angle de son bureau, avec un canapé et une table basse sur laquelle Jared y posa son sac.

À peine la porte fermée, Nick prit Jared dans ses bras et l'embrassa, un baiser paresseux et sensuel, inattendu et délicieux. Enivré, Jared recula jusqu'à se trouver le dos au mur, il noua ses bras autour du cou de Nick et lui rendit son baiser. Il frissonna en sentant son amant lui caresser le dos, les flancs.

Quand Nick releva la tête, Jared sourit.

— Bonjour, murmura-t-il

Inconsciemment, il se léchait les lèvres.

Nick lui prit la main et le tira jusqu'au canapé.

— Assieds-toi. J'ai quelque chose à te dire. Une suggestion, plutôt.

— J'adore ! C'est sexuel ?

Nick lui donna une petite tape, un sourire aux lèvres. Ils s'assirent côte à côte.

— Mangeons d'abord, insista Nick. J'ai faim.

— Quel allumeur !

Jared comprit vite que Nick ne cherchait pas à faire durer le suspense, il était réellement nerveux. De ce fait, il avait besoin d'un répit – le déjeuner – avant de formuler sa « suggestion ». Soudain inquiet, Jared plissa les yeux.

Nick posa une main sur sa jambe.

— Ne me regarde pas comme ça, je ne compte pas rompre. C'est juste… j'ai une idée, je pense qu'elle va te plaire, mais laisse-moi t'en parler quand je serai prêt, d'accord ?

Jared soupira.

— D'accord.

Désireux sans doute de l'aider à se détendre, Nick lui tendit un morceau de *naan* garni de *murgh makhani* [15]. Résigné, Jared mangea et tenta de ne pas s'inquiéter, mais son cerveau partait dans tous les sens, cherchant à deviner ce que Nick avait à lui dire.

Je pense que ça va te plaire. Jared en doutait, pressentant de nouvelles difficultés. Si Nick ne prévoyait pas de rompre, sans doute allait-il réclamer

---

15 « *Poulet au beurre* », plat indien originaire de New Delhi.

plus de discrétion, plus de temporisation – alors qu'ils avançaient déjà à une allure d'escargot rhumatisant! Déjà qu'ils se voyaient à peine, Jared ne tenait pas à de nouvelles restrictions.

Nick effleura la ride qui creusait son front.

— Arrête! Je vois presque tourner les rouages de ton cerveau, je sens bien que tu te ronges les sangs! Cela ne te ressemble pas d'être aussi pessimiste!

Jared se frotta les tempes.

— Je ne suis pas pessimiste! Pas vraiment. C'est juste que… Oh, je ne sais pas. Je cherche à deviner, mais j'ai peur de me tromper et de devoir une fois encore être déçu.

Posant son plat sur la table, Nick pivota sur le canapé pour faire face à Jared. Il prit sa main dans la sienne et entrelaça leurs doigts.

Il avait l'air grave, plein d'appréhension… et un peu excité.

— Tu ne seras pas déçu. Je ne peux pas encore te faire de promesse, je ne sais pas si cela sera possible, il faut d'abord que j'en parle à ma famille, que je peaufine mon discours, mais… depuis notre dernier week-end ensemble, je réfléchis constamment au moyen de te voir plus souvent. C'est comme ça que j'ai eu l'idée…

Il hésita, puis esquissa un sourire presque timide.

— … de devenir ton colocataire, si tu es d'accord pour m'accueillir chez toi.

Pris de vertige, Jared sentit le monde autour de lui flotter, sa vision devint légèrement floue, le souffle lui manqua. Et son cœur battait très fort à ses oreilles.

— Tu plaisantes? murmura-t-il enfin, voix tremblante.

Le sourire de Nick s'évanouit.

— Tu me crois capable de le faire sur un sujet pareil?

— Non, mais…

La gorge serrée, Jared perdit la capacité de parler. Une larme coula sur sa joue. D'où venait-elle? se demanda-t-il, sidéré. Pourquoi pleurait-il?

Du pouce, Nick essuya la petite perle d'eau salée. Il avait une expression très douce, protectrice et émue.

Jared sentit un barrage se rompre en lui, il fondit en larmes, ce qui l'horrifia. Il se frotta les joues, puis devant l'inanité de ses efforts, il se jeta sur une boîte de mouchoirs posée sur la table basse.

Quand un sanglot lui échappa, Nick le prit contre lui pour caresser ses cheveux.

— Mon cœur, pourquoi ces pleurs ? Je ne voulais pas te rendre triste.

— Je ne suis p-pas t-triste.

Jared ferma les yeux et se blottit contre l'épaule de Nick.

Pour une fois, Nick ne regardait pas la porte, inquiet qu'on les surprenne. Il ne pensait qu'à le réconforter.

— Tu pleures.

— Je sais. Excuse-moi.

Nick secoua la tête.

— Tu n'as pas à t'excuser, mais qu'est-ce que j'ai dit ?

Jared enfouit son visage dans le cou de Nick. Il chercha une réponse qui ne dévoilerait pas sa vulnérabilité. N'en trouvant pas, il abandonna et avoua :

— Que ma solitude allait prendre fin.

Il était si bien dans les bras de Nick qu'il aurait voulu arrêter le temps.

— T'était-elle à ce point insupportable ?

— Oui, même si j'essayais de ne pas trop y penser.

— Tu aurais dû en parler à tes amis.

Jared grimaça. Seigneur, était-il à ce point pathétique ? Oui, sans doute. Maintenant qu'il avait commencé, autant tout avouer.

— Contrairement à ce que tu penses, ce n'est pas leur départ qui a causé mon problème. Il y a vingt ans que je me sens seul !

— Oh, bébé !

La voix de Nick était chargée d'émotion. Le cœur palpitant follement, Jared en eut des papillons dans la poitrine. Puis, Nick lui releva le visage et l'embrassa encore. Cette fois, son baiser était plein de promesses et de passion.

Nick chuchota contre ses lèvres :

— Tu n'es plus seul à présent. Et moi non plus.

— D'accord, soupira Jared, détendu.

Pendant un moment encore, Nick lui caressa les cheveux. Puis il recula et sourit :

— Tu n'as pas répondu à ma question, mais vu ta réaction, j'image que tu ne vois pas d'objection à m'avoir comme locataire.

Jared eut un tel sourire que ses maxillaires en devinrent douloureux.

— Aucune ! affirma-t-il, sincère.

Nick voulait attendre le moment propice pour expliquer à sa mère et à sa grand-mère qu'il allait quitter la maison familiale et s'installer avec

Jared, mais bien entendu, le destin s'obstina à contrarier ses projets. Pour commencer, Nick n'avait pas encore déterminé quels arguments employer pour convaincre sa famille, ensuite, le travail ne cessait de s'accumuler sur son bureau.

Le 4 juillet approchait. À Copper Point, le Jour de l'Indépendance était fêté avec moins de faste que le Jour des Fondateurs, les célébrités locales, mais l'Église de la Renaissance organisait cependant un pique-nique communautaire, puis la ville tirait un feu d'artifice sur la baie. Nick et les siens ayant l'habitude de s'impliquer dans l'organisation des festivités de la paroisse, ils avaient tous beaucoup à faire. Nick gérait la planification et la mise en place, sa grand-mère, sa mère et sa sœur aidaient à garnir le buffet. Grand-mère Emerson prépara trois gâteaux différents, dont un à l'ananas, Aniyah une salade de pommes de terre et Emmanuela un gratin de macaronis au fromage. Et elle n'utilisa pas de boîte, elle prépara tout elle-même d'après une recette ancestrale dûment transmise de mère en fille depuis Dinah-Jo, l'arrière-grand-mère ayant grandi dans le restaurant de ses parents avant de quitter la Caroline du Sud au cours de la Grande Migration [16]. Nick comptait arriver tôt afin d'aider à mettre les tables en place, résoudre les petits problèmes de dernière minute et encadrer les jeunes – toujours capables de commettre les pires sottises dès qu'ils n'étaient pas surveillés.

Le pique-nique se déroula sans encombre, les plats de la famille Emerson eurent la place d'honneur au buffet et Nick finit par s'affaler dans un siège avec un soupir épuisé, mais satisfait. L'esprit serein, il était prêt à admirer le feu d'artifice.

Le lendemain, dimanche, il ne put profiter d'une grasse matinée, car il était attendu pour une sortie en bateau. Il ne s'en plaignait pas. D'une part, il allait revoir Jared, de l'autre, il s'était attaché aux Amin.

Comme tout le monde s'y attendait, Uzma avait un succès fou à Ste Anne. Certes, l'hôpital avait eu grandement besoin d'un spécialiste dans sa nouvelle salle de cardiologie, mais la jeune femme était également dotée d'une nature si ensoleillée que sa simple présence apaisait les éventuelles tensions parmi le personnel, ce qui semblait améliorer le fonctionnement de l'hôpital.

---

16 Mouvement ayant conduit de 1910 à 1970 six millions d'Afro-Américains à quitter le sud des États-Unis vers le Midwest, le Nord-Est et l'Ouest pour échapper au racisme et essayer de trouver du travail dans les villes industrielles.

La journée sur l'eau fut charmante, les enfants Amin poussèrent des cris de joie quand Jared prit le temps de jouer avec eux.

Il ferait un bon père, reconnut Nick.

Et si je le voyais un jour jouer avec nos enfants ?

Cette perspective lui donna le vertige.

Malheureusement, Nick ne passait pas son temps à se distraire. Il avait aussi des soucis professionnels. L'article subversif de Peterson paru dans le torchon local avait porté ses fruits. Pendant le pique-nique de la paroisse, plusieurs personnes s'étaient plaintes à Nick des dépenses excessives de Ste Anne Medical Center, le tenant manifestement pour le principal responsable de cette dérive. Et Nick recevait quotidiennement des mails, des courriers ou des appels téléphoniques de citoyens inquiets ou furieux.

Le lundi suivant le week-end festif, la situation devint si tendue que Nick comprit que Peterson cherchait encore à saboter son autorité. À l'automne, le conseil devrait remplacer deux de ses membres, l'élection à venir était un problème délicat qui méritait réflexion.

Assis à son bureau, Nick réfléchissait à sa stratégie quand il reçut un texto de Cynthia Ryan, indiquant qu'elle serait à Copper Point dans l'après-midi et qu'elle espérait le voir. Nick grimaça.

Comme Peterson, mais pour des raisons différentes, les Ryan lui causaient du souci. S'il avait apprécié au début les conseils «paternels» de Jeremiah Ryan, il commençait à trouver l'ami de son père un peu envahissant. «À mon avis, fils, tu devrais… ». Oui, mais Ryan n'était pas son père et Nick savait comment mener sa barque. Plus le temps passait, plus il doutait de l'impartialité de Ryan. Quant à Peterson, c'était un ennemi déclaré et acharné. Nick ne se faisait aucune illusion : pour parvenir à ses fins – mettre la main sur Ste Anne –, Peterson ne se contenterait pas d'attaquer son directeur via un article dans le journal.

Hanté par ces soucis, Nick n'avait pas eu le temps de réfléchir à ses arguments pour expliquer à sa famille qu'il déménageait.

Le soir tombant, il s'apprêtait à ranger ses affaires pour retourner chez lui quand Wendy lui annonça un appel qu'il ne pouvait ignorer : Allison Christy, du cabinet Gilbert, tenait à lui donner ses premières conclusions.

L'auditrice le salua d'une voix affable et professionnelle :

— Bonsoir, Nick, j'espère que je ne vous dérange pas, je sais qu'il est tard. Je présenterai mon rapport complet devant le conseil au cours de la réunion de la semaine prochaine, mais je voulais d'abord vous en parler, si vous avez quelques minutes à m'accorder.

Nick ouvrit son tiroir, il en sortit un bloc-notes et un stylo.

— Bien entendu. Je vous écoute.

— Bien, pour la plupart, il n'y a pas de grosses surprises. Nous avons confirmé ce que vous suspectiez : certaines zones de l'hôpital sont obsolètes, sinon à risques, et les réparations risquent d'être onéreuses. Je vous ai listé les points que je vous conseille de réparer sans attendre, pour le reste, je vous recommande de prendre l'avis d'un professionnel du bâtiment. La tour est trop ancienne. Pire encore, son sous-sol est humide et nous avons découvert la cause première des infiltrations : un ruisseau souterrain. Je me demande comment les constructeurs ne l'ont pas vu ! Le drainage serait très compliqué. Encore une fois, un nouveau bâtiment de plain-pied serait bien plus adapté aux patients et aux praticiens, vous pourriez le doter de tous les systèmes technologiques modernes et grandement faciliter l'accès aux ambulances et au public. Nous vous avons trouvé trois sites potentiels, dont deux déjà sur le marché. Une autre option serait de garder votre emplacement actuel et de construire le nouveau bâtiment sur le parking. Ce serait plus rapide, mais cela vous priverait de la possibilité de vous étendre dans l'avenir si la population venait à augmenter.

Nick cessa de griffonner et secoua la tête.

— Augmenter ? protesta-t-il. Pour le moment, c'est plutôt l'inverse, la population de Copper Point n'a cessé de baisser ces vingt dernières années.

— Oui, mais il est probable que cette tendance va s'inverser sur le long terme, la région change beaucoup et Ste Anne est le seul hôpital à proximité.

Nick posa son stylo.

— Je vois. Merci de vos informations. Je ne sais pas encore quelle sera notre décision, mais vous m'avez donné de quoi réfléchir.

— Pour conclure, reprit Allison, j'aimerais vous parler de l'ascenseur. Je ne vous recommande pas de le réparer, surtout si vous optez pour un nouveau bâtiment. Le problème est assez compliqué, les dégâts sont d'autant plus importants que la cabine a été déformée par sa chute. Tout l'axe est tordu.

Nick se frotta le visage. Il s'y était attendu, mais la nouvelle n'en restait pas moins désagréable à entendre.

— D'accord. Merci.

— J'ai gardé le pire pour la fin, Nick. J'ai le regret de vous informer que les devis que vous avez reçus pour les réparations nous posent soucis. Il y a d'étonnantes variations ! Si une seule entreprise avait chiffré plus que les autres, nous n'y aurions pas porté attention, mais là, toutes ont le même avis, les experts des deux assurances, la vôtre et ceux de la boîte de maintenance, s'interrogent donc sérieusement sur la logique de ces chiffres. C'est préoccupant, vous ne trouvez pas? Nous avons contacté les responsables de ces devis pour leur demander des explications. Nous attendons encore leurs réponses.

Nick pressentait déjà que le journal local jetterait bientôt de l'huile sur le feu avec un autre article incendiaire.

— Envoyez-moi vos estimations, s'il vous plaît. Il ne me sera pas facile de convaincre les gens d'ici! Ils vont peu apprécier que nous leur demandions de nouveaux efforts financiers.

— Je comprends, je vous envoie tout cela sans attendre. Et s'il vous faut d'autres précisions, n'hésitez pas à me contacter. Dites-moi aussi si vous voulez que je vienne parler à vos concitoyens.

Nick hésita.

— Non, merci, nous allons gérer cette crise en interne. Copper Point se méfie des étrangers.

— Très bien, comme vous voudrez. Je vous reverrai donc à la réunion du conseil. Mon meilleur souvenir à Erin. Au revoir, Nick.

Après avoir raccroché, Nick posa les coudes sur son bureau et son menton sur ses mains croisées. Il fixa un long moment ses notes.

Ensuite, il pressa son interphone et contacta Erin.

— M. Andreas. Puis-je vous voir une minute?

— Certainement. J'arrive tout de suite.

Quand Erin entra, il avait l'air fatigué et hagard de sa longue et stressante journée. Sans doute Nick affichait-il la même expression.

Pourtant, les yeux d'Erin étaient clairs et toute son attention était concentrée sur son patron.

— Qu'y a-t-il?

Nick lui désigna un des fauteuils devant son bureau.

— Assieds-toi. Le cabinet Gilbert vient de m'appeler pour me donner un résumé de son rapport.

Erin s'installa en fronçant les sourcils.

— Et alors?

— Tiens, lis toi-même

Nick lui remit ses notes prises pendant l'appel d'Allison.

— Tu avais raison, reprit-il pendant qu'Erin parcourait le feuillet, ils recommandent un nouveau bâtiment. Nous aurons les devis la semaine prochaine, à la réunion du conseil.

Erin releva la tête.

— Tu as souligné deux fois « ascenseur ». Pourquoi ?

— C'est justement la question. Allison recommande que nous n'y touchions pas avant d'avoir pris notre décision : réparer ou bâtir ailleurs. Et elle s'interroge aussi sur la validité des devis que nous avons reçus, car les estimations sont très différentes d'une entreprise à l'autre, elle ne comprend pas pourquoi.

Erin ouvrit de grands yeux.

— Pourquoi nous donner des devis falsifiés ? Et de qui viennent-ils ? De Copper Point ?

— Non. L'assurance nous a envoyé un entrepreneur d'Eau Claire et la boîte de maintenance a pris quelqu'un de Madison.

— Pourquoi ne pas demander un troisième avis, à quelqu'un d'ici cette fois ?

— Pas tout de suite, contra Nick. Nous avons le rapport Gilbert et un devis d'un de leur sous-traitant. Cela me paraît suffisant pour affronter le conseil.

— Que vont-ils voter, selon toi ?

Nick haussa les épaules.

— Aucune idée. Depuis ce fichu article, tous les membres se font conspuer par leurs proches et leurs voisins. Ce sera la première fois qu'une de nos réunions portera sur un sujet controversé.

Erin pinça les lèvres.

— Les représentants du personnel reçoivent eux aussi des lettres hargneuses, tout le monde en parle à la cafétéria de l'hôpital. Peterson nous sabote en coulisse, c'est ça ?

— Je le crois aussi, admit Nick. Et je crains qu'il ait encore un ou deux coups fourrés dans sa manche. Mais pas de panique. Nous avons un bon conseil d'administration. Ils vont tous tenir le coup, surtout sous l'égide de Rebecca !

Erin sourit.

— Oui, c'est vrai, ils sont fiables et dynamiques. Et Matt Engleton, bien que très jeune, est un excellent vice-président.

À ce nom honni, Nick ne put retenir une grimace.

Erin, qui relisait ses notes, ne le remarqua pas. Il releva la tête pour ajouter :

— Si notre conseil a désormais un vrai potentiel, c'est grâce à sa diversité au niveau des expériences, des antécédents ou de la culture. Oui, le conseil actuel représente mieux Copper Point et nous pouvons tout à fait espérer un avenir plus prospère à Ste Anne en particulier et pour toute la communauté en général.

Nick ne partageait pas ce bel optimisme. Il frotta son menton rugueux de barbe.

— À condition que cette crise ne nous fasse pas plonger, grommela-t-il. Que le conseil soit bon, je ne le nie pas, mais s'il n'est pas réélu, à quoi cela nous avancera-t-il ?

Après un moment de silence, Nick reprit :

— Une des réflexions de Gilbert lors de notre premier rendez-vous m'a donné à réfléchir, tu sais. D'après lui, nous ne sommes pas obligés de rester indépendants. Si nous ne parvenons pas à trouver les fonds nécessaires pour construire ou réparer, il nous faudra soit nous privatiser, soit être absorbés par un consortium. Et je doute fort que l'une ou l'autre de ces deux options profite à Ste Anne ou à Copper Point.

Erin leva la main :

— Houlà, tu vas trop loin ! Nous n'en sommes pas encore arrivés à ce choix drastique.

— Tu as raison.

Erin se leva.

— Bien, si tu n'as plus besoin de moi, je vais retourner finir mon travail. Owen sera bientôt libre et nous avons prévu de dîner ensemble.

Bientôt, si je joue bien mes cartes, j'aurai aussi ce genre de projets avec Jared.

— Moi, j'ai terminé, déclara Nick. Nous en parlerons demain dès que nous aurons reçu le rapport complet.

Un « *ding* » lui coupa la parole. Il sortit son téléphone et consulta l'écran. Il grimaça.

— Zut !

— Quoi ? demanda Erin.

— Un contretemps : Cynthia Ryan est arrivée.

Erin haussa les sourcils.

— Oh ?

— Oui. Elle m'a envoyé un texto tout à l'heure, elle se rend à Duluth et tenait à me voir en passant à Copper Point.

— Tu vas dîner avec elle ?

Nick n'y avait pas pensé, mais si Cynthia était déjà à Ste Anne, sans doute ne pouvait-il y couper. Il aurait dû le prévoir en recevant son premier message, mais il s'était absorbé dans son travail. Peut-être cet oubli était-il aussi une sorte d'évasion délibérée : il préférait ne pas s'attarder sur ce qu'attendaient de lui les Ryan, Cynthia en particulier.

Il soupira.

— Oui. Si ma mère découvre que Cynthia est en ville, elle ne va plus me lâcher.

Erin eut un petit rire.

— D'accord, bonne chance ! Si je peux t'aider, n'hésite pas à faire appel à moi.

— Je vais me débrouiller, marmonna Nick, sans conviction.

Une fois la porte refermée sur Erin, Nick appela le Café Cuore pour réserver une table, il obtint satisfaction à condition de passer tôt, pour le premier service. Ensuite, il referma son ordinateur portable et prit l'escalier.

Cynthia l'attendait dans le hall. Il la salua en l'embrassant sur la joue.

— Bonsoir, Cynthia. Tu vas bien ? Et ton père ?

— Il est très occupé, donc, il est ravi.

— Tant mieux !

Elle l'examina avec attention et leva un sourcil.

— Tu as l'air fatigué, Nick.

— La journée a été longue, admit-il. Viens, ma voiture est au parking. J'ai réservé pour deux dans un petit italien très sympa. Tu as le temps de dîner avec moi, j'espère ?

— Bien sûr. Et j'espère en apprendre davantage sur l'audit du cabinet Gilbert.

Nick comprit que ses soupçons étaient exacts : elle allait chercher à lui tirer les vers du nez pour le compte de son père.

Il sourit en disant :

— Oh, pitié, j'ai assez travaillé pour aujourd'hui ! Je veux me détendre et penser à autre chose !

Une fois en voiture, elle se conforma d'abord à ses souhaits et lui raconta son dernier voyage d'affaires en Californie.

Quand il fut assis en face d'elle au restaurant, Nick l'examina d'un regard objectif : c'était une femme charmante, à la fois belle et intelligente.

Par certains traits de caractère, en particulier son humour et sa détermination à abolir les obstacles rencontrés en chemin, elle ressemblait à Aniyah. Si Nick avait été hétéro, il serait depuis longtemps tombé amoureux d'elle.

Elle sirota son vin et lui jeta un long regard.

— Tu as l'air bien sérieux, Nick ! À quoi penses-tu ?

*Au fait que je vis dans un no man's land depuis vingt ans. Pourquoi n'ai-je pas menti jusqu'au bout ? Si admettre ce que je suis vraiment me pesait autant, j'aurais pu t'*épouser…

Il soupira et fit tourner l'eau dans son verre.

— À rien.

— Hmm.

Elle ne le croyait pas, ce qui n'avait rien de surprenant. Pourtant, elle n'insista pas. Il lui en fut reconnaissant. Elle ferait une remarquable compagne, un jour, pour un autre homme. Il espérait qu'elle n'avait pas le béguin pour lui… et qu'elle ne complotait pas avec leurs parents respectifs pour l'épouser. Il en doutait, vu le calme qu'elle manifestait toujours en sa présence. Mais s'il lui avait donné de faux espoirs, à son corps défendant, il aurait voulu s'en excuser. Mais comment ? Il n'en avait aucune idée.

Soudain, elle posa son verre sur la table et se pencha vers lui.

— Nick, tu parais si triste, si perdu ! Que se passe-t-il ? Je ne veux pas que tu passes tout notre dîner avec cet air morose !

Holà, voilà qui plongeait Nick dans des eaux dangereuses et traîtresses. D'un autre côté, il lui devait un minimum d'explication.

— Tu m'as demandé tout à l'heure à quoi je pensais : eh bien, je m'interrogeais sur la meilleure façon de répondre aux expectations d'autrui, ou au délicat équilibre à trouver entre satisfaire sa famille et accomplir son devoir sans se perdre complètement.

Elle eut un petit rire ironique.

— Là au moins, c'est le Nick Beckert que je connais !

— Je m'efforce de faire mon devoir, répliqua-t-il, d'un ton guindé.

— Je sais, je l'ai toujours su.

Elle lui servit du vin et s'adossa à son siège.

— Le devoir est important, je ne le nie pas, mais il ne faut pas pour autant qu'il devienne un intolérable fardeau, Nick. Tu es quelqu'un de merveilleux, tu fais honneur à ta famille, mais je crains que tu donnes trop souvent la priorité aux autres à tes dépens. *Pour pouvoir abreuver, le puits doit d'abord être rempli.*

Il vida presque son verre de vin pour éviter la tentation de répondre à Cynthia qu'il ne pouvait suivre ses conseils. Comment penser à lui? Comment «remplir son puits»? Pour le faire, Nick devrait révéler qui il était... et il ne s'y sentait pas encore prêt. Une fois la vérité ébruitée, il serait rejeté, il en était certain, par sa famille, par sa communauté, et il ne le supporterait pas.

Pourtant, Cynthia avait raison. Elle disait la même chose qu'Emmanuela, qu'Erin. Nick avait le droit d'être heureux ET de suivre les traces de son père. Les deux en même temps, pas une option annihilant l'autre.

Assis face à Cynthia, Nick eut alors une révélation : alors même qu'il gardait son secret, alors même qu'il retenait son souffle, il était décidé à choisir son heure pour faire son coming out plutôt qu'y être forcé. Bien, il était adulte à présent, il était temps de faire un bilan. Quel obstacle lui restait-il à surmonter?

Prenant conscience de rêvasser au point de négliger son invitée, il leva les mains.

— Je suis désolé, Cynthia. Je suis de bien piètre compagnie ce soir. Et la fatigue n'est pas une excuse satisfaisante!

Elle eut un sourire narquois.

— J'ai dans l'idée que tu préférerais une autre compagnie que la mienne.

Elle a une drôle de voix...

Nick se figea. Il la regarda bien en face et parla sans réfléchir :

— Même si c'était vrai, je n'aurais pas l'impolitesse de le formuler.

— Pourquoi pas? Nous sommes amis, Nick. Le consortium Ryan espère travailler avec Ste Anne, tu le sais très bien, mais nos liens dépassent la simple relation d'affaires. Nos pères étaient proches, toi et moi nous connaissons depuis toujours. Ce que j'admire le plus chez toi, outre ton sens du devoir et ton dévouement envers ta famille, c'est l'empathie que tu montres vis-à-vis des autres, moi y compris. Quand tu me parles, ce n'est pas avec le ton supérieur qu'ont bien des hommes de position inférieure à la tienne, non, tu écoutes ce que j'ai à dire, tu le respectes même. Que je t'offre la même attention est la moindre des choses, tu ne crois pas? Si tu avais d'autres projets pour la soirée, je ne veux pas te retenir trop longtemps loin de lui.

Lui.

Tétanisé d'horreur, Nick n'osait plus respirer.

Elle sait.

Oui, il en était convaincu. Sinon, pourquoi aurait-elle utilisé ce pronom masculin ? Et puis, elle avait un sourire très doux, chaleureux et compatissant, un sourire qui exprimait sans paroles qu'elle avait compris la nature de son secret.

Nick réfléchissait éperdument. Comment était-elle au courant ? Erin avait-il trop parlé ? Si Cynthia savait, qui d'autre était dans le même cas ? Tout le monde ? C'était son pire cauchemar !

Souriant toujours, Cynthia fit signe au serveur et réclama l'addition.

— Et si nous nous contentions d'un verre en oubliant le dîner ? dit-elle ensuite. Je suis fatiguée, je prendrais volontiers un bon bain chaud avant de me coucher tôt. Ils ont un room-service à l'hôtel.

Sans laisser à Nick le temps de répondre, elle tendit sa carte de crédit au serveur qui revenait.

Sonné, Nick la regarda payer. Quand elle esquissa le geste de se lever, il échappa enfin à sa léthargie et lui prit la main.

— Merci, chuchota-t-il avec reconnaissance.

Il espérait qu'elle comprendrait ce qu'il voulait dire par là.

Sans doute fut-ce le cas, car elle lui lança un clin d'œil.

— Si je peux t'aider, Nick, appelle-moi. Tu as toujours été là pour moi, j'aimerais te renvoyer l'ascenseur – sans mauvais jeu de mots. Et n'attends pas trop longtemps avant de déclarer ta flamme à l'élu de ton cœur.

Elle souriait.

Il lui rendit son sourire.

— Je ferai de mon mieux.

Jared aurait préféré ne pas raconter à ses amis que Nick envisageait de s'installer avec lui, mais il y fut forcé à la mi-juillet, quand il passa chez Simon et Jack pour la traditionnelle «réunion de famille» – surnom que le petit groupe donnait à ces dîners ayant lieu tous les mois à peu près. À l'origine, ils étaient hebdomadaires et dominicaux, mais les uns et les autres ayant des emplois du temps de plus en plus chargés, ils avaient dû espacer. Et désormais, au lieu de dimanche, leurs réunions avaient lieu parfois le vendredi ou le samedi, en fonction des gardes et des astreintes des trois médecins. Bien entendu, Jack et Simon, Owen et Erin, et Jared se retrouvaient aussi quand ils avaient une occasion particulière à fêter.

Parfois, ils allaient au restaurant, parfois, au manoir Andreas, ou chez Jared ou dans l'appartement de Simon et Jack. Si aucun d'eux n'avait le temps de cuisiner, ils passaient commande chez un traiteur du quartier. De ce fait, les menus étaient très hétéroclites : de simple brunch à dîner à de multiples services. Une seule règle : être présent – sauf raison majeure. Et les conversations fusaient d'un sujet à l'autre, chacun d'eux étant censé raconter ses problèmes et/ou accomplissements.

Il arrivait aussi qu'un cafteur ou un maladroit aborde un sujet que le principal intéressé aurait préféré éviter.

Ce soir-là, le petit groupe dînait chez Simon et son fiancé. Jack leur avait préparé des pavés de saumon marinés au *miso* [17] servis avec du riz sauvage, une salade de roquette et une soupe aigre-douce. Jared avait apporté le pain et une bouteille de vin, Owen et Erin, une autre bouteille et une tarte maison. La soirée s'annonçait des plus satisfaisantes.

À peine assis, un verre à la main, Jared prit conscience que tous les yeux étaient rivés sur lui.

Simon, le plus impulsif, parla le premier, l'air catastrophé :

— Oh, mon Dieu, Jared ! Comment te sens-tu ?

Jared lui jeta un regard interloqué.

— Bien, très bien même. Pourquoi cette étrange question ?

Il vit alors Simon et Erin échanger des regards entendus. Quant à Owen, assis aussi sur le canapé, il paraissait troublé, la mine sinistre.

Derrière le comptoir qui séparait la cuisine du salon, Jack terminait ses préparatifs pour le dîner. Lui aussi observait Jared comme pour vérifier la véracité de ses dires.

Jared s'impatienta :

— Qu'est-ce que vous avez ? Pourquoi ces têtes d'enterrement ?

Ils se regardèrent les uns les autres, sans doute pour désigner leur porte-parole. Bien évidemment, ils choisirent Owen.

— Nous venons d'apprendre que tu ne nous dis pas tout, Jared ! Tu te sens seul, c'est vrai ? Pourquoi diable ne nous en as-tu jamais parlé ?

Nick ? Foutu bavard ! Pourquoi leur as-tu répété mes confidences !

Pour se donner un répit, Jared sirota son vin.

Il s'éclaircit la gorge et grommela :

— Je vois.

---

17 Aliment japonais traditionnel à haute teneur en protéines sous forme de pâte fermentée et produit à partir de soja.

Simon se pencha en avant.

— Pourquoi n'as-tu rien dit? Nous t'aurions aidé!

De toute évidence, Owen était très offensé, sinon blessé.

— Erin et moi t'avons invité plusieurs fois à venir habiter avec nous, tu as toujours refusé. Pourquoi? Qu'avons-nous fait pour que tu deviennes aussi cachottier?

— Nous avons aussi une chambre à te proposer, insista Simon.

Jared soupira et leva les mains, ce qui manqua de lui faire renverser son verre.

— Arrêtez! J'aime ma maison, je ne veux pas déménager, cela n'a rien à voir avec vous. Vous êtes et vous avez toujours été de fidèles amis. Oui, je me sens seul parfois, mais cela n'est pas nouveau. Il y a vingt ans que je me sens seul. Quand nous vivions tous ensemble, je parvenais mieux à ne pas y penser. La maison vide… fait remonter d'anciennes angoisses. J'ai vu Simon et Owen tomber amoureux et partir, moi, je suis resté sur le carreau. Du coup, je me suis posé des questions, j'ai révisé mes objectifs et j'ai décidé qu'il était temps pour moi de vivre davantage. Voilà!

Les yeux d'Erin s'écarquillèrent.

— Cela signifie que Nick et toi…

Jared haussa les épaules.

— Je ne sais pas encore. C'est compliqué.

Simon se renfrogna.

— À en croire les bruits qui courent, il courtise Cynthia Ryan.

Jared se pinça l'arête du nez.

— Non, Nick ne s'intéresse pas à elle. Il est avec moi, même si personne ne le sait. Nous cherchons encore un moyen discret de nous voir. La semaine dernière, Nick a eu une idée : il envisage d'emménager avec moi.

Ils se mirent tous à parler en même temps, félicitant Jared de cette idée « géniale ».

Seul Jack semblait sceptique.

— Il va sortir du placard?

— J'en doute, reconnut Jared. Aux yeux du monde, nous serons de simples colocataires. Ce qui nous donnera au moins le temps de mieux nous connaître.

Erin hocha la tête.

— Oui, et Nick s'habituera peut-être à l'idée de faire son coming out. Il en fait un tel drame!

Simon s'était rembruni.

— Il compte rester dans le placard et tu l'acceptes, Jared ? J'aurais cru que tu voulais vivre avec lui au grand jour.

— Je préférerais, bien sûr, mais dans la vie, on n'a pas toujours ce qu'on veut. Et pour lui, je suis prêt à faire des concessions.

Peu après, la discussion changea de thème.

Jared se taisait, il réfléchissait. Il avait bien senti bien que ses amis, Owen et Simon en particulier, s'inquiétaient pour lui. Ils apprécieraient peu que sa relation avec Nick doive rester secrète.

Après le dîner, alors que les autres faisaient la vaisselle, Jared ne fut pas surpris quand Owen l'entraîna sur la terrasse.

— Dis-moi, Jared, tu acceptes vraiment les conditions de Nick ? Ce secret ne va-t-il pas te peser à la longue ?

— Peut-être, répondit Jared tristement. D'un autre côté, j'ai l'habitude, même autrefois, nous nous voyions en secret. Cela paraît te troubler, Owen. Pourquoi ?

— Parce qu'emménager ensemble, c'est un grand pas en avant. Pourtant, j'avais espéré davantage pour toi, par exemple, un vrai engagement de sa part. Crois-tu qu'il acceptera de t'accompagner à nos dîners de famille ? Combien de temps va-t-il pouvoir traîner avec nous avant que tout Copper Point devine votre « secret » ? Cela ne sera pas facile pour toi, Jared. Si en privé, vous devenez intimes, tu vas devoir surveiller tes réactions envers lui en public. Tu y as pensé ?

Oui, Jared l'avait fait.

— Quelle autre option ai-je, Owen, à part insister pour qu'il fasse son coming out ? Je ne veux pas répéter l'erreur d'autrefois et tout gâcher une fois encore.

Owen grimaça.

— Peut-être devrais-tu être plus exigeant. S'il n'est pas prêt à sortir du placard, il ne te mérite pas !

Jared en eut le cœur serré.

— Tu es injuste.

— Non, mais l'idée que tu te sacrifies me consterne.

— Je pensais que tu l'aimais bien ! protesta Jared. Tu m'as dit que j'avais été lamentable de lui poser un ultimatum il y a vingt ans !

Owen soupira.

— J'aime bien Nick, oui, mais toi, tu es mon ami. Et je n'ai jamais dit que tu étais lamentable. Bon, tu veux tenter ta chance, d'accord, vas-y, mais fais attention à toi, d'accord ? Tu ne veux pas être seul, je comprends, mais tu n'as plus seize ans et tu as déjà perdu deux décennies à l'attendre. Nick n'est pas le seul homme au monde, il y en a d'autres qui s'intéressent à toi.

Jared pensa à Matt.

— Peut-être, mais c'est Nick que je veux.

Owen lui passa un bras autour des épaules.

— Alors, espérons que tout ira bien.

X

NICK N'AVAIT pas encore averti sa famille de son prochain départ, tout en
sachant qu'il prenait un risque. Mais chaque fois qu'il cherchait le courage
de parler à sa mère et à sa grand-mère, c'était un échec.

Le temps passa.

Juillet se terminait et Nick n'avait toujours pas abordé le sujet. Il
voyait rarement Jared, de façon furtive, et il se rendait bien compte que son
amant s'impatientait. Lui aussi d'ailleurs trouvait le temps long.

Un dimanche soir, après le dîner, alors qu'il faisait la vaisselle avec
Emmanuela, elle lui donna un coup de coude et lança soudain :

— Tu as tout d'un chat sur un toit brûlant, Nick. Pourquoi une telle
nervosité ?

— Chut !

Il jeta un coup d'œil affolé en direction de l'escalier.

— Peuh ! Personne ne va nous entendre ! Maman est sortie, elle avait
réunion ce soir, et grand-mère a pris ses pilules. Elle doit déjà dormir à
poings fermés. Raconte-moi tout.

Nick crispa les doigts sur son torchon et se concentra sur la casserole
qu'il essuyait tout en cherchant comment répondre à la curiosité de sa sœur. Ne
trouvant aucun moyen « intelligent » de commencer son récit, il se lança :

— Je vais aller vivre avec Jared.

Il avait parlé d'une voix à peine audible : grand-mère Emerson avait
la particularité de surgir quand on ne l'attendait pas.

Sidérée, Emmanuela lâcha une passoire dans l'évier.

— Officiellement ?

Il frappa sa sœur de son torchon.

— Fais attention, tu vas réveiller grand-mère ! Et non, officiellement,
je serai son colocataire.

Elle ricana.

— Tu prends vraiment les gens pour des pommes ! Tout le monde
saura ce que vous mijotez.

Il sentit un étau se refermer sur sa poitrine.

— Tu crois ?

— Eh bien... il y aura des questions, ça, c'est sûr. Maman et grand-mère s'en poseront aussi. Elles se demandent constamment pourquoi on ne te voit jamais avec une femme. Et voilà que tu emménages avec un gay notoire ? Les langues vont se délier !

Exactement ce qu'il avait redouté.

— D'après toi, je devrais y renoncer ?

Elle lui passa un autre plat à essuyer.

— Pas du tout. Je te préviens juste que ton histoire de colocation ne fera pas long feu, c'est tout.

— J'ai un plan ! insista Nick.

— Je crains le pire, persifla-t-elle.

— Jared se sent seul, la maison est trop grande pour lui, il cherchait un colocataire, mais de préférence une connaissance avec laquelle parler. Moi, je me demandais s'il n'était pas temps que je coupe le cordon j'ai donc pensé à faire d'une pierre deux coups : réconforter Jared et... euh, trouver un logement temporaire. Qu'en penses-tu ?

Il lui jeta un regard plein d'espoir.

Elle lui éclata de rire au nez.

— C'est nul !

Il se voûta, la mine assombrie.

— Pourquoi ? Cela me paraissait tenir la route.

— Tu parles de réconforter Jared, c'est bien gentil, mais c'est un adulte et tu l'as ignoré pendant vingt ans. De toute façon, quelle importance, Nick ? Toi aussi tu es un adulte, pourquoi aurais-tu besoin de la permission de grand-mère ou de maman pour emménager où bon te semble et avec qui tu veux ?

Il se raidit.

— Que voudrais-tu que je fasse, Manu ?

— Que tu leur dises la vérité.

— Je ne peux pas ! s'exclama-t-il, horrifié.

— Pourquoi ? Je n'ai jamais compris que tu vives encore à la maison, même si tu es mon frère et que je t'adore. Cette immaturité ne te ressemble pas.

D'accord, ce coup-là était douloureux.

— Quand je suis revenu à Copper Point, répliqua Nick, les dents serrées, l'ancien conseil était omniprésent et je sentais bien que ce poste mirifique qu'on me proposait, directeur à Ste Anne, était pour le moins bancal. J'étais très stressé, j'ai pensé qu'il valait mieux pour moi rester au sein de la famille. Et cela me permettait d'économiser un loyer et d'aider maman avec l'hypothèque de la maison.

Elle pinça les lèvres.

— Oui, oui, je sais, mais c'est du passé tout ça. Quant à l'hypothèque, Maman a de quoi la payer. Non, Nick, si tu veux expliquer ton départ, ne parles pas des problèmes de solitude de Jared, dis seulement que tu le fais pour toi. Donne-toi la priorité pour une fois !

— Et si grand-mère et maman se mettent en colère ? Si elles trouvent que je les abandonne ?

Si elles se doutent de la vérité ?

Emmanuela ricana.

— Oh, elles seront en colère, pas de doute. Elles n'ont que trop pris l'habitude d'obtenir de toi tout ce qu'elles veulent ! Mais tu as raison, tu dois couper le cordon. C'est important, c'est même vital. Tu n'es pas encore prêt à leur avouer la vraie raison de ton départ, d'accord, mais trouve au moins une semi-vérité. Parce que si tu découvres que tu veux continuer à vivre avec lui, il faudra un jour ou l'autre que tu en parles à tout le monde.

Il leva la main.

— Non, je préfère ne pas y penser !

— Je sais. Je persiste à penser que tu dois être aussi franc que possible, ce sera mieux.

— Et si elles comprennent tout ?

— J'ai du mal à comprendre pourquoi tu t'inquiètes tant à l'idée de dévoiler ta vraie nature. Tu te laisses gouverner par une peur irrationnelle.

— Cela n'a rien d'irrationnel ! Elles pourraient me rejeter !

Emmanuela posa une main savonneuse sur celle de Nick.

— Frangin, arrête avec cette idée fixe ! Cela devient une obsession ! Procède pas à pas, si tu préfères, mais dis-toi bien que dans tous les cas, tu avances vers la vérité. Et même si cela leur fait un choc au début, elles finiront par l'accepter, un point, c'est tout.

Ils terminèrent la vaisselle en silence, chacun plongé dans ses pensées. Quand sa sœur rangea son torchon, Nick prit une décision.

Il laissa échapper un soupir.

— Vendredi, décida-t-il. Je leur parlerai vendredi après dîner.

Emmanuela releva la tête.

— Juré craché ?

— Oui.

— Tu as peur ?

167

— Oui.

— D'accord, panique si tu y tiens, mais tu as promis de leur parler vendredi. Et rappelle-toi, tu n'es pas un gosse qui demande la permission de sortir, tu es le directeur de Ste Anne, tu fais ce que tu veux de ta vie.

— J'essaierai d'y penser.

Elle lui tapota l'épaule.

— Tout va bien se passer, promit-elle.

JARED S'AGAÇAIT que Nick n'ait toujours pas annoncé ses intentions à sa famille. Combien de temps allait-il encore lui falloir pour entamer cette simple conversation ?

Douze jours s'étaient écoulés depuis ce dîner chez Jack et Simon, où Jared avait affirmé à ses amis que tout irait bien. En pratique, rien n'avait changé.

Dans la soirée, Jared décida qu'il en avait marre de rester seul chez lui. Il sortit et marcha droit devant lui, dans son quartier d'abord, saluant les gens qu'il connaissait, s'arrêtant même parfois pour discuter. Il faisait bon, le ciel était dégagé, la brise de la baie était fraîche et revigorante. Marchant d'un pas plus vif, Jared alla jusqu'au campus où se trouvait son coffee shop préféré.

Café Sol avait ouvert cinq ans plus tôt. Son propriétaire, August – surnommé Gus – Taylor, avait fréquenté l'ancien café en tant qu'étudiant à Bayview Université. Il avait analysé le gouffre des comptes de son prédécesseur et bâti sa thèse sur le redressement de l'affaire. Une fois diplômé, il avait présenté son projet au conseil municipal et obtenu une petite subvention. En quelques mois seulement, Café Sol était devenu florissant.

La position préférée de Gus était derrière le comptoir, occupé à faire du café. Ce fut là que Jared le trouva en arrivant.

— Salut, Dr Kumpel !

Gus et Jared étaient amis, ils s'appelaient par leurs prénoms, mais de temps à autre, Gus aimait à user du titre de Jared.

— Salut.

Jared regarda autour de lui. Comme d'habitude, la clientèle était majoritairement composée d'étudiants, même si quelques adultes s'attablaient aussi devant une tasse de thé ou de café.

Préférant le bar, Jared prit place sur un des hauts tabourets. Il s'accouda au comptoir, le menton dans la main, et étudia avec stupéfaction l'étrange appareil en verre et métal que Gus essayait de faire fonctionner.

— Qu'est-ce que c'est?

— Ma nouvelle cafetière à dépression!

Le regard étincelant de plaisir, Gus mit de l'eau dans la sphère inférieure et du café moulu dans le globe supérieur. Il alluma ensuite le brûleur sous l'eau.

— Tu as tout d'un savant fou! jeta Jared, amusé.

L'eau, en s'évaporant, augmenta le volume d'air dans la boule, ce qui fit monter l'eau via le tube reliant les deux globes.

Gus arrêta alors le brûleur, entraînant cette fois une diminution de la pression. L'eau infusa le café et retomba goutte à goutte dans la boule du bas.

— C'est presque prêt, déclara Gus. Tu veux y goûter?

— Pourquoi pas?

De toute façon, Jared n'escomptait pas dormir.

— Le café ainsi passé est-il censé avoir un goût différent? demanda-t-il encore.

Gus lui jeta un coup d'œil incendiaire.

— Oui, bien entendu. Ce procédé d'infusion, dûment maîtrisé, préserve la saveur du café sans le faire bouillir. C'est aux antipodes de la cafetière expresso, je te l'accorde, mais avec du temps et de la patience, tu obtiens un café aux arômes infiniment plus intenses.

Gus continua de vanter sa nouvelle acquisition. Jared l'écoutait d'une oreille en pensant à Nick. Il espérait avoir pris la bonne décision en lui laissant du temps pour parler à sa famille.

Pourtant, il trouvait difficile de rester dans les coulisses alors que sa nature le portait à se montrer autoritaire et directif.

Et si Nick changeait d'avis? Si, après réflexion, il préférait rester chez lui, parmi les siens? Et s'il n'osait pas troubler sa petite routine? Jared pourrait difficilement s'en plaindre, mais il n'aimait pas la nervosité qu'il ressentait ce soir, cette vacuité, cette agitation stérile.

Pourquoi était-il tombé amoureux d'un homme aussi difficile?

Les yeux pleins d'étoiles, Gus se frotta les mains en surveillant son café, désormais retourné dans le bécher inférieur.

Jared commençait aussi à ressentir un intérêt pour l'expérience.

— Voilà, c'est prêt! déclara Gus. Je compte sur toi pour me dire sincèrement ce que tu penses.

Heureux comme un enfant avec un nouveau jouet, il s'empressa de servir une tasse. Jared sourit, en pensant à la cafetière atrocement sophistiquée dont il usait à l'hôpital. En comparaison, celle de Gus paraissait simplette. Et pourtant, ces tubes et cornues évoquaient l'alchimie des temps passés.

Jared accepta la tasse de café fumant que Gus lui tendait. Il huma pour commencer et reconnut que l'arôme était différent de ce dont il avait l'habitude. Ensuite, il prit une gorgée hésitante.

Il faillit en gémir de plaisir, c'était riche, subtil, et délicieux.

— Pas mal du tout !

Gus s'accouda à son comptoir.

— Tu parles ! C'est dément ! J'ai découvert ce mode de préparation à San Francisco, j'ai tout de suite été conquis et je me suis dit qu'il m'en fallait une. J'ai commandé ma machine sur Internet.

Jared sirota une autre gorgée.

— Tu es incapable de résister à un gadget, Gus.

— C'est vrai, je…

Il s'interrompit et regarda derrière Jared.

— Salut, Matt ! lança-t-il avec affabilité.

Jared pivota son tabouret. C'était bien Matt Engleton qui venait d'entrer. Et quand il vit Jared, il avança d'un pas plus vif, un grand sourire aux lèvres.

— Salut, les gars. Quoi de neuf ?

— Une nouvelle cafetière, répondit Gus. Tu veux goûter mon jus ?

— Volontiers !

Gus lui désigna le siège libre à côté de Jared.

— Assieds-toi, alors.

Jared cacha sa grimace dans sa tasse de café. Dans son état d'esprit actuel, il aurait préféré ne pas avoir à endurer de nouvelles avances de Matt Engleton. Il envisagea de se lever et de prétexter un rendez-vous, une fois son café bu, bien entendu. Cette mixture étonnante méritait d'être dégustée sans précipitation.

Matt lui donna un petit coup de coude.

— Cela fait un bail que je ne te voyais plus. Que deviens-tu ?

Jared reposa sa tasse et haussa les épaules

— Rien de particulier, la routine. D'un autre côté, après cette émotion dans l'ascenseur, un peu de calme me fait le plus grand bien.

Matt frissonna.

— Oui, j'imagine! Quelle horreur, cet accident! J'ai toujours été claustrophobe et me trouver coincé dans une boîte à peine plus grande qu'un cercueil représente un de mes pires cauchemars. Comment as-tu fait pour tenir le coup pendant *cinq heures*?

Matt hésita, puis il leva la main, la lippe penaude.

— Peut-être préfères-tu ne pas en parler? Si tu me trouves indiscret, n'hésite pas à me le dire.

Jared sourit.

— Non, c'est sans importance. Et si j'ai échappé à une crise de panique, je crois que c'est... grâce à Nick. Seul, je n'en serais sans doute pas sorti indemne. Nous nous sommes mutuellement remonté le moral. Et quand nous avons *vraiment* cru que les câbles allaient lâcher et la cabine s'écraser au fond du puits, eh bien, nous nous sommes relayés pour rester positifs. Une chute de deux, trois étages, cela paraît anodin, pourtant, nous étions très angoissés. Il est vrai que nous étions dans le noir, ce qui réveille des peurs anciennes ancrées dans le cerveau reptilien.

Matt secoua la tête.

— Oui, cette expérience a certainement été traumatisante. Tu sais, je me demande ce qui se serait passé si c'était arrivé à un patient ou à un visiteur. Sans doute aurait-il poursuivi Ste Anne avec une demande de dommages et intérêts. Il y a deux ans, un client du magasin a glissé sur une latte de parquet. Il s'est cassé la hanche et son assurance nous a demandé de rembourser tous ses frais médicaux.

Jared fronça les sourcils

— Aïe. Je n'avais pas pensé à cela. Nick et moi avons été radiographiés, auscultés et gardés en observation une nuit, je ne sais pas encore comment réagira mon assurance en recevant les factures. D'ailleurs, peut-être Ste Anne ne les enverra-t-elle pas, Erin préférera sans doute gérer cela en interne.

Matt s'accouda au bar, le menton appuyé dans la main.

— Personnellement, je n'y vois pas d'inconvénients, mais il faudra sans doute l'aval du conseil. Oh la la, les prochaines réunions vont être plutôt animées! Il faudra au moins un mois pour que la situation se calme!

Gus ricana.

— Un mois? Tu rêves! Le calme mettra bien plus longtemps à revenir. Plus intéressant encore, nos décisions des semaines à venir affecteront les réélections prévues cet automne.

171

Il disait vrai. Après avoir viré l'ancien conseil suite au scandale des détournements de fonds, Nick, en tant que directeur, avait nommé des membres afin que tous les sièges vacants soient remplis jusqu'aux prochaines élections. Les membres consultatifs n'étaient pas concernés : n'ayant aucun pouvoir de décision, ils n'étaient pas soumis aux élections statutaires. Jared faisait partie de ce groupe. Depuis qu'il siégeait au conseil, il comprenait mieux ses rouages internes et les tensions que subissaient les membres élus, dont Gus et Matt faisaient partie.

La durée de trois ans d'un mandat n'avait pas été modifiée. En revanche, le nouveau conseil limitait un membre élu à trois mandats consécutifs, et un consultant à deux. Pour éviter une éventuelle abolition ultérieure de cette règle, le conseil avait également exigé l'aval majoritaire du comté en cas de modification des statuts. En clair, le conseil ne deviendrait plus jamais une ségrégation de voleurs et de magouilleurs.

Maintenant que l'affaire des détournements était réglée, la question qui se posait était : comment moderniser Ste Anne ? Le nouveau conseil était jeune et inexpérimenté, les membres se sentaient débordés par l'importance des enjeux et les dépenses envisagées. Les dernières réunions faisant suite au rapport du cabinet Gilbert avaient été tendues.

— Vous recevez encore des mails et des appels téléphoniques pour critiquer l'audit ? demanda Jared. Et qu'en est-il des autres membres ?

Gus et Matt se consultèrent du regard.

— Oui, répondit Gus, mais c'est plutôt rare. En fait, ce sont surtout mes clients qui m'en parlent quand ils entrent dans mon coffee shop. Je préfère, d'ailleurs, car je peux ainsi en discuter avec eux.

Matt hocha la tête.

— Pareil pour moi, je préfère ne pas laisser traîner un malentendu et le tête-à-tête est la meilleure façon de répondre aux inquiétudes. Jacob, lui, le supporte mal. Il est très introverti et déteste qu'on l'aborde en public.

— Nous avons prévu une réunion dans quelques semaines pour répondre aux questions. Espérons que cela aide à calmer la situation. J'en doute un peu d'ailleurs, connaissant Copper Point, les gens se plaindraient même si nous leur remettions des chèques.

Matt leva les mains.

— Assez parlé du conseil ! Les clients ne m'ont pas lâché de toute la journée, j'en ai marre des sourires forcés et des mondanités. Je suis venu ici ce soir prendre un café et me détendre.

— Ne t'avise pas de tirer la gueule chez moi ! protesta Gus, mi-figue mi-raisin. Je veux des consommateurs souriants et satisfaits !

— Matt vient souvent te voir, Gus ? demanda Jared.

Gus leva les yeux au ciel tout en déposant avec cérémonie une tasse de café devant Matt.

— Oh, oui ! Il me colle aux basques depuis le CE2 sous prétexte que j'avais toujours des chips au vinaigre dans mon sac.

Matt soufflait sur son café. Sans lever les yeux, il répondit :

— Comme tu as continué à en apporter, c'est bien que ma compagnie te plaisait.

Il goûta son café et s'exclama :

— Putain, Gus ! C'est divin ! Comment as-tu fait ?

— C'est grâce à ma nouvelle cafetière à dépression. Sois gentil avec moi, sinon, tu n'en auras plus.

Il se tourna vers Jared et ajouta :

— Il dit vrai, nous sommes amis depuis la primaire, comme Simon, Owen et toi. Malheureusement, nous avons eu la stupide idée de coucher ensemble à l'université, ce qui nous a créé des problèmes sans fin. Après réflexion, nous avons décidé que nous nous entendions bien mieux sur le plan amical que relationnel.

— Nous étions trop jeunes pour parler de « relation », persifla Matt.

— Que tu es contrariant !

Jared sourit dans sa tasse. Quand il écoutait Gus et Matt se chamailler, Simon et Owen lui manquaient encore plus.

Nick aussi.

Comme si Matt avait deviné qu'il pensait à un autre, il tourna son attention vers lui, un sourire charmeur aux lèvres.

— Dis-moi, toubib de mon cœur, que fais-tu chez Gus ce soir ?

Jared baissa la tête et suivit du doigt le bord de sa tasse.

— Bof, je m'ennuyais. La maison est trop calme, ça me rend dingue.

Matt sourit.

— Tu n'es pas habitué à vivre seul, hein ?

Gus s'éloigna pour servir un client.

Jared soupira.

— C'est vrai, j'ai toujours eu des colocs, même à l'université. En fait, à cette époque-là, je vivais déjà avec Owen et Simon. Et c'est parce que nous nous entendions si bien que par la suite, en revenant à Copper Point, nous avons acheté une maison ensemble. Depuis leur départ, je ne cesse de me dire que je vais m'habituer à la solitude, mais jusqu'à ce jour, cela n'est pas arrivé.

Gus revint et croisa les bras.

— Ta maison est trop grande pour toi tout seul, Jared. Pourquoi ne pas sous-louer une de tes chambres ?

Jared décida que la conversation prenait un tour dangereux. Il devait se montrer prudent.

— J'y pense parfois. Le hic, c'est que je n'ai aucune envie de cohabiter avec le premier venu. Owen et Simon étaient comme des frères pour moi, j'ai pris de mauvaises habitudes avec eux.

— Pourquoi n'es-tu pas allé t'installer chez eux ? s'étonna Gus. Le manoir Andreas est immense, Owen et Erin sauraient à peine que tu es avec eux.

Jared grimaça.

— Certainement pas ! Je ne veux pas les déranger !

Matt haussa un sourcil.

— Je suis certain qu'ils t'ont déjà proposé de t'accueillir, pas vrai ?

Oui, effectivement.

Jared s'éclaircit la gorge.

— Je veux rester chez moi, insista-t-il. Et j'ai quelques idées pour améliorer ma situation. Sinon, il me restera l'option de chercher un colocataire.

Gus secoua la tête.

— Tu veux mon avis ? Fais comme Simon et Owen : trouve-toi un mari et adopte une meute d'enfants. Tu ferais un père idéal, Jared, tu es gâteux devant les bébés.

— Je n'ai pas envie d'adopter ! répondit Jared sans réfléchir. Je voudrais trouver une mère porteuse et avoir des enfants biologiques.

Il s'en voulut aussitôt d'avoir trop parlé. Que lui prenait-il de révéler ainsi le secret de son cœur ? Y avait-il du bourbon dans le café ? Ou un sérum de vérité ?

Gus sourit.

— Waouh ! Et ton mari ? Voudrais-tu aussi des enfants de lui ?

— Oui, admit Jared, les yeux baissés.

— Combien ?

Jared se frotta le menton et leva deux doigts.

Gus éclata de rire.

— Deux ? Tu veux dire, deux chacun ? Ben, dis donc, tu vois grand. Bon, il te faut un homme de toute urgence. Et quelqu'un de jeune pour supporter ta tribu !

Après avoir jeté ces mots, il s'éloigna. Avait-il vu un client l'appeler ou donnait-il à Matt l'opportunité d'avancer ses pions ?

Matt se jeta sur l'occasion offerte :

— Jared, je suis là, moi.

Ah, gamin ! Si je n'étais pas raide dingue d'un autre, je crois que j'envisagerais de sortir avec toi.

Jared essaya de contourner la difficulté en usant d'ironie.

— Que veux-tu dire par là ? Tu as envie d'élever quatre enfants ?

— Pour être franc, c'est toi qui m'intéresses. Sinon, j'aime les enfants, alors, en avoir quatre ne me fait pas peur. Surtout avec toi, Jared, je te trouve génial, intelligent, sexy, gentil et beau. Moi, j'ai du charme et de l'humour, et comme je ne suis pas trop moche, je pense que nous ferions un joli couple.

Jared ne savait plus quoi dire. Il comptait refuser la proposition, bien entendu, mais il aurait aimé le faire en expliquant à Matt être amoureux de Nick et sur le point de l'accueillir chez lui, premier pas vers cet avenir à deux qui avait toujours été son rêve. Malheureusement, c'était prématuré. Primo, il n'était pas certain que Nick irait jusqu'au bout de son idée. Secundo, même si c'était le cas, il viendrait en tant que colocataire et personne ne devrait apprendre la vraie nature de leur relation. Ce secret obligeait Jared à taire le fait qu'il avait des sentiments pour un autre, sinon, Matt n'étant pas idiot, il comprendrait vite la vérité.

Intérieurement, Jared grimaça. Que Nick change d'avis restait une réelle possibilité. Ou peut-être mettrait-il si longtemps à accepter sa vraie nature que Jared serait forcé de renoncer à ses quatre enfants. D'ailleurs, il ne savait même pas si Nick en voudrait.

Rembruni, Matt se frotta le cou.

— Tu en tires une tête ! C'est l'idée d'être avec moi qui te met dans un état pareil ? Je ne pensais pas t'être à ce point antipathique.

Il ne plaisantait qu'à moitié.

Jared esquissa un sourire fatigué.

— Non, non. Mais en ce moment, je vis… une crise personnelle. C'est assez compliqué. Donc, ta proposition tombe mal. Excuse-moi.

— Ah. En clair, j'arrive trop tard ?

— Vingt ans trop tard, oui, admit Jared.

— Là, c'est vraiment pas juste ! Il y a vingt ans, j'avais sept ans et Gus était mon seul ami. Je *l'adorais*, même si je ne savais pas encore ce qu'était l'homosexualité.

Il avait retrouvé le sourire, Jared en fut soulagé. Matt était un garçon charmant, Jared le reconnaissait volontiers.

— J'ai presque dix ans de plus que toi, soupira-t-il.

— Jared, je ne suis pas homme à renoncer aussi facilement. Pour le moment, je ne t'embête plus, mais crois-tu que je puisse te reposer la question quand ta crise sera résolue ?

Jared soupira.

— Seigneur, parfois, je doute que cela arrive un jour !

Matt lui jeta un regard soucieux.

— Tu comptes rester à ruminer seul chez toi ? Ce n'est pas sain, si tu veux mon avis, même si je ne suis pas médecin.

— Que veux-tu que je fasse d'autre ?

Matt fronça les sourcils en réfléchissant.

— Tu as besoin de compagnie ! Puisque tu refuses mes propositions malhonnêtes, je vais me montrer gentleman : nous allons être amis. Tu me trouves peut-être jeune et bête, mais je pense qu'un peu de légèreté est exactement ce qu'il te faut pour te dérider. Je passerai te chercher pour prendre un café – ici ! –, aller au cinéma, ou dîner avec Gus et moi.

— Crois-tu vraiment qu'un médecin à Ste Anne ait toutes ses soirées libres ?

Matt l'ignora.

— Comme tu as une grande maison, nous viendrons chez toi quand nous aurons envie de faire la cuisine.

— J'ai *aussi* des amis, tu sais.

— D'accord, de temps en temps, tu leur diras de venir. Passe-moi ton téléphone !

Il tendait la main. Jared s'en étonna.

— Pourquoi ?

— Pour que je donne mon numéro ! Tu me trouves trop autoritaire ?

— Non, non…

Jared hésita une seconde, puis il déverrouilla son écran, ouvrit ses contacts et enregistra le portable de Matt.

— Tu ne veux pas aussi le mien ? demanda-t-il, ensuite.

Matt sourit d'un air entendu.

— Non, comme je te l'ai dit, je ne t'embêterai plus. Maintenant, la balle est dans ton camp. Si tu veux me téléphoner ou m'envoyer un SMS, fais-le. Si tu as besoin d'un ami, contacte-moi. Sinon, je te croiserai bien un jour ou l'autre, Copper Point n'est pas si grand.

Jared ne put s'empêcher de sourire. Il secoua la tête et avoua :

— *Je suis* autoritaire, Matt. Toi, tu es un fin tacticien.

— Je le prends comme un compliment.

Gus revint alors, l'œil allumé, mais faisant de son mieux pour ne pas laisser paraître sa curiosité. Jared se douta qu'il avait veillé à leur laisser un moment ensemble pour régler leurs affaires en suspens.

— Alors, vous en êtes où ?

Jared rangea son téléphone en silence.

Ce fut Matt qui répondit :

— Jared et moi avons décidé d'être amis. Nous allons organiser des petites sorties à trois, tu es cordialement invité.

Gus cligna des yeux, l'air ébahi. De toute évidence, ce n'était pas la réponse à laquelle il s'attendait.

Jared éclata d'un rire détendu, heureux d'être en bonne compagnie.

VENDREDI AU moment de dîner, Nick était plus nerveux que jamais. Extérieurement, c'était la routine d'un soir de fin de semaine. Nick était arrivé un peu tard, comme cela lui arrivait souvent ces derniers temps. Le repas était prêt, sa mère et grand-mère l'avaient tenu au chaud pour lui dans le four. Avant de passer à table, Nick alla se laver les mains. Il croisa son regard dans le miroir de la salle d'eau et frissonna.

Ce soir, il était censé annoncer son emménagement avec Jared.

Il s'aspergea le visage d'eau et prit une profonde inspiration.

Quand il sortit, sa sœur l'attendait dans le couloir. Elle lui adressa un petit discours d'encouragement :

— Tu peux le faire. N'aie pas l'air aussi coupable. Parle calmement, dis-leur que ta décision est prise, rassure-les en leur rappelant que tu n'es pas loin et que tu reviendras si nécessaire pour changer une ampoule ou réparer le lave-linge. Mais sois ferme et ne te laisse pas manipuler. Sinon, tu vas le perdre.

Elle avait changé de ton à ces derniers mots.

Nick se figea.

— Pourquoi dis-tu cela ?

Emmanuela l'entraîna dans la salle d'eau et referma la porte sur eux.

— J'ai rencontré Kayla Jenkins tout à l'heure. Hier soir, chez Gus, elle a vu Jared avec Matt Engleton. Ils étaient très proches, très complices ! Et Matt le draguait ouvertement, il lui a même donné son numéro de téléphone.

Nick sentit son cœur s'emballer. Non, impossible, jamais Jared n'accepterait... *pas vrai ?*

— Non ! protesta-t-il. Jared ne ferait jamais cela !

— Je sais, l'apaisa sa sœur. Mais à Copper Point, les rumeurs s'emballent vite. Et puis Matt s'intéresse à ton homme, c'est un fait. Que comptes-tu faire ? Fermer les yeux sous prétexte que tu as peur de parler à ta mère et à ta grand-mère ?

Nick serra les dents.

— Non.

Emmanuela hocha la tête avec un sourire approbateur.

— Bravo !

En suivant sa sœur jusqu'à la salle à manger, Nick avait l'impression d'aller au combat. Et quelque part, c'était le cas. Pourtant, il était censé rester impassible.

Plus facile à dire qu'à faire !

L'idée que Matt drague Jared l'aida à se concentrer, cependant. Il aurait voulu aller au fin fond de l'histoire, envoyer un SMS à Jared et lui réclamer des explications. Sauf que c'était impossible : il passerait pour un imbécile, surtout après ce qui s'était passé lors de sa dernière crise de jalousie.

Non, sa priorité était d'informer sa mère et sa grand-mère de son départ prochain. Une fois sur place, il protégerait Jared des avances de Matt. Même sans sortir du placard, il trouverait le moyen d'indiquer sans équivoque que Jared n'était pas disponible.

Ne serait-ce pas beaucoup plus facile si tu avouais ouvertement tes sentiments pour lui ?

Quand il arriva dans la salle à manger, sa mère s'attablait et sa grand-mère apportait un plat sur la table. Le rôti était accompagné de pommes de terre bouillies, de petits pains, de légumes variés – haricots verts et blancs – et d'une salade verte. À l'époque où Jared mangeait avec eux, il s'étonnait souvent de la variété et de l'abondance des menus. Suite à ces remarques, Nick avait réalisé que ces repas pantagruéliques n'étaient pas la norme dans les autres familles. Quand il avait interrogé sa mère, elle lui avait expliqué que c'était à cause de grand-mère Emerson. Autrefois, elle nourrissait les ouvriers de l'usine de son mari dans le Milwaukee. Plus tard, elle avait reçu avec faste les fonctionnaires et les dirigeants communautaires. Elle prenait une grande fierté à leur servir des repas copieux. Elle en avait gardé l'habitude.

Quand Nick était adolescent, sa croissance réclamait autant de fuel qu'un avion de chasse, aussi avait-il considéré ces mets abondants comme une bénédiction. Ayant dépassé la trentaine et conscient que son père était mort prématurément d'une maladie cardiaque, il refusait de s'empâter. Malheureusement, son travail de bureau lui donnait peu d'occasions de faire de l'exercice, aussi Nick mesurait-il avec soin les portions qu'il s'accordait à table. Rien que pour éviter l'obésité précoce, il ferait bien d'emménager avec Jared. Bien que, connaissant sa grand-mère, elle lui apporterait sans doute ses repas à domicile.

Sauf si elle était trop en colère contre lui.

Ce soir, le repas était chargé en protéines et en graisse. La soupe au brocoli était à base de fromage et de crème. Les petits pains encore brûlants luisaient d'huile. Seule la salade paraissait «diététique», malgré ses lardons et ses croûtons à l'ail.

Seigneur, que cela sentait bon! Tout avait l'air délicieux!

En le voyant traverser la pièce, sa grand-mère sourit.

— Nick, chéri, veux-tu un verre d'eau?

— Je vais me servir, grand-mère. Assieds-toi.

Il fit un détour par le buffet pour récupérer le pichet en grès.

Loin de prendre place, elle continua à s'affairer avec un plateau. Puis elle lui arracha le pichet des mains.

— Je mange comme un oiseau. Toi, tu as travaillé toute la journée. Laisse-moi prendre soin de toi.

Sa mère se pencha pour lui tendre une serviette propre.

— Quoi de neuf aujourd'hui à l'hôpital? demanda-t-elle.

— Rien de spécial, répondit Nick. Nous nous préparons pour la réunion publique d'août.

Sa grand-mère lui versa de l'eau.

— Tu crois que cela ira?

— En principe, oui.

— Bien, nous prierons à cet effet.

Elle s'assit enfin et croisa les mains.

— En parlant de prières, enchaîna-t-elle, Nick, dis les Grâces.

Il s'exécuta machinalement. Il en avait l'habitude, aussi cette prière ne l'empêcha-t-elle pas de réfléchir à son dilemme : quand entamer la conversation. Tout de suite, au milieu du repas ou à la fin ? Pourquoi n'avait-il pas pensé à demander son avis à Emmanuela ?

Que faisait Jared ce soir ? Était-il encore sorti avec Matt ? Combien de fois par semaine se voyaient-ils au juste ?

Au cours du repas, grand-mère Emerson finit par remarquer son silence anormal.

— Tu sembles ruminer, mon garçon ? Que se passe-t-il ?

Au geste brusque d'Emmanuela, Nick devina qu'elle cherchait à lui donner un coup de pied sous la table. Il n'avait pas besoin d'elle pour comprendre qu'il devait saisir cette opportunité.

Il se racla la gorge, s'essuya la bouche avec sa serviette et essaya de nier que son cœur tambourinait follement.

— Eh bien, justement, je voulais vous faire part d'une nouvelle... Euh, il y a déjà un certain temps que j'y pense et... Voilà, je vais bientôt quitter la maison et m'installer en colocation.

Sa mère lâcha le plat qu'elle tenait, sa grand-mère fit la même chose.

Et elles se mirent à protester en même temps.

— Mon garçon, de quoi parles-tu ? demanda sa mère.

— Je savais bien qu'il mijotait une bêtise ! marmonna sa grand-mère. Mais je ne me doutais pas qu'il avait complètement perdu la tête !

Elle regardait le plafond d'un air féroce, comme pour exiger du Ciel une réponse susceptible de sauver son petit-fils d'une folie ridicule. Emmanuela, que le Seigneur la bénisse, sauta dans l'arène et reprit les rênes de la conversation.

— Pourquoi tant de négativité ? Nick est adulte. Il a l'âge de vivre où il le souhaite !

— C'est tellement soudain ! ronchonna leur mère. D'où te vient cette lubie, mon garçon ? Et qui sera ton colocataire ?

Nick leva la main.

— Ce n'est pas une lubie, maman, j'y pense depuis des mois, mais jusque-là, j'avais d'autres priorités. Là, je compte profiter d'une opportunité. Je vais emménager avec Jared Kumpel.

Le silence retomba sur la tablée.

Le front moite, Nick ajouta :

— Comme je vous l'ai déjà dit, Jared et moi avons renoué notre ancienne amitié la nuit de l'accident. Dans l'ascenseur, nous avons longuement parlé. Il m'a dit qu'il regrettait le départ de ses amis, qu'il détestait vivre seul. Personnellement, je pensais à quitter la maison, mais je m'inquiétais un peu de la solitude et l'idée de cohabiter avec un étranger ne me tentait pas. Je l'ai fait à l'université, mais je ne tiens pas à répéter cette expérience. Et comme Jared est dans le même cas, nous avons donc décidé de faire d'une pierre deux coups. Ne faites pas cette tête ! Je reviendrai souvent. Je continuerai à réparer ce qui ne va pas dans la maison et je vous accompagnerai à l'église le dimanche.

Il s'arrêta, le souffle court, et examina les trois femmes qui lui faisaient face. Sa mère pinçait les lèvres et jouait nerveusement avec sa serviette, un geste qu'elle avait souvent quand elle était contrariée. Emmanuela, la mine combattante, surveillait ses deux aînées comme un faucon tout en engloutissant ses pommes de terre et sa viande.

Grand-mère Emerson fixait Nick d'un œil perçant. Il se sentit petit garçon, comme aux temps où elle cherchait à démêler la trame de ses mensonges pour arriver au cœur du problème. Serait-elle médium ? Ou bien le connaissait-elle assez pour lire à travers lui ? Il n'aurait su le dire.

Avec un gros effort, Nick s'accrocha à garder une façade de calme. *Oui, grand-mère. Je compte emménager avec mon copain. Je mens pour garder la face, pour ne pas faire de vagues.*

Pour faciliter la transition.

Finalement, sa grand-mère laissa échapper un long soupir.

— Je ne peux m'y opposer, je suppose. Je te demande tout de même de ne pas oublier qui tu es et d'où tu viens. Il n'est pas question que tu fasses honte à notre famille.

— Grand-mère ! gronda Emmanuela dans un souffle.

La mâchoire serrée, Nick tressaillit intérieurement. Oh, plus de doute à présent : elle savait.

Oui, comme il le craignait, elle avait deviné la vérité. C'était le pire des scénarios, non ? Aussitôt, son imagination le contredit : sa grand-mère aurait pu lui poser une question directe concernant sa sexualité, le forçant à mentir… ou à admettre être gay.

Quelle aurait été sa réponse ? se demanda Nick.

Sa grand-mère le regardait, ses derniers mots flottant encore autour d'elle. Nick savait exactement ce qu'elle avait voulu dire. Contrairement à ses attentes, il n'éprouvait aucune honte.

Juste de la tristesse.

— Je ne ferais jamais rien que je trouve honteux, répondit-il.

181

Elle nota sa formulation prudente. Il vit la surprise briller dans ses yeux. Sa mère leva aussi la tête.

Atterré, le cœur en miettes, Nick regretta le rideau qui venait de tomber sur la tablée, invisible, mais aussi pesant qu'un filet d'acier. Un gouffre le séparait désormais de ces deux femmes qu'il aimait tant. Le combler ne serait pas facile.

Cela allait donc se passer ainsi? Elles avaient compris la situation, elles la réprouvaient, mais elles continueraient à faire semblant?

Oui, il le lut dans les regards lourds de sa mère et de sa grand-mère.

Et tout à coup, Nick comprit que ce compromis ne lui suffirait pas. Il venait juste de pousser une porte qu'il avait condamnée pendant vingt ans.

Une porte dont elles avaient conscience, mais qu'elles avaient voulu nier.

Il baissa les yeux sur son assiette. Il n'avait plus faim. La simple vue de la nourriture lui donna la nausée.

XI

NICK S'INSTALLAIT enfin avec lui !

Jared était tellement excité qu'il avait du mal à se contrôler. Il avait à peine dormi depuis cet appel, totalement inattendu, de Nick pour demander s'il pouvait emménager ce week-end – ou si c'était trop tôt. Comme un idiot, Jared avait pleuré en répondant à Nick de venir sans attendre s'il le voulait, même si un délai pour se remettre de ses émotions aurait été préférable.

En vérité, heureusement que Nick avait attendu le matin. Ainsi, Jared avait eu le temps de s'organiser et de faire un grand ménage. Tout en s'activant, il s'était autorisé à rêver. Nick et lui allaient aménager ensemble, acheter des meubles, choisir de nouveaux rideaux et... eh bien, mieux valait ne pas trop penser au reste, sinon, il risquait une rupture d'anévrisme.

Désormais, Nick et lui dîneraient ensemble le samedi soir, ils prépareraient le repas ensemble dans leur cuisine.

Ensemble... chez eux...

C'était presque trop beau.

Jared n'avait qu'un seul regret : Nick avait catégoriquement refusé son aide pour préparer ses cartons en quittant sa maison familiale, affirmant préférer s'en charger tout seul. Que c'était étrange ! Jared ne comprenait pas cette décision, même si Nick avait insisté sur le fait qu'il avait peu d'affaires, donc, peu de travail. En y réfléchissant, Jared était sûr qu'il y avait une autre raison.

Peu lui importait au fond. Le déménagement était imminent. Cela ne se passait pas tout à fait comme il l'avait imaginé, mais quand même, il se rapprochait de son rêve le plus cher.

Toute la matinée, il fit les cent pas en comptant les heures qui lui restaient à endurer avant l'arrivée de Nick, aussi excité qu'un enfant attendant le père Noël. Qu'est-ce que Nick et lui allaient faire en priorité ? se demanda Jared. Baiser ? Oui, cela semblait évident, bien que parfois, Nick aimait à le torturer.

Peut-être aussi ne serait-il pas d'humeur à batifoler, triste d'avoir quitté sa famille... Peut-être était-ce à cause des siens qu'il avait refusé l'aide de Jared pour déménager...

Peut-être vaudrait-il mieux commencer en douceur...

Seigneur, Jared aurait vraiment du mal à ne pas sauter sur Nick à peine la porte claquée !

À onze heures, toute la maison étincelait. Jared avait également vidé un placard pour Nick dans la salle de bain ainsi qu'un tiroir. Pour ne pas devenir fou, il envisageait de cuire du pain quand son téléphone vibra dans sa poche. C'était un texto de Nick.

Nick : je suis en route.

Un sourire idiot aux lèvres, Jared s'autorisa à sauter de joie et à taper des mains – comme une fille !

Quand Nick se gara dans l'allée devant la maison, Jared, le cœur dans les yeux, était sur le porche prêt à l'accueillir. Il essaya – en vain – de dissimuler son impatience.

— Salut ! cria-t-il quand Nick sortit de la voiture.

— Salut !

Nick remonta sur son épaule la bandoulière de son sac et resta planté à le regarder, l'air un peu mal à l'aise.

Avec un temps de retard, Jared fit un geste vers la porte.

— Bien, *entrez-moi* [18].

Nick ricana en montant les marches.

— « Entrez » suffit. En fait, comme tu me tutoies, ce serait même « entre ». Si tu dis « entrez-moi », cela ressemble à une proposition malhonnête.

Jared cligna des yeux.

— Parce que tu parles couramment français ?

En passant devant lui, Nick lui donna une tape sur le cul.

— Non, mais j'ai suivi avec plus d'assiduité que toi les cours de langues à l'école secondaire. Et le français a été une de mes matières optionnelles à l'université.

Frottant sa croupe endolorie, Jared suivit Nick à l'intérieur. *Comment un homme dans le placard n'hésite-t-il pas davantage à avoir en public des gestes... osés ?* songea-t-il, perplexe.

Une fois la porte refermée sur lui, Jared se tourna vers Nick.

----

18 En français dans le texte original

— Tu as d'autres sacs dans ton coffre à aller…

Il oublia la fin de sa question quand Nick prit son visage en coupe et posa la bouche sur la sienne. Enivré de joie, Jared s'abandonna contre le corps solide qui le pressait contre la porte. Il sentit des mains dans ses cheveux, son cou, et glisser le long de son torse comme pour le réapprendre après une longue absence. Puis la langue de Nick força ses lèvres.

Heureux et comblé, Jared se soumit à cette intrusion.

Quand Nick releva enfin la tête, Jared était à bout de souffle et terriblement excité. Il leva un regard vitreux sur son amant.

Nick sourit et posa un baiser sur son nez.

Jared lui caressa la tête et joua avec ses cheveux. *Je peux l'embrasser quand je veux, maintenant.*

Autant que je veux.

Il embrassa le menton de Nick.

— Bienvenue à la maison, Nick.

Ils s'attardèrent une seconde de plus, puis ressortirent vider la voiture. Effectivement, valises et cartons se trouvaient dans le coffre. Nick n'avait pas grand-chose, juste des vêtements. Jared s'en inquiéta : ne s'agissait-il que d'un emménagement temporaire ? Pour ne pas plomber l'ambiance, il garda ses questions pour lui.

Il est là, c'est tout ce qui compte. Peut-être ira-t-il chercher le reste de ses affaires plus tard, quand il aura le temps. Profite du moment.

Et Jared avait de quoi être satisfait. Certes, Nick était déjà venu chez lui, mais cette fois, il s'installait. Il mettait ses vêtements dans les tiroirs, ses livres sur les étagères, ses articles de toilette dans les placards.

Jared le regardait faire, les yeux brillants. Il prit son pied quand Nick sortit une haute tasse rouge vif, avec son nom et son titre d'un côté et le logo de Ste Anne Medical Center de l'autre.

— Qui t'a fait ce cadeau ? s'enquit Jared avec curiosité.

— Wendy, l'année de mon arrivée, pour le Jour du Patron [19]. J'aime la forme et la taille de cette tasse. Elle est parfaite pour mon café du matin.

— Tiens, puisque tu en parles, ajouta Jared, quelle est ta routine matinale ? Quand et comment prends-tu ton café ? Fais-tu du sport au saut du lit ou préfères-tu prendre une douche ?

— Pour m'entraîner, répondit Nick, j'utilise en général l'équipement de rééducation thérapeutique de l'hôpital quand j'arrive assez tôt, avant

19 « *Boss's Day* » généralement observé le 16 octobre aux États-Unis.

que la journée commence. Sinon, je vais au centre communautaire. Comme petit déjeuner, chez moi... ou plutôt chez ma mère, je prenais des flocons d'avoine. Grand-mère Emerson me servait aussi du bacon, des œufs et du pain grillé, mais je préfère manger léger.

Jared sourit.

— Des flocons d'avoine ? C'est aussi mon petit déjeuner préféré ! Et je les prépare moi-même avec une cuisson basse température, afin qu'ils aient le croustillant parfait. Si tu veux, j'en ferai pour deux. Je pars aussi à Ste Anne de bonne heure, soit pour visiter mes patients, soit pour mettre à jour mes dossiers, aussi aurons-nous les mêmes horaires. Je réglerai la minuterie de la cafetière pour deux. À moins que tu sois un délicat et que tu méprises mon café ?

Nick lui jeta un regard étonné.

— Pourquoi ne voudrais-je pas de ton café ?

— Il arrive que les gens aient des idées surprenantes, tu sais. J'ai récemment appris des tas de trucs sur la préparation du café. N'as-tu jamais été chez Gus, au Café Sol ? Il collectionne les cafetières !

— Ah, oui, bien sûr, tu passes ton temps chez Gus ces derniers temps. N'est-ce pas dans son coffee shop que tu as donné ton numéro de téléphone à Matthew Engleton ?

Jared rougit et détourna le regard.

— Et moi qui me pensais le plus commère de nous deux !

Il s'éclaircit la gorge avant d'ajouter :

— Tu n'as pas à t'inquiéter concernant Matt.

— J'en déciderai seul, merci.

Mais Nick ne semblait pas trop contrarié. Il regardait autour de lui, comme pour tout absorber à la fois.

— J'ai du mal à admettre que j'ai vraiment sauté le pas, enchaîna-t-il. Cela me fait un effet bizarre. Agréable, mais bizarre.

Jared ne put résister plus longtemps à la question qui lui brûlait les lèvres.

— Tu es sûr d'avoir *vraiment* déménagé ? Tu n'as presque rien apporté.

— Laisse-moi te dire qu'à chaque carton que je faisais, maman et grand-mère me surveillaient comme si elles craignaient que je leur pique l'argenterie. J'ai donc préféré me contenter de l'essentiel, quitte à récupérer le reste plus tard, quand elles se seront faites à l'idée de mon départ. Et puis, pour être franc, je ne possède pas grand-chose. Dans mon ancienne chambre, par exemple, tout date de mon enfance et adolescence : BD, jeux de société, DVD, anciens annuaires d'école... Je ne comptais pas m'en encombrer plus longtemps.

Jared s'appuya contre le comptoir.

— Eh bien, je ne suis pas comme toi. Si j'avais à bouger, j'aurais fait appel à un déménageur professionnel.

— Dans ce cas, c'est une chance que ce soit moi qui vienne chez toi.

Il entra dans le salon et renversa la tête pour admirer le plafond.

— J'aime cette maison. Elle est ancienne, non ? Quand avez-vous fait les rénovations ?

— Ce n'est pas nous, les anciens propriétaires avaient retapé l'intérieur avant de mettre la maison en vente. L'électricité est aux normes, les planchers ont été refaits, les murs et plafonds aussi. Et l'escalier a été déplacé. Initialement, le garage n'était pas relié à la maison, c'est un énorme plus à mon sens. Nous avons aussi un sous-sol aménagé : une partie sert de buanderie et Owen utilisait le reste en salle de musculation.

Nick se tourna vers lui, ravi.

— Vraiment ? Quelle magnifique idée !

— Si tu veux t'entraîner à la maison, il faudra nous rééquiper, car Owen a emporté tous ses appareils quand il s'est installé avec Erin au manoir Andreas. Il avait aussi branché une télé et une stéréo, bien que la plupart du temps, il préférait mettre ses écouteurs avec de la musique ou des audiobooks.

Nick secoua la tête.

— Moi, mon rêve, ce serait d'avoir un bureau bien à moi, un espace où travailler à la maison. Chez ma mère, je me contentais d'un coin de table dans la salle à manger et d'une vieille armoire pour mes dossiers dans le couloir, mais ce n'était qu'un pis-aller.

Jared sourit.

— Pas de problème, il y a largement la place que tu aies un bureau. Où préfères-tu l'installer ? Au rez-de-chaussée ou à l'étage ? Suis-moi, je vais te montrer tes options.

Ils explorèrent la maison ensemble en commençant par la petite pièce derrière le salon que Jared utilisait comme bureau, il y rangeait en particulier ses dossiers fiscaux et les factures de la maison.

— Je te le céderais volontiers, déclara Jared, mais ce n'est pas assez grand pour ce que tu as en tête. Moi, je me contente d'y mettre mes papiers, je n'y travaille pas. Allons voir les deux chambres libres du premier, tu y seras bien mieux, je pense.

— J'utiliserai l'une d'elles pour mes vêtements, déclara Nick, histoire que nous ayons l'air de faire chambre à part. Du coup, je pourrais très bien aussi y travailler.

Oh, oui ! Cet aspect de leur arrangement n'avait pas encore été fixé.

— Dans ce cas, les deux pièces sont à toi, déclara Jared. L'ancienne chambre de Simon est plus petite, mais plus douillette. Celle d'Owen est plus grande et mieux adaptée à un bureau, il te faudra juste y ajouter des meubles et étagères.

En le suivant dans l'escalier, Nick se frottait le menton.

— Des étagères, hein ? Oui, j'aurai ainsi ma propre bibliothèque, c'est une perspective qui me plaît beaucoup.

— Dans ce cas, prévois aussi un fauteuil de lecture et une bonne lampe. Dois-je comprendre que tu lis autant qu'autrefois ?

— Non, hélas, je n'ai pas assez de temps pour le faire autant que je le voudrais. Après tout, il n'y a que vingt-quatre heures dans une journée. J'essaie de prendre un moment pour lire le soir avant de me coucher, mais parfois je n'arrive même pas à me concentrer tellement je suis fatigué.

Jared ouvrit la porte de l'ancienne chambre d'Owen, il ne restait qu'un lit et une commode.

— Qu'en penses-tu ?

Après y avoir jeté un coup d'œil, Nick hocha la tête.

— Oui, tu as raison, cette pièce ferait un bureau agréable. Les fenêtres donnent sur la cour arrière, c'est bien cela ?

— Oui, c'est donc très calme. Nous démonterons le lit pour l'entreposer au grenier. Ou alors, nous le mettrons dans la chambre de Simon, ta fausse chambre… si tu es d'accord pour dormir avec moi ?

Jared retint son souffle.

Nick se retourna et lui offrit un sourire incendiaire.

— Oui, bien sûr que je dormirai avec toi, mais pour la galerie, je rangerai mes affaires dans la chambre d'amis. J'ai la certitude que grand-mère et maman me soupçonnent, aussi ne tarderont-elles pas à trouver un prétexte pour passer vérifier mon installation. En fait, j'espère même qu'elles le feront !

Il fronçait les sourcils.

C'étaient bien des complications pour éviter une franche conversation, décida Jared, mais le sujet ne lui appartenait pas, aussi décida-t-il de tenir sa langue. *Concentre-toi sur le fait qu'il est là, avec toi.*

— Où veux-tu acheter ton mobilier, Nick, à Copper Point ou sur Internet ?

Une fois encore, Nick se frotta le menton.

— Je préférerais faire travailler le commerce local, mais je crains d'éveiller les commérages.

D'accord, Jared en avait supporté assez.

— Écoute, tu ne parviendras jamais à cacher le fait que tu vis désormais avec moi. Nous avons trouvé une bonne couverture – tu es mon colocataire –, mais je te garantis que les voisins vont vite remarquer que ta voiture est garée devant chez moi, pas chez ta mère. Que tu achètes ou pas des meubles à Copper Point n'y changera rien.

Après réflexion, il décida de ne pas mentionner la claque sur les fesses par laquelle Nick l'avait accueilli – sinon, il risquait d'en être privé à l'avenir.

Nick soupira.

— Je sais, c'est juste… Non, tu as raison. Nous ferons nos achats localement.

Jared consulta sa montre. C'était samedi, mais midi était encore loin.

— Et si on y allait ?

Nick éclata de rire.

— Maintenant ?

— Pourquoi pas ? Le magasin Petersen est ouvert jusqu'à quinze heures. Nous pouvons y passer, déjeuner en ville, puis faire nos courses pour le dîner. Si tu veux, je te ferai la cuisine, à moins que ça te tente de me donner un coup de main.

Nick réfléchissait, les mains dans ses poches. Il finit par acquiescer.

— D'accord, allons-y. D'ailleurs, je comptais passer chez Engleton.

— Pourquoi ? Tu as besoin de vêtements ?

Nick eut un sourire de loup.

— Oui. Je compte offrir une cravate à mon nouveau colocataire. Matt travaille le samedi, non ?

Jared eut un petit rire.

— Oui. Je crois, il est toujours dans son magasin.

Nick le prit par le coude et l'entraîna vers l'escalier.

— Voilà qui règle la question. Allons faire du shopping.

CETTE TOURNÉE « shopping » avec Jared était, en substance, leur seconde sortie secrète en amoureux. Ou même la troisième, décida Nick en son for intérieur, s'il comptait leur déjeuner à Ste Anne. Mais comme l'objectif était de meubler son bureau, comme il était devenu désormais le colocataire officiel de Jared, c'était une expérience à la fois dangereuse et merveilleuse.

Nick découvrit vite que faire des courses à deux était très amusant. Chez Petersen, Jared prit soin de mentionner que Nick tenait à personnaliser sa chambre et son bureau, un espace dont il avait grand besoin avec tout le travail qu'il abattait à Ste Anne. Nick fut touché de l'instinct protecteur dont Jared faisait preuve envers lui, mais aussi de sa détermination à le faire se sentir à l'aise dans ses nouveaux quartiers.

— Quelles couleurs aimerais-tu pour ton bureau, Nick ? demanda plusieurs fois Jared. Achetons aussi de la peinture, les pièces seront plus nettes.

Nick ayant opté pour un vert chasse, ils trouvèrent des tapis et des meubles assortis. Jared s'emballa pour un fauteuil bien rembourré et un pouf en impressions cachemire et une lampe qui, selon lui, irait très bien dans le coin bibliothèque. Il trouva également des étagères du même bois que le grand bureau sélectionné par Nick. Ils finirent par tomber d'accord sur un fauteuil de bureau et une causeuse.

En quittant le magasin Petersen, Jared demanda :

— Bien maintenant, qu'est-ce qu'on fait ? On va acheter des rideaux et de la peinture, ou on déjeune d'abord ?

Nick désigna le magasin Engleton, en face de la rue.

— Je veux cette cravate !

Comme tous les adultes aisés de Copper Point, Nick faisait régulièrement ses achats chez Engleton. Il y avait d'autres magasins de vêtements pour hommes dans la galerie commerciale, mais c'était moins son style. De plus, il aimait l'idée de soutenir les commerçants locaux, quitte à dépenser un peu plus.

Le magasin Engleton proposait une exceptionnelle sélection de costumes en prêt-à-porter, mais aussi de belles chemises, des chandails, des jeans et des pantalons de toutes sortes.

Aujourd'hui, Nick n'avait besoin de rien, mais dès qu'il entra avec Jared, il regarda les mannequins dans les rayons. En même temps, il cherchait des yeux le gérant du magasin.

Il le trouva vite, car Engleton, qui les avait vus entrer, se dirigeait déjà vers eux, un sourire commercial aux lèvres.

Nick, qui le surveillait de près, nota autre chose dans son expression : une convoitise dirigée vers Jared.

Profitant de ce qu'Engleton ne soit pas encore à portée d'oreille, Jared se pencha et chuchota :

— Je suis flatté que tu tiennes tant à marquer ton territoire, mais n'en fais pas trop, veux-tu ? Sinon, Matt n'étant pas idiot, il va vite se douter que tu es gay.

Le sourire de Nick exhibait toutes ses dents très blanches.

— Excellente remarque. Je n'avais pas pensé aussi loin.

— Eh bien, reprends-toi, sauf si tu tiens à un coming out public.

S'écartant de Nick, Jared salua Engleton avec une amitié désinvolte :

— Salut, Matt.

— Salut, toi ! jeta Engleton avec chaleur.

Quel enthousiasme ! grinça Nick en son for intérieur.

D'un ton plus formel, Engleton s'adressa ensuite à lui :

— Enchanté de vous revoir, M. Beckert. Que puis-je faire pour vous ? Cherchez-vous quelque chose en particulier ?

Une laisse pour toi. Si Nick ne prononça pas ces mots à haute voix, il agit plus brusquement qu'il l'aurait voulu en posant la main sur l'épaule de Jared.

— J'aimerais une cravate pour Jared. Une cravate à la fois originale et conforme à ses goûts.

Si Engleton trouva la demande étrange, il n'en laissa rien paraître.

— Certainement. Voyons d'abord ce que nous avons en rayons, mais si rien ne vous convient, j'ai plus de choix en arrière-boutique.

Il les conduisit à une grande vitrine remplie de cravates multicolores.

— Nous avons ici plusieurs styles, enchaîna-t-il. Voici des cravates traditionnelles aux couleurs discrètes, avec des touches de rouge ou de bleu, ou même du jaune pour les audacieux. Nous avons aussi des cravates personnalisées. Même si les couleurs restent discrètes, le motif ne l'est pas, la texture non plus. Ces modèles sont fournis avec un carré de soie assorti et des boutons de manchette.

Les mains cachées derrière son dos, Jared se pencha pour inspecter les rangées de cravates.

— C'est très joli, reconnut-il. Pendant un temps, je me suis mis aux nœuds papillon, parce que les enfants s'en amusent, mais il y a plus de choix avec les cravates.

— Oh, nous avons aussi des nœuds papillon! s'empressa de rétorquer Matt.

Il ouvrit le tiroir d'un présentoir, révélant un ensemble de nœuds papillon allant du classique au baroque.

— Ils se vendent moins, ajouta-t-il, mais nous en gardons un stock. Et si vous avez un modèle précis en tête, nous pouvons le commander.

Amusé, Jared se tourna vers Nick.

— Qu'est-ce que tu penses? Dois-je rester au nœud papillon? Cela me donnerait un genre, non? Le pédiatre gentleman?

Nick ne put retenir un sourire.

— *Gentleman*? Je te prenais pour le docteur K-pop.

— Oui, mais je ne danse que pour les enfants de l'hôpital. Et encore, cela n'est plus arrivé depuis un bail. Je te parlais de mon image de tous les jours. Et nous ne faisons plus exclusivement de la K-pop maintenant, nos numéros musicaux ont évolué. Ne l'as-tu pas remarqué?

Nick jouait avec un nœud papillon de soie lavande.

— Si, si. J'ai bien aimé te voir chanter de l'Ariana Grande il y a quelques mois. Tu n'as rien fait depuis, c'est regrettable.

Jared haussa les épaules.

— Depuis qu'Owen et Simon sont partis, répéter devient plus difficile. Nous avons essayé de maintenir la tradition pendant un moment et puis… Ils ont d'autres occupations, désormais. Tant pis!

Il haussa les épaules.

Malgré cette nonchalance affichée, Nick sentit que Jared regrettait d'avoir dû renoncer à ce rituel. Même avant que Nick soit engagé à Ste Anne comme directeur, le trio d'amis exécutait une petite représentation basée sur la musique pop coréenne chaque fois qu'un jeune patient quittait le service de pédiatrie. Ensuite, Jack était arrivé et, pour la Journée des Fondateurs, il avait joué de la pop asiatique avec Ram et les membres de son quatuor. Depuis, Jared, Owen, et Simon s'étaient lancés dans d'autres styles de musique, ce qui plaisait beaucoup aux enfants. Sachant combien Jared s'était impliqué dans ces représentations, qui avaient été son idée au départ, Nick détestait qu'il ait dû les abandonner.

— Vous aviez un répertoire étonnant, insista-t-il. Pourquoi ne pas continuer de façon différente ? Une répétition de temps à autre, cela ne leur prendrait pas trop de temps, quand même !

— Ce n'est pas si simple, répliqua Jared, surtout depuis que les vacations en chirurgie ont tellement augmenté. Nous avions plus de temps libre autrefois, quand Ste Anne avait des soucis financiers. Je ne peux pas faire passer la musique avant les opérations urgentes, tu le sais bien. Et quand un de mes jeunes patients est prêt à sortir, il m'est difficile de le retenir sous prétexte que mes assistants sont occupés ailleurs.

Il hésita un moment, puis ajouta avec un sourire désarmant :

— Je devrais peut-être me mettre à la magie ! Là au moins, je n'aurais pas besoin des autres. Et je pourrais porter de jolis nœuds papillon fantaisie.

Engleton eut un grand sourire.

— Quelle idée géniale ! Justement, j'ai pratiqué la magie à l'école secondaire et à l'université.

Jared oublia les cravates et reporta toute son attention sur Engleton.

— C'est vrai ? Montre-moi !

— D'accord, regarde… j'ai une pièce imaginaire.

Il retira ses mains de ses poches et tendit sa paume gauche : elle était vide. Il dessina au centre un cercle avec son index droit.

— Tu ne la vois pas, déclama-t-il, mais la pièce est là. Maintenant, use de ton imagination, Jared…

Il ferma le poing, en tapota le dos avec sa main droite à quelques reprises et à divers endroits. Quand il ouvrit la main, un quart de dollar brillait dans sa paume.

Jared fixa la pièce, la bouche grande ouverte.

— Comment as-tu fait ?

Furieux, Nick fronçait les sourcils. Oui, comment avait-il fait ? Et merde, quoi ! Comment ce freluquet avait-il si vite réussi à détourner de Nick l'attention de Jared ? Ce n'était pas prévu !

Avec un clin d'œil, Engleton leva la pièce avec deux doigts.

— Ah, mais c'est une pièce imaginaire, tu te souviens ? Si tu n'y crois plus, elle va disparaître.

Il toisa Nick et ajouta avec ironie :

— Jared, je doute que M. Beckert croie en ma magie. Si nous ne faisons pas attention…

Il ferma son poing sur la pièce, tapota une fois, et bien sûr, la pièce disparue. Engleton tourna ses deux mains dans tous les sens pour bien montrer qu'il ne la cachait pas ailleurs.

Tout le visage de Jared s'illumina.

— C'est génial ! Exactement ce qu'il me faudrait pour les enfants ! Peux-tu m'apprendre ?

Nick grimaça. *Nom d'un chien !*

Engleton s'inclina avec grâce.

— Bien sûr. Tu as mon numéro, Jared. Appelle-moi dès que tu veux un cours particulier.

— Je le ferai ! promit Jared avec ferveur.

Il se tourna vers Nick, rayonnant.

— De la magie ! Crois-tu que j'y parviendrai ?

Nick perdit sa combativité en le voyant chercher son approbation, pas celle de son rival. Il rendit à Jared son sourire.

— Oui, bien sûr. Tu peux tout faire. Et je t'aiderai à répéter ton numéro tous les soirs.

Il avait parlé en toute sincérité, dans la seule intention de rassurer Jared, mais à peine les mots sortis de sa bouche, il réalisa s'être trahi.

Effectivement, Matt fronçait les sourcils.

— *Tous les soirs* ? Comment cela ?

Bouleversé, Jared regarda Nick, le suppliant en silence de trouver une réponse cohérente. Bien entendu, cela ne fit qu'alerter Engleton davantage.

Nick, cependant, se sentait plutôt bien. Il se frotta le menton et toisa le jeune vendeur.

— Ah. Voyez-vous, je suis devenu le colocataire de Jared. Je me suis installé chez lui, quoi !

Il se réjouit de voir Engleton écarquiller les yeux.

— *Colocataire* ? Vous vivez ensemble ?

Jared s'agitait, ne sachant comment répondre à cela.

— Je… eh bien, oui, Nick vient juste d'emménager. C'est très récent. Euh, en fait, cela date d'aujourd'hui.

Son regard implorait : *Nick, sauve-moi !*

Nick buvait du petit lait, d'autant plus qu'Engleton avait interprété à sa manière leurs échanges de regards, ce que Jared ne semblait pas réaliser. Avec un autre, Nick aurait sans doute paniqué, mais Matt Engleton était un cas à part.

— Jared et moi désirions tous les deux changer de vie, susurra-t-il. Nous sommes tombés d'accord que chacun de nous était la réponse aux problèmes de l'autre. Nous sommes amis depuis longtemps, après tout. Vingt ans…

D'un geste mécanique, Matt hocha la tête. Il semblait sous le choc.

Quant à Jared, il ne savait plus où se mettre et ne cessait de tripoteur ses cheveux en lançant à Nick des regards affolés.

— Nous sommes venus acheter une cravate, bredouilla-t-il, en désespoir de cause.

Nick secoua la tête.

— Oh non, il t'en faut au moins cinq.

— Cinq ? C'est trop.

— C'est le minimum, alors, choisis.

Matt retrouva son sourire commercial et recula, désignant d'un geste la vitrine ouverte.

— Très bien, messieurs, je vais vous laisser le temps de faire votre choix. Appelez-moi si vous avez besoin de moi.

Dès qu'il eut disparu, Jared s'appuya contre Nick et lui donna un coup de coude.

— Tu lui as collé un sacré choc !

C'était aussi l'avis de Nick. Et cette perspective l'enchantait.

— Je n'ai fait que dire la vérité.

— Oui, et tu y as pris un grand plaisir !

— Regretterais-tu qu'il ne continue pas à flirter avec toi ?

— Non, répondit Jared.

Un simple mot. Pourtant, Nick le trouva chargé de sentiments.

Ainsi, il ne s'était pas trompé : Matt était un rival dangereux.

Sans plus parler de Matthew Engleton, ils se penchèrent sur les nœuds papillon. Il y avait tant d'options que Jared se résolut à faire des tas. Il appréciait les couleurs vives, bien que la plupart ne lui siéent pas au teint. Son nœud préféré, le Stratos, avait des taches rouge vif, bleu, or et noir, et des motifs géométriques. Quand Jared l'essaya, Nick cacha sa grimace : le rouge et le roux des cheveux flashaient violemment.

Jared l'ôta et le présenta à Nick.

— Il serait mieux sur toi. Oui, c'est parfait.

— Le nœud papillon n'est pas trop mon genre.

— Eh bien, pourquoi ne pas changer de look ? À nous deux, nous pourrions faire évoluer la mode masculine à Copper Point. Et puis… Oooh !

Le visage de Jared s'illumina.

— Je viens d'avoir une idée géniale ! enchaîna-t-il. Tu pourrais porter un nœud papillon et apprendre avec moi à pratiquer la magie. Ensuite, si ton emploi du temps te le permet, tu serais mon assistant. Ne crois-tu pas que cela ferait une bonne publicité à Ste Anne ?

Heureusement que Jared et lui étaient seuls dans cette section du magasin et que le seul à leur prêter attention était Matt Engleton, parce que Nick ne put retenir son sourire attendri ni le frisson qui le parcourut tout entier à l'image que son amant venait d'évoquer.

Il se vit plongé jusqu'aux oreilles dans la paperasserie ou occupé à une réunion ennuyeuse… Wendy l'appellerait, ou mieux encore, Jared lui-même apparaîtrait pour lui rappeler que c'était l'heure. Nick le suivrait jusqu'à l'aile pédiatrique où ils se produiraient ensemble devant les enfants. Mais d'abord, ils passeraient un petit moment ensemble dans le bureau de Nick, ou ailleurs, histoire que Jared vérifie le nœud papillon de Nick ou l'ordre de ses cheveux…

Ne serait-ce pas encore mieux si tout le monde savait la vérité ? Vous n'êtes pas simples colocataires, vous êtes aussi amants. Point final.

Quand cette pensée lui vint de nulle part, Nick se figea, pris entre la tentation et la terreur. Cet avenir qu'il venait d'imaginer, il le voulait avec une telle force qu'il en tremblait. En même temps, il craignait de rêver au-dessus de ses moyens. *Jamais sa vision ne se réaliserait*, se dit-il, *en tout cas, pas aussi belle qu'il l'avait vue dans sa tête.*

Et pourtant, il y avait presque cru pendant une fraction de seconde, avant que la réalité reprenne ses droits.

Oh, oui, c'est la vie que je veux. Avec Jared. Un jour.

Il secoua la tête pour échapper à ses divagations et caressa du doigt le nœud que Jared avait choisi pour lui.

— J'aimerais être ton assistant. C'est une merveilleuse idée !

Le cœur dans les yeux, Jared se pencha vers lui.

— Dans ce cas, choisis aussi un lot de nœuds.

Réalisant sans doute combien il s'était approché de Nick, il se redressa et son expression perdit une partie de sa lumière.

— Excuse-moi, marmonna-t-il. Je vais faire plus attention.

Bien que transpercé par ces paroles, Nick ne put nier qu'il avait peur d'être démasqué.

— Choisis pour moi, chuchota-t-il en guise de rameau d'olivier.

En silence, Jared s'exécuta. De son côté, Nick sélectionna ceux qu'il voulait voir son amant porter. Bientôt, ils eurent deux piles, d'un côté, les nœuds de Nick, de l'autre, ceux de Jared.

Et bien entendu, le tas de Jared était bien plus important.

Jared l'examina avec une moue contrite.

— Il y en a beaucoup trop !

— Prends tous ceux que tu veux, je te les offre.

Mmm, Nick adorait voir Jared rougir. Il apprécia aussi que Jared ne discute pas davantage et se contente de faire son choix.

Étrangement, les nœuds correspondaient à leurs goûts individuels et au style qui leur était propre, pourtant, ils les rapprochaient aussi puisque chacun avait choisi pour l'autre.

En plus du Stratos, Nick hérita d'un nœud rouge vif avec des rayures, d'un autre à dessins noirs et d'un modèle appelé Tangelo, orange uni avec des motifs ton sur ton qui mettaient sa peau sombre en valeur.

Et parmi le lot de Jared, le préféré de Nick était bleu sarcelle, avec des motifs dorés. Les autres étaient couleur pastel, rose, bleu, lilas et vert, sauf un violet vif à pois blancs. Nick était d'ores et déjà certain que les enfants l'adoreraient.

Ils optèrent enfin pour des nœuds assortis spécifiquement destinés aux représentations enfantines, quand ils feraient ensemble des tours de magie aux jeunes patients de Jared.

Quand ils comptèrent leur sélection, ils avaient plus de vingt nœuds à eux deux.

— Je veux aussi te faire un cadeau ! déclara Jared.

Il ajouta au tas de Nick une pince à cravate. Et Nick l'accepta sans ergoter, ému à l'idée de porter un bijou qui, à défaut d'une bague, révélerait le lien existant entre Jared et lui.

Non, Matt Engleton ne l'aurait pas !

Peu après, ils déposaient leurs achats sur le comptoir, près de la caisse. Matt vint les rejoindre, affichant avec constance son sourire de façade. Jared, tout excité, parlait gaiement de son projet de performance avec Nick. Matt Engleton l'écoutait et hochait la tête.

Quand Nick avança pour régler la facture, le rictus entendu que Matt lui jeta signifiait clairement : *n'êtes-vous vraiment que colocataires et amis ?*

En réponse, Nick montra les dents : *non, bien sûr que non. Il est à moi !*

Il n'était pas sûr que se dévoiler ainsi soit une bonne idée, mais en ce moment, il s'en fichait. De toute façon, Matt avait déjà des doutes, c'était évident.

En apparence résigné, Matt encaissa Nick. *D'accord, je m'incline, puisque c'est ce que veut Jared. Mais attention, ne le faites pas souffrir, sinon...*

Son regard contenait un avertissement.

Nick hocha la tête avant de détourner les yeux.

JARED AVAIT prévu de se renseigner sur les tours de magie à peine rentré chez lui, mais une fois la porte refermée sur eux, Nick le prit dans ses bras pour un baiser.

C'était une revendication de propriété en bonne et due forme, mais Jared ne protesta pas. Cela ressemblait trop à ce dont il rêvait depuis le premier dimanche passé avec Nick. Et cette fois, Nick n'allait pas le quitter pour rentrer chez lui après l'amour, le laissant seul et abandonné. Non, Nick s'était installé chez lui, avec lui.

Oubliant ses idées de magie, Jared s'abandonna aux lèvres savantes de son amant. Il se laissa entraîner jusqu'au canapé et s'y étendit, les bras levés au-dessus de sa tête pendant que Nick pesait sur lui sans cesser de dévorer ses lèvres. Jared ferma les yeux pour mieux savourer la sensation et le goût de Nick, la joie de l'avoir ici, maintenant.

Ce soir, Nick n'eut aucune hésitation, aucun instant de doute. Il déshabilla Jared, puis se débarrassa de ses propres vêtements. D'une main, il s'appuya contre l'épaule de Jared, de l'autre, il s'accrocha à sa hanche. Il déposa une pluie de baisers sur sa peau nue, s'attardant de façon érotique au creux de la clavicule. Il parvint enfin au sternum et, du bout des doigts, joua avec un mamelon tandis que sa bouche se refermait voracement sur l'autre. Jared poussa un soupir de plaisir et se cambra, le sexe lourd et douloureux.

— Je veux prendre le temps de te savourer, chuchota Nick à même sa peau, tout en ponctuant ses paroles d'un petit coup de langue. Je veux ensuite t'emmener dans notre lit et te faire crier d'extase toute la nuit.

Pris au dépourvu par ce pronom inattendu, «notre», Jared cria sans plus attendre. Il enfouit les deux mains sur les cheveux de Nick et haleta :

— Oui. Oh, oui !

— Je veux te marquer comme mien, enchaîna Nick avec ferveur, laisser des traces de ma possession partout sur ton corps. Oh, bien cachées, certes, mais toi et moi serons au courant et je les retrouverai chaque fois que tu seras nu devant moi. Tu es à moi et je suis à toi.

Jared gémit et se frotta à Nick de manière suggestive. En réponse, Nick enfouit son visage contre son ventre et glissa vers le nombril et le gland humide tendu vers lui.

— Je vais te sucer jusqu'à ce que tu ne saches plus comment tu t'appelles, promit-il. Je vais aussi préparer ton cul et l'ouvrir au maximum pour recevoir ma queue. Je veux t'entendre hurler quand je te prendrai.

Tout à fait partant pour ce programme, mais incapable d'articuler un mot tant il avait la gorge serrée, Jared serra les doigts dans les cheveux de Nick et dirigea la tête crépue vers son sexe. *Agis au lieu de parler!*

Nick arriva enfin à l'endroit où Jared l'espérait, mais au lieu de se mettre à la tâche, il lui écarta les jambes et se mit à embrasser ses cuisses, délibérément, comme pour pousser son amant à perdre la tête.

— Je compte bien te baiser tous les soirs, insista Nick, d'une façon ou d'une autre, et dans chacune des pièces de cette maison. Ensuite seulement, nous irons nous coucher et nous dormirons dans le même lit, lovés l'un contre l'autre, à partager à la fois nos draps et nos rêves. Et je veux me réveiller tous les matins avec toi à mes côtés.

— Oui, hoqueta Jared.

Ce simple mot était presque un sanglot.

Il se rendait, il cédait. En vérité, il l'avait fait depuis bien longtemps.

Ce soir plus que jamais, Jared était prêt à tout accorder à Nick et apparemment, son amant tenait à ce qu'il arrête de penser à quoi que ce soit… sauf au plaisir. Jared ne voyait aucun inconvénient à suivre ce plan.

Quand Nick referma enfin les lèvres sur son sexe, quand il prit en coupe ses bourses, Jared s'abandonna complètement.

Laisse-moi contrôler nos ébats, demandait Nick en silence.

Bien que son orgasme imminent lui trouble l'esprit, Jared répondit de la même façon : *Oui, avec toi, je peux le faire. Avec toi seulement…*

Il était prêt à tout donner à Nick, son corps, son esprit, son âme.

Il jouit dans un long cri inarticulé.

Quand il retomba sur terre, il ouvrit les yeux, le souffle court. Il avait la jambe repliée en deux contre lui et Nick caressait les muscles tremblants de sa cuisse.

— J'espère que tu as encore du lubrifiant dans le tiroir de la table basse.

La main sur ses yeux, Jared tenta de contrôler sa respiration sifflante.

— Hein ? N-n-non, je… pas cette fois. Désolé.

Trop occupé à fantasmer sur Nick, il avait oublié. Quel idiot !

— Aucune importance. Nous allons continuer à nous aimer à l'étage. C'était d'ailleurs mon intention.

Nick se redressa et aida son amant à faire de même. Jared vacilla sur ses jambes instables, puis, accroché au bras de Nick, il désigna du geste leurs vêtements éparpillés.

— Et tout ça ?

Nick poussa Jared en avant.

— La femme de chambre se chargera de ranger, plaisanta-t-il.

Jared secoua la tête.

— Tu rigoles, mais j'ai une femme de ménage. Et même deux. Quand je vivais avec Simon et Owen, nous faisions le ménage nous-mêmes, à tour de rôle, mais une fois seul, cela me déprimait, alors, Jack m'a conseillé des amies de M. Zhang, récemment installées à Copper Point. Elles gèrent une salle de massage au centre commercial, mais elles font aussi le ménage chez les particuliers. Ne t'inquiète pas, elles sont d'une totale discrétion. Et elles font de l'excellent travail. J'ai demandé à Jack de m'apprendre quelques mots de mandarin pour pouvoir les remercier.

Nick hocha la tête.

— Je connais l'endroit dont tu parles. Ma grand-mère s'y rend parfois et je l'ai accompagnée une ou deux fois. J'ignorais qu'elles faisaient aussi du nettoyage.

— Moi aussi, je vais me faire masser et, franchement, c'est odieux que ces pauvres femmes aient longtemps dû rappeler à certains de leurs clients qu'elles ne faisaient pas de massages érotiques. Dorénavant, leur réputation est plus ou moins établie. Elles sont très professionnelles et leurs horaires sont flexibles. J'apprécie beaucoup de pouvoir passer les voir dès que j'ai des courbatures ou des tensions dans le dos. Elles parlent un peu anglais, bien entendu, mais même si elles comprennent ce que nous faisons, elles ne sont pas du genre à colporter des ragots.

— D'accord, cet arrangement me semble parfait, conclut Nick. Je contribuerai à les payer, bien sûr.

Il claqua le cul de Jared et ajouta :

— Va prendre une douche.

Les sourcils de Jared se levèrent.

— Quoi ?

— Je rectifie : allons prendre une douche ensemble.

Ils s'embrassent sous le jet tout en se savonnant mutuellement, leurs baisers plus brûlants encore que l'eau qui les aspergeait. Alors que Jared se rinçait l'arrière-train, Nick lui arracha le pommeau et, placé dans son dos, il le dirigea sur ses bourses.

— Écarte les jambes ! ordonna-t-il.

Jared obtempéra, penché en avant, les mains posées sur le carrelage humide. *Nick allait-il le baiser dans la douche ?* se demanda-t-il.

Ce ne fut pas le cas. Nick coupa l'eau et aida son amant à sortir, puis il le sécha et retourna avec lui dans la chambre. Il positionna Jared à quatre pattes au bord du matelas et…

— Oh, putain ! cria Jared.

Il s'affala en avant quand Nick lui écarta les fesses pour lui lécher la raie, allant lentement, mais sûrement vers l'anus.

Et il prit son temps pour le titiller de la langue ! Comme s'il n'avait rien de mieux à faire de la nuit, sinon de la semaine à venir. Quand Jared poussa un gémissement où se mêlaient frustration et désespoir, Nick redressa enfin la tête et fouilla dans le tiroir de la table de chevet. Il récupéra du lubrifiant, s'oignit les doigts et pénétra Jared de l'index.

Quand, sans ôter son doigt, Nick s'assit sur le matelas, Jared bascula pour prendre le sexe de son amant dans sa bouche, sa pipe suivant le rythme lent et presque paresseux des caresses qu'il recevait. Il ne tenta pas d'accélérer ou de changer de position, il suivait simplement les instructions que Nick lui donnait.

Et c'était jouissif de lâcher prise, de baiser chez lui, sans interruption. Il savoura aussi d'être pris en profondeur, avec force, le nez enfui dans son oreiller, des baisers tombant sur ses épaules et sa tête.

Plus merveilleux encore, les deux amants purent ensuite enfiler un pantalon de survêtement et aller dans la cuisine chercher de quoi se restaurer. Le repas fut simple, des sandwichs au fromage grillé et de la soupe aux tomates. Ils le dégustèrent ensemble sur le canapé du salon devant la télévision, à regarder la première émission qui leur parut intéressante : c'était sur le jardinage. Une fois rassasiés, ils éteignirent l'écran et remontèrent, main dans la main. Ils se brossèrent les dents côte à côte, en se regardant dans le miroir de la salle de bain, ils se déshabillèrent, se couchèrent et éteignirent la lumière. Une fois dans le noir, ils s'embrassèrent encore, riant comme des adolescents excités, et s'endormirent dans les bras l'un de l'autre.

Quand Jared se réveilla le lendemain matin, Nick était là et les premières lueurs de l'aube caressaient son visage endormi, dansant sur ses longs cils. Le cœur dans la gorge, Jared tira la couette sur ses épaules et se blottit contre lui, osant d'une main légère effleurer les cheveux crépus, si doux et soyeux.

Oh, comme il pourrait facilement s'habituer à cette vie-là !

XII

NICK AURAIT adoré paresser au lit avec Jared toute la journée du dimanche, mais c'était impossible, il le savait. Il devait retourner chez lui et conduire sa famille à l'église.

Il jeta un dernier coup d'œil à son amant, enfoui sous la couette, se permit une caresse dans les cheveux blonds, enregistra dans sa mémoire le frisson qu'il sentit sous ses doigts, puis il se redressa, ajusta sa cravate et quitta la maison.

Quand il arriva, il trouva sa famille déjà prête qui l'attendait. Seule Emmanuela parut heureuse de le voir. Sa mère, les bras croisés, paraissait prête à se lancer dans un sermon. Elle garda pourtant un silence obstiné. Quant à sa grand-mère, elle ne lui accorda pas un regard.

Le trajet en voiture jusqu'à l'église fut pénible. Même le sort se liguait contre lui, jugea Nick, quand il ne put trouver à la radio le gospel préféré de sa grand-mère pour alléger l'ambiance pesante de l'habitacle.

Bien entendu, il ne trouva pas davantage d'apaisement en arrivant à l'église.

Il fréquentait l'église baptiste de la Renaissance depuis qu'il était enfant. Il avait assisté aux offices tous les dimanches, sauf pendant les dix ans passés à l'université, puis à travailler dans d'autres villes du Wisconsin. Et même en ce temps-là, il revenait à Copper Point autant qu'il le pouvait. Bien que n'étant pas né à Copper Point, c'était pour lui la ville de son enfance et il considérait son église comme un second foyer. D'ailleurs, les Beckert s'impliquaient beaucoup dans la vie de la paroisse. Tous faisaient partie de la chorale et Nick avait été enfant de chœur autrefois. Collin, son père, était diacre et Aniyah avait dirigé le catéchisme jusqu'à ce qu'elle passe le relais, six ans plus tôt. Bien qu'officiellement à la retraite, elle continuait à superviser les leçons et à remplacer d'éventuels absents. Depuis son retour à Copper Point, Nick avait été nommé diacre.

À peine descendu de voiture, il fut entouré par une bonne moitié de la congrégation : les hommes voulaient discuter avec lui, les femmes réclamaient son attention, les enfants le regardaient avec des yeux brillants de curiosité. Nick repéra vite un changement dans l'attitude des gens envers lui. *Ah, bien sûr !* Les rumeurs allaient vite à Copper Point.

Donc, tout le monde savait déjà qu'il avait quitté sa famille pour s'installer chez un gay notoire. Et la réprobation, bien que discrète, semblait générale.

Une seule exception : James. Avec un sourire jovial, il félicita Nick pour son changement d'adresse et promit de passer bientôt le voir avec un pudding à la banane pour fêter sa pendaison de crémaillère.

Le pasteur Robert ne prêchait pas *tous les dimanches* contre l'homosexualité. C'était plutôt une fois par mois, un peu comme un rituel. Peu après les fiançailles d'Owen et d'Erin, le pasteur avait souligné que si l'homosexualité était aux yeux de Dieu une abomination, les bons chrétiens ne devaient pas rejeter les pécheurs.

Être gay ne pouvait être toléré ou encouragé, mais le péché n'était pas puni d'une expulsion automatique. En revanche, il y avait des règles tacites sur la façon dont un homosexuel était censé se comporter.

James, par exemple, en était l'exemple frappant. Il n'avait jamais fait son coming out, il restait discret en public, mais tout le monde le savait gay et la plupart l'avaient déjà vu accompagné d'un « copain » aux festivals de Copper Point ou au restaurant. Certains, parfois, demandaient plus ou moins ouvertement s'il était séant que la chorale soit dirigée par un gay, mais puisque le pasteur l'acceptait, les mécontents se calmaient rapidement. En revanche, jamais un membre de la communauté n'avait été un homosexuel marié.

Si ces additifs étaient « virtuels », la règle officielle, que les sermons du pasteur serinaient régulièrement, restait sans équivoque. Étant jeune, Nick avait la nausée chaque fois que l'homosexualité était abordée en chaire. En rentrant chez lui, il ne pouvait rien avaler. Devenu adulte, il ne digérait pas mieux ces rappels de la loi divine. Ce qu'il entendait c'était : *si tu es pécheur, nous t'aimerons toujours, mais si tu parles, si tu fais ton coming out, tu ne seras plus un homme à part entière à nos yeux.* En clair, il ne fallait pas lapider les gays, mais ce n'était pas pour autant qu'ils étaient acceptés sans réserve.

Le pasteur Robert ne manquerait pas ce dimanche de leur sortir une ultime version de son sermon, Nick en était certain. Et cette fois, le message fort peu subtil lui serait destiné.

Il avança vers la porte de l'édifice avec sa mère à sa gauche et sa grand-mère à sa droite, Emmanuela, qui les suivait, saluait les personnes de sa connaissance. Nick avait la sensation que les murs du monde se pressaient tout autour de lui, prêts à l'écraser. Ou peut-être attendraient-ils qu'il pénètre dans l'église pour lui régler son compte ?

En attendant le début du service, les gens qui l'entouraient lui parlaient, lui souriaient, le félicitaient du merveilleux travail qu'il accomplissait à l'hôpital.

Puis ils abordèrent d'autres sujets :

— J'ai entendu dire que vous aviez quitté votre famille ? s'enquit un des autres diacres.

Les sourcils levés, il toisa Nick d'un air entendu.

Les autres se dépêchèrent d'enchérir :

— Oh, il a déjà trouvé une autre installation !

— Oui, chez ce pédiatre gay. Où avez-vous la tête, voyons ?

— Auriez-vous des révélations à nous faire ?

Il y eut quelques rires gênés, comme s'il s'agissait d'une blague.

Une vieille dame à proximité apprécia peu cette légèreté.

— Ce n'est pas un sujet de plaisanterie, jeunes gens ! Nick, je ne comprends pas que vous n'ayez pas davantage réfléchi. Pensez un peu à votre image !

Aussitôt, l'ambiance changea.

— C'est exact, ce n'est pas bien.

— C'est même une grave erreur.

— Nick, il faut rentrer à la maison.

Nick fit de son mieux pour éviter le sujet délicat. Il remercia son entourage de sa sollicitude, tout en lui rappelant qu'il avait l'âge requis pour gérer seul ses affaires et sa vie privée. Oh, il comprenait bien que les objections, pour la plupart, partaient de bonnes intentions : les gens cherchaient juste à protéger un des membres de la communauté. Mais quand même, c'était douloureux.

Il n'avait encore rien dit et voilà que la censure commençait.

À la fin du service, il fut soulagé d'entendre sa grand-mère réclamer de rentrer sans attendre. Le trajet retour fut tout aussi pénible que l'aller, mais à l'heure actuelle, Nick préférait subir le silence réprobateur de sa famille que les commentaires des membres de sa paroisse.

Il attendait avec impatience de passer à table et de déguster les plats concoctés par sa grand-mère, même s'il devait les avaler sous son regard mécontent.

À sa stupeur, elle ne le laissa pas entrer dans la maison.

— Non, retourne chez ce garçon. Il t'attend sûrement.

Nick sentit son sang se figer dans ses veines, son corps devenant aussi lourd que du plomb.

— Mais… grand-mère, je mange toujours avec vous le dimanche midi !

— Plus maintenant. Comme on fait son lit, on se couche.

Sans même un sourire, elle récupéra un sac posé dans le vestibule et le lui tendit.

— Tiens, ajouta-t-elle. C'est pour toi. À la semaine prochaine.

Elle disparaissait déjà à l'intérieur après ces derniers mots jetés par-dessus son épaule.

Sa mère passa devant Nick sans un mot, juste un regard glacial.

Emmanuela, elle, s'attarda, la mine frustrée, les yeux inquiets. Elle s'accrocha à la main de son frère et la serra.

— Oh, Nick ! Ça va aller ?

Non, il en doutait. Pour la rassurer, il esquissa un rictus.

— Bien sûr, Manu, va vite les retrouver. Je suis certain qu'elles ont besoin de toi.

Elle hésita, puis hocha la tête avant de rentrer à son tour dans la maison.

— Je t'appellerai plus tard, d'accord ?

Nick retourna jusqu'à sa voiture d'un pas chancelant. Il s'écroula dans son siège et resta immobile un long moment, cherchant à digérer l'affront qu'il venait de subir. Machinalement, il ouvrit le sac que sa grand-mère lui avait remis : il y trouva une dizaine de petits pains sucrés tout frais et soigneusement enveloppés.

Il rentra chez Jared dans un état second. Pour se donner un répit, il fit un détour en suivant la baie jusqu'à l'endroit où, d'après la carte, commençait le lac Supérieur. Il gara sa voiture près du belvédère, sortit, avança jusqu'à la rambarde et fixa l'étendue d'eau grise, le regard perdu dans le ressac des vagues. Peu à peu, la quiétude du panorama le calma, sa solitude se dissipa. Il pensa au jour passé en bateau avec les Amin, alors qu'il était encore heureux et plein d'espoir. Il évoqua l'éclat du visage de Jared et le fait que lui, Nick, ait envisagé d'élever des enfants avec lui.

Il tressaillit et retourna jusqu'à sa voiture, anxieux de retrouver Jared. *Peut-être ne sera-t-il pas là*, pensa Nick. Après tout, il avait annoncé s'absenter plus longtemps et déjeuner avec sa famille.

Jared serait-il sorti déjeuner en ville ? Avec Matt, peut-être ?

Le cœur étreint de jalousie, Nick pressa l'accélérateur.

Quand il arriva, la voiture de Jared était dans le garage. Nick se précipita et entra dans la cuisine par la porte de service.

Jared s'y trouvait, occupé à feuilleter un livre de cuisine. Surpris par cette irruption inattendue, il leva les yeux.

— Oh, c'est toi ? Je ne t'attendais pas avant…

Il s'interrompit, dévisagea Nick avec attention et referma son livre. La mine bouleversée, il traversa la cuisine en deux enjambées et posa la main sur son épaule.

— Mon Dieu ! Que s'est-il passé ?

Nick ne savait pas par où commencer. Pendant plusieurs secondes, il resta immobile à fixer Jared, le cœur dans les yeux.

Jared leva la main vers son visage. Avec une grande douceur, il effleura sa joue, ses cheveux.

— Tu as mangé ? chuchota-t-il.

La gorge serrée, les yeux pleins de larmes, Nick secoua la tête.

— Dans ce cas, viens, enchaîna Jared, nous allons préparer le déjeuner ensemble, veux-tu ? Ensuite, je te ferai un bon dessert. De quoi as-tu envie ?

D'un gâteau renversé à l'ananas, tout chaud, à peine sorti du four, doré par un rayon de soleil à travers la fenêtre.

Nick avala la boule dans cette gorge.

— Des biscuits à l'avoine ?

— D'accord.

Jared l'embrassa sur la joue et lui prit la main pour l'attirer jusqu'au comptoir.

JARED TROUVAIT les réunions du conseil mortellement ennuyeuses, quels que soient les sujets abordés.

L'administratif n'était pas son fort, d'accord. Il préférait de beaucoup interagir avec ses patients. Il aimait la compagnie des gens, celle des enfants en particulier. Il aimait plaisanter, gérer une salle, aider les gens à se sentir mieux. Même si ces réunions étaient censées faire avancer les choses, Jared ne s'y sentait pas à sa place. Il n'avait aucun rôle à tenir, à part celui d'observateur morose et silencieux. De temps à autre, il offrait bien une suggestion. Malheureusement, cela entraînait d'autres digressions interminables, le plus souvent non suivies d'effets. Jared n'avait toujours pas compris comment une décision cohérente pouvait émaner d'une assemblée aussi bruyante et désorganisée.

Pour être franc, les réunions étaient bien plus animées depuis l'incident de l'ascenseur, mais cette «animation» restait stérile. Tous les membres étaient conscients de la précarité financière de Ste Anne Medical Center et du fait que la situation s'était encore aggravée récemment. Maintenant, ils étaient censés trouver comment payer un nouvel hôpital sans taxer exagérément la communauté. Une tâche ardue, surtout pour un conseil aussi jeune et novice. Si Jared avait bien compris, Nick envisageait un emprunt basé sur une émission obligataire [20]...

Erin faisait le tour de la salle.

— Je vous fais passer les derniers devis du cabinet Gilbert, annonça-t-il. Nous en avons déjà discuté, mais aujourd'hui, vous aurez le rapport définitif. Le point le plus important est l'analyse détaillée de nos auditeurs concernant chacune de nos futures dépenses. Nous avons réclamé le plus de détails possible, mais tous nos sous-traitants n'ont pas encore répondu. Et les devis que nous avons reçus, comme vous le savez, comportent des différences importantes.

Gus grimaça en jetant un œil à la liasse de papiers posée devant lui.

— C'est louche, non? Pourquoi ces entreprises ne justifient-elles pas de tels écarts?

Assis à sa droite, Matt paraissait tout aussi sombre.

— Je suis peut-être parano, mais cela ressemble à un complot.

Amanda agita sa liasse.

— Je pense comme Matt et Gus! C'est sûrement Peterson qui est derrière tout cela!

— Je ne comprends pas, intervint Simon. Quel intérêt a-t-il à ce que nous recevions des devis sous-évalués?

Erin grimaça.

— Qui sait? Peut-être espérait-il nous pousser à accepter des réparations... et nous nous retrouverions écrasés de dettes insurmontables au moment où les frais seraient réajustés. Peut-être aussi les entreprises avaient-elles prévu de gagner ainsi l'appel d'offres pour faire ensuite traîner les choses afin de laisser à Peterson le temps de manigancer d'autres plans foireux pour nous torpiller. Tout ce que je peux vous dire, c'est que Peterson tient à mettre la main sur Ste Anne! Et depuis qu'il a compris que nous ne

---

20 Opération consistant à créer une obligation et à la vendre à des investisseurs. À échéance, l'emprunteur rembourse tous les détenteurs de l'obligation.

lui céderions pas, il cherche à nous faire plier par tous les moyens. Il est obstiné et machiavélique, sinon franchement dangereux.

Jacob, toujours un peu nerveux, devint blême.

— Que sommes-nous censés faire ?

Rebecca tapota son crayon contre la table et déclara :

— Tout d'abord, restons calmes. Oui, c'est probablement une manigance de Peterson, mais comme nous n'avons aucune preuve, inutile de perdre notre temps là-dessus.

En bout-de-table, Nick consulta du regard Erin – qui acquiesça – avant de prendre la parole.

— Justement, Rebecca, cette preuve nous l'aurons peut-être bientôt. Je vous demande à tous de ne pas divulguer la nouvelle, mais voilà, le cabinet Gilbert est d'avis que l'ascenseur a délibérément été saboté. La société de maintenance disait vrai : les câbles auraient dû tenir.

Pendant quelques secondes, le silence régna dans la salle du conseil. Atterré, Jared ne savait plus quoi dire. Il avait le cerveau court-circuité.

*Saboté ? C'*était un acte… criminel ?

Quelqu'un avait tenté de les tuer, Nick et lui ?

Il se jeta sur le verre d'eau posé devant lui. Ensuite, il jeta un coup d'œil à Nick, qui le fixait, le visage lugubre.

Bon Dieu !

Owen fut le premier à sortir de sa stupeur. Il paraissait enragé.

— Nick ! Tu crois vraiment que ses salopards auraient provoqué un accident sans se soucier d'éventuels blessés, des morts peut-être ? Ici, dans notre hôpital ? C'est une blague, j'espère ? Pourquoi ne pas en avoir parlé à la police ?

Nick le regarda, l'air las.

— Nous avons eu ce même argument la dernière fois qu'il y a eu un problème à l'hôpital. La police de Copper Point n'est pas d'une folle efficacité pour gérer un problème grave – sauf s'il s'agit de servir les quelques notables qui tirent les ficelles. Et tant que nous ignorons qui est la tête pensante de notre affaire, en particulier s'il s'agit ou non de quelqu'un que la police refusera de toucher, mieux vaut que la question reste entre nous et le cabinet Gilbert. Les auditeurs ont bien conscience de la situation qui existe à Copper Point. Ils ont été les premiers à nous conseiller, à Erin et à moi, de rester discrets tant que leur enquête n'a pas abouti. Si nous pouvions obtenir une preuve formelle, la police serait forcée d'intervenir, surtout une fois les médias au courant.

Simon, qui jusque-là n'avait pas ouvert la bouche, tressaillit.

— Oh, mon Dieu! Ne me dites pas que nous allons recommencer à jouer aux policiers amateurs?

Erin secoua la tête.

— Non. Cette fois, le cabinet Gilbert s'en chargera. Ils ont même insisté pour que nous les laissions faire leur travail sans interférences. Nous leur faisons confiance et nous espérons que vous le ferez aussi. Ils cherchent les gardes de sécurité qui travaillaient à Ste Anne cette nuit-là, Tim Shephard et Allen Adamson, mais tous deux semblent avoir disparu. C'est d'autant plus suspect qu'ils ont démissionné un mois seulement après l'accident. Les agents de Gilbert viendront vous parler avant la réunion publique de la semaine prochaine.

Amanda fit la moue.

— Oh, non! J'avais oublié cette fichue réunion. Les auditeurs vont-ils tout expliquer à la communauté? Auront-ils déjà des réponses?

Nick avait l'air sombre.

— Non, sans doute pas. Il faudrait un miracle. Vous devez donc tous vous préparer à affronter le public. Comme nous ne pourrons répondre à toutes les questions, les gens ne seront pas contents. Vous risquez une fois encore de recevoir des appels et des mails de plaintes et de menaces. Je suis désolé.

De nombreux regards se tournèrent vers Jacob. Étonnamment, il semblait assez calme, plus résigné que nerveux.

— Cette perspective ne me plaît guère, bien entendu, expliqua-t-il, mais à l'heure actuelle, ma priorité, c'est la sécurité de la communauté. Ma mère était à l'hôpital le jour de l'accident. Elle aurait pu être dans cet ascenseur. J'y penserai chaque fois que je me ferai insulter au téléphone.

— Attention! rappela Erin. Il est vital de ne parler à *personne* de nos soupçons jusqu'à la fin de l'enquête. Donc, pas un mot sur le sabotage ou les écarts anormaux des devis. Celui qui mène le jeu a un objectif en vue, inutile de lui faciliter la tâche. D'après moi, la chute de l'ascenseur ne visait personne en particulier, même si ces gens-là se soucient bien peu de la vie d'autrui, non, je crois qu'ils voulaient surtout décrédibiliser l'hôpital, ses dirigeants et son conseil d'administration – c'est-à-dire nous tous dans cette pièce.

— Alors, qu'est-ce qu'on fait maintenant? insista Simon.

Jusque-là, Jack n'était pas intervenu non plus. Il fit alors signe à Nick qu'il voulait la parole. Il était l'un des seuls à se conformer aux règles pour éviter qu'une réunion devienne systématiquement une bruyante cacophonie.

— Dr Wu, nous vous écoutons, déclara Nick.

— Si j'ai bien compris, nous attendons les conclusions du cabinet Gilbert. Ils nous donneront la confirmation d'un sabotage, ou de simples conjectures sans preuve pour les étayer. Nous ne pouvons faire grand-chose durant cette attente sauf chercher à comprendre le but de nos adversaires. Que cherchent-ils au juste ? Qui a intérêt à ce que Ste Anne échoue à éponger ses dettes ? Tenter de répondre à ces questions serait une forme d'interférence, aussi n'y pensons pas. Je suis d'avis de continuer sur notre lancée et de nous concentrer sur d'éventuels moyens de collecter de l'argent s'il nous faut bâtir un nouvel hôpital.

— Je suis d'accord ! s'exclama Rebecca. Rester à ne rien faire est le pire rôle qui soit ! Notre seul atout est de lister nos alliés et de les garder à proximité. Les ennemis sont plus faciles à repérer, mais dans notre situation, nous avons besoin d'amis, de futurs donateurs. Qui nous restera fidèle ? Qui nous tournera le dos ? Oui, nous devrions être en mesure de le déterminer, surtout en situation de crise, quand les rats sont prompts à quitter le navire. Les théories complotistes, c'est bien gentil, mais cela ne nous aidera pas à sortir de l'ornière.

Pendant les quinze minutes suivantes, la discussion redevint chaotique. Tous les membres étaient d'accord avec Jack et Rebecca, mais chacun avait son avis à donner sur la meilleure façon de procéder et ses pronostics à partager sur ce qui allait se passer.

Lorsque la séance fut enfin levée, Jared se redressa, impatient de suivre Nick jusqu'à son bureau pour vider son sac.

— Je ne peux pas croire que cet accident ait été délibéré ! s'écria-t-il. Tu imagines ? Nous aurions pu être grièvement blessés ! D'accord, nous n'étions que des dommages collatéraux, mais quand même !

Il faisait les cent pas devant le bureau de Nick.

Il s'arrêta au milieu de la pièce et serra les poings, le visage durci.

— Je ne comprends pas, admit-il. En quoi saboter un ascenseur peut-il être utile ? Et comment oser tenter un truc pareil dans un *hôpital* ? J'en ai parfois des cauchemars, tu sais, quand j'imagine les scénarios les plus terribles. Et si des personnes âgées s'étaient trouvées coincées dans la cabine, hein ? Ou un patient attendu en chirurgie ? Ou un enfant ? Ou une parturiente ?

Bien qu'immobile, Nick avait l'air aussi sombre.

— Je sais, j'ai pensé la même chose. La première fois qu'un agent de chez Gilbert a évoqué ses soupçons, au cours d'une vidéoconférence, Erin et moi sommes restés muets de stupeur pendant plusieurs minutes. La situation n'était déjà pas terrible, mais là, nous passons à un tout autre stade. Et cela m'ouvre des perspectives mercantiles. Je n'ai pas voulu les évoquer devant le conseil pour ne pas créer de faux espoirs, mais si nous pouvons attraper celui qui a fait ça et qu'il fait partie des nantis, laisse-moi te dire que notre nouvel hôpital sera financé sans rien coûter au comté.

Jared fronça les sourcils.

— Pardon? Que veux-tu dire par là? Je ne comprends pas.

— Je veux dire que Ste Anne poursuivra le ou les coupables en justice et que je fais confiance à Rebecca pour leur arracher une fortune en dommages et intérêts.

Jared eut comme un vertige.

— Tu raisonnes en administrateur, marmonna-t-il. Je ne suis que médecin.

— En fait, ce n'est pas mon idée, mais celle de Rebecca. Je lui ai parlé du sabotage avant le conseil, je voulais son avis de présidente et d'avocate. Elle a évoqué les dommages et intérêts avant même que j'aie refermé la bouche.

Jared se mit à rire.

— Oui, je la reconnais bien là!

La porte étant dûment fermée, Nick n'hésita pas à prendre Jared dans ses bras, il l'embrassa sur la bouche et lui attira la tête contre son épaule.

— Je suis à cent pour cent d'accord avec toi, Jared, ce sabotage est traumatisant. Mais ma priorité, c'est de coincer le coupable et de le faire condamner. Je suis heureux d'avoir engagé le cabinet Gilbert.

Du bout du doigt, Jared suivait le tracé de l'oreille de Nick.

— Pas de références à *Brooklyn Nine-Nine*? Pourquoi ne pas regarder quelques épisodes de plus ce soir?

Ils avaient déjà vu toutes les saisons séparément, mais ils prenaient un grand plaisir à les redécouvrir ensemble.

— On ne peut pas, lui rappela Nick. Nous sommes invités chez Owen et Erin, tu te souviens?

Jared soupira. Il avait oublié.

— Nous avons à peine eu droit à une semaine ensemble! se plaignit-il. Je veux passer plus de temps seul avec toi!

— Je ne compte pas m'en aller.

— Je sais. Je deviens exigeant.

En vérité, Jared était impatient d'assister avec Nick à un «dîner de famille». Pour une fois, il ne serait pas tout seul. Et à l'abri de leur petit cercle d'intimes, il n'aurait pas à constamment surveiller le moindre de ses gestes et regards, il serait libre de manifester sa tendresse à son amant. Nick et lui pourraient être eux-mêmes tout en profitant de la compagnie de leurs amis.

Jared y pensait encore durant l'après-midi, au point qu'il fut parfois distrait pendant ses consultations.

Il s'en excusa auprès d'une jeune mère qui tenait un tout-petit sur les genoux.

— Désolé, j'ai une journée chargée

— Je comprends, répondit-elle avec un sourire. Et j'aime beaucoup votre nouveau look !

Elle désignait le nœud papillon rose qu'il inaugurait aujourd'hui.

— Merci. Je m'entraîne à devenir magicien, vous savez. D'après moi, quelques tours pourraient amuser les enfants qui quittent Ste Anne. Je suis loin d'être au point, mais je progresse. Et quand je me sentirai prêt, M. Beckert a gentiment accepté d'être mon assistant.

— Oui, j'ai appris que vous vous étiez rapprochés du directeur, déclara la jeune femme. Je… euh…

Elle chercha à formuler sa question avec tact, puis y renonça.

— Est-il exact qu'il habite avec vous, docteur ?

Jared se figea, les yeux sur le dossier médical du bébé. Ce n'était pas la première fois qu'il affrontait la curiosité déplacée d'un parent. Certains semblaient excités, convaincus qu'il sortait avec Nick sans même écouter ses explications. D'autres, comme cette jeune mère, paraissaient… inquiets. Ce que Jared comprenait mal.

— Oui. Je lui sous-loue une partie de la maison, ce qui m'aide à payer l'hypothèque. Par chance, nous travaillons tous les deux à Ste Anne, ce qui fait que les sujets de conversation ne manquent pas.

— Je vois, répliqua-t-elle, mi-figue, mi-raisin.

Quand il termina ses consultations, Jared était un peu survolté. Plutôt que monter chercher Nick – *cet escalier !* –, il décida de l'attendre dans le hall de l'hôpital.

Il jouait sur son téléphone quand Uzma s'approcha de lui.

— Bonsoir, Dr Kumpel ! Vous avez terminé votre journée ?

— Oui, j'attends Nick. Et vous, prête aussi à rentrer chez vous ?

— Oh, oui, Dieu merci ! Je suis restée à piétiner toute la journée, j'ai mal aux pieds ! Je rêve de me vautrer sur mon canapé devant un film idiot.

Elle remonta la bandoulière de son sac sur son épaule et se pencha en avant, les yeux pétillants.

— Comment cela se passe-t-il avec votre nouveau… *locataire* ?

Surpris par la question – venant d'elle ! –, Jared hésita, ne sachant trop comment répondre.

— Très bien…

— Tant mieux, dit-elle avec un clin d'œil. J'en suis heureuse pour vous.

Quand elle s'éloigna, il avait retrouvé le sourire. D'ailleurs, Nick arrivait. Ils passèrent chez eux se changer, prirent aussi le temps de s'embrasser avant de ressortir pour se rendre au manoir Andreas.

Ils trouvèrent les autres en pleine préparation du repas. Ils furent accueillis à bras ouverts, malgré une ou deux vannes sur la cause de leur arrivée tardive, et se virent assigner des tâches domestiques.

Ils parlèrent un peu du conseil, bien entendu, chacun d'eux ayant un avis à donner, mais le sujet fut vite jugé déprimant et repoussé. Ils passèrent ensuite au prochain mariage de Simon et de Jack.

— J'ai du mal à croire que la date est presque là ! Plus que deux mois à attendre.

Assis sur le canapé du salon, son dessert dans une assiette posée sur ses genoux, Erin donna un coup de coude à Simon.

— Tu te sens prêt ? demanda-t-il.

Simon frissonna.

— Absolument pas. La situation m'a complètement échappé. Entre ma famille et celle de Hong-Wei, il y a tant de gens et chacun a son avis sur ce que nous devrions faire. Ce qui compte pour moi, c'est de me marier, un point, c'est tout !

Jack lui adressa un regard de reproche.

— Ils viennent de loin, ils sont très emballés, nous pouvons bien leur accorder une ou deux requêtes spécifiques, non ?

— En cas de problème, déclara Owen, vous pouvez compter sur nous.

Une approbation générale suivit ces paroles.

En apparence, c'était un dîner comme tous ceux qu'ils avaient déjà partagés. Seul Jared y sentait une différence énorme : il n'était plus le solitaire, l'anomalie. Il n'avait plus à faire d'efforts pour cacher son terrible sentiment de solitude. Il était accompagné ce soir. Bon, Nick était encore dans le placard, d'accord, mais Jared ne voulait penser qu'à sa présence à ses côtés. Pour l'instant, cela suffisait.

Après le dîner, Nick et lui rentrèrent ensemble, main dans la main. À peine entrés dans la cuisine, ils commencèrent à s'embrasser. Ils en rirent ensemble sans cesser de se toucher, de se caresser, de s'explorer. Comme ils ne regardaient pas où ils allaient, ils se heurtèrent aux meubles, aux murs et aux chambranles des portes en avançant vers l'escalier, puis en montant jusque dans leur chambre.

Peu à peu, Nick marquait la maison de son empreinte. Des poires trônaient sur le comptoir de la cuisine, parce qu'il les aimait. Il laissait ses clés sur la table de l'entrée, près de la porte. Et il semait ses chaussures un peu partout, de préférence pas les deux d'une même paire au même endroit. Ses articles de toilette étaient dans un des placards de la salle de bain, ses livres et magazines jonchaient le dessus des meubles, ses vestes de costume et cravates le dossier des sièges. L'ancienne chambre d'Owen avait été nettoyée et repeinte, et les meubles commandés chez Petersen devaient être livrés la semaine suivante, la veille de la réunion publique.

Nick portait un soin tout particulier à l'épingle de cravate que Jared lui avait offert : il la rangeait sur la commode de la pièce où il gardait ses vêtements. Et il la portait tous les jours.

Jared rêvait d'améliorations : par exemple, la commode de Nick dans leur chambre, près de la sienne. Il aurait également aimé se promener dans le parc avec Nick, sa main dans la sienne, sans se soucier du regard des passants. Il aurait voulu pouvoir plaisanter à la supérette avec Nick sans craindre d'alimenter les ragots.

Et cela le tuait de voir Nick penché sur son écran d'ordinateur, le front plissé d'inquiétude, occupé à vérifier le blog Facebook *Vivre à Copper Point* en s'inquiétant d'y trouver un post qui parlerait d'eux et de leur liaison.

Oui, Jared aurait aimé vivre sa relation au grand jour.

Pour le moment, ce n'était pas le cas. Et après avoir tant reçu de Nick, il s'accrochait à sa promesse : ne rien demander de plus.

Il se contenterait de ce qu'il avait.

Et se persuaderait que c'était assez.

XIII

Jared finit par reconnaître la vérité : la magie n'était pas innée. Du moins pas chez lui.

Il ne comptait même plus le nombre de vidéos YouTube qu'il avait regardées sur le sujet ou combien de livres il avait lus en espérant découvrir le secret pour réussir un tour. Il continuait à s'entraîner à bouger les mains afin que ses tours de passe-passe deviennent naturels, instinctifs, inratables. Il voulait utiliser la magie en tant que distraction, récompense et même aide thérapeutique éventuelle pour ses jeunes patients. Et c'était loin d'être gagné vu que pour le moment, il ne parvenait pas à garder une pièce entre ses doigts tout en agitant les mains, alors ne parlons même pas de la glisser discrètement dans sa poche. Après des heures passées à s'exercer devant le miroir ou devant Nick, ses progrès restaient minimes.

Il n'était pas doué en magie, c'était clair.

Devant la frustration qu'il ne cachait pas, Nick suggéra un soir :

— Es-tu vraiment obligé d'être un bon magicien ? Et si tu utilisais plutôt tes maladresses.

Jared lui jeta un regard interloqué.

— Que veux-tu dire ?

— Pourquoi ne pas laisser les enfants te voir commettre des erreurs ? Tu pourrais tenter de leur apprendre les trucs des magiciens et les faire rire en leur montrant que tu n'y arrives pas.

C'était une idée brillante ! Les ados en particulier la trouveraient hilarante. Jared se gratta la barbe.

— D'accord, admettons. Dans ce cas de figure, comment utiliser au mieux mon assistant ? Parce que je tiens à t'avoir avec moi durant ces représentations.

Nick y réfléchit un moment.

— Eh bien, si j'étais meilleur en magie que toi, nous ferions un numéro avec un bon et un mauvais magicien.

Jared esquissa un sourire ironique.

— Oh, oh, un défi ? Très bien, M. Beckert, viens ici et montre-moi un peu tes talents en ce domaine.

Jared n'aurait pas dû être étonné de le découvrir, mais Nick était bien meilleur que lui en magie. Oh, certains tours compliqués lui posaient encore problème, mais en quelques soirées, il maîtrisa parfaitement les plus basiques.

Et d'avoir battu Jared à plate couture ne semblait pas le gêner, le voyou !

— Alors qu'en dis-tu ? demanda Nick, les yeux pétillants de malice. Tu es partant pour le duo de magiciens, un bon et un mauvais ?

En guise de réponse, Jared lui jeta un oreiller à la tête. En son for intérieur, il était ravi d'être enfin en mesure de mettre en application ce projet tant attendu.

La veille de la réunion publique, il jugea le moment venu de faire un premier essai. Justement, un petit garçon qui avait souffert d'une bronchite aiguë s'apprêtait à quitter Ste Anne.

Jared lui annonça qu'il était magicien et qu'il avait besoin d'appeler son assistant.

Quand Nick entra dans la chambre, l'enfant et ses deux parents ne cachèrent pas leur joie.

— M. Beckert ! s'exclama la jeune mère. Comme je suis heureuse de vous voir !

Étonné, Jared haussa un sourcil.

— Oh, vous vous connaissez ?

Nick hocha la tête.

— Oui. Les parents de Bobby font aussi partie de l'Église baptiste de la Renaissance. Comment allez-vous ?

— Bien, bien, répondit le père.

La main sur l'épaule de son fils, il se tenait bien plus droit depuis l'arrivée de Nick. La mère rayonnait toujours et Bobby fixait Nick comme s'il était une rock star.

Puis l'enfant remarqua le nœud papillon que portait le directeur de l'hôpital. Il le désigna du doigt, puis pointa celui de Jared.

— Vous portez le même !

Quand Nick s'accroupit pour être à son niveau, il eut un sourire paternel qui fit battre très fort le cœur de Jared.

— Non, pas tout à fait, dit-il gentiment. Regarde bien, Bobby. Il y a des différences.

Bobby étudia attentivement les deux nœuds.

— Ah, oui ! Le vôtre est rouge à pois bleus et celui du docteur bleu à pois rouges.

Nick hocha la tête d'un air approbateur.

— C'est exact. Tu es très observateur, je pense que tu mérites de voir de la magie. Qu'en penses-tu ? Cela te plairait-il ? Il va aussi falloir demander à tes parents s'ils sont d'accord.

Le couple s'empressa d'approuver.

L'air grave, Jared posa sur la table de chevet son plateau chargé d'accessoires de magie et, sans même le faire exprès, il s'arrangea pour dévoiler aussitôt sa maladresse.

Le plateau se renversa.

— Et zut ! marmonna Jared, le rouge au front.

Pour cacher son sourire, Nick se frotta le menton, puis il se pencha et ramassa la pièce – un quart de dollar – qui avait échappé à l'écharpe de tissu rouge.

— Dr Kumpel, voulez-vous me laisser essayer ?

Jared inclina la tête avec un geste royal.

— Je vous en prie.

Nick exécuta le tour avec l'adresse que Jared lui enviait tant : il fit d'abord disparaître la pièce, puis la fit réapparaître comme par magie derrière l'oreille de Bobby.

— Et voilà !

Nick s'inclina avec grâce. Ravis, Bobby et ses parents applaudirent. Jared aussi.

— Bien, déclara-t-il avec un sourire, puisque je ne suis pas bon magicien, je vais m'en tenir à la médecine.

Cette réplique faisait partie de leur numéro.

— Non, non, Dr Kumpel, protesta Nick. Il ne faut jamais renoncer quand quelque chose est difficile ou que cela ne se passe pas comme vous le souhaitez. Vous devez persévérer.

Jared se tourna vers son jeune patient avec un sourire.

— Tu veux mon avis, Bobby ? M. Beckert a raison. C'est un grand sage !

Bobby hocha la tête, il serrait le poing sur la pièce que Nick avait lui donnée comme si c'était un talisman.

Peu après, alors que Jared et lui s'éloignaient dans le couloir, Nick chuchota :

— Cela s'est plutôt bien passé, non ?

— Oui, absolument, répondit Jared.

Il salua de la main une infirmière qui passait, elle lui renvoya son geste assorti d'un sourire un peu gêné. Jared était conscient que Nick et lui recevaient beaucoup d'attention et que la plupart des conversations portaient sur les nœuds papillon assortis.

Ignorant les curieux, Nick gardait les yeux fixés sur Jared.

— Bobby est un brave petit gars, déclara-t-il. Je connais peu son père, mais je me souviens que Jasmine, sa mère, était avec nous à l'école, quelques années en arrière. Si mes souvenirs sont bons, elle est devenue ensuite réceptionniste à la carrière et le père travaille dans les mines.

— Ils te respectent vraiment, remarqua Jared. C'était attendrissant ! J'ai eu la sensation que mon am… hum, que mon colocataire était une célébrité.

Il s'était repris de justesse.

Le visage de Nick s'assombrit un peu.

— C'était toujours pareil avec mon père. Où que nous allions, il attirait tous les regards. Le sachant, il se considérait comme le représentant de notre communauté. Et c'était un devoir qu'il prenait très au sérieux.

— Tu as noblement suivi les traces de ton père, chuchota Jared. Il serait très fier de toi.

Nick ne répondit pas.

Ce n'était pas la première fois que Nick se renfrognait dès que sa famille, son père en particulier, faisait irruption dans la conversation. Étrange, pensa Jared.

Puis ils durent se séparer, Nick retourna à son bureau et Jared avait sa tournée de visite. Dans sa tête, il ressassait les différents moyens à sa portée pour rassurer son amant, les points qu'il aimerait souligner, comme les réussites de Nick, ses innombrables accomplissements. N'était-ce pas terriblement injuste de juger un homme sur son orientation sexuelle ? Nick était gay, et alors ? Cela faisait partie intégrante de lui-même, même si jamais Jared n'avait encore osé le dire à voix haute. Il avait appris sa leçon : Nick tenait à régler cela tout seul, à sa façon et quand il se sentirait prêt.

Quoi qu'il en soit, Nick avait actuellement d'autres priorités : la réunion publique le préoccupait plus que l'opinion que les gens avaient de lui.

Le soir même, Erin et Rebecca passèrent chez Jared afin de répéter avec Nick leurs rôles pour le lendemain. Le trio tenta d'imaginer les réactions du public et de trouver les réponses qui donneraient au cabinet Gilbert le temps de boucler son enquête. Au début, Jared leur apporta du café et une collation, mais quand il sentit qu'il gênait la discussion, il monta se coucher avec un livre.

Lorsque Nick le rejoignit enfin, les deux autres étant repartis, il semblait lessivé.

Jared l'attira sur le lit et se serra contre lui.

— Est-ce que tout se passera bien, tu crois ? Comment puis-je t'aider ?

Nick lui tapota le bras.

— Ta présence à mes côtés est déjà d'une grande aide, Jared. Quant à savoir si tout se passera bien demain, j'en doute fort, mais peu importe. Il nous faut y passer.

Nick était déjà parti quand Jared se réveilla le lendemain.

Quand il arriva à Ste Anne, son emploi du temps était d'autant plus chargé qu'il avait dû libérer une partie de son après-midi – à partir de quinze heures pétantes – pour assister à la réunion du conseil qui aurait lieu juste avant la réunion publique. Il n'avait que dix minutes de retard quand il s'assit à côté d'Owen.

C'était Allison Christy qui dirigeait la réunion. Elle transmit au conseil tout ce que le cabinet Gilbert avait découvert jusque-là, rien de plus que ce que Nick leur avait déjà dit. Il y eut beaucoup de questions, mais pour autant que Jared puisse en juger, aucune n'apporta d'élément nouveau. Il comprit néanmoins que la réunion publique serait plus que houleuse.

— Il est à prévoir que notre saboteur a d'ores et déjà veillé à saborder la réunion autant que faire se pouvait. Tous les blogs et forums de discussion en ligne sont inondés de messages contre nous, c'est-à-dire contre le conseil d'administration actuel. Pour le moment, nous avons jugé préférable de ne pas répondre ouvertement. Oui, mieux vaut les laisser croire qu'ils ont gagné. Avec un peu de chance, cela évitera qu'ils prennent contre nous des mesures encore plus drastiques. Nous espérons toujours réussir à identifier le ou les responsables.

Jacob avait l'air sombre, mais déterminé.

— En clair, nous allons continuer à recevoir des appels ?

— Oui. Nous vous serions reconnaissants de transmettre ces courriers, postaux ou mails, au cabinet Gilbert, et de résumer au mieux vos conversations téléphoniques. C'est sans doute un effort vain, nous doutons fort d'y trouver des pistes exploitables, mais sait-on jamais. Nous ne voulons rien manquer.

Ensuite, Jared se rendit au centre communautaire dans la voiture de Nick, sa main dans la sienne. Il profita du trajet pour dévisager son compagnon : ses traits calmes ne montraient aucun affolement, seulement de la détermination.

Jared resserra ses doigts sur les siens.

— Tu es vraiment étonnant, tu sais ? Tu prends tellement à cœur l'avenir de cet hôpital, de cette ville et de tous ses habitants ! Je suis infiniment fier de toi. J'espère ne pas être le seul ce soir à réaliser combien tu es merveilleux.

Une fois garé, Nick coupa le moteur. Il ne regarda pas Jared, mais il ne lâcha pas sa main. Après quelques secondes, il la porta même à ses lèvres et y posa un baiser.

— Merci. Merci de tes paroles, merci d'être ici avec moi ce soir.

Je serai toujours avec toi.

Il avait les mots sur le bout de la langue, mais pour une raison inconnue, il ne les prononça pas. Il ravala la boule qu'il avait dans la gorge et sourit.

— Je crois que nous sommes censés entrer, Nick.

Souriant à son tour, Nick quitta la voiture et les deux hommes avancèrent ensemble vers le centre communautaire où la foule commençait à se rassembler.

Pendant un moment, Jared s'inquiéta intérieurement : pourquoi avait-il hésité à parler à haute voix ? Ne trouvant pas la réponse, il repoussa cette idée et se concentra sur ce qui les attendait. Il était là pour épauler le conseil, Ste Anne et Nick.

La réunion publique se passa aussi mal que Nick l'avait prévu. Certains étaient venus avec des questions et des préoccupations légitimes, mais beaucoup d'autres ne cherchaient qu'à créer la zizanie.

Une fois rentré, après la réunion, Nick resta un long moment sous le jeu d'eau chaude de la douche, en espérant dissiper sa migraine.

Aurait-il dû faire plus d'efforts pour réunir leurs alliés ou valait-il mieux s'en tenir au plan initial et laisser l'opposition garder la main ? se demanda-t-il. Il avait détesté voir le conseil ainsi rabaissé, voir l'opinion publique leur tourner le dos après tout le travail accompli.

Ayant noté l'absence ostensible des membres de l'Église de la Renaissance, il en était à la fois surpris et un peu déprimé. Sa famille n'était pas venue non plus.

Il avait hâte de se coucher et d'oublier ce moment pénible.

Quand il sortit de la salle de bain, cependant, il trouva Jared qui l'attendait dans le couloir, le visage troublé.

— Ta sœur est en bas, chuchota-t-il. Elle demande à te voir. Je suis désolé, je ne savais pas quoi faire. Je l'ai laissée entrer.

Il se mordait la lèvre, les yeux anxieux. Nick l'embrassa sur la joue, la main posée sur sa hanche.

— Bien sûr, bébé, va te coucher, tu sembles épuisé.

— Toi aussi. Veux-tu que je fasse du thé ou du café ?

Nick l'interrompit en lui caressant la joue.

— Non, c'est bon, je vais voir Manu. Va dormir. Je te rejoins sous peu.

Il attendit que Jared disparaisse dans leur chambre, puis il passa dans la pièce où il gardait ses vêtements et enfila un tee-shirt. Ensuite seulement, il descendit l'escalier pieds nus, son pantalon de survêtement frottant contre ses jambes.

Emmanuela était dans la cuisine, occupée à faire chauffer de l'eau pour le thé.

En le voyant approcher, elle lui sourit par-dessus son épaule.

— Salut, Nick. Et bravo ! Tu t'en es bien sorti ce soir. La foule était d'humeur belliqueuse.

— Tu étais là ? s'étonna Nick.

Il avançait vers un des tabourets du comptoir quand il remarqua un plat protégé par du plastique. Il s'arrêta net. S'il ne se trompait pas, c'était le gâteau au café de sa grand-mère.

Emmanuela sortit du placard des assiettes qu'elle posa sur l'îlot, avant d'enlever le plastique pour découper deux tranches du gâteau.

— Oui, nous étions toutes les trois assises au fond de la salle. Grand-mère est partie avant la fin de sa réunion en disant, je cite : *Ces idiots ne valent pas qu'on perde une minute avec eux.*

— J'espère qu'elle parlait du public, non du conseil.

— Bien entendu. Une fois à la maison, elle a vite fait ce gâteau et elle a insisté pour que je te l'apporte. Elle ne m'a rien dit d'autre, mais j'ai très bien compris qu'elle tenait aussi à ce que je vérifie comment tu allais. Le plus simple est que je te pose la question : comment vas-tu ?

Il soupira.

— Bien, je crois. Je suis juste fatigué. Il y a beaucoup plus dans cette histoire que je ne peux le dire.

— Oui, c'est aussi ce que nous nous sommes dit.

Elle poussa vers lui une assiette et une tasse de thé.

— Tiens, mange, insista-t-elle. Grand-mère voudra savoir si tu as aimé son gâteau. Elle craint de l'avoir fait trop vite et qu'il soit un peu sec.

Le gâteau n'était pas sec. Il était parfait et il aida grandement Nick à se sentir mieux. En vérité, à part les bras de Jared, il ne voyait pas de meilleur remède à son vague à l'âme.

— Il est délicieux.

— Tant mieux. J'aime beaucoup cette maison ! Quand tu auras fini, fais-la-moi visiter. Vous devez être très bien ici !

Pour la visite, Nick commença par le sous-sol, où il expliqua son projet d'y installer une salle de musculation dès qu'il aurait le temps de sélectionner du matériel. Il termina par son nouveau bureau où s'attardait une odeur de peinture fraîche.

Un sourire aux lèvres, Emmanuela passa la main sur les meubles et les étagères, encore presque vides.

— C'est génial ! Tu devrais déménager ici d'autres affaires à toi, rendre ton espace plus intime. Mais tel quel, il est déjà superbe ! Je suis heureuse que tu aies enfin un endroit agréable pour travailler.

Nick sourit de la voir aussi enthousiaste.

— J'ai hâte de pouvoir profiter de cette pièce en plein hiver, quand l'extérieur est tout enneigé, y lire, écouter de la musique. Jack m'a convaincu d'acquérir une chaîne stéréo dernier modèle. Elle devrait arriver le mois prochain. Et Jared pense que je devrais aussi installer une télé pour regarder les matchs, si cela me dit.

— Écoute ton homme et achète une télévision. Tu le mérites bien.

Les mains dans les poches, les yeux au sol, Nick se balança d'avant en arrière.

— Maman et grand-mère m'en veulent-elles toujours autant ?

Emmanuela haussa les épaules.

— Je ne sais pas si elles t'en veulent *vraiment*.

Il eut un ricanement d'amertume.

— Vu qu'elles ne me laissent plus déjeuner à la maison le dimanche depuis que j'ai déménagé, je *sais* qu'elles m'en veulent !

— Elles essaient d'accepter ton départ. Et si elles ont mis de la distance entre vous, je ne pense pas que ce soit par mesquinerie. À mon avis, grand-mère a du mal à franchir le cap, c'est tout. Mais elle pense à toi, maman aussi. Tu as dû remarquer qu'elles avaient tendance à te rendre visite le dimanche après-midi, non ?

C'était effectivement le cas.

— Est-ce qu'elles parlent de moi ? Est-ce qu'elles savent la vérité ?

— Oh, oui, bien sûr. Et non, elles n'en parlent pas. De toi en général, si, tous les jours davantage, surtout avec les problèmes que tu rencontres ces derniers temps. J'ai l'impression qu'elles essaient de trouver une solution de rapprochement et je fais de mon mieux pour les pousser dans ce sens. Tu n'as pas imaginé que je t'avais laissé tomber ou que je m'étais liguée avec elles contre toi, j'espère ?

Il releva immédiatement les yeux.

— Absolument pas. Pourquoi penserais-je une chose pareille ?

Elle eut un sourire un peu triste.

— Tu n'es pas le seul à t'inquiéter de ce que les gens pensent, d'accord ? Tu es mon frère. Mon seul et unique frère. Je veux que tu sois heureux, je tiens à rester en bons termes avec toi, mais j'aimerais aussi que maman et grand-mère n'en souffrent pas.

— Le bonheur des miens, c'est aussi ce que je veux, affirma Nick. C'est ce que j'ai toujours voulu !

— Aussi étrange que cela paraisse dans ce contexte, je suis certaine que maman et grand-mère pensent la même chose. Le problème, c'est que nous prenons tous les quatre notre temps pour gérer nos priorités et faire le tri de nos sentiments. Maman et grand-mère ont encore du mal à accepter que la situation ait tellement changé et si vite. Et si tu veux mon avis, ce qui les chagrine le plus, ce n'est pas que tu sois gay, mais plutôt d'avoir rêvé une autre vie pour toi sans trop se demander si tu étais partant.

— Et la religion joue aussi un rôle dans leur réluctance.

— Eh bien, oui, mais je doute que ce soit l'obstacle le plus insurmontable. Imaginons que tu aies mis une femme enceinte avant de l'abandonner, eh bien, c'est un péché qui leur aurait paru bien plus impardonnable et tu le sais. Elles craignent surtout que ton homosexualité te rende la vie encore plus difficile. Et ce n'est pas ce qu'elles veulent pour toi.

Les sourcils froncés, il croisa le regard de sa sœur.

— Tu es d'accord avec elles ?

— Non. Enfin, oui, en partie, parce que tu vas devoir affronter l'homophobie en plus du racisme, ce qui ne sera pas facile. D'un autre côté, je vois bien que Jared te rend heureux. Depuis que tu vis avec lui, tu sembles plus léger, plus souriant. Tu es enfin libre d'être toi-même. À mes yeux, cela vaut la peine de surmonter tous les obstacles.

Transpercé par les paroles de sa sœur, Nick pressa la main contre sa poitrine. Son souffle devenait erratique.

— Oui, tu as raison. C'est juste que…

Quand il s'interrompit, elle termina sa phrase pour lui :

— Tu n'es pas encore prêt.

Il secoua la tête.

— Pas tout à fait. Mais ce sera pour bientôt. Peut-être une fois que cette crise à l'hôpital sera résolue.

Elle le toisa, mécontente.

— Non, c'est une décision personnelle, Nick, agis quand ce sera bon *pour toi*, un point c'est tout. Prends ton temps, puisque c'est ton choix, mets de l'ordre dans ta tête, dans ta vie, et quand tu seras enfin sûr de toi, ne laisse rien ni personne te retenir une minute de plus. Pour une fois, donne-toi la priorité, d'accord ?

Elle avança jusqu'à lui, prit sa main et la serra dans la sienne.

Il l'attira dans ses bras et l'étreignit.

— Merci, sœurette.

Elle lui rendit son étreinte.

— De rien.

APRÈS LE jour des Fondateurs, alors que septembre approchait, Nick et Jared avaient établi leur routine. Les potins se calmaient. La plupart des gens croyaient à leur histoire ou, admettant enfin qu'ils n'en sauraient pas davantage, ils faisaient semblant, ce qui permettait à Nick et à Jared de mener une vie normale. En vérité, la population de Copper Point était bien plus concernée – et énervée – par ce qui se passait à l'hôpital que par la vie privée de son directeur.

Lettres et mails de protestation continuaient d'arriver, les journaux en parlaient constamment, tout comme les réseaux sociaux, en particulier le blog *Vivre à Copper Point* sur Facebook. De temps à autre, Jared recevait aussi des doléances durant ses consultations, mais pris par ses jeunes patients et son emploi du temps serré, il conseillait aux mécontents de lui envoyer un mail ou un courrier. Il avait trop de travail pour se permettre des diversions d'ordre politique.

Suivant les instructions du cabinet Gilbert, le conseil se prétendait favorable à un nouveau bâtiment. Ils exploraient leurs options et donneraient plus de détails en novembre, date annoncée de la prochaine réunion.

Si la situation à Ste Anne évoluait peu, sinon pas du tout, ce n'était pas le cas chez les Beckert. Le dégel était lent, mais régulier et peu à peu, Nick se rapprochait des siens. Sa mère et sa grand-mère passaient régulièrement lui rendre visite le dimanche. Parfois, c'était aussi un membre de l'Église baptiste.

Très vite, Jared avait compris qu'il était censé disparaître et laisser Nick les recevoir seul. Il avait tenté différentes façons pour gérer sa «disparition», mais comme pour les tours de magie, il n'y était pas très doué. Il aurait nettement préféré rester à proximité et protéger Nick, ou au moins limiter les dégâts si l'un de ses visiteurs se montrait agressif ou impoli.

Si les problèmes familiaux de Nick avaient été aussi clairs et tranchés que ceux des Kumpel, tout aurait été bien plus facile à gérer. Jared n'avait jamais regretté d'avoir coupé les ponts avec ses parents. Il vivait plus heureux sans eux, aussi ne voyait-il aucune raison de changer.

En voyant Nick lutter avec tant de vaillance pour concilier son homosexualité et les croyances de sa communauté, Jared s'était d'abord remis en question. Puis il avait secoué la tête. Le point clé était là, justement : la *communauté*.

Nick aimait sa famille et son Église, il en était aimé en retour, il avait sa place d'un côté et de l'autre. Jared n'avait jamais connu cela et il doutait que cela change un jour. Malgré les craintes de Nick, Jared était certain que sa famille et son Église continueraient à l'accepter même s'il faisait son coming out. Bien sûr, il y aurait des frictions, des ajustements, et tous devraient admettre que Nick n'était pas celui qu'ils avaient cru connaître. Mais c'était la vérité : leur Nick Beckert était en partie fictionnel. Cet arc-en-ciel qui brillait en lui, celui qu'il avait si longtemps tenté de nier, eh bien, c'était ce qui faisait de lui un homme réel.

Jared n'avait rien de tel. Ses parents ne l'accepteraient que s'il mentait, s'il prétendait. Et leur affection était aussi superficielle que leurs croyances. Jamais ils ne chercheraient à le défendre envers et contre tout, jamais après une réunion difficile ils ne lui enverraient un émissaire avec un gâteau pour lui remonter le moral. Jamais ils n'accepteraient de faire des concessions dans le but de restaurer une paix familiale compromise. Non, chez les Kumpel c'était suivre les règles édictées ou prendre la porte. Point barre.

Jared avait pris la porte.

Il aurait voulu le dire à Nick, mais comme il se sentait de trop, il préférait s'éloigner. À chaque visite, sauf si Emmanuela venait seule, Jared se collait un sourire de circonstance au visage et trouvait une excuse de plus en plus vaseuse pour partir.

Et pas une seule fois Nick ne fit mine de l'en empêcher. Et pas une seule fois, à son retour, il ne lui dit qu'il aurait dû rester.

Alors, Jared se rendit au Café Sol. Au début, il avait fait des courses, mais il s'ennuyait et, puisqu'il n'avait besoin de rien, il avait tendance à acheter les pires inepties. Pour éviter ces dépenses inutiles, il envisagea de rendre visite à ses amis… avant de se raviser. N'allait-il pas sombrer dans l'autoapitoiement et parler plus qu'il le devrait ? Si.

Le plus sage était d'aller chez Gus afin de noyer son chagrin dans une tasse de café.

Fin septembre, par un beau dimanche frais et ensoleillé, Jared entra au coffee shop. Gus, occupé à essuyer une table, s'arrêta pour le saluer.

— Te revoilà !

— Oui, je suis devenu addict à ton café.

Sans même chercher à forcer un sourire de façade, Jared jeta un coup d'œil dans la salle, cherchant une table libre un peu à l'écart de la foule.

— Ben dis donc ! reprit-il. C'est bondé !

— Oui. C'est la journée d'orientation de première année, alors les parents et les futurs étudiants sont tous là pour en apprendre le plus possible sur Bayview Université et les joies de Copper Point. Je suis dans le flyer de BU et sur leur site Internet, ce qui m'a donné l'idée d'offrir des coupons du genre « *un verre acheté, un verre offert* ». Depuis, je ne désemplis pas.

— Tu n'as pas de place pour moi ?

Gus désigna le bar au fond de la salle.

— Si, il y a un tabouret libre à côté de Matt.

C'était le cas, effectivement, et c'était la seule option de Jared aujourd'hui.

— Merci, dit-il.

Bien que contrarié, il tenta de paraître reconnaissant. Et puis, ce n'était pas la première fois qu'il croisait Matt en abandonnant la maison à Nick et à ses visiteurs.

Quand Jared prit place sur le tabouret, Matt lui sourit.

— Salut, Beauté. Qu'est-ce que tu fais ici ?

— Pas grand-chose. J'avais juste besoin de prendre l'air.

Jared grimaça en jetant un coup d'œil autour de lui.

— Il y a trop de monde, se plaignit-il. J'aurais dû aller au parc.

— Prends d'abord un café, répondit Matt. Ensuite, nous irons au parc ensemble.

Il agita la main pour attirer l'attention du barista, de toute évidence un étudiant.

Jared hésita, conscient qu'il ne devrait pas « sortir » avec Matt, même de façon innocente, surtout pas quand il était en colère d'avoir dû quitter sa maison en y laissant son amant. Plus frustrant encore, il ne voyait pas comment refuser la proposition de Matt tout en restant cordial.

Sans doute Matt avait-il deviné la vraie nature de sa relation avec Nick. Dans ce cas, peut-être Jared pouvait-il tout simplement expliquer que son amant étant jaloux, mieux valait ne pas mettre d'huile sur le feu en marchant avec un autre, non ?

Le problème était que ledit amant refusait ce titre, il refusait même d'admettre sa relation avec Jared – sauf dans un cercle très limité qui comprenait Owen et Simon, Erin et Jack.

Jared décida qu'il ne viendrait plus au coffee shop quand il serait éjecté de chez lui, il resterait dans sa voiture, garé Dieu seul savait où.

La voix inquiète de Matt l'arracha à ses sombres pensées.

— Hé ? Ça va ? Tu sembles en colère. Si tu n'as pas envie de te promener avec moi, dis-le, ce n'est pas grave. Je voulais juste te dérider.

Jared ne put résister à tant de gentillesse.

— Merci. Je ne veux pas de café, je veux juste m'en aller d'ici. Et ta compagnie me ferait plaisir, si tu ne te vexes pas de mon humeur morose.

— Bien sûr ! Allons-y !

Sans ajouter un mot, ils quittèrent le coffee shop et retournèrent ensemble jusqu'au parking. Leurs voitures étaient sur la même rangée, presque côte à côte.

Les mains dans les poches, Matt haussa un sourcil.

— Qui conduit, toi ou moi ? À moins que tu préfères marcher ?

— Non, merci. Conduis, s'il te plaît.

Matt emprunta les mêmes routes sinueuses que Jared prenait quand il avait besoin de réfléchir. Ils traversèrent les beaux quartiers résidentiels de Copper Point, puis suivirent le long de la falaise la voie qui longeait la baie.

En passant devant le manoir Andreas, où vivaient Erin et Owen, Matt rompit enfin le silence de l'habitable.

— J'ai entendu dire qu'ils avaient enfin fixé une date pour le mariage. En mars, c'est cela ?

— Oui, même s'il leur reste encore quelques détails à peaufiner.

— Papa insiste pour que je leur offre une remise s'ils achètent chez nous leurs tenues de soirée, mais je trouve que cela ferait un peu racolage. De plus, ce serait assez gênant, vu que je n'ai pas proposé de rabais au Dr Wu et à Simon.

Alors que la maison de ses amis disparaissait derrière eux, Jared esquissa un sourire triste.

— Dis à ton père de ne pas s'inquiéter. Remise ou pas, Owen et Erin s'habilleront chez vous. Ils cherchent toujours à favoriser les commerces locaux. Et contrairement aux bruits qui courent, cela ne sera pas un grand mariage. En fait, ils parlent même souvent d'un simple mariage civil avec deux témoins.

Après un bref silence, Matt demanda d'un ton prudent :

— Ce doit être difficile pour toi de voir tes amis vivre leurs passions au grand jour quand tu dois garder le secret sur la tienne.

Était-il surpris de l'audace de Matt ou s'y attendait-il ? se demanda Jared. Il ne savait plus. Il gloussa nerveusement.

— Alors, tu as tout compris.

— Oh, oui, c'était immanquable quand vous êtes passés ensemble au magasin ! J'ai bien vu que Nick me fusillait des yeux tout en dévalisant ma collection de nœuds papillon. Il agissait comme un amant jaloux, pas comme un simple colocataire. En plus, tu m'avais dit que j'arrivais *vingt ans trop tard*. J'avais donc pensé à un amour unilatéral à l'école secondaire. Je suis resté sur le cul en comprenant la vérité : *il est encore dans le placard*, Jared ! J'ignorais que c'était possible de nos jours ! Tu dois me trouver bien naïf…

Oh, comme Jared était tenté de vider son sac ! Il se força à respirer plusieurs fois avant de parler. Et quand il le fit, il choisit ses mots avec soin.

— Sa situation est confidentielle, je ne peux en parler. La seule chose que je peux te dire, c'est que la vie de Nick est beaucoup plus compliquée que je le pensais.

— Je veux bien le croire. Ce qui me chiffonne, Jared, c'est que cette relation me semble néfaste pour toi.

Après Owen et Simon, voilà que Matt s'y mettait à son tour ? Le cœur en berne, Jared détourna la tête et regarda par la fenêtre.

— Je n'en veux pas à Nick, déclara-t-il. Oui, je préférerais que la situation soit différente, mais je ne lui en veux pas.

— Comment peux-tu dire une chose pareille ? C'est tellement injuste qu'il profite de toi tout en te faisant lanterner !

— Parce que tu crois *vraiment* que l'amour est juste ? persifla Jared.

Cette fois, Matt se mit franchement en colère.

— Ce n'est pas sain pour toi, je le répète ! Tu l'as attendu tout ce temps. Et maintenant, tu dois renoncer à tes rêves, à ton avenir, à une vie normale parce qu'il n'est pas fichu de reconnaître qu'il est gay ?

En voyant Jared se raidir, Matt leva une main.

— Je sais, je sais, enchaîna-t-il. Tu vas me dire que je ne comprends pas. Tu as raison, je ne comprends pas. En fait, je ne veux pas comprendre. Et je me fiche de Nick et de ses problèmes, je ne pense qu'à toi. Tu as droit au bonheur, il me semble !

— Lui aussi ! jeta Jared avec loyauté.

— Tu l'aimes, je le vois bien. Mais es-tu sûr qu'il ressent la même chose pour toi ? Si c'était le cas, il ne serait pas…

— Plus un mot ! coupa Jared.

— Bon, d'accord, répondit Matt d'un ton bourru.

Jared ne tint pas dix secondes avant que ses émotions explosent en un flot de paroles :

— Tu as un sacré culot de juger Nick et les sentiments qu'il a pour moi ! Tu vois notre relation de l'extérieur alors que, justement, nous ne sommes pas libres d'être nous-mêmes en public ! D'ailleurs, que sais-tu de lui ? Rien ! Tu prétends qu'il profite de moi, c'est faux, il a accompli un pas énorme pour être avec moi ! Je comprends ses difficultés. Est-ce que je voudrais en avoir davantage ou aller plus vite ? Oui, bien sûr, mais j'aime Nick tel qu'il est, pas comme je voudrais qu'il soit. C'est la différence entre un amour authentique et une passion superficielle et juvénile. J'aime l'homme qu'il est avec moi, j'aime celui qu'il est aux yeux du monde. Je l'ai même aimé pendant que nous étions séparés ou quand je croyais qu'il me détestait. Donc pourquoi hésiterais-je à lui laisser le temps qu'il veut afin de se décider ?

— Je ne sais pas, Jared, reconnut Matt. Ce qui me chagrine, c'est de te voir si triste, si abattu. Moi, si j'étais avec toi, je prendrais soin de toi, je te chérirais et…

— Ce n'est pas à toi de me chérir ou de me rendre heureux, ce n'est pas non plus à Nick. Je n'attends rien de personne. Je suis avec Nick parce que je l'aime, parce que la vie sans lui ne m'intéresse pas.

— Vraiment ? Tu l'aimes au point de renoncer à ces enfants dont tu parlais ?

Oui.

Jared reçut la vérité en plein visage, avec une force comparable à une des lames du lac Supérieur. Oui, il aimait Nick plus que tout, plus que ses rêves. Il était prêt à attendre, même si cela lui imposait d'abandonner cet avenir qu'il avait espéré. Et même si leur relation ne durait pas, il n'aurait aucun regret. En revanche, il aurait regretté toute sa vie de ne pas leur avoir donné une chance.

En vérité, son rêve, c'était Nick. Pas seulement le fait d'être avec lui, mais LUI, point final.

Jared leva une main, puis l'autre vers son visage pour tenter de retenir les larmes.

Comment était-il possible de ressentir en même temps la paix et le vide ? Comment le fait de comprendre ses sentiments lui donnait-il à la fois une compréhension résignée et l'envie de fuir le plus loin possible ?

Au nom du Ciel, il devait être seul. *Tout de suite*. Il avait un besoin vital d'être seul.

— Arrête la voiture !

Matt perdit sa colère plus vite qu'un ballon crevé perdait son air. Il leva une main avec une grimace d'excuse.

— Pardon, je ne dirai plus rien, c'est promis. J'ai déconné, je le reconnais. Reste avec moi, Jared. Dis-moi juste où tu veux que je te conduise.

— Inutile de t'excuser. Je veux être seul, c'est tout. Arrête la voiture.

Matt lui jeta un regard paniqué.

— Ici ? Mais nous sommes au milieu de nulle part. Il n'y a pas de maison avant dix bons kilomètres. Je t'en prie, dis-moi où tu veux aller. Je suis vraiment désolé.

Le monde se mit à tourner. Jared n'était pas certain de retenir sa nausée.

— Je vais vomir, haleta-t-il. *Arrête la voiture.*

Matt freina brusquement. Il ne pila pas totalement, mais Jared fut tout de même projeté en avant, sa ceinture le retint en place. Matt s'arrêta sur le bas-côté.

Sans perdre une seconde, sans même attendre que le moteur soit coupé, Jared ouvrit sa portière, détacha sa ceinture et s'éloigna.

Il n'avait pas dit un mot à Matt. Il ne lui avait pas demandé d'attendre, il ne lui avait pas non plus ordonné de s'en aller.

Je m'excuserai plus tard, se dit-il. Il poussa un soupir rauque et laissa le flot écrasant de ses émotions le submerger. Un sanglot désespéré lui échappa.

Jared se mit à marcher plus vite comme pour mettre de la distance entre lui et son chagrin. Ce fut vain. Une fois loin de la route, il trouva un endroit ensoleillé avec vue sur l'eau. Il s'arrêta enfin et s'assit, le regard droit devant lui. Il attendait.

Ah, oui, attendre. C'était la seule chose qu'il savait faire.

Le temps passa. Jared se concentrait sur sa respiration et sur la tristesse et la solitude qui résonnaient en lui.

Lorsqu'il entendit des pas derrière lui, il ferma les yeux et chercha les bons mots pour dire à Matt de s'en aller, avec douceur, mais fermeté.

Avant qu'il ait trouvé, une lourde main se posa sur son épaule. Surpris, Jared renversa la tête. C'était Owen, le visage ravagé.

Une main plus légère tomba sur son autre épaule. Jared tourna la tête. Oh, Simon était là, lui aussi. Il pleurait.

Étrangement, ces larmes libérèrent en Jared un barrage. Il laissa son visage tomber dans ses paumes et se recroquevilla sur lui-même, presque en boule, avant d'éclater en sanglots déchirants. Il poussa des cris qu'il n'aurait pu se permettre de libérer seul. Pour gérer un chagrin aussi dévastateur, il avait besoin de ses meilleurs amis.

Ils s'assirent à côté de lui, l'enveloppèrent dans leur étreinte et posèrent le front sur son dos. Quand Jared se calma un peu et réussit à se redresser, Owen marmonna :

— Tu n'étais pas obligé d'endurer cela tout seul !

Sa voix était rauque d'émotion.

Jared eut un petit rire sans joie.

— J'aurais préféré l'éviter, tu sais !

Simon lui donna un léger coup de poing dans le bras.

— Quand tu as mal, nous aussi avons mal. Et ce sera toujours le cas.

Il n'y avait rien à répondre à cela. Alors, Jared ferma les yeux et laissa ses larmes couler.

XIV

LE JOUR du mariage de Simon et Jack s'annonçait superbe, à la fois ensoleillé, lumineux et frais.

Au début, la cérémonie était prévue au manoir Andreas, mais il y avait tellement d'invités que le couple finit par opter pour un parc près de la baie. Jared et Owen, les témoins de Simon, eurent un travail fou pour tout organiser. Le jour J, Erin s'en mêla aussi et tous apprécièrent son sens du détail. Au début, Nick voulut l'aider, mais il se découvrit plus utile dans son rôle habituel : accueillir les arrivants et les mettre à l'aise. Pendant qu'Erin s'occupait des petits problèmes de dernière minute, Nick plaçait les invités afin que la cérémonie puisse commencer à l'heure.

Malheureusement, les gens de Copper Point, une fois agglutinés, se mirent à potiner. Et Nick comprit que sa relation avec Jared suscitait toujours de nombreux commentaires, surtout pendant un mariage gay. Peu importait qu'en public, Nick et Jared se comportent comme de simples amis, les gens ne voyaient que ce qu'ils voulaient voir.

Nick finit par admettre que cette histoire de colocation ne passerait jamais vraiment. Par exemple, quand la mère de Jack le surprit, occupé à rectifier le nœud papillon de Jared.

— Ainsi, vous avez aussi trouvé l'âme sœur ? demanda-t-elle avec un sourire affable.

Affolé, Nick recula et protesta que non, Jared n'était qu'un ami. Mentir lui pesait, surtout un jour comme aujourd'hui, mais il ne pouvait pas se permettre un faux pas.

Et pourtant, il se disait parfois être *presque* prêt à annoncer la vérité. D'abord, tout le monde avait des doutes. Ensuite et surtout, vivre dans le mensonge commençait à être étouffant. Nick aurait tellement voulu s'afficher ouvertement avec Jared, pas seulement quand il était entouré d'amis proches. Il voulait ce que les autres couples avaient : la reconnaissance publique.

En regardant Jack et Simon prononcer leurs vœux, entourés de leur famille, de leurs amis tous solidaires et heureux pour eux, Nick eut envie de vivre lui aussi cette expérience.

Et pour la première fois de sa vie, cette envie était plus forte que sa terreur des inévitables retombées d'un coming out.

Pourquoi ne pas tenter le coup? Que se passerait-il au fond s'il avouait être gay? Son monde changerait-il vraiment du tout au tout? Avait-il vu juste ou sa terreur irrationnelle l'avait-elle poussé à exagérer les conséquences de son geste?

La seule façon de le savoir était de parler.

Au début de la cérémonie, il fit l'effort de ne pas regarder Jared, mais très vite, il ne put résister à son désir d'admirer son amant, si beau dans son smoking et sa ceinture à motif cachemire, avec un nœud papillon assorti, bien sûr. Jared rayonnait, tout heureux du bonheur de ses amis.

Nick comptait-il passer sa vie à se cacher?

Bientôt, aurait lieu aussi le mariage d'Owen et d'Erin. Si, à ce moment-là, Nick était toujours aux prises avec son dilemme, Jared aurait-il la patience d'attendre?

Nick ne cessa de ressasser ces questions pendant le reste de la cérémonie et la première partie de la réception. Il regarda Jack et Simon s'embrasser et danser, Erin et Owen se promener main dans la main, les yeux dans les yeux, heureux et libres de l'exprimer. Jared, lui, restait seul à la table d'honneur.

Nick vit Matt passer plusieurs fois lui parler.

Simon et Jack avaient offert à Nick une place à leur table, mais il avait refusé, pensant plus discret de rester avec sa famille. À présent, il regrettait sa décision. Pourquoi montrait-il une telle détermination à maintenir les apparences? Pourquoi s'infligeait-il la torture de rester à l'écart de l'endroit où il voulait être, au propre comme au figuré? Pourquoi ne s'autorisait-il pas le droit de rire avec ses amis gays, de danser avec son amant, de se tenir aux côtés de l'homme qu'il aimait?

Comme si sa mère et sa grand-mère le devinaient au bord du précipice, ni l'une ni l'autre ne pipait mot. Quant à Emmanuela, elle lui avait demandé par texto s'il voulait s'éclipser et parler, mais il avait décliné sa proposition. Il n'avait pas les mots.

Finalement, il choisit la fuite. Après de brèves excuses, il quitta sa table et sortit de la tente. Il sourit poliment aux invités qu'il croisa, puis s'écarta afin de ne pas être dérangé. Il voulait être seul. Il marcha jusqu'à un bosquet surplombant la baie.

Les eaux étaient calmes ce soir. Les péniches traversaient le lac et s'éloignaient vers le large. La nuit était tombée, le clair de lune donnait à l'endroit un côté magique. Quelques étoiles dansaient sur le ciel d'encre, la brise était fraîche et agréable.

Nick se retourna en entendant des pas derrière lui. C'était Owen, la cravate défaite, les cheveux en désordre, moite de sueur, comme s'il venait de danser.

À son expression grave, Nick sut ce qui l'attendait. En fait, il était même surpris qu'Owen ait été si patient.

Une fois arrivé à côté de lui, Owen fixa lui aussi la baie tout en se balançant sur ses talons.

— Tu remarqueras que j'ai remis cette conversation aussi longtemps que je pouvais. J'espère que tu te souviens aussi du jour où tu m'as emmené sur le toit de Ste Anne en me demandant si j'avais des intentions honnêtes envers Erin. Mmm ?

— Oui.

Owen grimaça et se frotta la mâchoire.

— Jared ne va pas bien, Nick. J'ignore si tu en es conscient parce qu'il est parfaitement capable de s'en cacher en ta présence, mais il souffre. Il y a deux semaines, Matt Engleton nous a appelés, Simon et moi, affolé, il voulait que nous venions chercher Jared qui était penché au bord de la corniche et regardait l'eau d'une façon qui ne lui plaisait pas.

Nick eut un sursaut.

— QUOI ?

Owen enchaîna :

— Lorsque nous sommes arrivés, Jared a éclaté en sanglots. Jamais je ne l'avais vu dans un état pareil et j'espère bien que cela n'arrivera plus jamais. Il a poussé des cris… bouleversants !

Nick en eut le cœur transpercé.

— Que s'est-il passé ? Pourquoi Jared ne m'a-t-il rien dit ? Pourquoi Simon et toi ne m'avez-vous rien dit non plus ?

— Personne ne t'a rien dit parce que c'est à cause de toi qu'il pleurait comme cela. Oh, non, tu n'avais rien fait de spécial. En fait, Jared était en voiture avec Matt quand ce dernier lui a franchement posé la question à laquelle nous pensons tous : *est-il sain de vivre une relation secrète ?* Jared a pété un câble, il s'est mis à hurler qu'il t'aimait et qu'il t'attendrait toute sa vie s'il le fallait, parce que sans toi, la vie ne l'intéressait pas, puis il a exigé que Matt arrête la voiture et il a couru droit devant lui jusqu'au bord de la falaise.

Après un temps de silence, Owen secoua la tête et ajouta :

— Quand Jared s'est repris, il n'a rien dit. Nous ne lui avons pas posé de questions. Pourquoi l'aurions-nous fait ? Ce qu'il endure, nous le savons très bien, nous l'avons compris depuis longtemps. Que tu fasses ou pas ton coming out, c'est ton problème, je ne compte pas te dire comment mener ta vie. Quelque part, je te plains, car je suis certain que tu tiens à lui. Je vous ai vus ensemble. Et le plus étrange, c'est que vous ressemblez à un vieux couple. Vous allez bien ensemble, mais cela ne change rien au fait que Jared souffre et que je ne le supporte plus. Et si tu l'avais vu dans cet état, tu ne le supporterais pas non plus.

Nick avait du mal à se remettre du fait que personne ne l'avait tenu au courant. Pour une fois, il n'était pas jaloux de Matt, non, au contraire, il était soulagé que le gamin ait été là pour aider Jared.

Il se pinça l'arête du nez et laissa échapper un long soupir.

— Je ne sais pas quoi faire.

Owen eut un rire amer.

— Va te faire foutre, Nick ! Tu sais exactement ce que tu as à faire. Mais peu importe, je vais te le dire en mots clairs et compréhensibles : *tu dois prendre une décision.* Et vite ! Soit tu optes pour une vraie relation avec Jared, soit tu romps avec lui, si possible sans faire trop de dégâts.

Rompre avec lui ? En entendant ce verdict implacable, Nick sentit une nausée lui remonter dans la gorge.

— Je ne veux pas le quitter, ni aujourd'hui ni jamais !

Le souffle coupé, il vacilla. Les mots lui avaient échappé, il ne les avait pas prémédités. Il avait simplement énoncé à haute voix, sans filtre, ce qu'il avait dans le cœur.

Et c'était la vérité, même s'il n'avait jamais osé y penser.

Cette vérité qui l'avait titillé tout au long de la soirée.

Il voulait vivre avec Jared, pas demain, pas dans une semaine, mais tout de suite. Il était enfin prêt à le crier au grand jour.

Lorsqu'il chancela une deuxième fois, Owen le stabilisa d'une main sur l'épaule.

— Oh là ! Du calme !

Pris de vertige, Nick se frotta éperdument le visage. En vain, le monde continuait à tourner autour de lui.

— Je ne sais pas comment faire !

— Tu n'as pas à le faire ce soir, voyons, l'admonesta Owen. Que tu reconnaisses enfin tes priorités est déjà un grand pas en avant.

Sans lâcher Nick, il enchaîna :

— En revanche, va parler à Jared. J'ai dans l'idée que tu as été bien plus franc envers moi qu'envers lui.

Nick éclata de rire.

— Plus *franc* ? C'est la première fois que j'affronte cette vérité, même si j'en ai vaguement parlé à Emmanuela. Oh, je me doutais bien que si j'étais tellement jaloux, cela devait être significatif, mais tu m'as vraiment ouvert les yeux.

— Je sais que c'est difficile pour toi, Nick. Et puisque nous en sommes au mea culpa, je regrette de ne pas avoir remarqué que tu étais un des nôtres à l'école secondaire. Tu faisais tout pour ne pas être repéré, d'accord, mais tu viens de saborder ma certitude d'avoir un excellent gaydar. Ah, putain, j'étais bien arrogant ! Peut-être aurais-tu refusé de venir avec nous, mais si mon aveuglement juvénile t'a privé de soutien quand tu en avais besoin, je le regrette, sincèrement.

Nick secoua la tête.

— Jamais je n'aurais accepté un soutien ! Au contraire, je cherchais à « guérir » pour devenir celui que tout le monde espérait en moi. C'est Jared qui m'a ouvert les yeux en me prouvant qu'il est impossible de lutter contre sa nature. Il ne cessait de me dire d'être moi-même, assurant même que si je m'obstinais à vivre dans le déni, je ne serais jamais heureux. À l'époque, c'était une vérité que je ne voulais pas entendre. J'ai perdu vingt ans à tenter de trouver des compromis pour rentrer dans le moule. Quel gâchis ! Pour moi… et pour lui !

Il sourit tristement, les yeux détournés vers les eaux noires.

— Tu sais, ajouta-t-il, c'était tellement plus simple d'être harcelé par ces abrutis de l'ancien conseil !

— Oui, j'imagine, convint Owen. Il est facile de se cacher quand on est persécuté. En temps de paix, nous pensons davantage à nos désirs cachés.

Puis Owen le lâcha avec une petite tape sur l'épaule.

— Je vais te laisser digérer ce que tu viens de cracher. Ne reste pas trop longtemps à l'écart, cependant, parce que quand je suis parti à ta recherche, Jared s'inquiétait déjà pour toi.

Jared. Nick aurait voulu lui parler. Plus encore, il aurait voulu rentrer à la maison et se retrouver en tête-à-tête avec lui. Mais s'en aller en plein mariage ? C'était trop grossier. Pourtant, dans son état d'esprit actuel, Nick ne voulait plus rester seul.

Il y avait bien trop longtemps qu'ils étaient seuls, Jared et lui.

— Owen ?

Owen se retourna.

— Oui ?

— Pourrais-tu demander à Jared de venir me parler ?

Owen sourit.

— Bien sûr.

AU BORD de la piste de danse, Jared hésitait à prendre un troisième verre de vin quand il vit Owen lui faire signe.

Il se tourna vers sa voisine, qu'il n'écoutait que d'une oreille, et s'excusa en disant qu'un ami avait besoin de lui.

En traversant la tente, il surveilla l'expression d'Owen avec une anxiété croissante. Que s'était-il passé ? D'instinct, il devina que Nick était impliqué. Il avait essayé de ne pas garder les yeux fixés sur son amant, de peur de se trahir, mais il avait senti que Nick était perturbé. Au début, il s'était même surpris à espérer que la réception prenne fin afin de pouvoir s'enquérir du problème. Ensuite, il s'en était voulu : c'était le mariage de Jack et de Simon, merde ! Et Nick était un grand garçon. Quelques heures de plus à attente ne le tueraient pas. Du moins, Jared avait-il cherché à se convaincre.

L'important ce soir était d'être présent pour ses amis. Physiquement et mentalement.

À peine sorti de la tente, Jared s'accrocha à la manche d'Owen. Il vérifia qu'aucun autre invité n'était à portée d'oreille avant de demander :

— Qu'est-ce qu'il y a ? C'est Nick ? Aurait-il un problème ?

— Non, non, il va bien, il veut juste te parler.

Owen agita la main et désigna un bosquet au bord de la baie. Malgré l'obscurité, Jared distingua une silhouette solitaire sous les arbres. Il nota aussi la position de Nick, ses épaules affaissées. Son cœur saigna.

Tenté de se précipiter vers lui, Jared se retint et jeta un coup d'œil nerveux autour de lui.

— Tu crois que je peux le rejoindre, Owen ? Il y a tant de gens qui risquent de nous voir. Nick ne serait pas content si je trahissais notre secret...

Owen eut un sourire énigmatique tout en serrant le bras de Jared.

— Vas-y. Tout ira bien. Je te le promets.

Ensuite, il retourna dans la tente animée du brouhaha de la réception.

Sans plus rien comprendre, mais confiant qu'Owen n'était pas du genre à mal le conseiller, Jared se décida à rejoindre son amant. Plusieurs fois, il vérifia par-dessus son épaule que personne ne lui prêtait attention. À sa grande surprise, le bruit des invités s'estompa vite et il n'entendit plus que le ressac des vagues sur la plage.

Il devina aussi que Nick avait perçu sa présence. Pourtant, il ne se retournait pas. Il continuait à fixer l'eau.

— Nick ?

Jared parlait à mi-voix, comme pour éviter de se faire remarquer.

— Owen m'a dit de venir, ajouta-t-il, déboussolé.

Le temps d'un battement de cœur, Nick ne bougea pas, il resta silencieux. Jared ouvrait la bouche pour répéter son appel quand Nick poussa un long soupir laborieux.

— Je vais le faire.

— Quoi ?

— Je vais faire mon coming out.

Au début, Jared douta d'avoir bien entendu. Il y avait si longtemps qu'il attendait ces mots qu'il avait du mal à y croire. Mais Nick ne l'avait pas formulé comme une question.

Il était prêt.

Jared ouvrit la bouche avec l'intention de se montrer rassurant, adulte et solidaire. Au lieu de cela, il émit un cri étranglé. Ses genoux lâchèrent et il tomba assis dans l'herbe couverte de rosée.

Nick s'accroupit près de lui, le visage inquiet.

— Tu as glissé ? Ça va ? Tu ne t'es pas fait mal ?

Jared se sentait ridicule.

— Non, non. Je ne sais pas pourquoi…

Il s'interrompit et vacilla, pris d'un autre vertige.

Nick l'empoigna aux épaules.

— Jared, qu'est-ce que tu as ? Veux-tu que j'appelle Owen ?

— Non.

Jared aurait aimé s'appuyer contre lui, mais il n'osa pas, par habitude. À moins que… la décision de Nick signifiait-elle qu'ils étaient libres de s'enlacer en public ? À cette perspective, la tête lui tourna encore.

Jared s'accrocha au poignet de Nick.

— C'est l'émotion, bafouilla-t-il. Je crois avoir sous-estimé à quel point j'étais impatient d'entendre ces mots. Je suis désolé de me comporter comme un idiot et de plomber l'ambiance. Je… je…

Sa voix se brisant, il pressa la main sur sa bouche.

Nick l'attira sur ses genoux et le serra dans ses bras.

Au début, Jared résista, les yeux tournés vers la tente.

— Tu es fou ! Quelqu'un pourrait nous voir.

— Je m'en fiche.

— Ce n'est pas vrai. Je te connais et je respecte tes choix.

— Je sais, Jared, merci, mais je suis prêt. Alors, le secret, c'est fini. Oh, j'avoue, j'ai la trouille, mais je suis prêt.

Jared avait mille questions à poser. Pourquoi ce soir ? Était-ce le mariage qui avait provoqué la décision de Nick ? Ou cela couvait-il depuis des jours sans qu'il se soit confié à Jared ? Un peu des deux, sans doute… D'ailleurs, quelle importance ? Seul le résultat comptait.

Jared se redressa afin de regarder Nick dans les yeux.

— Je suis avec toi, quoi que tu fasses, quoi que tu décides. Si tu préfères attendre encore des mois, des années, c'est bon pour moi, je tiens à ce que tu le saches. Je suis avec toi.

Nick secoua la tête.

— Des années ? Non, sûrement pas ! Je m'en veux déjà assez de t'avoir fait tellement souffrir !

Jared grimaça. Maintenant, il savait ce qui avait poussé Nick à changer d'avis. Et il en était furieux !

— Owen aurait dû se taire !

— N'importe quoi ! Bien sûr, j'aurais préféré l'apprendre de toi, mais je comprends pourquoi tu n'as rien dit. Et cela me rend à la fois heureux et triste. En toute franchise, Jared, je prends cette décision autant pour moi que pour toi. Il y a un moment que j'y pensais et ce mariage a achevé de me convaincre. Depuis, tu es revenu dans ma vie, je suis resté coincé dans les limbes entre deux mondes. J'ai toujours su qu'il m'était impossible d'avoir les deux, mais j'avais peur de choisir. Je me trouve égoïste d'opter pour mon bonheur personnel, mais je m'y ferai parce que je refuse de laisser ma peur m'empêcher un moment de plus de vivre avec toi. Pour être heureux, j'ai besoin de toi dans ma vie. Je le mérite, non ?

Les yeux brillants et la voix un peu tremblante, il ajouta :

— Dans ma tête, je crains toujours de devoir faire un choix entre ma famille et mon amant, mais en fin de compte, la vraie question est de savoir si je vais m'accepter tout entier, en tant que gay, ou me contenter d'une vie amputée.

Jared prit le visage de Nick en coupe et pressa un tendre baiser sur ses lèvres.

— Je suis fier de toi ! Je ne le répéterai jamais assez. J'ai toujours été incroyablement fier de toi, mais en ce moment, en t'entendant parler comme ça, je déborde de fierté.

Des larmes coulaient sur le visage de Nick.

— Je t'aime, Jared. Je t'aimais déjà à l'école secondaire. Je n'ai jamais cessé de t'aimer pendant notre séparation, pas un seul jour.

Jared s'étouffa d'un rire qui était presque un sanglot.

— Pareil pour moi. Et je compte t'aimer jusqu'à la fin des temps.

Ils s'accordèrent quelques minutes le bonheur de rester enlacés au bord de l'eau, à écouter le bruit des vagues, avec l'herbe qui leur chatouillait les jambes. Jared décida de laisser Nick décider quand retourner à la fête.

Nick se releva enfin et lui tendit la main pour l'aider à se redresser. Gloussant comme deux adolescents, ils brossèrent leurs vêtements couverts d'herbe et de rosée. Jared avança comme dans un rêve, heureux de marcher avec son amant dans le noir. Il était prêt à lâcher la main de Nick dès qu'ils approcheraient des invités, mais il ne tenait pas à agir le premier. Une fois encore, il laissait Nick décider.

À proximité de la tente, Nick resserra ses doigts sur les siens.

Le cœur battant, Jared comprit son intention.

— C'est ce que tu veux, tu es sûr ? chuchota-t-il. Ne devrais-tu pas d'abord en parler à ta famille ?

Bien qu'il ait parlé doucement, ils étaient déjà au milieu de la foule, aussi pouvait-on les entendre.

— Non, déclara Nick. Je te raccompagne à ta table.

Bien que sa voix exprime fermeté et résolution, la sueur perla à son front tandis que lui et Jared se faufilaient entre les tables. Sur leur passage, les sourcils se haussaient, les murmures s'élevaient.

Conscient des regards fixés sur leurs mains jointes, Jared s'efforça de garder une expression sereine. Il se revit à l'école secondaire, peu après son coming out dans les vestiaires, quand il traversait la cantine. Une différence notoire, cependant : ce soir, il ne ressentait pas d'hostilité, juste de la curiosité.

À *une* exception près : grand-mère Emerson.

Depuis l'installation de Nick chez lui, Jared avait pris soin d'éviter sa grand-mère. Étant enfant, il adorait les Beckert, il les avait longtemps considérés comme d'excellents substituts de sa propre famille, si rigide et dysfonctionnelle. Devenu adulte, il avait vite compris que si Nick faisait son coming out, lui, Jared, en serait tenu pour responsable. Il avait essayé de s'y préparer. Manifestement pas assez, car il souffrit de sentir les regards hostiles de grand-mère Emerson et d'Aniyah peser sur lui.

Comme Nick l'avait annoncé, il se contenta d'escorter Jared à la table d'honneur, où Owen et les autres étaient assis. Au dernier moment, Nick lâcha la main de Jared et se pencha, comme pour l'embrasser. Décidant sans doute que cela serait exagéré, il se contenta de lui caresser la joue avec un sourire.

Ensuite, il tourna les talons et se perdit dans la foule. Pris d'un nouveau vertige, Jared s'assit. Ses amis se regroupèrent autour de lui, des questions dans les yeux. Leurs expressions révélaient un étrange mélange d'inquiétude, de joie et d'hésitation.

Jared repéra alors Rebecca et Kathryn, assises à une table voisine. Le visage rayonnant, elles levèrent vers lui des pouces enthousiastes. Bien que nerveux, Jared leur sourit en retour.

Pouvait-il s'autoriser à croire que tout s'arrangerait un jour ? se demanda-t-il.

XV

NICK FUT surpris du réconfort trouvé à tenir la main de Jared.

En retournant jusqu'à sa table, l'attention qu'il reçut confirma ce qu'il avait toujours redouté : déjà, les gens le regardaient différemment.

Quoi, lui aussi ? C'était la question informulée qu'il lisait sur les visages autour de lui. Que Jared soit son amant avait altéré l'image qu'ils avaient de Nicki.

Pourtant, il trouvait que ce coming out à la fois public et décontracté s'était mieux passé qu'il l'avait craint. Jamais il n'avait imaginé ressentir une telle puissance une fois son identité pleinement assumée. Ses amis lui en avaient pourtant parlé, assurant que c'était une étape importante. Oh, il les avait crus, bien sûr, mais il n'avait pas vraiment compris avant d'en faire l'expérience. Extérieurement, il était le même. Intérieurement, pas du tout. Il se sentait *plus* lui.

L'enivrement l'emplissait au point que Nick craignait d'exploser.

Oui, la tête lui tournait de cette sensation grisante : la plénitude. Cette identité authentique qu'il assumait pour la première fois après en avoir tant rêvé s'infiltrait dans chaque cellule de son corps. Une force indicible qui pulsait au plus profond de lui.

Un bonheur sans mesure.

Un soulagement aussi. Un soulagement extrême.

Il avait reconnu publiquement sa relation avec Jared et, par extension, il s'était révélé. C'était un premier pas, petit sans doute, mais Nick se sentait désormais prêt à continuer. Enhardi, il comptait même s'engager davantage sur cette route.

Malheureusement, maintenant qu'il avait plongé, il lui restait un autre défi à relever : affronter sa famille. Il avait prévu d'annoncer à sa mère et à sa grand-mère la vraie nature de sa relation avec Jared avant de s'exposer, mais ce soir, en revenant dans la tente, il avait changé d'avis. Et il ne le regrettait pas, même en faisant face aux visages figés des deux matriarches et à celui de sa sœur, étonné et inquiet.

Nick étant adulte, il n'avait pas de permission à demander avant d'agir. D'ailleurs, son coming out n'était pas sujet à débat. C'était à lui de décider ce qu'il voulait faire de sa vie et comment la mener.

La conversation à venir serait tendue et difficile, mais peu importait. Nick avait pris sa décision. Il n'accepterait plus aucun retour en arrière.

Il salua sa mère et sa grand-mère d'une inclinaison de la tête en reprenant son siège à côté d'elles. Les yeux fixés sur la piste de danse, il demanda à mi-voix :

— Voulez-vous que nous sortions discuter en privé ?

Aniyah fit claquer sa langue avec réprobation et s'agita dans son siège en marmonnant des paroles inaudibles.

Nick surveilla sa grand-mère : elle resta parfaitement immobile, mais elle se durcit encore.

Elle aussi regardait les danseurs.

— Nous sommes à un mariage, grinça-t-elle. Nous ne gâcherons pas le grand jour de Simon et de Jack.

Traduction : *tout le monde nous regarde, il n'est pas question de faire une scène publique.*

Bonne idée !

— Quand voulez-vous que nous parlions ? insista Nick.

Il essaya de ne pas retenir son souffle.

Grand-mère Emerson répondit du tac au tac d'un ton inexorable :

— Demain, au retour de l'église.

— Je passerai vous chercher à l'heure habituelle.

Le cœur serré, Nick craignit soudain que sa grand-mère le déclare indigne d'assister à la messe – ou qu'elle refuse d'être vue en sa compagnie.

Ce ne fut pas le cas.

— Très bien, nous serons prêtes.

Elle se leva alors, d'un geste lent et prudent, comme toujours. Elle serrait contre elle son sac à main comme un petit bouclier.

— Aniyah, viens avec moi, allons prendre un verre de punch.

Nick se releva d'un bond et s'approcha d'elles pour tenir leurs chaises. Il tendit aussi la main à sa grand-mère pour l'aider à avancer entre les tables. Elle l'accepta. Dès qu'elle eut plus d'espace, elle se dégagea et s'éloigna avec dignité, la démarche royale, la tête haute. Sa bru la suivait de près.

Libéré de ses devoirs de courtoisie, Nick s'effondra sur sa chaise.

Emmanuela se précipita vers lui.

— Merde ! Tu aurais pu m'avertir ! J'ai failli tomber dans les pommes ! Qu'est-ce qui t'a pris ?

D'un coup d'œil autour de lui, Nick constata que l'attention générale restait fixée sur lui. Il se pencha vers sa sœur et chuchota :

— Si tu veux discuter, sortons un moment, d'accord ? Je préférerais la discrétion.

Ils quittèrent la tente ensemble. Nick n'emmena pas sa sœur sous les arbres, là où s'était déroulé ce si émouvant moment avec Jared. Il la guida jusqu'au belvédère bien éclairé au centre du parc.

— Elles sont en colère, tu crois ? demanda-t-il.

— Oh, oui, très. Bien sûr, ce n'est pas une vraie surprise, elles sentaient que cela allait arriver. Elles t'en veulent surtout de ne pas leur avoir parlé avant de faire un coup pareil !

— Je n'ai rien prémédité, se défendit Nick. Je voulais tenir la main de Jared, alors, je l'ai fait.

Elle ne répondit pas tout de suite, car ils croisaient un petit groupe d'invités qui riaient et bavardaient bruyamment. Aux sourires détendus et aux saluts qu'il reçut, Nick devina que ces gens-là n'étaient pas encore au courant de la dernière rumeur le concernant.

Une fois hors de portée d'oreille, sa sœur se tourna pour lui faire face.

— Donc, après tout ce temps à rester prudent, sinon frileux, tu vas t'exposer comme si c'était évident depuis le début ? C'est ça, ton plan ?

— Il n'y a pas de manuel détaillant les étapes d'un coming out, tu sais. Sinon, oui, j'ai toujours su qu'une fois fait à l'idée, j'agirai le plus simplement possible. Pourquoi, j'étais censé tenir une conférence de presse, selon toi ?

— Bien sûr que non ! C'est juste… je me demande ce qui va se passer. Si les gens t'approchent et te demandent en face si tu es gay, que vas-tu leur répondre ?

— Que cela ne les regarde pas, merde ! Mais je doute qu'ils soient nombreux à avoir un culot pareil.

Elle secoua la tête.

— Je n'en reviens pas que tu sois si calme et détendu ! J'aurais plutôt pensé que tu serais une boule de nerfs.

Il ricana.

— Je suis flatté de ta grande confiance en moi !

— Tu sais très bien ce que je veux dire !

— En toute franchise, je me sens soulagé, libéré. Oui, je sais que cela ne sera pas facile, mais tant pis, je ne regrette rien. Pour le moment, je n'ai pas fait grand-chose. Pourtant, j'ai l'impression que le pire est derrière moi.

— Tu es un sacré optimiste ! Tu n'as pas encore affronté notre église.

— C'est vrai. J'ai toujours su que ce serait dur, mais jusqu'à présent, mes anticipations étaient bien pires que le grand plongeon.

— Préviens-moi si tu veux un trampoline pour amortir l'atterrissage.

Il ne put retenir un sourire.

— D'accord. Merci.

Une fois de retour sous la tente, Nick n'approcha plus sa famille pendant le reste de la soirée. Il erra d'un groupe à l'autre, étonné d'être si peu gêné par les regards pesant sur lui. Il espéra que cet état de grâce allait durer.

Alors qu'il cherchait Jared dans la foule, une main se posa sur son bras droit, suivie d'une autre à gauche. Rebecca et Kathryn Lambert-Diaz venaient de l'intercepter. Sans perdre une minute, elles l'entraînèrent à l'écart pour le soumettre à un interrogatoire.

— Alors, vous vous êtes enfin décidé ? s'exclama Kathryn, très excitée. Je n'ai pas rêvé, j'espère ? Vous aviez bien la main de Jared dans la vôtre ? Vous êtes ensemble ? C'est officiel ?

Nick surveilla les deux femmes d'un œil étréci.

— Attendez, vous étiez au courant ?

Rebecca agita la main.

— Au départ, nous n'avions que des soupçons, reconnut-elle. Mais votre emménagement chez Jared nous a confirmé que nous avions vu juste. Ne tirez pas cette tête ! Vous avez totalement mystifié les hétéros ! Certains vous prétendaient ensemble, Jared et vous, parce que c'était plus marrant à colporter, ce n'est pas pour autant qu'ils y croyaient. Pire encore, ils ne sont pas prêts à l'accepter. Regardez autour de vous, c'est évident, non ?

Kathryn le frappa légèrement au bras.

— Pourquoi n'êtes-vous pas assis avec Jared ?

— Eh bien, j'ai tenté de parler à ma famille, mais grand-mère s'est levée et a quitté la table.

Sans marquer de surprise, Kathryn hocha la tête.

— L'aviez-vous prévenue de vos intentions ? Ou l'avez-vous mise dans le même lot que les autres ?

— Je n'ai rien dit, reconnut Nick. Mais je suis presque sûr que maman et elle se doutaient que mon coming out ne tarderait pas. C'est fait ! Enfin !

Il poussa un grand soupir soulagé.

Rebecca sourit.

— Ça fait du bien, n'est-ce pas ?

Il lui retourna son sourire.

— Oui, vraiment. Pour le moment, je plane encore, mais je ne vais pas tarder à retomber dans la réalité et ses innombrables soucis.

Kathryn soupira.

— Oh, il y aura des réactions négatives et/ou choquées, ça, c'est sûr ! Comptez-vous aller à l'église demain ?

Il acquiesça.

— Oui. Ils ne vont pas me rater, grommela-t-il.

— C'est probable. Personnellement, je ne supporte pas d'y retourner. Ils m'ont tous tourné le dos quand j'ai eu besoin d'eux. Le temps aidant, j'ai pu pardonner aux individus, mais j'ai encore du mal avec l'Église et ses dogmes. Sans doute vous y attendez-vous, mais sachez bien que certains d'entre eux, une fois au courant, ne vous regarderont plus de la même façon. Même s'il est presque impossible de s'y préparer mentalement, tentez quand même le coup. Et rappelez-vous que ces gens-là ne sont pas les seuls auxquels vous pouvez vous adresser en cas de problèmes.

Elle ajouta avec un sourire ironique :

— J'envisage d'ouvrir un club : Le Club Queer Couleurs de Copper Point, pour tous les gens du spectre queer et de couleur. Pour nos kermesses de fin d'année, le buffet comporterait des plats du monde entier !

Il se demanda si elle plaisantait ou non, mais si elle créait ce club, il y adhérerait sans hésitation.

Quand Rebecca et Kathryn le lâchèrent enfin, Nick rejoignit Jared, attablé avec ses amis. Un peu plus tôt, il avait envisagé de danser avec Jared, mais maintenant, il se ravisait. Son vertige commençant à s'atténuer, il était fatigué et très impatient de rentrer se mettre au lit. Bien entendu, c'était impossible, puisque c'était la réception du mariage de Simon et Jared. Résigné, Nick décida de faire un effort pour dissimuler son épuisement.

Cinq minutes plus tard, le nouveau couple s'approchait de lui avec un sourire et Simon endossa le rôle de porte-parole.

— Nick, Jared, partez quand vous voulez, nous ne vous en voudrons pas. En fait, je suis d'avis que vous devriez filer sans attendre. Vous avez bien besoin de vous retrouver tous les deux au calme !

Sentant sans doute que Nick s'apprêtait à protester, par politesse, Jack leva la main.

— Il a raison. Vous devez avoir beaucoup de choses à discuter. Ne vous inquiétez pas pour nous, nous avons bien assez de gens à voir ce soir. Vous avez été là au moment important, c'est tout ce qui compte. Dorénavant, pensez à vous et à votre avenir.

Sans plus discuter, Jared et Nick acceptèrent avec reconnaissance. Le petit groupe s'étreignit et Simon, toujours émotif, versa quelques larmes.

En retournant jusqu'à leur voiture, Nick et Jared gardèrent le silence. Ce n'était pas encore le moment de parler. Seuls leurs plus proches amis avaient évoqué ce qui s'était passé ce soir. Personne d'autre.

Matt, en particulier, était resté à distance.

Ils marchaient sans se tenir la main, mais tout près l'un de l'autre et leur langage corporel était éloquent : ils formaient un couple.

Une fois dans la voiture, ils s'embrassèrent et prirent leur temps avant de se redresser pour attacher leur ceinture.

Alors que la voiture quittait le parking, Jared effleura le visage de Nick à la faible lueur du tableau de bord tout en scrutant son expression.

— Ça va ?
— Oui.

Nick se tourna brièvement pour poser un baiser sur la main de son amant.

Une fois chez eux, ils montèrent à l'étage, dans leur chambre, et ôtèrent ensemble leurs tenues de soirée. En déposant sa veste sur le dossier d'un fauteuil, Nick esquissa un sourire.

— Désormais, je peux rapatrier mes vêtements dans cette chambre !

Jared, vêtu d'un caleçon, s'approcha par-derrière et le serra contre lui.

— Je t'ai vu parler à Emmanuela. Ta grand-mère et ta mère, en revanche, t'ont snobé. Oh, Nick, je suis tellement désolé !

Nick haussa les épaules.

— C'est fait, n'y revenons pas. Chez les Beckert, on préfère laver son linge sale en famille, alors, il y avait peu de chances que grand-mère et maman acceptent d'entamer une discussion entourée d'étrangers. Je m'y attendais. Je passe demain les chercher pour les emmener à l'église, comme tous les dimanches. Grand-mère m'a déjà annoncé que nous discuterions en revenant.

Jared avait tressailli.

— Tu vas aller à l'église ? Tu sais pourtant ce qui t'attend là-bas ! Veux-tu que je vienne avec toi ? Remarque, c'est peut-être idiot de ma part de te le proposer...

Nick éclata de rire.

— Ce n'est pas idiot, c'est attendrissant, mais non, merci. Ta présence serait considérée comme une provocation.

— Je sais, c'est juste… eh bien, je suis là pour toi, quelles que soient les circonstances.

Nick pivota sur lui-même pour l'embrasser.

— Allons au lit, chuchota-t-il.

Cette nuit-là, ils s'aimèrent avec lenteur, tendresse et émerveillement. Conscients que les jours à venir seraient difficiles, ils tenaient tous les deux à profiter de ce répit, ensemble.

Nick considérait avoir pris la bonne décision. Sa place en ce monde était « avec Jared ». Il le savait depuis longtemps. Cette nuit-là, pourtant, son sentiment d'appartenance fut encore plus intense.

Le lendemain matin, Nick s'éveilla tôt, avant même que sonne son alarme. Il descendit au sous-sol et utilisa le tapis de course, ses écouteurs aux oreilles. Quand il remonta, Jared était dans la cuisine, occupé à faire griller des saucisses. Il y avait deux bols sur le comptoir, pleins de flocons d'avoine ; le café passait et Prince jouait en arrière-plan. Nick s'épongea le front avec sa serviette et jeta un coup d'œil au CD posé à côté de la chaîne stéréo : l'album était *The Hits/The B-Sides*.

— Puisque tu vas entrer seul dans l'arène, déclara Jared, le moins que je puisse faire est de te donner des forces.

— Merci, bébé.

Nick l'embrassa sur la joue, s'attardant un peu à savourer le parfum de sa peau. Il se redressa et jeta :

— Je prends une douche rapide. Mon petit déjeuner n'aura pas le temps de refroidir.

Il tint parole et réapparut peu après, sur son trente-et-un, comme tous les dimanches.

Prince chantait : *When Doves Cry. Quand pleurent les colombes.* Avec un ricanement, Nick décida que des dieux stéréophoniques avaient un sens de l'humour intéressant.

Une fois servi, Nick s'installa à côté de Jared et mangea en rythmant la musique de son pied.

Jared lui sourit.

— Je ne m'attendais pas à te trouver d'aussi bonne humeur ce matin.

— Je cache bien mon jeu, répondit Nick. Je suis tellement tendu qu'il suffirait d'un rien pour m'envoyer sur orbite. Mieux vaut que j'évite la caféine en surdose ce matin.

Il étudia sa tasse, en sirota une gorgée prudente, puis roula des épaules.

— Ça va ? s'inquiéta Jared.

— Je ne sais pas. Je me sens bizarre, différent… Je vais recevoir un sale accueil ce matin dans ma communauté, alors pourquoi n'ai-je pas peur, hein ? Je vibre d'anticipation.

— Cela fait du bien d'être soi-même, remarqua Jared à mi-voix. Tu as laissé entrer l'air pur. C'est grisant !

Troublé, Nick fronça les sourcils.

— Ce qui m'inquiète vraiment, outre ma situation personnelle, c'est d'avoir compromis la position de Ste Anne. J'aurais peut-être dû attendre…

— Non ! coupa Jared. Tu n'as rien compromis du tout. Nous ne pouvons rien faire sans les conclusions du rapport Gilbert, alors, pourquoi ne pas penser à toi, pour une fois ? Tu peux profiter d'un peu de bonheur au milieu de la tourmente, non ? Quand tu prends une décision, tu n'es pas *toujours* censé donner la priorité à l'hôpital ou aux autres.

Nick soupira.

— J'espère que l'avenir te donnera raison. À présent, je dois partir.

Il regarda sa montre, s'essuya la bouche et se leva. Avant de quitter la cuisine, il se pencha pour embrasser son amant sur la joue.

Jared s'agrippa à sa main.

— Bonne chance !

Nick avait soigneusement chronométré son arrivée : il s'arrêta devant la maison au moment précis où sa famille en sortait. Sa grand-mère lui ayant annoncé qu'ils parleraient « en revenant », cela signifiait qu'elle ne dirait rien *avant* le service ou *pendant*. Nick avait donc jugé préférable de ne pas arriver en avance, ce qui ne ferait qu'ajouter à la tension générale.

Il regarda les trois femmes serrées les unes contre les autres sous le porche. Les deux matriarches avaient pris grand soin de leur tenue.

Il descendit les saluer et leur ouvrir la portière. Elles s'installèrent dans la voiture et Nick démarra. Le trajet fut essentiellement silencieux. Emmanuela tenta bien d'amorcer la conversation – en y incluant tout le monde –, mais elle obtint peu, sinon aucune réponse.

Étrangement, Nick se sentit plus confiant. Si la situation n'empirait pas, il se sentait capable de le supporter. Puisque sa mère et sa grand-mère ne l'avaient pas renié dès que la vérité était sortie du puits, peut-être le temps accomplirait-il son grand travail de guérison. Nick gardait espoir. Un jour, tout finirait par s'arranger. Ils ne retrouveraient jamais leur ancienne relation, mais peu à peu, une autre routine se mettrait en place. Il devait y croire.

À peine garé à l'église, cependant, il sut avec certitude que cet aspect de son ancienne vie serait aussi pénible qu'il l'avait craint, sinon pire. Kathryn avait cherché à le prévenir, quelques heures auparavant, mais il n'avait pas eu le temps de s'y préparer.

Il nota un changement dans le regard de ces gens qu'il avait toujours connus et il en souffrit. Ceux qui hier encore lui montraient soutien et admiration le fixaient aujourd'hui avec mépris ou reproche. Certes, tous n'étaient pas aussi critiques. Certains semblaient choqués, ou déçus — comme hier soir, au mariage.

D'autres étaient implacables. Ce fut atrocement douloureux, par exemple, de voir une ancienne voisine, qui lui avait enseigné le catéchisme étant enfant, se détourner de lui, la bouche pincée, comme s'il était une immondice. La semaine précédente encore, elle le remerciait avec chaleur du bel exemple qu'il était pour la communauté.

Pire encore, quelques parents écartèrent leurs enfants, comme si Nick risquait de les contaminer. Que s'imaginaient-ils au juste ? Que l'homosexualité était un virus ? Ou que Nick était pédophile ?

Il comprenait maintenant pourquoi Kathryn refusait d'approcher d'une église. Il espéra ne pas avoir à faire un choix aussi drastique.

Certains membres de sa communauté firent l'effort de le saluer, de lui sourire, d'agir aussi normalement que possible. James, en particulier, affichait un sourire éclatant. Les yeux brillants, il serra la main de Nick une seconde ou deux de plus que nécessaire en marmonnant un encouragement.

Nick devina qu'il recevrait très bientôt un autre pudding à la banane.

Pris d'une impulsion, il décida d'afficher ses couleurs et sourit.

— James ! Je suis heureux de te voir ! Jared et moi aimerions te recevoir à dîner. Quand es-tu libre cette semaine ?

Devant le silence écrasant qui suivit ses paroles, Nick sentit son pouls s'emballer, ses oreilles tinter, sa gorge se serrer.

À son grand soulagement, James réagit avec beaucoup de naturel.

— Cela me ferait très plaisir, vraiment. Je t'appelle dans la soirée et on se fixe une date, d'accord ?

— D'accord.

Le pasteur Robert, le visage assombri, approcha à son tour.

— Nous allons devoir parler, mon fils.

Nick s'y attendait, bien entendu, mais il trouva néanmoins la réaction assez modérée : le pasteur ne semblait pas prêt à le condamner à l'enfer éternel.

Une fois assis sur son banc, Nick laissa son esprit vagabonder sans prêter attention au sermon. Il tenta de faire le tri dans ses émotions, s'émerveillant presque d'être resté aussi calme dans la tourmente. En fait, il ignorait comment il y était parvenu. Serait-il en état de choc ? se demanda-t-il. C'était comme si son cerveau, incapable de gérer cette overdose émotionnelle et sensorielle, s'était mis en pause pour éviter la surchauffe et le burn-out. Du coup, Nick ne parvenait pas à imaginer sa vie si son coming out le faisait exclure de sa communauté baptiste.

Il devait se montrer prudent et donner à son nouveau moi, encore si fragile, une chance de s'épanouir.

À peine le service terminé, sa mère et sa grand-mère exigèrent de rentrer au lieu de s'attarder à discuter, comme elles le faisaient d'ordinaire. Nick n'en fut pas surpris. En revanche, il s'étonna que sa grand-mère prenne la parole à peine la porte de la voiture claquée.

— Quel gâchis tu as provoqué, mon garçon !

Elle était assise sur la banquette arrière. Nick lui jeta un coup d'œil dans le rétroviseur : elle avait la mine réprobatrice, figée. Avec un soupir, il reporta son attention sur la route.

— Je suis désolé, grand-mère.

Elle fit claquer sa langue. Quand Nick vérifia une seconde fois, elle avait détourné la tête et, les lèvres pincées, elle regardait par la vitre.

— J'étais si sûre que tu avais oublié ces absurdités ! C'est ce maudit ascenseur qui a tout déclenché.

— Non, grand-mère, rectifia Nick à mi-voix. Je suis né comme cela. Inutile d'accuser Jared de m'avoir corrompu.

Sa mère, qui fulminait jusqu'ici en silence, ne put tenir sa langue plus longtemps.

— Mais enfin, puisque tu t'en étais passé jusque-là, pourquoi changer *maintenant* ?

— Oh, Seigneur ! murmura Emmanuela.

Nick fit l'effort de rester patient et respectueux.

— Maman, voyons, ne sois pas ridicule, tu ne connais rien de cet aspect de ma vie, c'est tout. Sans rentrer dans les détails, je te garantis que je n'ai pas vécu en moine !

Écarlate de fureur, Aniyah éleva la voix :

— Eh bien, tu n'avais qu'à continuer en restant discret !

Grand-mère Emerson intervint, la main levée :

— Non, non, pas de cris et de récriminations en voiture, c'est impoli. Attendons d'arriver à la maison pour discuter.

Son autorité était telle que plus un mot ne fut prononcé pendant le reste du trajet.

À peine entrée chez elle, Aniyah, les yeux pleins de fureur, pointa le doigt sur son fils.

— Je veux savoir pourquoi tu as agi de cette façon. Pourquoi avoir tout changé ? Tout se passait si bien avant ! Tout était parfait !

Cette fois, Nick perdit patience.

— *Parfait* ? Pour qui, maman ? Pour toi et ton petit confort ou pour moi ? Est-ce que tu penses seulement à moi ?

— Ne me parle pas sur ce ton !

— Il faudrait savoir ! Si tu me poses des questions, je suis censé y répondre, non ? C'est le but d'une discussion. Je ne t'ai pas demandé de décider de ma vie à ma place ! J'ai enfin trouvé – ou plutôt *retrouvé* – la personne avec laquelle je veux partager ma vie. Et c'est un homme, bien entendu, parce que je suis gay. Je l'ai toujours été, même quand je faisais semblant de le nier. Je sais ce que tu vas me dire : l'Église considère l'homosexualité comme un péché. Possible, cela n'empêche pas Jared d'être un homme remarquable, gentil, attentionné, un des médecins les plus respectés de Copper Point.

— La Parole de Dieu est sans appel, rétorqua sa grand-mère.

— Et moi, ne suis-je pas aussi la création de Dieu ? Vous croyez vraiment qu'on choisit d'être gay ? Ce n'est pas le cas. Pourquoi Dieu a-t-il créé des gays s'il réprouve leurs voies ? Et même si j'admets être un pécheur, et alors ? Est-ce là TOUT ce que je suis pour vous ? Allez-vous renier tout ce que j'ai accompli sous prétexte que vous refusez de m'accepter tel que je suis ?

Quand il se tut, le cœur battant, sa grand-mère ne répondit pas. Elle le fixait en silence, les lèvres amères.

Très agacé, Nick continua :

— Si j'ai mis si longtemps à faire mon coming out alors que le monde changeait, alors qu'autour de moi, tous mes amis acceptaient librement leur orientation, c'est pour éviter que tu me regardes comme tu le fais aujourd'hui, grand-mère. J'ai perdu vingt ans de ma vie…

253

Sa mère répliqua avec feu :

— Nous voulions ton bonheur, mon fils ! Nous voulions te faciliter les choses ! Tu es noir, cela te rend déjà la vie déjà bien difficile. Pourquoi la compliquer ? Pourquoi ajouter l'homophobie au racisme ?

— Maman, je n'ai pas agi en me disant; *tiens, comment me compliquer la vie* ? Tu parles de me faciliter les choses ? D'accord, accepte-moi tel que je suis. Tu veux que je sois heureux ? Tu crois vraiment que je l'ai été ces vingt dernières années ? Eh bien, non, pas du tout ! Oui, j'étais en sécurité dans mon placard, mais chaque fois que je me regardais dans le miroir, j'avais honte de ma lâcheté. Certains jours, j'étais si mal dans ma peau que je voulais mourir parce que je ne voyais aucune solution à mon enfer. Trouves-tu vraiment ma vie plus compliquée si je dois me passer de quelques bigots ? Pas moi. Ils ne comptent pas pour moi, ils n'ont jamais compté. Mais toi, oui. Et grand-mère et Emmanuela. Alors, je n'ai rien dit et j'ai enduré… Aujourd'hui, je rêve d'être moi-même ! Cela me rend-il indigne de ton amour ? Si c'est le cas… si c'est le cas…

Il leva les mains et recula vers la porte.

— Je vais m'en aller, reprit-il d'une voix cassée. Je vais vous laisser réfléchir. Je t'aime, maman, j'aime ma famille. Vous comptez infiniment pour moi. Mais je ne peux pas… en supporter davantage.

Il pivota sur lui-même et s'enfuit sans laisser aux trois femmes une chance de le retenir.

Il retourna dans sa voiture et retourna chez lui en pilotage automatique. Une fois garé, il sortit, hébété, et avança vers la maison.

Je suis en sécurité, je suis chez moi.

Oui, cette maison était dorénavant son foyer.

Jared avait dû entendre la voiture. Il ouvrit la porte et tendit les bras. Nick s'y jeta. Il était chez lui, il pouvait se détendre et reconnaître combien la matinée lui avait été pénible.

Laissant l'étreinte de Jared dissiper la gangue glacée qui lui enserrait le cœur, Nick ferma les yeux et écouta les paroles que son amant lui marmonnait :

— Chut, je suis là. Ne t'inquiète pas, tout finira par s'arranger.

DANS L'APRÈS-MIDI, Jared et Nick se rendirent chez Owen et Erin, qui fêtaient leurs fiançailles. Jared veilla à éviter les conversations que Nick refusait d'avoir… tout en répondant de son mieux aux questions.

Assis devant la cheminée près de la mère de Simon, il déclara avec un sourire :

— Oui, Nick et moi sommes ensemble. Nous nous voyons depuis un moment, mais en secret, puisque Nick était dans le placard.

Les yeux de Madeline pétillaient de malice.

— Il vit chez toi, Jared, ce doit donc être sérieux entre vous !

Jared ne put s'empêcher de chercher Nick du regard.

— Oui, souffla-t-il. Très sérieux.

Dans ce contexte, les curiosités étaient amicales ou sympathiques, il en était conscient. Ce serait très différent le lendemain, une fois de retour au travail. Oui, Ste Anne Medical Center serait le vrai test.

En attendant, Jared profitait de la réunion, Nick aussi, puisque c'était la première fois qu'il sortait officiellement en tant que gay.

Malgré tout, ils apprécièrent tous les deux de rentrer chez eux. Nick paraissant épuisé, Jared chercha comment lui remonter le moral.

— Et si tu prenais un bain chaud ? proposa-t-il. Pendant ce temps, je me charge du dîner. Emporte un verre de vin et l'enceinte Wi-Fi portable. Tu te détendras mieux en musique.

Nick pressa la tête sur l'épaule de Jared.

— Bonne idée !

Les sourcils froncés, Jared le regarda monter l'escalier. Une fois seul, il feuilleta ses livres de cuisine, décidé à trouver une recette adéquate. Devait-il donner dans le sophistiqué ou viser la simplicité ? se demanda-t-il. Il finit par se décider pour un mix, soupe de tortellini au poulet et petits pains maison. Il mélangea ses ingrédients au robot et laissa la pâte lever, puis il vérifia le contenu de ses placards et décida de faire un saut à l'épicerie, ouverte le dimanche. Avant de partir, il laissa un petit mot sur le comptoir pour prévenir Nick qu'il n'en avait pas pour longtemps.

À peine rentré dans l'épicerie, Jared sentit le poids des regards. De toute évidence, tout le monde parlait de Nick et lui ! Ici, personne ne l'approcha pour le féliciter ou faire montre de curiosité. *Rien d'*étonnant après tout, se dit Jared. Même si certains clients à l'esprit ouvert ne trouvaient rien à redire à sa relation homosexuelle, ils ne le connaissaient pas assez pour oser lui parler.

Peu à peu, Jared comprit pourquoi l'accueil qu'il recevait le dérangeait : l'attitude des gens était anormalement distante. Or, il était gay depuis son adolescence, tout le monde le savait.

Alors, pourquoi ce changement ?

Oh, oui ! Owen et Simon avaient tenté de le mettre en garde. La veille au soir, ils l'avaient pris à part pour lui raconter leur expérience à peine s'étaient-ils engagés dans une relation sérieuse. D'un jour à l'autre, les gens, même ceux qui militaient pour le mariage pour tous, s'étaient mis à les traiter différemment. Simon, ayant connu très tôt des tas de complications sentimentales, avait expérimenté le phénomène le premier. Pour Owen, bien plus discret à Copper Point, c'était plus récent. Du coup, il en avait été assez surpris.

Les gens voyaient « les gays » comme un concept abstrait, une sorte d'entité presque asexuée. Affronter un couple homosexuel, ou, pire encore, des fiancés ou des mariés, leur posait un problème inattendu.

— Ne le prends pas personnellement, c'est tout, avait déclaré Owen. Les gens s'imaginent tolérants, l'esprit ouvert. Alors, ça les choque un peu de constater qu'ils gardent des traces de bigoterie bien ancrée. Qu'ils en soient conscients ou pas, tous les hétéros partagent la même idée préconçue : ils représentent la normalité, ils sont le sel de la terre. Tu devras les aider à comprendre qu'il leur faut évoluer.

Simon pinça la bouche.

— Oh, les bigots sont pénibles, mais il y a aussi les racistes ! Vous n'imaginez pas ce que je subis quand les gens me signalent que mon mari « n'est pas blanc ». C'est tellement odieux ! Franchement, je ne sais pas ce qui les choque le plus, que je sois gay ou que je veuille épouser un Asiatique. Hong-Wei parle peu de ces incidents, mais c'est pire pour lui, j'en suis certain.

En traversant l'épicerie, Jared comprit mieux ce que ses deux amis avaient cherché à lui dire. Pour la première fois, il s'inquiéta aussi des retombées professionnelles de cette triste publicité. Il était pédiatre. Certains parents refusaient déjà qu'un gay s'occupe de leurs enfants. Que se passerait-il quand sa relation avec un Afro-Américain deviendrait de notoriété publique ? En plus des réflexions homophobes, allait-il aussi recevoir des insultes racistes ? C'était probable.

Kathryn avait déjà ce problème dans sa patientèle : certaines parturientes préféraient subir deux heures de trajet jusqu'à l'hôpital voisin pour éviter d'être accouchées par une lesbienne latino.

Jared s'en voulut de s'être cru à l'abri. Fallait-il qu'il soit naïf !

Une fois rentré chez lui, il ressassa, le cœur en berne, et chercha à se préparer au pire.

Le lundi matin, dès son arrivée à Ste Anne, il découvrit que ses craintes étaient justifiées.

Il fixa la réceptionniste d'un regard incrédule.

— Pardon ? J'ai *combien* d'annulations, Helen ?

Très mal à l'aise, elle blêmit.

— Cinq, docteur. Et six demain. Je suis désolée.

Jared grimaçait en retournant à son cabinet.

Il était le seul pédiatre du centre familial, les quatre autres médecins qui y travaillaient étant des généralistes. L'un d'eux, déjà âgé, n'avait pas encore pu prendre une retraite méritée parce que la direction ne lui trouvait pas de remplaçant. Les trois autres avaient entre trente et quarante ans, l'âge de Jared ; deux étaient des femmes. Jared ne s'était jamais interrogé sur la sexualité de ses confrères, mais officiellement, tous étaient hétéros. Si ce n'était pas le cas, ils avaient bien gardé leur secret, ce que Jared pouvait difficilement leur reprocher. Tous étaient mariés avec des enfants. Le vieux Dr Franzén était même déjà grand-père. Les autres cherchaient constamment à accorder leurs emplois du temps chargés avec la danse ou les matchs de leur progéniture. Jared ne les considérait pas comme des amis, mais il avait avec eux des rapports cordiaux.

Ce matin-là, ils prirent tous soin de passer le voir et de papoter un moment. Même les deux membres de l'Église évangélique, sur lesquels Jared n'aurait pas parié lourd, le saluèrent gaiement en évoquant la belle cérémonie du mariage de Jack et de Simon. Aucun n'évoqua sa relation avec Nick, mais chacun, à sa manière, indiqua à Jared que leurs rapports demeuraient inchangés.

Les médecins ayant ouvert la voie, le personnel infirmier leur emboîta le pas, suivi par les réceptionnistes. Les exceptions se comptèrent sur les doigts de la main.

Dans l'après-midi, Helen repassa avec des nouvelles encore plus étonnantes.

— Docteur, je tenais à vous le dire, parce que je doute que vous l'appreniez autrement : les autres médecins ont prévenu la réception qu'ils refusaient jusqu'à nouvel ordre de recevoir de nouveaux patients mineurs. Ils reconsidéreront leur position dans un mois, mais pour le moment, ils ont assez à faire et Ste Anne a un pédiatre des plus compétents.

La gorge serrée par l'émotion, Jared mit un moment à retrouver sa voix.

— Merci, Helen.

Au cours de la journée, il avait envoyé plusieurs textos à Nick, pour savoir comment les choses se passaient de son côté. Apparemment, Nick expérimentait plus ou moins la même chose que lui. Oh, personne n'annulait un rendez-vous avec le directeur de l'hôpital, mais chacun trouvait un moyen plus ou moins subtil de faire passer le message. D'après le dernier message de Nick, les gens le regardaient différemment, certains lui reprochant même de leur avoir menti des années durant. Quand Jared proposa de déjeuner ensemble, il essuya un refus. Nick préférait ne pas verser de l'huile sur le feu.

Nick. Peut-être plus tard dans la semaine, d'accord ?

Ils avaient prévu de rentrer ensemble à la maison. Sa journée terminée, Jared attendit Nick dans le hall en lisant les nouvelles sur son téléphone et en sirotant une tasse de café achetée à la boutique. Habitué aux regards, il trouvait même qu'ils s'atténuaient déjà. *En un jour à peine ? Ce sera peut-être plus facile que prévu.*

Cette pensée lui avait à peine traversé la tête qu'il vit ses parents entrer à l'hôpital. Au début, il n'eut aucune réaction, pensant qu'ils rendaient visite à quelqu'un. Il lui arrivait de les croiser, que ce soit à Ste Anne ou en ville. En général, ils s'ignoraient. Parfois, ses parents le saluaient et Jared répondait avec une politesse distante. Cela n'allait jamais plus loin.

N'ayant aucune envie de faire un effort ce soir, il garda les yeux glués à son écran.

— C'est vrai ?

Il sursauta quand sa mère hurla cette question. Il releva la tête.

— Pardon ?

Maggie Kumpel vibrait de fureur.

— Tu es avec *cet homme* ? cracha-t-elle.

Oh, ils allaient lui faire une scène ? Et en public ?

Jared soupira.

— Tu es censée te tenir décemment dans un hôpital. Si tu en es incapable, je vais te demander de partir.

Brandon approcha, le teint ponceau.

— Alors, tu ne nies pas ? aboya-t-il.

Reprenant son téléphone, Jared envoya un texto rapide à Erin. Puis il croisa les bras sur sa poitrine.

— Pourquoi le ferais-je ? Je suis effectivement avec Nicolas Beckert et je vois mal en quoi ma vie privée vous regarde.

Sa mère haleta. Elle semblait prête à faire une crise cardiaque ici même, dans le hall. Jared se demanda si elle savait que dans ce cas, elle serait opérée par une musulmane.

— Romps ! cria-t-elle. Romps immédiatement, sinon, je ne veux plus de toi dans notre famille !

Sa voix tremblait de rage fanatique.

Jared se pencha en avant, les yeux étrécis.

— Je ne fais plus partie de cette famille depuis bien longtemps, chuchota-t-il. Je déteste les racistes à l'esprit étroit. Je vous ai reniés, papa et toi, dès que j'ai compris qui vous étiez !

— Tu oses... tu oses !

Elle leva la main pour le frapper.

Jared la regarda sans bouger. Cette gifle, il la voulait. À ces yeux, ce serait à la fois un solde de tout compte avec ses parents et la conclusion logique d'une journée de merde. Quand il était enfant, sa mère le giflait fréquemment pour une réponse insolente, une bêtise, ou parce qu'elle était énervée. Ce soir, il attendait ce geste ultime pour rompre définitivement des liens que le temps avait déjà distendus. Cette fois-ci, ce serait définitif. Jared ne se laisserait pas attendrir par de fausses paroles ou des excuses vaseuses.

Des pas lourds dévalaient l'escalier. Sans doute la sécurité que Jared avait réclamée à Erin. Ces renforts allaient-ils retenir la main de sa mère ? Ce serait regrettable.

Pourquoi cette déception étrange ? Il n'aurait su le dire et sa mère ne lui laissa pas le temps de pousser plus loin son auto-analyse. Elle le frappa de toutes ses forces, assez violemment pour que la tête de Jared parte sur le côté.

Brandon lui aussi levait la main. Cette fois, les gardes s'interposèrent et l'écartèrent sans ménagement. Une foule les entourait, les yeux avides, la mine horrifiée. Jared avait l'impression que tout le personnel du rez-de-chaussée était là, y compris quelques patients en principe confinés au premier étage.

Erin et Nick arrivaient ensemble au bas des marches.

Sans même effleurer sa joue lancinante, Jared toisa ses parents, aussi écarlates l'un que l'autre.

— Allez-vous-en, déclara-t-il calmement. Vous n'êtes plus rien pour moi. Je ne veux plus jamais vous voir ou vous parler. Quand j'aurai des enfants, ils ne vous reconnaîtront pas comme leurs grands-parents. Si je suis encore coincé dans un ascenseur, ne vous sentez pas obligés de me rendre visite. Vous n'avez plus de fils et je n'ai plus de parents. C'est clair? Vous et moi nous en porterons mieux.

Il leur tourna le dos et rejoignit Nick, près de la porte de l'escalier menant au parking. Sous sa mine impénétrable, Jared, qui le connaissait bien, devina sa fureur.

Il lui prit le bras avec un sourire.

— Tu as fini, Nick? On peut rentrer?

Un long moment encore, Nick toisa les parents de Jared. Puis il se détendit et répondit.

— Oui. Non, attends!

Il effleura du doigt la joue enflée et ajouta :

— Ne crois-tu pas que Jack devrait regarder cela?

— Inutile, je m'en chargerai. Allons-y, j'ai hâte de rentrer à la maison.

Sans se soucier des témoins, Jared se pencha et déposa un doux baiser sur la joue de son amant.

Puis, il redressa fièrement la tête et suivit Nick au parking.

EMMANUELLA APPELAIT Nick tous les soirs depuis le mariage de Jack et de Simon.

En cours de journée, elle lui envoyait des textos, mais le soir, après le dîner, elle téléphonait pour demander des nouvelles. Et aux bruits de fond qu'il entendait, Nick savait que sa sœur était au salon, non loin de leurs mère et grand-mère. Durant ces coups de fil, ni elle ni lui ne parlaient d'affaires familiales. Dans ses textos, en revanche, Emmanuela le tenait au courant et lui rappelait que la porte n'était pas fermée.

Manu. Elles s'adoucissent. Elles ne me disent rien expressément, mais elles sont aux aguets de tout ce qui se dit sur toi. Et je les ai entendues discuter de la visite des Kumpel à l'hôpital, elles craignaient qu'un de ces deux malades soit venu armé. Tu vois, maman disait vrai : ce qu'elles déplorent le plus, c'est que ta vie soit encore plus difficile.

Oui, Nick le savait, mais cela n'ôtait rien à sa frustration. Aussi heureux soit-il que ses mère et grand-mère se soucient encore de lui, il aurait surtout voulu qu'elles comprennent sa position : il préférait mille fois affronter les préjugés que continuer de vivre dans le mensonge.

Maintenant que la vérité avait enfin éclaté au grand jour, Nick réalisait combien cela lui était nécessaire pour s'épanouir. Après ces années de souffrance et de déni, il ne pouvait avoir de regrets – et encore moins envisager un retour en arrière.

Rien n'était simple ou acquis, bien entendu. La route qui s'ouvrait devant lui restait parsemée d'écueils. Les potins étaient pénibles, tout comme le changement subtil qu'il avait noté dans l'attitude du personnel de Ste Anne. Peu importait, Nick était prêt à se battre sur ce plan-là.

Il devait aussi prendre une décision concernant l'hôpital. L'enquête du cabinet Gilbert n'avait pas abouti, aussi Nick et le conseil envisageaient-ils de renoncer à savoir la vérité sur le sabotage. Au final, il leur faudrait choisir : réparer l'ascenseur ou construire un nouveau bâtiment ? Dans les deux cas, ils avaient besoin de fonds.

Nick était en faveur d'une émission obligataire tout en sachant que trouver une telle somme auprès des investisseurs ne serait pas facile. Les articles subversifs de Peterson avaient fragilisé la confiance des habitants de Copper Point vis-à-vis de Ste Anne et de son conseil d'administration.

Et Nick en avait rajouté une couche en révélant sa véritable orientation. Il supportait très mal l'idée que son coming out puisse porter préjudice à l'hôpital.

Cerise sur le gâteau, il perdit un fidèle supporter deux semaines après le mariage de Jack et de Simon.

Jeremiah Ryan entra dans son bureau et s'assit en face de lui, le visage sévère. Il parla sans mâcher ses mots et sans cacher sa déception.

— Je ne suis pas content de toi, Nicolas ! Je ne m'attendais pas à une telle trahison de la part du fils de mon vieil ami Collin !

Sidéré de cette accusation, Nick cligna des yeux plusieurs fois.

— Je suis désolé, M. Ryan, mais je ne comprends pas. De quoi parlez-vous ?

— De ma *fille* ! tonna son vis-à-vis. Comment as-tu osé lui faire croire que tu t'intéressais à elle alors que tu avais des… des vues sur un médecin de cet hôpital ! *Un homme* !

— Monsieur, je n'ai jamais délibérément trompé votre fille quant à mes intentions. Cynthia est une amie, c'est aussi une femme charmante avec laquelle j'avais plaisir à discuter et à travailler. Étant donné que je suis gay, rien n'aurait été possible entre nous. Je regrette que votre opinion de moi ait changé depuis que vous avez appris mon orientation.

Ryan soupira.

— Voyons, je n'ai jamais caché que je te voulais comme gendre ! Tu n'es pas idiot, tu as dû le comprendre.

— C'est exact, monsieur, je m'en doutais, mais une fois encore, je considère Cynthia comme une amie, rien de plus. Et comme je n'avais pas fait mon coming out, me justifier était un peu délicat. Si j'ai déçu vos attentes, veuillez m'en excuser.

Ryan leva les mains.

— Très bien, très bien, n'ajoutons rien, mais tu comprendras que dans ces conditions, je retire ma proposition de financer Ste Anne Médical Center. Je le faisais surtout pour faciliter ton mariage avec ma fille. De toute façon, tu n'as sans doute pas besoin de moi, tu es un garçon brillant, tu trouveras d'autres solutions. Nous en rediscuterons quand je serai calmé.

Très ému, Nick avait la gorge serrée.

— Bien sûr, M. Ryan. Ma porte vous sera toujours ouverte.

Pourquoi était-il dans un état pareil ? se demanda-t-il une fois seul. Il n'avait jamais eu l'intention d'accepter l'offre de Ryan ! Erin, Nick et le conseil étaient tombés d'accord pour refuser une prise de contrôle extérieure.

Après réflexion, Nick reconnut avoir une haute opinion des Ryan, père et fille, aussi le mépris de Jeremiah était-il une pilule amère à avaler. Sans doute aurait-il dû être plus clair vis-à-vis de Cynthia. Au moins, Ryan ne se serait pas fait d'idées.

Le lendemain, second choc : Nick reçut un appel téléphonique. À son grand soulagement, Peterson n'évoqua pas son coming out, mais la conversation ne fut pas agréable pour autant.

— J'ai appris que vous envisagiez une émission obligatoire, ricana Peterson. Si vous voulez mon avis, les investisseurs ne vont pas se bousculer ! Et je me contrefiche que votre petit cabinet de fouinards cherche des infos : jamais Copper Point ne vous versera un rond !

Au nom du Ciel ! pensa Nick. Il aurait tellement aimé avoir de quoi incriminer cette ordure.

— Nous verrons.

— Oh, c'est tout vu ! s'esclaffa Peterson. J'espère que vous ne comptez pas sur ce prétendu sabotage pour étayer votre demande ?

Nick se figea.

— Pardon ?

Peterson ronronna de satisfaction.

— Je sais ce que vous essayez de faire, mon petit vieux, vous n'avez aucune chance. Vous ne trouverez rien. Dommage, hein ? Je suis sûr que le barracuda espérait autre chose ! Hélas, pour attaquer en justice et espérer une grosse somme, il faut des preuves solides, hé, hé, hé.

Il riait, content de lui.

Nick ne put le supporter plus longtemps.

— Merci de vous soucier de notre hôpital, M. Peterson, mais je vous l'ai déjà dit maintes fois, votre proposition ne nous intéresse pas.

— Je sais, je serai patient. Une fois que vous aurez pris la porte, je veillerai à ce que votre successeur soit moins borné. Que c'est regrettable pour le nouveau conseil, si jeune, si novice, qui n'aura pas eu l'occasion de faire ses preuves. Je me demande si quelques membres réussiront à repasser aux prochaines élections.

— Bonne journée, M. Peterson.

Sur ce, Nick lui raccrocha au nez.

Il quitta Ste Anne plus tôt que d'ordinaire, après avoir envoyé un texto à Jared pour indiquer qu'il rentrait à pied. Il comptait sur le vent automnal pour lui éclaircir les idées.

En passant devant la maison Amin, il aperçut Zaika dans le jardin, elle le salua de la main. Elle surveillait les enfants qui jouaient dehors tandis que leur grand-père réparait la tondeuse à gazon.

Cette famille unie le rendit un peu triste. Il était fatigué, il se sentait seul, les siens lui manquaient. Il aurait voulu s'attabler dans la cuisine avec sa grand-mère, évacuer sa frustration, lui parler de son projet d'obligation et écouter ses conseils toujours pleins de sagesse. Il aurait aimé entendre sa mère s'indigner que Ryan ou Peterson doutent de son fils, et assurer – comme elle l'avait longtemps fait – que si Nick s'en donnait la peine, il était capable de remuer les montagnes.

Il rêvait aussi d'épouser Jared et d'élever des enfants avec lui. Il aurait aimé faire part de ses objectifs à sa mère et sa grand-mère, qu'elles en soient heureuses et excitées. Connaîtrait-il un jour ces moments à la fois tranquilles et idylliques que vivaient les Amin ? Parfois, il était si découragé qu'il en doutait.

Il était épuisé en arrivant chez lui, ses soucis – et même ses pensées – pesaient sur lui de façon écrasante. Il envisagea de prendre un jour de congé, il en avait besoin. Vingt-quatre heures sans s'inquiéter d'avoir commis une terrible erreur en pensant à lui et à son bonheur, alors que sa décision avait tant blessé ses proches. Il voulait aussi oublier tout le travail accompli ces dernières années avec Erin et qui risquait d'être anéanti – peut-être à cause de lui.

Un jour pour être lui-même sans se tracasser pour son travail, sa famille et ses amis.

Il entra chez lui par la porte du garage et soupira de soulagement. Il n'avait pas encore ôté sa veste quand on frappa à la porte d'entrée. Il jeta un coup d'œil et vit qu'il s'agissait du pasteur Robert.

Il alla ouvrir, le cœur lourd.

Le pasteur lui offrit un sourire contraint. Lui aussi paraissait très las.

— Bonsoir, Nicolas. Je vous ai vu arriver et j'ai pensé profiter de l'occasion pour vous parler. Je ne vous dérange pas, j'espère ?

Nick s'écarta et fit signe au pasteur d'entrer.

— Non, bien sûr que non. Entrez. Que puis-je vous offrir à boire ?

— Un verre d'eau, merci.

En rapportant au salon un plateau avec deux verres et une carafe, Nick eut la sensation que ses mains étaient deux blocs de plomb. Il était à la fois nerveux et soulagé. La conversation serait difficile, mais justement, autant ne pas la reporter. En certains domaines, Nick n'aimait pas procrastiner.

Le pasteur accepta son verre, il en sirota une gorgée, puis garda un moment le silence, comme pour préparer son discours.

Il soupira et lança :

— Je présume que vous connaissez la raison de ma présence.

Nick esquissa un rictus.

— Je présume que vous êtes venu me voir parce que vous avez entendu la rumeur : Jared Kumpel n'est pas seulement mon colocataire.

Le pasteur releva les yeux.

— Est-ce la vérité ?

— Oui. J'aime Jared, je vis avec lui dans tous les sens du terme.

Le pasteur secoua la tête.

— Ah, fils !

Voilà qu'une fois encore, Nick décevait un homme dont l'opinion comptait pour lui. Il en fut blessé au cœur. Puis il se demanda : qu'allait-il encore devoir endurer ? Une réprimande, une condamnation ou un rejet définitif de la communauté baptiste ?

Seigneur, qu'il était fatigué !

Il s'éclaircit la gorge.

— Je suis gay, pasteur Robert, je suis né comme ça et je ne peux rien y changer. J'ai toujours été conscient de mon orientation, mais j'ai longtemps été dans le déni. Par lâcheté, par facilité, je ne sais pas. J'ai enfin ouvert les yeux en tombant amoureux de Jared – ou plus exactement en le retrouvant après deux décennies de séparation. J'ai alors compris que ma vie ne serait jamais complète si je ne m'acceptais pas tel que j'étais.

Le pasteur garda le silence un long moment. Lorsqu'il parla enfin, il semblait choisir ses mots avec un soin méticuleux :

— Je respecte la difficulté de votre chemin et votre besoin de vous *accepter*, comme vous dites. Je suis votre ami, Nicolas, je suis aussi votre aîné et je vous ai vu grandir. Je vous connais et je sais que cette relation avec le Dr Kumpel ne change rien à l'homme que vous êtes au plus profond de vous. Votre bonheur me tient à cœur, bien sûr. Après tout, chaque humain y a droit. Mais je suis aussi votre pasteur et ma foi m'interdit de tolérer le péché. Si vous allez contre la loi divine, vous mettez en danger votre âme immortelle !

Nick crispa les doigts sur son genou pour retenir un mouvement d'humeur.

— Dieu est mon créateur, déclara-t-il avec feu, c'est donc Lui qui m'a fait tel que je suis. S'Il attend de moi une vie amputée parce que je ne suis pas mon cœur, eh bien, j'en discuterai avec Lui quand je me retrouverai devant son tribunal pour peser mes péchés et mes bonnes actions. Je vais être franc avec vous, pasteur, je ne suis pas très inquiet. Dieu étant Amour, je doute qu'il condamne totalement la nature de mon péché.

Le pasteur le toisa sévèrement.

— Vous parlez bien légèrement du péché, mon fils ! Seriez-vous aussi indulgent envers un meurtrier ou un époux adultère ?

Les yeux de Nick flamboyèrent

— Le meurtre et l'adultère portent tort à autrui ! Mon amour pour Jared ne nuit à personne, que je sache ! Comment osez-vous une comparaison aussi grossière et insultante ?

Le pasteur pinça les lèvres.

— Ne me parlez pas sur ce ton, vous abusez de ma patience !

— Pourquoi ? Parce que je refuse d'être assimilé à un homme capable de tuer ou faire souffrir sa partenaire ?

Le pasteur leva les mains.

— Très bien, admettons, écoutez, Nick, je comprends votre position mais, quel que soit mon désir de fermer les yeux, je ne peux aller contre la loi divine. La même règle doit s'appliquer pour tous. Je ne veux pas risquer de diviser notre communauté, les conséquences seraient déplorables. Je sais parfaitement que parmi nos brebis, d'autres sont comme vous attirées par les personnes de leur sexe, mais ils restent discrets, sans faire de vagues. Pourquoi ne pas suivre leur exemple ?

— Parce que je veux vivre ma relation au grand jour.

— Je vois. Dans ce cas, vous ne me laissez pas le choix, je vais vous demander de démissionner de votre poste de diacre. Quant à continuer à assister aux offices, je ne sais pas encore. Votre attitude va provoquer une forte agitation.

Nick pensa à Kathryn, qui avait totalement tourné le dos à l'Église. Il évoqua également sa mère et sa grand-mère, et leurs silences glacials. Oui, tout abandonner était une option. Ce serait même la facilité. Il considérerait ces pertes comme des dommages collatéraux.

Il avait travaillé dur pour arriver où il en était aujourd'hui. En chemin, il avait dû faire de très lourds sacrifices. De ce fait, sa volonté s'était endurcie. Il ne reculait pas devant la pression.

— Ce sera à vous de la gérer, pasteur, déclara-t-il.

Le pasteur passa une main dans ses cheveux et se leva.

— D'accord. Je vais voir ce que je peux faire. Je ne vous promets rien. Personnellement, je ne vous rejetterai pas, pour notre communauté, c'est une autre histoire. La bataille est loin d'être gagnée !

Nick montra les dents.

— J'ai l'habitude de me battre.

Nick reconduisit le pasteur à la porte et ils échangèrent une solide poignée de main. Une fois seul, Nick retourna au salon et se laissa tomber dans le canapé. Il ferma les yeux, espérant dissiper la migraine que lui laissait cet entretien tendu.

À sa grande surprise, il s'endormit.

Quand il ouvrit les yeux, Jared était penché sur lui, l'air inquiet. Ce fut le praticien et non l'amant qui posa une main sur son front.

— Est-ce que ça va, chéri ?

Nick lui attrapa la main et l'embrassa.

— Oui, très bien, répondit-il.

Et tant que Jared était auprès de lui, c'était la vérité.

XVI

JARED SOUFFRAIT de voir Nick aussi abattu.

— J'aimerais tant l'aider ! dit-il à Owen début novembre.

Les deux amis étaient seuls à Ste Anne, dans la salle de repos des médecins. Ram et Amanda, deux membres du conseil, venaient d'être réélus, mais de justesse. Tous deux étant professeurs à BU, tout le monde savait qu'ils avaient gagné grâce aux votes de l'université.

Jared se tordit les mains et insista :

— Nick subit une telle pression ! Il s'est autopersuadé qu'il devait exceller en tout, sinon faire mieux encore. Le pire, c'est qu'il n'a pas tort. Comme tous les yeux sont fixés sur lui, l'échec n'est pas une option. Il travaille si dur ! J'aimerais le soutenir, l'aider, et je n'ai pas l'impression d'en faire assez.

Owen sirota son café avant de lui jeter un coup d'œil.

— Tu sais, Jared, je ne te reconnais plus. Tu étais si autoritaire, incisif. Je m'étonne de te voir aussi prudent auprès de Nick. Tu cherches à lui adoucir les angles, j'en suis conscient, mais ne pas aboyer des ordres ne te ressemble pas.

Jared crut à une plaisanterie.

— Eh bien, j'aimerais pouvoir le faire, mais vu ce qui se passe actuellement, je doute que le moment soit bien choisi.

— Cela se discute. Je ne te demande pas de le harceler, juste de cesser de jouer la petite souris attentive et discrète. Il t'aime ? Dans ce cas, il aime aussi ta nature énergique. C'est une de tes forces, peut-être en a-t-il besoin pour faire baisser la pression. Si tu veux l'aider, pourquoi ne pas tenter le coup ?

Jared ressassa longuement ce conseil.

Au début, il ne changea rien à sa routine. Chaque soir, Nick rentrait du travail épuisé. Quand Jared l'interrogeait, il répondait toujours la même chose : Erin et lui s'inquiétaient du financement des rénovations nécessaires à Ste Anne. Ils s'apprêtaient à annoncer l'émission d'une obligation en mai prochain, mais craignaient dans le contexte actuel que l'idée soit mal reçue. Pire encore, Nick se reprochait d'avoir fragilisé Ste Anne par son coming out.

Jared ne comprenait pas cette dernière inquiétude. Oui, certains bigots homophobes leur faisaient grise mine, mais dans l'ensemble, leur couple était plutôt bien accueilli. Ceux qui les détestaient auparavant n'avaient pas changé d'avis, certes, mais de parfaits inconnus s'étaient mis à leur sourire. Politiquement parlant, Jared jugeait le résultat globalement positif.

Le problème, comprit-il un soir en sortant dîner avec Nick au Café Cuore, c'était la perception que les gens avaient d'eux. Il nota le sourire chaleureux de l'hôtesse, l'affabilité empressée du serveur et quelques regards curieux dans la clientèle, mais d'après lui, leur relation était désormais acceptée et entérinée.

Il le signala à Nick, sans obtenir la réaction voulue.

— Je me fiche de ce que pensent ces gens-là ! souffla Nick. Ce sont les électeurs qui me posent soucis.

Sidéré, Jared posa sa fourchette et fronça les sourcils.

— Mais ces gens sont aussi électeurs ! Ils ne te font pas une ovation, je te l'accorde, mais ils te traitent de façon tout à faire normale.

— Ce sera seulement après le vote que j'aurai la réponse à cette question qui me hante : ai-je fait mon coming out au pire moment qui soit ? En plus, je crains toujours que Peterson ait d'autres atouts dans sa manche pour me torpiller. Chaque fois que je prends une décision, je me demande si je ne joue pas son jeu.

— Quel genre de décision ? s'étonna Jared.

Nick jeta un regard affolé autour d'eux.

— Chut ! Parle moins fort.

— Tu penses vraiment qu'il a des espions ici ce soir ?

— Il avait placé des pions à l'hôpital, en tout cas. Je te rappelle que son sabotage a failli nous tuer. Et il sait tout ce qui se passe à Ste Anne et au conseil. L'autre jour, quand il m'a téléphoné, il m'a nargué en disant que nous ne trouverions rien et que sans preuve, nous ne pourrions rien contre lui ! Son but est de me détruire. Il est dangereux, il est capable de tout. Alors je me méfie.

Oh, Nick. Ce n'est pas Peterson qui te détruit en ce moment, c'est le souci constant que tu te fais. Ce n'est pas sain du tout.

Jared n'exprima pas son avis à haute voix.

Le lendemain, il passa voir Rebecca : il voulait l'avis d'une experte.

— Vous connaissez les craintes de Nick. Sont-elles légitimes, d'après vous ?

Rebecca le fixa en sirotant son thé.

— Oui, bien entendu.

Ce n'était pas la réponse que Jared aurait voulue.

— Nick se ruine la santé, déclara-t-il. Je dois l'aider, nous le devons tous, mais je ne sais pas comment. Puisque les agents de Gilbert n'obtiennent aucun résultat probant, pensez-vous que nous puissions trouver des preuves contre Peterson ? Peut-être en interrogeant tout le monde, nos voisins, nos connaissances…

— Lors de la dernière réunion, Erin a évoqué l'idée de faire campagne. Là, vous parlez plutôt de nous lancer dans le porte-à-porte.

Elle y réfléchit un instant puis acquiesça.

— Oui, pourquoi pas ? Il nous faut un slogan qui marque les esprits. Vous auriez une idée ?

— Un slogan ?

— Oui, les gens voudront savoir quel est le message que nous cherchons à leur faire passer. En dehors du fait que Ste Anne a besoin de nous tous, bien entendu.

Jared était un peu perdu.

— Je n'y ai pas réfléchi, admit-il

— Bien, reprit l'avocate, réfléchissons. Peterson a entamé les hostilités avec ses articles contre nous. Nous savons donc contre quoi nous luttons. Quelle sera notre riposte ? Allons-nous résumer le programme de Nick et du conseil ? Souligner notre diversité ? Flatter l'ego des électeurs ? Comptez-vous révéler que l'ascenseur a été saboté ? Que cherchez-vous à dire à Copper Point, Jared ?

Les idées qui tourbillonnaient dans la tête de Jared lui donnaient presque le vertige.

— Tout ! Concernant le sabotage, il nous faudra l'aval du conseil, puisque nous avions convenu de ne rien divulguer, mais le reste… oui. Tout ! Croyez-vous que ce soit possible ? Nos opposants camperont sur leurs positions, je le sais bien, mais je pense à tous ceux qui hésitent encore… peut-être aimeraient-ils savoir que notre but est de propulser Ste Anne et Copper Point vers l'avenir, non ? Cela flatterait leur ego, peut-être cela les poussera-t-il aussi à voter pour nous ?

— Vous avez votre slogan, Jared. *Ste Anne : pour propulser Copper Point vers l'avenir !*

Jared frappa dans ses mains.

— *Génial* ! Merci, Rebecca. Je vais de ce pas en discuter avec Erin.

Au grand soulagement de Jared, Erin fut emballé aussi bien par l'idée du porte-à-porte que par le slogan.

— Les membres du conseil ne seront pas les seuls à s'engager dans cette action! s'exclama-t-il. Tout le personnel de l'hôpital s'y mettra aussi, y compris les médecins. Outre le porte-à-porte, nous allons organiser une kermesse au centre communautaire, nous parlerons de soins, de programme familial, nous aurons des stands d'information et de distraction. Nous présenterons aussi les plans du nouvel hôpital pour recueillir les avis et recommandations de la communauté.

Owen lui aussi était à fond pour le projet.

— Jack pourrait inviter des amis à lui, des spécialistes qui parleraient de tout ce qu'un nouvel hôpital serait susceptible d'offrir à Copper Point. Et Ryan, le spécialiste des comptes et des bilans, leur fera miroiter d'éventuels bénéfices.

Jared fit la grimace.

— Oublions Ryan pour le moment, déclara-t-il. Il en veut trop à Nick pour nous être utile. En revanche, sa fille serait peut-être plus souple. À ce stade, nous n'avons pas besoin d'eux, nous pouvons nous servir de l'audit du cabinet Gilbert. Pourquoi ne pas consulter aussi le conseil municipal et voir ce qu'il en pense? Peut-être la mairie acceptera-t-elle de faire campagne avec nous!

Erin hocha la tête.

— C'est vrai, les possibilités sont nombreuses. Nous avions prévu d'attendre avant d'agir, mais prendre un peu d'avance ne peut pas faire de mal. La question maintenant est de savoir quand en parler à Nick. Pour faire campagne, il faut l'approbation du conseil, mais Nick est directeur de Ste Anne. Par courtoisie, tu devrais le mettre au courant avant tout le monde. Je m'étonne même que tu ne l'aies pas déjà fait.

— Si je me suis lancé dans l'aventure, expliqua Jared, c'est pour le soulager du fardeau qu'il porte sur ses épaules. Ces derniers temps, il ne voit que les aspects négatifs. Je voulais lui démontrer qu'il nous est encore possible d'inverser la vapeur et d'influencer l'opinion publique en notre faveur. Et aussi que son coming out ne sera pas fatal à Ste Anne. Et qu'il n'a pas perdu tout son pouvoir en affichant ouvertement son orientation. Quelque part, il le sait, je présume, mais il n'y croit pas, ou plutôt, il ne s'autorise pas à y croire. Tu as raison, Erin, je vais lui parler. Il me faut juste trouver un moyen de le faire sans qu'il m'envoie sur les roses. En ce moment, il est un peu caractériel.

— Séduis-le! lança Owen. Utilise ton charme et du bon vin. Non mais franchement, Jared, pourquoi tout compliquer? Nick n'est pas le seul à avoir

perdu le nord, on dirait. Entre vous deux, il y a toujours eu une sorte de...
lutte pour le pouvoir. C'est la façon dont vous communiquez. C'était déjà
le cas à l'école secondaire, je m'en souviens, même si j'ignorais à l'époque
que vous fricotiez en cachette. C'est peut-être ce dont il a besoin. Fonce dans
l'arène, prends-le à bras le corps et fais-lui toucher le sol. Ensuite seulement,
explique-lui ton plan comme tu viens de le faire avec nous. Et s'il résiste,
séduis-le une seconde fois. Je ne vois pas comment il te résisterait.

Du vin, du sexe et un peu de domination? Hmm. Présenté ainsi,
cela paraissait simple et tellement évident. Pourquoi Jared avait-il mis si
longtemps à le voir? Concentré sur le fait de laisser à Nick le champ libre,
Jared avait oublié un des rituels qui cimentaient leur couple. Owen avait
raison, c'était ainsi que Nick et lui communiquaient.

Bien. La trêve venait de prendre fin.

Jared se leva.

— Je dois y aller.

Owen lui sourit par-dessus le bord de sa tasse de café.

— Amuse-toi bien.

NICK ÉTAIT vidé, lessivé, au point qu'il avait la sensation d'avoir perdu sa
substance. Ses muscles lui faisaient aussi mal que s'il avait cassé des cailloux
pendant des jours, pourtant, il devait veiller à ce que personne ne le remarque.

Il ne supportait plus ses doutes et les constantes questions qu'il se
posait, cela le minait. Il en avait assez de juger chaque personne qu'il
rencontrait – était-ce un ami ou ennemi? – ou de ressasser longuement
chaque interaction. Le soir dans son lit, bien après que Jared s'était
endormi, Nick s'inquiétait : agissait-il en directeur sensé et responsable?
Objectivement, il savait qu'en ressassant ainsi, il ne faisait qu'empirer une
situation déjà tendue, mais il était incapable de s'en empêcher. Cela n'était
pas en son pouvoir.

Aussi fatigué qu'il soit, il ne parvenait pas à dormir. Et la moindre décision
à prendre, fut-elle futile, devenait un problème. Si Jared n'était pas là pour
sélectionner une série à la télévision ou une chanson sur la stéréo, Nick passait
d'une chaîne à l'autre, d'un CD à l'autre jusqu'au moment où il abandonnait,
hyper énervé. Plusieurs fois, il avait quitté son lit au milieu de la nuit, le cerveau
court-circuité, pour descendre et faire les cent pas au salon comme un animal en
cage. Tenté de demander à Jack un calmant, un anxiolytique, n'importe quoi, il

résistait, sachant que s'il cédait, il aurait un autre secret à cacher – le directeur se drogue! –, ce qui ne ferait qu'ajouter à son stress.

Et pourtant, il aurait tout donné pour oublier un moment les idées noires qui lui mitraillaient le cerveau.

Plus frustrant encore, il savait que Jared se faisait du souci pour lui. Nick essayait bien de donner le change, mais Jared, qui le connaissait mieux que tous les autres de son entourage, ne se laissait pas abuser. De plus, c'était seulement près de Jared que Nick se sentait libre de laisser tomber son masque, d'exprimer ce qui lui pesait sur le cœur. S'il perdait cette soupape, jusqu'où sombrerait-il?

À ses pires moments d'anxiété, il se pelotonnait contre son amant sur le canapé, devant la télévision, il fermait les yeux et savourait la proximité de Jared, son odeur, sa chaleur.

Sans Jared, Nick n'aurait pas pu continuer.

Mi-novembre, il rentra à la maison. C'était un dimanche. Comme d'habitude, il avait accompagné sa famille à l'église. Il n'avait remarqué aucune amélioration sensible. Sa communauté le traitait en chien galeux qu'on évite autant que faire se pouvait, sa grand-mère et sa mère consentaient à le laisser déjeuner avec elles, mais l'ambiance de ces repas dominicaux était si pesante que Nick en ressortait les tripes nouées.

En arrivant chez lui, il espérait emmener Jared au lit et le baiser jusqu'à en oublier ses soucis. Malheureusement, il n'était pas là. De prime abord, Nick en fut contrarié, puis il s'en voulut de sa réaction. Jared était-il censé passer sa vie à l'attendre?

À la fois déçu et désœuvré, Nick zappa d'une chaîne à l'autre, puis d'un CD à l'autre, puis il feuilleta un magazine. Il préférait rester occupé afin d'éviter d'avoir à réfléchir.

Quand il entendit la voiture entrer dans le garage, il soupira de soulagement et se rendit dans la cuisine, impatient de se ruer dans les bras que son amant ne manquerait pas de lui tendre. Le cœur battant d'émotion, il sourit d'anticipation quand la porte s'ouvrit, tout en cherchant à ne pas dévoiler sa vulnérabilité.

Au premier coup d'œil qu'il jeta à Jared, Nick oublia ses préoccupations antérieures pour se poser de nouvelles questions.

Que s'était-il passé?

Jared était essoufflé, comme s'il avait couru au lieu de conduire. Et ses yeux brillaient d'une détermination presque sauvage.

Nick se figea et pencha la tête. Jared paraissait... dangereux.

Un souvenir lointain lui revenait en mémoire. Ce jour fatidique de leur adolescence où tout avait commencé entre eux. Ils étaient ensemble dans la chambre de Nick, Jared l'avait traqué à travers la pièce, il lui avait arraché des mains la manette de son jeu portable avant de le pousser sur le lit pour s'asseoir sur ses genoux. Peu après, les deux garçons avaient le pantalon aux chevilles, ils s'embrassaient avec ferveur et Nick serrait leurs deux queues dans son poing crispé.

D'instinct, il recula d'un pas. Quand son cul heurta le comptoir de la cuisine, il s'y accrocha à deux mains.

Jared le toisa, puis il déposa ses clés sur la console près de la porte.

— Il faut qu'on parle.

En temps normal, ce genre d'annonce était de mauvais augure, mais Nick fut surtout sensible au feulement sensuel avec lequel Jared avait prononcé ces quelques mots. Son corps y répondit : il bandait déjà.

— Parler ? De… quoi ?

Jared avança. Du pied, il força Nick à écarter les jambes pour lui faire de la place. Il se colla à lui, la main posée sur sa poitrine, au niveau du cœur.

— La liste est longue, répondit Jared. J'ai une idée pour influencer l'opinion publique et faire un succès de l'émission obligataire. J'en ai déjà parlé à Erin et je pense que cela te plaira. Mais avant cela…

Ses longs doigts suivirent la ligne de la mâchoire de Nick et se glissèrent jusqu'à l'oreille.

— … je te dois des excuses, ajouta-t-il.

Des *excuses* ? Nick pensait plutôt à une *fellation*. Il fixait son amant, presque hypnotisé. Cela faisait un moment que Jared ne l'avait pas approché de cette façon, autoritaire et féline, comme une panthère. Et Nick avait oublié combien il aimait cette attitude prédatrice.

— Des excuses ? bredouilla-t-il. P-pourquoi ?

— Parce que je me suis écrasé un peu trop longtemps après t'avoir promis de te laisser du temps et le champ libre. Le fait que tu m'aimes autoritaire et décidé m'était presque sorti de l'esprit. Oh, à Ste Anne, tu es le grand patron, Nick chéri, et tu es sacrément doué pour ça, mais en privé, avec moi, tu as parfois besoin que je prenne les rênes et décide pour toi. Je m'excuse d'avoir été tellement pris dans les retombées de ton coming out que j'en ai raté les indices. Je compte rectifier le tir sans attendre.

Du pouce, il caressa la lèvre inférieure de Nick.

Oh, oui ! Nick était prêt, sa queue était au garde-à-vous.

— Que veux-tu que je fasse ?

Jared l'embrassa, puis il lui prit la main et le tira vers l'escalier.

— Suis-moi.

Nick obtempéra sans broncher. Oui, il adorait le côté dominateur de Jared. Autoritaire, sexy, confiant. De tous les hommes qu'il avait connus, Jared était le seul de qui il acceptait de recevoir des ordres, le seul qui savait les équilibrer avec tact et subtilité. Il n'était pas arrogant, il n'humiliait jamais. Il ne contrôlait Nick que lorsqu'il sentait que son partenaire, qu'il le sache ou pas, en avait besoin. Ensuite, Jared le lui rendait au centuple et Nick se sentait un vrai dieu. C'était délicieux, tendre, parfait. Nick se soumettait sans perdre une once de sa fierté.

En ce moment précis, cela lui était plus nécessaire que l'oxygène.

La chambre était sombre, les rideaux tirés. Jared n'y toucha pas, se contentant d'allumer les lampes de chevet. Quand Nick voulut se déshabiller, Jared leva un doigt sévère.

— Non. Tu ne bouges pas, tu attends mes ordres. Tu as besoin d'un répit, aussi t'interdis-je de penser jusqu'à demain matin. C'est compris?

— Oui.

— Je suis médecin, lui rappela Jared. Considère qu'il s'agit d'une prescription utile à ta santé mentale.

— On joue au docteur? C'est nouveau.

Une pensée terrible l'assombrit.

— Attends! reprit Nick. Est-ce aussi un jeu que tu pratiquais avec ton pompier?

Jared soupira et se pinça l'arête du nez.

— Je t'ai interdit de penser! Je vais cependant répondre à ta question, non, je n'ai jamais joué au docteur ni avec le pompier ni avec personne. Tu es le seul avec lequel je me sens libre de tout lâcher.

Nick sourit. Jared était un magicien, finalement! Bien qu'il n'ait encore rien fait, Nick respirait déjà mieux. Le fardeau qui l'écrasait lui paraissait moins lourd.

— C'est pareil pour moi.

Jared se détendit. Après un clin d'œil, il approcha de Nick et glissa les mains sous sa chemise.

— Lève les bras, M. Beckert, je vais te déshabiller.

— Oui, Dr Kumpel.

Le sourire de Jared fit frissonner Nick de façon délicieuse. Des picotements d'excitation remontèrent le long de sa colonne vertébrale. Il se sentait nettement plus léger.

Jared pencha la tête en l'examinant.

— Tu vois ? Un seul ordre et te voilà déjà plus guilleret. Imagine un peu comme tu seras bien après plusieurs heures de traitement !

Oui, cela me manquait, effectivement. Je veux me soumettre, mais seulement avec cet homme.

Puis Nick enregistra les paroles de Jared. Amusé, il arqua un sourcil.

— Des heures, hein ? Auras-tu assez d'endurance, docteur ?

Jared le mit torse nu, puis il prit son visage en coupe et mordilla ses lèvres.

— Si tu es sage et obéissant, peut-être le découvriras-tu.

Nick ferma les yeux et se pencha vers son amant.

— Je t'aime, souffla-t-il. Je t'aime tellement !

Jared posa sur sa bouche un baiser très doux.

— Moi aussi.

Abandonné et confiant, Nick se laissa déshabiller. Outre son contrôle, il céda tout à Jared et ce fut comme si chaque vêtement enlevé le débarrassait d'un fardeau de plus, pensée négative ou doute corrosif.

Jared l'entraîna ensuite jusqu'au lit, il l'étendit sur la couette et le fit gémir de plaisir en embrassant et mordillant le moindre centimètre carré de son corps, tout en pétrissant ses hanches, son ventre et ses cuisses. Arrivé à l'aine, Jared prit tout son temps pour lécher et titiller le sexe érigé, les couilles, l'intérieur des cuisses.

Alors que Nick était prêt à exploser de frustration, Jared le prit enfin dans sa bouche et aspira très fort. Cette fois, il mena la pipe à terme sans autres agaceries. Très vite, Nick décolla les hanches du matelas et, avec un grognement d'extase, il jouit et se vida au fond de sa gorge.

Ensuite, il retomba lourdement sur le lit, le souffle court, si vidé qu'il ne pouvait plus bouger.

Jared sourit.

— Je suis loin d'en avoir fini avec toi, annonça-t-il. Repose-toi un moment, je vais faire couler un bain.

Incapable de parler, Nick hocha la tête et ferma les yeux. Il sentit Jared s'éloigner et se concentra sur les bruits qui l'entouraient : un faible brouhaha de circulation dans la rue, un voisin qui appelait son chien, l'eau qui coulait dans la baignoire. Échappant enfin au coma post-coïtal, son cerveau se remit à fonctionner, mais seulement pour espérer que Jared resterait avec lui pendant son bain.

Sans l'avoir voulu, Nick s'endormit. Il se réveilla en sursaut en sentant une main sur son épaule.

— Viens, c'est prêt, dit Jared.

Il portait un peignoir de soie. Nick se leva et le suivit dans le couloir.

En entrant dans la salle de bain, il ouvrit de grands yeux. La baignoire était pleine de mousse odorante, la pièce éclairée par une multitude de bougies. Une bouteille de vin ouverte et deux verres étaient posés près du lavabo. L'enceinte Wi-Fi y était aussi.

Jared posa son portable près d'elle et la musique remplit la pièce. Prince, bien sûr.

Call my Name (*crie mon nom*) était l'une des chansons préférées de Nick, ce que Jared savait parfaitement. Nick savoura l'air langoureux et se sentit tout heureux.

Puis Jared ôta son peignoir. Dessous, il était nu. Il entra le premier dans la baignoire et tendit la main.

— Viens, assieds-toi devant moi. Je vais te laver le dos. Ensuite, nous viderons la bouteille et paresserons jusqu'à ce que l'eau soit froide.

Nick contempla la baignoire d'un air dubitatif.

— Tu es sûr qu'il y a assez de place pour deux ?

— Oh, nous serons un peu serrés, je te l'accorde, mais je doute que nous ayons à appeler les urgences pour une désincarcération.

Avec un petit rire, Nick approcha et s'immergea prudemment. Quand il parvint enfin à s'asseoir, l'eau clapotait tout au bord de la baignoire, prête à déborder au moindre mouvement.

Nick appuya la tête contre l'épaule de Jared et sirota une gorgée de son verre. Il posa la main sur la cuisse mouillée de Jared.

— Je suis bien ici, avec toi, à écouter Prince tout en trempant dans l'eau chaude. Je ne vois pas comment je pourrais être mieux.

— Si la baignoire était plus grande, peut-être ?

Nick en convint en riant.

Jared enfouit les doigts dans ses cheveux.

— Te souviens-tu du jour où j'ai compris le vrai sens des paroles d'*Alphabet St* ?

Nick éclata de rire.

— Oh, mon Dieu, oui ! J'en ris encore quand j'entends cette chanson.

— Comment voulais-tu que je connaisse le cunnilingus ? protesta Jared. De plus, que tu sois si au courant m'a flanqué un choc. Je commençais à me dire que tu m'appréciais… et là, je me suis demandé si au fond, tu n'étais pas hétéro.

— Hé ! J'aurais pu être bi !

— Oui, eh bien, cela ne m'a pas effleuré. Je cherchais la réponse dans les feuilles de thé : m'a-t-il remarqué ou pas ?

— Oh, oui, je t'avais remarqué !

Jared lui embrassa la tête.

— Heureusement, j'ai fini par le deviner. Ces années furent magiques ! Même si je détestais devoir me cacher, j'adorais être avec toi. Quand nous étions ensemble, tu étais tout pour moi, et quand nous étions séparés, je ne pensais qu'à toi. Je ne me pardonnerai jamais d'avoir tout gâché.

— Nous avons tous les deux commis des erreurs, n'y pensons plus. C'est le passé.

Jared lui caressa la poitrine.

— Je sais. Mais quand même, je regrette ces vingt ans que nous aurions pu passer ensemble. C'est pourquoi je ne veux plus perdre une minute, Nick chéri. Je ne peux pas résoudre tous les problèmes de Ste Anne, et te voir malheureux et anxieux me navre. Alors, je veux être ton soutien envers et contre tout, ton havre dans la tempête.

Il embrassa Nick sur la tempe.

— Et si tu oublies combien tu es génial, je suis là pour te rappeler tout ce que tu as accompli jusque-là. J'ai une totale confiance en toi, tu réussiras à surmonter les épreuves. Tu es le meilleur directeur que Ste Anne ait connu. Tu es travailleur, intelligent, attentionné. Je suis incroyablement fier de toi. J'espère que toi aussi, tu es fier de tes accomplissements.

Nick ferma les yeux en l'écoutant. Soudain, il réalisa qu'il pleurait. Des larmes d'épuisement, de soulagement, de gratitude et d'amour.

*J'y suis enfin arrivé ! Je suis à la place qui m'*était destinée. Avec cet homme.

— Merci, murmura-t-il.

Jared lui caressait le bras.

— Tout va s'arranger, tu verras. Erin et toi finirez par trouver comment financer un nouvel hôpital. Tu lanceras ton émission obligataire, les gens de Copper Point te suivront. Tu te réconcilieras avec ta famille… qui deviendra la nôtre. Oh, cela prendra du temps et il y aura des écueils en chemin, mais tout finira bien. Quoi qu'il arrive, tu travailleras dur et je veux que tu saches que je serai toujours à tes côtés.

Il se pencha et lui chuchota à l'oreille :

— Et ce soir, je vais te prendre.

— Oui.

Nick baissa la tête pour donner à Jared accès à son cou. Il gémit de plaisir sous ses baisers, ses caresses. Puis il termina son verre et Jared le lava avec soin et attention. Nick se laissa faire, détendu et heureux.

L'eau rafraîchissant, Jared décida qu'il était temps de sortir. Nick posa sur le tapis de bain une jambe qui flageolait un peu, il avait la sensation de flotter.

Jared le stabilisa et le sécha.

Puis il récupéra l'enceinte Wi-Fi et la ramena dans la chambre. Il poussa Nick à s'étendre sur le lit, à plat ventre. Nick écouta Prince tandis que Jared récupérait ce qu'il lui fallait dans le tiroir de sa table de chevet.

Des doigts s'insinuèrent entre ses cuisses, une bouche chaude déposa une pluie de baisers sur ses reins. Le cœur battant, Nick se laissa mettre à genoux, la tête dans l'oreiller. Jared lui écarta les fesses et y colla son visage, sa langue jouant avec l'anus au rythme de la musique de Prince. Parfois, il glissait les doigts entre les jambes de Nick pour le caresser et s'assurer qu'il bandait.

Une fois la chanson finie, Jared demanda :

— Je vais te baiser, bébé, d'accord?

En guise de réponse, Nick gémit et se cambra davantage.

Lorsque les longs doigts oints le pénétrèrent et le préparèrent, Nick avait totalement oublié ses soucis.

Puis un sexe épais poussa en lui et Nick ne pensa plus qu'au plaisir que son homme était capable de lui procurer. Il se soumit aux coups de boutoir, relâchant ses muscles, son corps tout entier, chevauchant le plaisir qui le traversait de part en part.

Ils jouirent presque ensemble et Nick, lessivé, se laissa dériver dans une sorte de coma extatique. Il resta allongé pendant que Jared le nettoyait. Il sentit des lèvres sur son épaule, entendit une voix à son oreille :

— Je descends préparer le dîner. Reste tranquille, dors, le repas sera prêt quand tu te réveilleras. Si cela te dit, nous mangerons devant la télévision en regardant *Luther*.

Excellente idée. Parfait. Incapable d'articuler une phrase cohérente, Nick se contenta d'un grognement reconnaissant. Il s'endormit d'un sommeil réparateur, corps et âme détendus par les soins et l'amour de Jared.

XVII

Une semaine avant Thanksgiving, Jared se tenait sur le seuil de la maison Beckert. Il avait tiré la sonnette, il redressait sa cravate et carrait les épaules en attendant qu'on lui ouvre la porte. Il avait parlé de son intention à Emmanuela, elle l'avait approuvée tout en conseillant quelques retouches à son plan et une grande prudence. Jared en avait pris bonne note. Il avait remercié la jeune fille de son aide précieuse, avant de demander quel était le meilleur moment pour passer.

Maintenant, il était là.

Ce fut Aniyah qui lui ouvrit, le visage fermé. Jared ne parvint pas à déchiffrer son expression. Emmanuela ayant insisté pour prévenir sa mère et sa grand-mère, la visite n'était pas une surprise.

— Entrez, dit la mère de Nick.

Elle s'écarta avec un geste de la main.

— Merci, madame, répondit Jared en inclinant la tête.

Une fois dans le vestibule, il vérifia ce qu'Aniyah portait aux pieds, afin de savoir s'il devait ou non ôter ses chaussures. Plus jeune, il ne prêtait pas attention à ce genre de détail, mais depuis que Simon avait adopté – par déférence envers Jack – la pratique asiatique des pieds nus au foyer, Jared veillait lui aussi à s'y conformer si ses hôtes y tenaient.

D'abord, Aniyah portait des pantoufles, ensuite, plusieurs paires de chaussures étaient rangées près de la porte. Jared avait bien remarqué que chez eux, Nick ne se déchaussait pas à peine entré, mais il préféra jouer la prudence et ôta ses mocassins.

Sans commenter son geste, Aniyah en prit note cependant, car elle haussa un sourcil.

— Suivez-moi au salon, Dr Kumpel, ajouta-t-elle.

Elle passa la première, Jared lui emboîta le pas. Dans la pièce à vivre, Pearle Dinah Emerson était assise dans un grand fauteuil à oreillettes avec Emmanuela non loin d'elle, sur le canapé. Aniyah s'installa à côté de sa fille et désigna à Jared un autre fauteuil, plus petit, faisant face à celui de sa mère.

— Asseyez-vous, Dr Kumpel.

Avant d'obtempérer, Jared déposa un sachet sur la table devant grand-mère Emerson.

— C'est pour vous, Mme Emerson, expliqua-t-il. Du café fraîchement torréfié que j'ai acheté chez Gus et des bonbons à la fraise qui proviennent de la boutique de l'hôpital.

Elle regarda les paquets avec une approbation réticente.

— Vous vous êtes renseigné sur mes goûts à ce que je vois.

Le regard étréci, elle ajouta sévèrement :

— Mais si vous êtes venu en pensant que Nicolas a besoin d'un petit blanc pour gérer une affaire de famille, vous pouvez tout de suite reprendre votre cadeau et vous en aller.

— Non ! protesta Jared. Jamais je ne ferais une chose pareille !

Il hésita, puis sourit tristement en fixant la table basse.

— D'accord, reprit-il, je vais vous parler franchement, je ferais n'importe quoi pour Nick, mais intervenir entre sa famille et lui ? Non, sûrement pas. Primo, cela ne servirait à rien, secundo, il en serait très choqué. Je ne tiens pas à ajouter à ses soucis, je vous le garantis.

— Humph, grommela grand-mère Emerson. Dans ce cas, pourquoi êtes-vous là ?

Il se racla la gorge.

— Je voulais vous tenir au courant d'une décision qui a récemment été prise à Ste Anne pour aider Nick. Je voulais aussi vous dire que si vous voulez participer à cette action, vous êtes les bienvenues. En dernier lieu, je tenais à vous faire part de mes intentions vis-à-vis de Nick. Votre différend familial ne regarde que vous, vous le gérerez à votre façon et quand vous le jugerez bon, je ne veux pas être un obstacle, mais je tiens à voir Nick heureux.

Les lèvres pincées, Aniyah se pencha en avant.

— Nicolas est mon fils ! Pour qui vous prenez-vous ? Ce n'est pas à vous de décider ce qui est bon pour lui !

Bien qu'Emmanuela lui ait fortement recommandé de *ne pas* perdre patience, Jared ne put retenir un mouvement d'humeur. Il leva les mains.

— Je suis le compagnon de Nick, Mme Beckert. Et je ne décide pas *pour* lui, mais *avec* lui, parfois après discussion, si nos avis divergent. En ce moment, Nick subit une pression terrible avec tous les problèmes que connaît Ste Anne. Au travail, il tient à conserver son image, alors, je m'efforce de lui offrir l'occasion de se détendre quand il est seul avec moi. Je suis médecin, aussi mes journées sont-elles presque aussi chargées que les siennes, ce n'est qu'en soirée et le week-end que nous pouvons souffler tous les deux.

Il s'arrêta, inspira un grand coup et secoua la tête.

— Excusez-moi de cette digression, reprit-il. Je voulais juste vous assurer que je veille sur lui. Il vous aime beaucoup, il vous a en très haute estime, il vous respecte. Votre désaccord le déchire...

Les yeux écarquillés, Emmanuela secoua imperceptiblement la tête.

D'un sourire à peine esquissé, Jared tenta de lui indiquer qu'il n'irait pas plus loin sur ce terrain miné. Il enchaîna :

— ... mais vos affaires privées ne me regardent pas. Je ne fais pas partie de votre famille, je le sais bien. Je... je...

Une vague d'émotion monta en lui, inattendue, brutale, étouffante. Pris au dépourvu, Jared se figea et cligna des yeux. Quand une larme traîtresse roula sur sa joue, il l'essuya nerveusement.

Qu'est-ce qui n'allait pas chez lui?

Il eut un rire qui sonnait creux.

— Je suis désolé. Je ne comprends pas ce que...

Sa voix se brisa. Éperdu, Jared chercha autour de lui.

Une boîte de mouchoirs apparut sous ses yeux, un geste d'Aniyah. Il la remercia, se servit et se tamponna les yeux.

Le silence retomba.

Au bout de quelques instants, grand-mère Emerson le brisa.

— J'ai entendu parler de la dispute avec vos parents à l'hôpital.

Elle s'était exprimée calmement, mais Jared reçut ses mots comme un coup au ventre. Le souffle coupé, il se moucha et s'essuya à nouveau les yeux.

— Je... oui. J'ai...

Comment finir cette phrase? *J'ai honte de mes parents. Ils sont odieusement racistes.* Jared aurait voulu se justifier, il ne le pouvait pas.

Il se sentait très seul, très triste. Pourquoi?

— Expliquez-moi un peu, reprit grand-mère Emerson, comment vous espérez me réconcilier avec mon petit-fils alors que vous-même ne voyez plus vos parents.

Oups. Il releva la tête avec une certaine surprise. Si elle était au courant de la dispute, sans doute en connaissait-elle également le motif, non? Dès qu'il posa les yeux sur elle, il sentit que la question était plus compliquée qu'il n'y paraissait. Ou peut-être était-ce l'inverse, une grande simplicité?

Elle attendait de lui une réponse, une réponse sincère. Oui, mais...

281

Oups. Il était mal barré.

Pour Nick, Jared était prêt à tout.

Il crispa le poing sur ses mouchoirs et la regarda bien en face. Quand une autre larme roula sur sa joue, il l'ignora.

— C'est exact, j'ai coupé les ponts il y a longtemps. J'étais encore à l'école secondaire quand mes parents ont découvert ma relation avec Nick. Ils étaient furieux pour des raisons… qui m'ont profondément déplu. Au fil des années, leurs opinions n'ont pas changé d'un iota, leur dernier éclat l'a prouvé. Je ne peux pas cautionner leur attitude, il m'a paru plus sain de rompre définitivement.

— En clair, vous n'avez plus de famille ?

Il se remit à pleurer. Au nom du Ciel, pourquoi était-il une telle fontaine ? La mère et la grand-mère de Nick ne risquaient-elles pas de croire qu'il jouait la comédie ?

— Si, puisque j'en ai trouvé une avec mes amis. Et maintenant que j'ai Nick, j'espère en créer une nouvelle avec lui… et nos enfants.

Aniyah eut un sursaut.

— Comment ? Vous voulez des… des *enfants* ?

— Oh oui ! J'ai toujours rêvé d'en avoir quatre, deux de moi, deux de lui. Avec tout ce qui s'est passé, je n'ai pas encore eu l'occasion d'aborder le sujet avec Nick. Ces dernières années, je me suis renseigné sur les associations de mères porteuses vous savez, certaines sont Afro-américaines, je pense que Nick préférerait…

Un sanglot lui coupa la parole.

— Je suis vraiment désolé, s'excusa-t-il. Je ne sais pas ce que j'ai.

— Vous prévoyez une grande famille avec Nick, intervint grand-mère Emerson, mais si nous ne vous acceptons pas, vous resterez à l'écart, c'est bien cela ? Si nous recevons Nick et les enfants… et pas vous ?

Jared se mit à déchiqueter ses mouchoirs trempés.

— Je… je ne veux pas être égoïste, hoqueta-t-il. Nick passe avant tout. Et il tient tant à vous !

Aniyah ricana.

— Vous connaissez bien peu mon fils si vous imaginez qu'il accepterait de venir en vous laissant tout seul !

Le cœur de Jared se serra.

— Mais c'est à moi que vous en voulez, pas à lui ! Je… je…

Une fois encore, il perdit le fil de son discours parce qu'en regardant les visages tournés vers lui, il n'y lisait plus froideur ou hostilité, mais affection et compréhension. Que s'était-il passé ? Pourquoi avaient-elles changé d'avis ?

À ce moment-là, il comprit s'être trompé en se croyant le seul obstacle à la réconciliation des Beckert. Ce n'était pas le cas, car la clé de tout, c'était Nick. Sa grand-mère et sa mère lui en voulaient encore, mais juste un peu. Une fois la brèche comblée, Jared serait le bienvenu.

Il eut comme un vertige : il aurait une nouvelle famille !

Grand-mère Emerson soupira.

— Redonne-lui des mouchoirs, Aniyah. Toi, Emmanuela, verse-lui du café. Jared, vous disiez que Nick avait besoin d'aide et que nous pourrions l'aider ? Parlez, je vous écoute !

Aniyah lui passa la boîte de mouchoirs, les yeux brillants.

— Non, je veux en savoir plus sur cette mère porteuse.

Jared se moucha et sourit.

— J'ai un dossier avec toutes les informations à la maison. Je vous l'apporterai une prochaine fois. En attendant, je vais vous montrer le site Web où je vais le plus souvent.

Dès qu'il sortit son téléphone, Aniyah s'écarta sur le côté pour faire une place sur le canapé entre elle et Emmanuela. Jared s'y installa et lui présenta le site en question.

Il jeta un coup d'œil inquiet à grand-mère Emerson.

— Mme Emerson, je vous le montrerai ensuite.

Elle agita la main avec impatience.

— Le virtuel ne m'intéresse pas, grommela-t-elle. Je préfère de vrais petits-enfants. Et cesse de m'appeler Mme Emerson, voyons ! Dis « grand-mère », comme Nick.

Le cœur de Jared se gonfla de joie.

— Oui, grand-mère Emerson.

BIEN QUE Jared lui ait expliqué son plan pour sensibiliser la population de Copper Point, Nick n'en apprécia pleinement la profondeur qu'en le voyant se mettre en action.

Au départ, Nick était d'avis d'attendre pour lancer l'émission obligatoire, histoire d'avoir tous les atouts en main. Erin l'avait convaincu d'aller de l'avant.

— Je comprends tes arguments, Nick, et en temps normal, j'aurais pensé comme toi. Mais soyons réalistes, nous avons déjà beaucoup d'informations, nous savons aussi que Peterson fera tout pour nous saborder avant l'élection. Alors, pourquoi ne pas prendre les devants ? Jusqu'ici, il était le seul à influencer l'opinion publique. Il est temps que Copper Point entende notre version des faits.

Après cela, ils avaient lancé leur offensive.

Pour commencer, le conseil d'administration de Ste Anne Medical Center s'était réuni pour élaborer la mise en application du plan et peaufiner ses détails pratiques. Le vendredi précédant Thanksgiving, Erin et Nick avaient tenu une conférence de presse et rapporté les résultats de l'audit, y compris le sabotage de l'ascenseur. Allison Christy avait insisté qu'il était temps de laisser la vérité sortir du puits. Après tout, cela pourrait même inciter de nouveaux témoins à se manifester.

Ils se montrèrent donc d'une totale franchise. De plus, le rapport complet serait également posté sur le site Internet de Ste Anne. Nick et Erin expliquèrent que la police enquêtait toujours, mais qu'ils comptaient sans plus attendre suivre les conseils du cabinet Gilbert et lancer la reconstruction de l'hôpital. Ils présentèrent les plans, en soulignèrent les avantages pour les patients et le personnel hospitalier, et ne cachèrent pas le montant des devis.

Ensuite, ils lâchèrent la meute.

Avant la conférence de presse, chaque membre du conseil avait cherché dans son entourage ceux qu'il savait favorables à leur cause et prêts à écrire une lettre au rédacteur du journal local. Tous furent mis au défi de tenir leur promesse, la plupart s'exécutèrent. Les volontaires se lancèrent également dans un porte-à-porte et distribuèrent des dépliants expliquant en détail le projet de Ste Anne Medical Center et donnant un numéro à appeler pour d'éventuelles questions. Plusieurs médecins et la majorité du personnel infirmier s'engagèrent dans le mouvement, le Dr Amin se déplaça avec toute sa famille.

À la grande surprise de Nick, nombreuses furent les églises locales qui se manifestèrent spontanément pour les aider. Sans tergiverser, Erin leur remit des flyers et leur attribua d'autres secteurs de Copper Point et du comté environnant. Dès le samedi, toutes étaient au travail.

Parmi les églises engagées, il y avait celle de la Renaissance, dont Nick faisait partie. Il reçut un choc en voyant sa grand-mère mener la charge. Quand il avança vers elle, elle lui tapota le bras avec un sourire.

— Je sais que tu es très occupé, Nicolas, je ne veux pas te prendre trop de temps. Ce médecin blanc, *ton* médecin, c'est un bon garçon.

Sidéré, Nick mit un moment à retrouver la parole.

— Je sais, grand-mère. Je suis heureux que tu le penses aussi.

— Amène-le à déjeuner demain après l'église, déclara-t-elle avec beaucoup de naturel. Et bien entendu, je vous attends tous les deux pour Thanksgiving. Je ferai mon gâteau renversé à l'ananas.

Une fois encore, Nick perdit le souffle: Ainsi, il était pardonné? Mais pourquoi? Que s'était-il passé?

Sa grand-mère lui jeta un regard sévère, mais pétillant de lumière. Nick réalisa alors combien cet amour lui avait manqué récemment.

— Bien sûr, nous devrons aussi parler. Beaucoup de questions restent en attente et la famille doit se réunir pour les traiter. Et puisque tu tiens tellement à ton homme, il sera là lui aussi. Dorénavant, sa place est dans notre cercle, c'est compris?

Les yeux pleins de larmes, Nick esquissa un sourire.

— Oui, grand-mère. Nous serons là pour Thanksgiving.

Elle le fixa, puis lui tapota l'épaule avant de tourner les talons.

Cynthia Ryan, qui faisait aussi partie des volontaires, vint de Milwaukee avec toute une équipe. Elle salua Nick avec un sourire et hocha la tête d'un air entendu quand il lui présenta Jared.

Avant de partir remplir sa mission, elle prit Nick à part.

— J'ai dit à papa ce que je pensais de son éclat. Ne t'inquiète pas, cela lui passera vite.

Jack, nommé responsable des médias, passait souvent à la télévision ou à la radio afin d'expliquer encore et encore ce qui se passait à l'hôpital de Copper Point et dans la communauté. Le slogan était largement repris : *Ste Anne, pour propulser Copper Point vers l'avenir!* Jack racontait aussi sa propre histoire, comment il avait quitté Houston en faveur d'une petite ville en espérant une vie tranquille, comment il avait été chaleureusement accueilli dans une communauté ouverte et de cultures diversifiées, surtout à l'université et à l'hôpital. Il expliqua être à cent pour cent favorable aux améliorations prévues afin que Ste Anne puisse rivaliser avec tout hôpital de grande cité.

— Copper Point est une petite ville, mais Ste Anne Medical Center est le seul hôpital d'une région relativement étendue en superficie. Nous avons la chance d'y avoir d'excellents praticiens et un personnel hospitalier compétent et dévoué. Je ne suis pas sûr que la communauté apprécie ce potentiel. En tout cas, j'espère que chacun veillera à le protéger, à investir dans son avenir plutôt que laisser notre hôpital tomber dans les griffes d'investisseurs extérieurs qui auront vite fait d'anéantir tous les efforts accomplis jusque-là.

Ensuite, Jack passait la parole à Nick, qui expliquait les raisons de son opposition formelle à un rachat et les avantages de l'émission obligataire. Il concluait son discours en demandant aux auditeurs de réfléchir à d'éventuelles informations concernant le sabotage.

— Bien entendu, nous vous garantissons l'anonymat, si besoin est. Nous cherchons juste à comprendre ce qui s'est passé et à protéger Copper Point et ses habitants de ces pratiques criminelles et irresponsables.

Pour le moment, personne ne s'était manifesté, mais Nick ne désespérait pas.

Quand son emploi du temps le lui permettait, il participait aussi au porte-à-porte, parfois avec Jared, parfois avec Erin, parfois avec les membres de son église, parfois seul. Il regretta vite de ne pas l'avoir fait beaucoup plus tôt parce qu'en quelques virées seulement, il en apprit plus sur Copper Point et sa population qu'il l'aurait cru possible. Il y avait du bon et du mauvais, bien entendu. Les gens lui confiaient leurs attentes, leurs craintes et leurs motivations. D'autres exprimaient plus ou moins subtilement leurs préjugés, racisme, homophobie. Nick savait depuis longtemps que la vie n'était pas toujours facile, certes, mais confronter cette réalité n'en restait pas moins douloureux. Quel choix avait-il eu quant à la couleur de sa peau et à son orientation, hein ?

Heureusement, constater que beaucoup de ses contacts le soutiendraient parce qu'ils croyaient en lui était réconfortant.

Nick entendit des anecdotes sur les interactions de ses concitoyens avec tel ou tel médecin, leur avis sur son mandat. Certaines dames le félicitèrent, trouvant « adorablement romantique » qu'il soit tombé amoureux dans un ascenseur, en plein drame. Pris au dépourvu, mais soulagé d'être seul, Nick ne savait trop quoi répondre dans de telles situations.

Jusqu'au jour où cela se produisit alors qu'il était accompagné.

Très amusé, Jared posa la main sur son bras et cligna de l'œil.

— Oh, madame, l'ascenseur n'a été qu'une piqûre de rappel. Je suis amoureux de lui depuis l'école secondaire !

À la mi-décembre, les sondages indiquaient que l'opinion publique commençait à virer en leur faveur. Ce n'était pas encore suffisant pour tout arranger, mais c'était un bon début.

Nick s'inquiétait toujours concernant le vote.

— Non, non, répondit Jared, nous allons continuer notre action pour ne pas laisser retomber le soufflé. Le sabotage passionne les foules, tu sais. J'ai lu sur *Vivre à Copper Point* les théories les plus saugrenues !

Nick frissonna.

— Je déteste Facebook ! Comment peux-tu parcourir ce blog ? C'est un ramassis d'inepties et de ragots !

— Eh bien, justement, je le suis pour savoir ce qui s'y passe. Et figure-toi que la plupart des posts nous sont favorables. Nous y sommes presque, Nick, il faut garder espoir. Moi, j'ai confiance, je suis certain que le destin va nous donner un coup de pouce.

Ce fut le cas, plus tôt que prévu et d'une façon que ni l'un ni l'autre n'avait envisagée.

Juste avant Noël, Richard Wagner, le maire de Copper Point, fit une crise cardiaque en plein conseil municipal. Il fut transporté de toute urgence à Ste Anne, dans la nouvelle salle de cardiologie, et le Dr Amin l'opéra sans attendre. Elle dut pratiquer un quadruple pontage. L'opération dura cinq heures et fut si délicate que le Dr Amin demanda à Jack de l'assister.

Dans la salle d'attente, outre les membres du conseil, très secoués, se trouvait également Penny Wagner, l'épouse du maire. Erin et Nick restèrent avec elle pendant l'opération de son époux.

En voyant entrer le Dr Amin, ils voulurent s'écarter, par discrétion, mais Penny les retint.

— Ne me laissez pas, je vous en prie. J'ai trop peur de ce que je vais entendre.

Dr Amin lui sourit.

— Tout s'est bien passé, Mme Wagner. Votre mari souffrait de lésions coronaires compliquées. Avec ces pontages, il va avoir besoin de beaucoup de repos et je vous conseille fortement de consulter notre diététicienne afin de surveiller de près son régime pendant sa convalescence – et même au-delà. Sinon, ne vous inquiétez pas, il va s'en sortir et il ne devrait pas y avoir de séquelles.

— Oh, Dieu merci !

Penny se mit à pleurer.

Peu après, Nick et Erin découvrirent que le Dr Amin était, outre une excellente cardiologue, une femme rusée et un personnage politique avisé.

Encore sur son lit d'hôpital, Richard Wagner demanda à parler à Nick. Bien que fatigué, il semblait très déterminé.

— Le Dr Amin m'a tout raconté! s'exclama le maire en voyant Nick entrer dans sa chambre. J'ai pris conscience de la chance que j'ai eue que Ste Anne soit doté d'une aile cardiaque avec tout ce qu'il fallait pour m'opérer, mais aussi d'un intensiviste [21] comme le Dr Wu parmi les médecins! Dans un autre contexte, j'aurais dû être envoyé dans une grande ville voisine et je serais sans doute mort dans l'ambulance. Vous avez raison, M. Beckert, la population de Copper Point doit tout faire pour que notre hôpital ne tombe pas dans des mains étrangères! Le Dr Amin m'a expliqué combien vous et le conseil vous démenez pour que mes administrés le comprennent et croyez-moi, après ce qui vient de se passer, je suis de tout cœur – hum, sans mauvais jeu de mots! – avec vous! Je vous assure que la mairie militera aussi pour l'émission obligatoire! Dès que je sors d'ici, je le proclamerai publiquement.

Sidéré, Nick avait écouté ce discours presque sans y croire. Il s'accrocha à ce qui lui restait de dignité et hocha sobrement la tête.

— Merci de votre soutien, monsieur le maire. Au nom de Ste Anne et de son conseil d'administration, je vous en suis très reconnaissant.

— Pas du tout, c'est à moi de vous remercier, vous et votre équipe. Au fait, vous savez que la mairie organise toujours un défilé pour la Fête des Fondateurs, voulez-vous être mon invité d'honneur? Le Dr Amin a déjà accepté.

Nick ne put retenir un sourire.

— Bien sûr, M. Wagner, j'en serai très honoré.

Le maire tint parole. Avant la fin des vacances d'Halloween, le conseil municipal exprimait déjà sa nouvelle position dans les médias. Encore hospitalisé, Richard Wagner donna une conférence de presse et détailla longuement tout le bien qu'il pensait des soins reçus. Sa femme, en larmes, remercia Ste Anne et ses médecins grâce auxquels elle avait encore un mari.

Quelques jours plus tard, Penny Wagner faisait elle aussi du porte-à-porte avec la nutritionniste de l'hôpital, qui l'avait aidée à convaincre le maire de changer de régime alimentaire.

Les sondages firent un autre bond en avant.

Nick était sur un petit nuage. Sans doute Peterson tenterait-il bientôt autre chose, mais cette fois, Nick était mieux préparé.

La veille du Nouvel An, il eut une énorme surprise.

---

21 (Anglicisme) médecin des soins intensifs qui intervient auprès des patients les plus gravement malades.

En début de soirée, il s'apprêtait à fermer son bureau quand un vieil homme approcha dans le couloir : c'était le gardien de nuit. Nick le connaissait de vue, il le saluait à l'occasion, mais il ne se rappelait pas son nom. Or, le vieillard le dévisageait, l'air un peu hésitant.

De toute évidence, il avait attendu Nick pour lui parler. Étrange. Que pouvait-il lui vouloir ?

Nick rouvrit sa porte et fit signe au gardien d'entrer.

— Asseyez-vous, Wendy va nous apporter du café. En quoi puis-je vous aider ?

Il fallut plusieurs minutes pour que le gardien de nuit se détende enfin et explique la raison de sa venue.

— Je suis tellement désolé, monsieur le directeur, j'aurais dû me manifester plus tôt, mais j'ai eu peur… je craignais que… Voilà, euh… je crois savoir qui a saboté l'ascenseur.

Sidéré, Nick fit un gros effort pour rester impassible.

— Je vous écoute. Et ne craigniez rien, je vous garantis que vous n'aurez pas d'ennuis quel que soit ce que vous allez me révéler.

Le vieillard baissa les yeux.

— J'ai hésité à porter une accusation parce que je n'ai aucune certitude, monsieur, juste des soupçons. J'aurais dû en parler plus tôt, je sais bien. Je me sens tellement coupable…

Nick vibrait d'impatience, mais il devait rassurer le gardien.

— Écoutez, tout ce que je peux vous dire, c'est que si vos soupçons sont infondés, eh bien, vos révélations ne porteront tort à personne. Le cabinet Gilbert suspecte déjà deux agents engagés peu avant l'accident et qui ont ensuite disparu. Est-ce d'eux que vous voulez me parler ?

— Le problème, voyez-vous, c'est que je ne fais pas confiance à nos policiers. Il y a des années, ils ont arrêté un de mes cousins sans motif valable et ils lui ont fait des tas d'ennuis. Ce sont des vendus !

— Je sais.

Nick cherchait comment convaincre le gardien de parler. Il eut une idée.

— Si ça vous rassure, je ne transmettrai pas votre témoignage à la police, mais au cabinet Gilbert dont je viens de vous parler, et à Rebecca Lambert-Diaz, notre avocate, pour lui demander comment agir au mieux. Cela vous convient-il ?

Kevin s'éclaircit visiblement.

—Oh, oui. Mme Rebecca, c'est quelqu'un de bien. Elle est incroyable. J'ai confiance en elle. Mon…

Il s'arrêta, rougit un peu et poursuivit en baissant la voix :

— … mon mari aussi.

Attends un peu. Le gardien de nuit était marié à un homme ?

Très étonné, Nick croisa le regard du vieillard et y lut un message muet : *c'est parce que vous êtes gay que je suis venu vous voir. C'est parce que vous êtes gay que je vous fais confiance.*

Ainsi, son coming out n'avait pas eu que des aspects négatifs pour Ste Anne Medical Center ? C'était un grand soulagement.

Nick sourit. Il se souvint alors que Jared lui avait parlé du gardien le soir de l'accident : *Il faudrait que tu voies Kevin, le gardien de nuit…*

— J'ignorais que vous étiez marié, Kevin. Manifestement, il va falloir que je me tienne un peu plus au courant de ce qui se passe dans mon hôpital. Jared ne cesse de me le répéter.

Rouge jusqu'aux oreilles, Kevin semblait nettement plus détendu. Il fit un clin d'œil.

— Vous allez bien ensemble, le Dr Kumpel et vous, M. Beckert. Vous devriez vous marier.

— C'est une idée qui me tente beaucoup.

Kevin hésita encore un peu, puis il hocha la tête

— Vous avez raison, c'est au sujet des agents de sécurité.

Nick cacha sa satisfaction.

— Vous savez quelque chose ? Leurs déclarations ont été très vagues. Nous avons voulu consulter les images de surveillance, mais elles ont été effacées. Et comme je vous le disais, Shephard et Adamson ont disparu. Pire encore, nous avons découvert a posteriori qu'ils avaient fourni de fausses informations sur leurs formulaires d'embauche.

Kevin fronça les sourcils.

— Ils n'étaient pas nets, ces deux-là, toujours à fouiner. Je me suis tout de suite méfié d'eux. Je sais où est Adamson en tout cas, mon mari le croise régulièrement. De plus…

— Quoi, Kevin ?

Le vieillard sortit son téléphone de sa poche.

— Ils fouinaient, je vous dis. Un soir, je les ai suivis sans qu'ils me remarquent et je les ai pris en photo près de la salle de contrôle de l'ascenseur, un endroit où ils n'avaient rien à faire !

Le cœur de Nick se mit à tambouriner.

— Une photo, c'est une preuve recevable pour la justice, Kevin, je vous serais très reconnaissant de me la transmettre. Je la ferai passer à Erin

Andreas, à Rebecca Diaz et au cabinet Gilbert. Et il faudrait aussi que votre mari passe voir Rebecca pour faire une déclaration concernant Adamson. Nous vérifierons ce que ces deux hommes faisaient cette nuit-là dans le local technique sans que votre nom soit prononcé.

Kevin le fixa, songeur.

— Plus j'y pense, plus je les crois coupables, déclara-t-il enfin. Et comme ils ne paraissaient ni très malins ni très fiables, je me dis qu'une fois attrapés, ils se retourneront vite contre celui qui les a chargés de cette sale besogne. Ne comptez pas trop sur la police de Copper Point, M. Beckert! Tous ces flics véreux ont été achetés par Peterson!

Nick montra les dents.

— Connaissant Rebecca, elle passera par-dessus leur tête et s'assurera que les médias soient au courant de ce qui se passe ici.

Kevin se détendit.

— Elle est géniale, pas vrai?

— Oui.

— Vous allez pouvoir avancer grâce à elle?

Nick sourit.

— Oui. Et aussi grâce à vous, Kevin. Je ne saurai jamais vous en remercier assez.

ÉPILOGUE

LE JOUR du défilé de Copper Point, le soleil brillait. Il faisait beau et chaud, presque trop.

— Je vais rôtir dans ce costume ! se plaignit Nick.

— Si les enfants t'entendent, ils vont t'asperger avec leurs pistolets à eau.

Jared s'affairait à rectifier le nœud papillon de son amant. Il recula pour mieux admirer son travail.

— Tu es parfait ! ajouta-t-il.

— Toi aussi.

Ils portaient leurs nœuds assortis, un petit clin d'œil pour rester liés puisqu'ils allaient parader à deux endroits différents. Nick, invité du maire de Copper Point, serait à l'honneur au début du défilé, suivi par les élèves de l'école et les étudiants de l'université. Jared serait sur le grand char de Ste Anne, occupé à distribuer des flyers et à faire des tours de magie – sans assistant. Cette fois, au lieu de pièces de monnaie, il donnerait aux enfants des jetons à dépenser aux différents stands installés autour du centre communautaire, car une kermesse serait organisée une fois le défilé terminé.

Nick soupira avec un peu d'envie : dans sa blouse médicale, Jared était certainement bien plus à son aise que lui en costume trois-pièces !

Peu après, alors qu'ils étaient en route pour rejoindre le défilé, Jared demanda :

— Je t'ai entendu parler à Rebecca ce matin. Tu as des nouvelles ?

— Oui. Nous recevrons notre chèque de dommages et intérêts à la fin de l'année.

Une fois retrouvés grâce aux renseignements fournis par le mari de Kevin, Tim Shephard et Allen Adamson avaient vite tout avoué, surtout quand Rebecca leur avait rappelé ce qu'ils risquaient pour avoir provoqué l'accident. Inquiets à l'idée de passer de nombreuses années en prison, ils avaient accusé Peterson d'être l'instigateur du sabotage. Du coup, la société d'investisseurs de Peterson et sa compagnie d'assurance – où les deux gardes étaient employés avant d'être envoyés à Ste Anne – s'étaient totalement désolidarisées de lui, affirmant à qui voulait les entendre n'être pour rien dans ses manigances. Une fois Peterson viré de son poste, son ex-société avait proposé de régler l'affaire à l'amiable pour éviter de passer au tribunal.

— Rebecca nous a obtenu une somme exorbitante ! s'exclama Nick, en se frottant les mains. Nous allons maintenir notre émission obligataire, puisque la communauté de Copper Point est désormais trop impliquée, mais le financement qu'il nous manque est vraiment modique. *L'affaire Peterson* fera demain la une des journaux. Et comme j'ai vu Rebecca parler aux journalistes de la télévision, il est probable que nous passerons aussi aux infos ce soir.

— Parfait ! s'exclama Jared. Si j'ai bien compris, des journalistes venus de tout l'État assisteront aussi à notre défilé et à la kermesse qui suivra. En ce moment, toute l'Amérique parle de Copper Point et de Ste Anne Medical Center !

— Tant mieux. D'après Erin, toute publicité est bonne à prendre, surtout quand elle est gratuite. Si l'argent continue à affluer, nous allons peut-être envisager d'agrandir notre nouveau bâtiment…

Jared sourit.

— D'après ce que j'ai entendu dire, tu t'es réconcilié avec Jeremiah Ryan.

Nick hocha la tête.

— Oui. Il nous invite tous les deux à dîner demain soir. Cynthia sera là aussi.

— Je suis impatient de mieux les connaître.

Ils s'embrassèrent avant de se séparer, chacun se rendant à sa place attitrée. Le Dr Amin les salua gaiement de la main. Elle était déjà installée avec sa famille dans une Cadillac classique décapotable. Nick découvrit alors le véhicule qui lui était attribué, une Chevrolet Camaro flambant neuf prêtée pour le défilé par le concessionnaire local.

Richard Wagner avait expliqué à Nick son rôle : s'asseoir sur la banquette arrière, sourire, saluer les gens et, si cela lui disait, jeter des bonbons aux enfants.

Ce que Nick fit sans même attendre que la voiture démarre.

Puis le défilé commença. Nick s'amusa à jouer les célébrités, à être conduit par un chauffeur aux gants blancs, à passer lentement entre les rangées de gens qui criaient et l'acclamaient. C'était grisant ! Il remarqua bien que quelques aigris détournaient la tête et se renfrognaient à sa vue, mais c'était assez rare. En plus, ils se faisaient souvent conspuer par leurs voisins.

L'ambiance était à la fête et les gens de Copper Point se réjouissaient que Ste Anne Médical Center ait gagné envers et contre tout. Ils applaudissaient donc son directeur et lui souhaitaient bonne continuation.

Nick regarda les autres chars de la parade : il y avait des groupes musicaux, les étudiants hurlaient des chansons pop, les élèves plus jeunes s'efforçaient de rester en rang. En le voyant se retourner, les enfants Amin agitèrent la main, le visage hilare. Être ainsi acclamés devait également leur plaire, car ils avaient des yeux gros comme des soucoupes.

Quand le cortège arriva devant la tribune du maire, cris et chansons se calmèrent. Nick descendit de sa voiture, prêt à rejoindre Richard Wagner, quand *Kiss* de Prince émana des haut-parleurs.

Nick s'arrêta net, interloqué.

Jared, toujours en blouse blanche, apparut alors comme par magie. Il s'empara d'un micro et entonna les paroles de la chanson – il chantait faux. Il se mit à danser, aussi heureux et ridicule que lorsqu'il faisait de la K-pop avec Simon et Owen.

Ils étaient là, eux aussi, ainsi que Jack et Erin qui jouaient les choristes et chantaient tout aussi mal.

Mais Nick n'avait d'yeux que pour Jared, la star du spectacle, follement heureux de voir son amant aussi enjoué et s'amusant si bien.

À la fin de la chanson, la foule applaudit et Jared approcha de Nick.

— Je t'aime, déclara Nick en riant.

— Je t'aime aussi.

Jared haussa un sourcil et regarda au niveau de la tête de Nick.

— Oh, attends ! Je vois quelque chose…

Il tendit la main, agita les doigts et fit apparaître un anneau d'or. Autour d'eux, la foule se déchaîna. La musique reprit, des trompettes se mirent à sonner.

Le cœur gonflé de joie et d'émotion, Nick joua le jeu.

— Comment cet anneau est-il arrivé là

— Je suis le Dr Magie ! lança Jared, très ému lui aussi.

Il glissa la bague au doigt de Nick.

— Il te va très bien, ajouta-t-il. Ça aussi, c'est magique. Qu'en dis-tu ?

En guise de réponse, Nick prit son visage en coupe et embrassa Jared.

Auteur de plus de trente romans, HEIDI CULLINAN, originaire du Midwest, décrit toujours des personnages LGBT qui luttent contre des obstacles insurmontables parce qu'elle croit aux histoires d'amour qui finissent bien. Heidi a été deux fois finaliste du RITA® et ses livres sont recommandés par divers magazines américains : *Library Journal, USA Today, RT Magazine* et *Publishers Weekly*.

Quand elle n'écrit pas, Heidi aime cuisiner, lire des romans et des mangas, jouer avec ses chats et regarder avec excès les films d'animation.

Visitez son site Web à l'adresse suivante : www.heidicullinan.com.

Vous pouvez aussi la contacter par mail : heidi@heidicullinan.com.

Par HEIDI CULLINAN

L'HÔPITAL DE COPPER POINT
Les secrets du Docteur Wu
Les enchères du Docteur Ogre
La prescription du docteur Magicien

Publié par DREAMSPINNER PRESS
www.dreamspinner-fr.com

Où le bonheur n'est qu'à un battement de coeur

LES SECRETS DU DOCTEUR WU

HEIDI

CULLINAN

L'hôpital de Copper Point : Tome 1

Le nouveau docteur, brillant, renfermé et secret, rencontre un infirmier au grand cœur… et leur couple est de nature à renverser tous les obstacles.

Après un burn-out, le Dr Hong-Wei Wu, Taïwanais naturalisé Américain, s'installe à Copper Point, Wisconsin. La belle carrière qui lui était promise semble avoir sombré avant même de démarrer. Alors qu'il envisage une vie effacée et tranquille, son jeune assistant a sur lui un impact inattendu.

Quant à Simon Lane, il ne s'attendait pas au charme irrésistible de son nouveau patron. Le chirurgien accepte son aide pour emménager et l'en remercie par de délicieux plats taïwanais. Malheureusement, le règlement de l'hôpital Ste Anne interdit les relations entre le personnel, aussi leur amour est-il condamné… à moins que le couple soit prêt à tout risquer.

Simon souffre de cacher leur relation et Hong-Wei n'envisage pas de renoncer à lui. Pour vivre ensemble, ils vont devoir affronter l'administration de l'hôpital et la communauté de Copper Point. Ce faisant, quels autres secrets risquent d'être révélés ?

Et que vont découvrir Hong-Wei et Simon sur eux-mêmes ?

www.dreamspinner-fr.com

Où le bonheur n'est qu'à un battement de cœur

LES ENCHÈRES DU DOCTEUR OGRE

HEIDI CULLINAN

L'hôpital de Copper Point : Tome 2

Le célibataire le moins convoité de l'hôpital et son administrateur distant se détestent… alors pourquoi font-ils semblant de sortir ensemble ?

Owen Gagnon, irascible médecin anesthésiste de l'hôpital Ste Anne, à Copper Point, déteste son DRH, le froid et hautain Erin Andreas, qui le lui rend bien. Leurs violentes querelles étant tristement célèbres, nul ne comprend pourquoi les deux hommes s'affichent soudain ensemble.

Le soir de la loterie caritative des célibataires, Copper Point ne cache pas sa surprise en voyant Erin payer pour Owen une somme astronomique. Dans la foulée, Owen insiste pour qu'Erin s'installe chez lui.

Si les curieux ignorent ce qui se passe, les intéressés, eux, ne sont guère plus avancés. Alors qu'Erin espère par son geste prouver à Owen son intérêt, l'anesthésiste, lui, suspecte d'autres motifs : l'administrateur ne simulerait-il pas une relation pour échapper à la domination écrasante de son père ?

Peu après, le DRH se plonge dans une délicate enquête interne et Owen aimerait jouer au héros pour le tirer d'affaire. Malheureusement, Erin préfère dépenser son énergie à essayer de sauver Owen d'un passé dont il refuse de parler.

Si la relation des deux hommes commence par un simulacre, leurs sentiments, en revanche, sont authentiques. Erin et Owen sont néanmoins conscients que s'ils n'affrontent pas leurs démons respectifs, rien ne pourra durer entre eux. Et œuvrer ensemble ne suffira pas, chacun devra également confier à l'autre le soin de panser son cœur meurtri.

www.dreamspinner-fr.com

www.ingramcontent.com/pod-product-compliance
Lightning Source LLC
Chambersburg PA
CBHW020538020726
47494CB00006B/1821